ジョン・ウォーターズの

地獄のアメリカ横断ヒッチハイク

ジョン・ウォーターズ
柳下毅一郎=訳

CARSICK: JOHN WATERS HITCHHIKES ACROSS AMERICA

国書刊行会

目次

妹たち、キャシーとトリッシュ
そしてわが弟スティーヴの思い出に捧ぐ

ジョン・ウォーターズの
地獄のアメリカ横断ヒッチハイク

70-W
I'M SAFE!
THROUGH
KANSAS

プロローグ　我が道を行く？

こんなにドキドキ、ワクワクするのは本当に久しぶりだ。あるいは生まれてはじめてかも。たった今、過去最速の売り込みで本の契約をまとめたところだ。ぼく、ジョン・ウォーターズが、ボルチモアの自宅前からサンフランシスコのアパートまで単独でヒッチハイクし、何が起きるか確かめる。シンプルだろ？

ぼくは頭がおかしくなったのか？　アンディ・ウォーホルのいちばん危険でいちばんおそろしい六〇年代スーパースター*、ブリジット・ベルリンから最近、「ねえ、何をやったら七十歳でワルでいられる？」と訊ねられた。いいとこを突かれた。つまり、そう、ぼくはハリウッドで言うところの「次回作準備中」だけど、はるか昔、いわゆるカルト映画監督だったころから、映画作りと同じ

*有名になるためにウォーホルのスタジオに集った素人たちをそう称した。

くらい大事なプランBはもちろん、プランCもDもEも用意しとかなきゃならないのはわかっていた。でも〝ヒッチハイク〟のプランHまで？　よりにもよって、六十六歳にもなって⁉

「一生かけてがんばって快適な生活を積み上げてきておいて、なんでわざわざ快適さのかけらもない状況に身を置こうとするわけ？」とニューヨークのアート・ディーラーであるマリアンネ・ボークシーはぼくに訊ねる。"覆面の冒険旅行"と出版社が名づけて業界紙に告知したこの新刊の企画を説明したときだ。ぼくの映画に出演したあとホームレス生活も経験したさる俳優は、ヒッチハイクの本を計画しているとほのめかすと、さらに危ぶむ反応を見せた。「車には絶対に乗せてもらえないよ」と彼は警告し、必要あってフロリダでヒッチハイクを試みたと教えてくれる。「最近じゃあ誰もヒッチハイカーを拾わないんだ」彼は嫌悪感とともにこぼした。「誰一人として！」

ヒップスターの成功者たちさえ、ぼくの計画にはショックを受ける。「先に会っといてよかったよ」カリフォルニア在住の写真家の友人は、次に会えるのはぼくの放浪ホモ旅行が終わったあとになると知り、ディナーの席で笑いながらつぶやいた。いやはや、恐れ多くもダラスから帰る翌日の予定を相談しているJFKみたいなものだろうか。最近公開されたホワイトハウスの秘密録音テープでは、暗殺されることを知らないまま「タフな一日」になるだろうと語っている。どれだけタフなことになるか、彼が知ってたらねえ。

何を証明したがってるんだろう？　だって、ぼくは退屈してるわけじゃない。最近出会った元受刑者の女性は、自分が犯罪をおかしたのは幼年期の経験のせいなんかじゃなく、単に「冒険を求めていた」からだと言っていた。ぼくも同じだ。刺激がほしいんだ。だけど映画を十五本も脚本監督して六冊の本を書いてもまだ不満なのか？　わが職業上の夢はとっくにすべて叶っており、今やっていることはほぼおまけのようなものだ。親指を突き出すくらいなら、引退すべきじゃないのか？でも引退ってどこに引きこもればいいわけ？　狂気かな？

旅は安全だろうか？　連続殺人鬼はよくヒッチハイカーを拾って殺す。とはいえ、犠牲者はたいていは不運な若い売春婦の女性なんじゃなかろうか。うん、もちろん少なくとも十六人のゲイ男性を殺害した「七〇号線絞殺魔」ことハーブ・バウマイスターのことくらいは知っている。でも、彼は犠牲者をゲイバーで拾ったのであって、トラック溜まりからの出口ランプで漁ったわけじゃない。とはいえ、ぼくの知ってるトラック運転手は相当アレだというのは認めねば。わが家の前、閑静な住宅地の狭い道に十八輪大型トレイラートラックをとめてブロックまるごとふさぎ、近所の人々の眉をひそめさせた奴までいる。彼は陽気でセクシーでストレートだが本当にヤバい奴で、嬉々として路上の恐怖譚を披露し、ぼくを怯えさせる。シャブをギンギンに決めて夜中に車を飛ばし、十代の家出娘を拾ってはトラックの後部座席でファックする。あるいは夜中、抜き打ちのドラッグ検査対策に他人の小便を入れたコンドームをぶらさげつつソックス使ってオナニーしながら突っ走る。さらに過積載で重量検査場がすぐ先にあり、抜き打ち検査実施中だとわかったら、何も知らない郊外家庭の前庭に砂利をどっさり捨てていったりもするそうだ。いやはや、こんな輩に拾われたらどんな目に遭うやら。

現実生活で慣れ親しんでいる厳密なスケジュールを本当に捨てられるんだろうか？　このぼくが？　発作的にキャンディを食べることまで何週間も前に計画をたてずにいられない究極のコント

ロール・フリークだというのに？　もちろん、ぼくは州間高速の全ルートを前もって調べあげており、どこにトラック溜まりがあるか、それぞれの間隔は何キロかすべて知っているが、だからどうした？　実際に車が予定ルートからはずれ、それでも西に向かっているときに車を降りる勇気があるだろうか？　物乞いにもえり好みはできると考えがちだが、それがまちがってる可能性もおさえておかなければ。

〈われらはみな乞食である〉——六〇年代、両親の家で、わが寝室の壁に貼られた極左ポスターはそう高らかに宣言していた。このスローガンを見た父の怒りを覚えている。乞食。それは父の辞書においては最悪の言葉だった。悲しいかな、父が世を去った今、とうとうぼくもなれるんだろうか？　浮浪者に？　たかり屋に？　家を三軒もち、プロヴィンスタウンには夏の別荘も借りている身で宿なしになれるものか？　この本は、いまでは忘れられているがかつては驚くほどのインパクトを与えた一九六一年刊行のルポルタージュ『私のように黒い夜』に新たなひねりをくわえただけのものなんだろうか？　白人作家のジョン・ハワード・グリフィンは被差別者なるものがどんなものか知りたくて、黒人のふりをしてヒッチハイクとバスで南部を旅行したのである。

「私のように黒い」人みたいに、ぼくも怖がっている。ただし別なことを。たとえば下手糞な運転だ。車に乗る人がその日その日を生き延びているということ自体に驚いている。おたがい一メートルも離れずに疾走しているのだ。ハンドルを握りながらメールし、電話で喋る。あるいは単に馬鹿が運転しているだけでもどうなるか！　安全運転なんてものは存在しない。ぼくを後部座席に乗せたドライブは、拾ってくれた運転手にとっても災難かも、と自分でも心配になる。「スピード落として！」と悲鳴をあげたり、助手席で見えないブレーキを踏みこんだりしていると、ホスト運転手に悪感情を抱かれるのではなかろうか？　ぼくは自分で運転しないときには決して前の座席に座らないことにしている。ただし、以前にオーストラリアでタクシーに乗ったときだけは、後部座席に座るとお高くとまってると思われる、とものの本に書いてあったので助手席に座った。ボルチモアでは、タクシーで助手席に乗りこもうとすると、たぶん強盗だと思われて撃ち殺される。

　ヒッチハイクの経験はそれなりに積んでいる。今では想像すら難しいが、六〇年代の頭ごろ、高校からヒッチハイクで帰るのをうちの両親ですら当たり前だと思っていた。子供たちはみなそうしていた。道路には身ぎれいな十代の少年が並んで、ラクロスのスティックを肩にかついで親指を突き出していた。まちがいなく、ハンドルを握っている人間の中には今と変わらず連続殺人鬼がいたはずだ。でもそんな話はどこでも聞かなかった。誰一人、ぼくらにヒッチハイクの危険性を警告したりしなかった。そのとき、悪はまだ徘徊していなかった。

　もちろん変質者はいたし、ぼくは毎日、誰かがぼくを拾ってフェラってくれないものかと期待にちんこを堅くしながら親指を突き出していた。やってくれた人はたくさんいた。今回は、定義的にはムラムラ気分のヒッチハイクだろうが、ポケットの中には勃起ではなくバイアグラを携えていくことになるかもしれない。ヒッチハイクはゲイのものだろうか？　トラック溜まりとリーバイスをはいたタフガイのヒッチハイカーという組み合わせは、ポルノ映画の定番なんじゃないか？　ぼくは七〇号線を西に向かうつもりだが、運良くそのルートを行ければ、カンザスシティ運輸会社《トラッキング・カンパニー》という会社が本当にあるのかどうか確かめられるかもしれない――それともやっぱりジョー・ゲイジが監督したゲイ映画の古典に出てくる架空の自動車修理工場の名前に過ぎないのか？　以前テキサス州エルパソからマーファへ向かう道中で、本当にエルパソ解体業《レッキング・コープ》なるショップがあって、同題のシリーズ第二作を思いだして思わずハイウェイを降りそうになったことがある。もし本当にカンザスシティ運輸会社があったなら、そこで降ろしてもらってそこの人と仲良くなれるかも！

　若いころ、ぼくは大陸横断の州間高速五ルートすべてを走り抜け、大いに楽しんだ。ぼくらはよく「配送自動車」を使った。車の持ち主からキーを預かり、ガソリン代は自分で払って、大陸の反対側の目的地まで届けるのだ。ハシッシをキメて、「アメリカ・ザ・ビューティフル」を同乗者（デイヴィッド・ロカリー、スティーヴ・ブトウ、デイヴィッド・ハートマン）とがなりたて、ミネアポリスの美しい夕暮れを見つめながら車をぶっ飛ばしたものだった。あのころのぼくらの外見を思い返してみれば、よくも信用できたものである。だがぼくらは他の客を（そしてドラッグを）乗せないという規則こそ破ったが、車はかならず無事に送り届けた。そしてよくよく考えてみれば、あのとき、ヒッピーの全盛期でさえ、ぼくらはヒッチハイカーを拾わなかった。それで二〇一二年、誰が車を止めてくれると？

　ぼくは今でも、プロヴィンスタウンからトゥルーロのお気に入りのビーチ、ロングノックまでヒッチハイクする（十五キロの距離）。たいていは友達を親指の道連れにする。作家のフィリップ・ホアー、アーティストで歌手のケムブラ・ファーラー、偉大なアート・ディーラーの故コリン・デ・ランドといった面々が、ぼくと並んでハイウェイで指を立ててくれた。そしてぼくらは一度たりとも深刻なトラブルに巻き込まれたことはない。奇抜な髪型と仰天のファッションで子供も泣かす写真家のヘニー・ガーファンクルと一緒にヒッチハイクしたときには、わざわざUターンして止まってくれる車があった――これはいい兆候とは言えない。いつものようにぼくが前に座り、女性ヒッチハイカーは後部座席に乗った。車の中は室内のにおい、まるで車の中で生活してるみたいに。突然、『ピンク・フラミンゴ』で自分が書いた場面のことを思い出した。ミンク・ストールのキャラクターが、デイヴィッド・ロカリー演じる夫に向かって、もう飽き飽きだと言いだすところだ。「ひたすら車を転がして……転がして」女性のヒッチハイカーを拾って、誘拐し、それからレイプして妊娠させて赤ん坊を闇市場で売る、その獲物を探して徘徊するのに飽きてしまった、と。

「ほら、安全ステッカーがあるだろ?」とどこか不気味なドライバーは訊ねてくる。「うん」ぼくはしぶしぶ、フロントガラスの裏側に貼ってあるマサチューセッツ州発行の排気ガス検査証を見やった。「それ、自分で描いたんだよ」男は含み笑いした。ふりむくと、ヘニーの目はパニックでまんまるになっていた。とはいえ、この警報は空振りだった。何事もなく、彼はビーチでわれわれを降ろしてくれたのだ。

一人でヒッチハイクすることもあるが、そんなときはいつもこっちが顔バレしてるかどうかが不安になる。「車に乗ってる人だれ~?」ヒッチハイクという行為自体はじめての子供が困惑し、ぼくが乗りこむと両親にそう訊ねたこともある。「なんでこの人車に乗ってくるの?」少年の敵意に満ちた視線にさらされてちぢこまりながら、ぼくはヒッチハイクとは何かを説明しようと試みた。

また別なとき、ハンサムな長髪の海賊タイプにピックアップ・トラックで拾われたが、助手席に乗りこもうとすると、にっこり笑って注意される。「いやいや、後ろに乗ってくれないと。前はぼくの犬の席だからね」ハ！　荒くれヒッピー風ハンサムから自分の正しい地位を教えられ、ぼくも笑ってありがたくトラックの荷台に這いあがらせてもらった。こんなセクシーな悪魔に乗せてもらえるなんてウキウキだ。たとえプロヴィンスタウンへ向かう道、彼の後頭部しか見えなかったとしても。

もっと妙だったのは〈A&E〉チャンネルの「バイオグラフィ」シリーズがぼくを取りあげたときのことである。プロヴィンスタウンでヒッチハイクするところを撮らせてほしいと言われ、ぼくはしぶしぶ承諾した。番組スタッフは藪に隠れ、ぼくが車に乗せてもらったところでヴァンで追いかけてきた。乗せてくれた気のいい地元漁師はぼくが誰だか知らなかったばかりか、撮影スタッフにすら視線を投げなかった。車の窓から身を乗りだしてこちらを撮影するカメラマンを不安に見やりつつ、ぼくはあたうかぎり冷静に撮影のことを説明した。「後ろを見ないでほしいんだけど、撮影クルーがこの車を撮ってるんだ」「あいよ」彼は少しも感銘を受けた様子もなく肩をすくめ、さらに十分車を走らせてビーチで降ろしてくれた。撮影スタッフが車から飛び出し、ぼくが降りるところを撮影するときも、漁師は一度もカメラに目をやらず、ショットは無事だった。なんたるプロっぷり！

パトリシア・ハーストと一緒にヒッチハイクしたこともある。プロヴィンスタウンから六号線に歩いていく道すがらで簡単に拾ってもらえたが、運転手はどうやらぼくらが乗りこむまで、こちらが何者か気づかなかった。ぼくが助手席に、パティは後ろに乗った。運転手はぼくの顔を二度見してから、ようやく言った。「あんた、ジョン・ウォーターズ？」ぼくはイエスと答え、続いて彼がバックミラーに目をやるのに合わせて「で、そちらがパティ・ハースト」と教えた。相当びっくりした様子だったが、あの彼女だ、と気づいたのはまちがいない。「無理矢理やらされてるの」とパティは無表情で言った。パティの即興センスが誇らしい。ヒッチハイク漫才コンビの誕生だ。

その日、パティとプロヴィンスタウンに戻る道中ははるかに大変だった。車がびゅんびゅん飛ばしていく六号線の道端でヒッチハイクする羽目になり、本物のヒッチハイクらしくなった。車を捕まえるまでにはかなり時間がかかり、パティはどんどん不安になっていった。極めつけはようやく乗せてもらったあと、運転手から「乗り換えてくれ」と言われて、プロヴィンスタウンの隣町ノース・トゥルーロにいる彼の友達の車に移ったときである。のちに、その冒険を知ったパティの夫バーニー（ぼくはこよなく愛しているが、よく考えたらハースト・コーポレーションの警備責任者であった）から文句を言われた。「なあ、いいかげんにしてくれよ、ジョン」バーニーは少し不安がった。「パティはもう一生分トラブったろ?!」たしかに。でもぼくのほうはどうかしら？

〝非有名〟という状態はどんなものだろう？　今回の旅でぼくが求めているのはそれ、そして同時に必要なときには有名人に戻れることだ。この国では、ぼくはおよそ八十パーセントほどの時間、人前で何者なのかを認識されている。だけどそうでない二十パーセントのあいだ、他の人たちが日々どれほどクソのような扱いを受けているかに気づかされてひどく不快になる。ショップ店員や空港の係員が、突然こちらが何者かに気づき、不愉快そうな態度を一変させると、ぼくはただちに怒りっぽくなる。

ぼくのいわゆる名声、あるいはその突然の消失は、大陸間横断浮浪生活にどう影響するんだろう？　路上を徘徊し、高速道路の入口で親指を立てれば、〝どぶから出て来たデヴィッド・ニーヴン〟的グラマラスな浮浪生活の夢は満たせるだろうか？　いずれにせよ、時速百十キロで走り抜けるときに道端に立ってるぼくに気づく人はいるかしら？　そしてよしんば気づいたとして、そこで「おや、いま映画監督のジョン・ウォーターズがユタ州のど真ん中で突っ立ってたぞ？」となるのか？　ぼくが車に乗りこんだら、本当にぼくだと信じてもらえるのか、それともジョン・ウォーターズの仮装をしているだけだと思われるのか？　ある意味、ぼくは毎日実際にそうしている……年こそとったものの。

どうあってもボール紙のサインボードを掲げなければならない。大恐慌時代からある小道具は、過去にはきっちり効果があった。〈命をかけてサンフランシスコ〉だけでなく〈七〇号線西行き〉の裏に〈サンフランシスコ〉と書いて、ヒッチハイク懇願二本立て上映。加えて予備として北カリフォルニアのマリファナ栽培地域の街で、実際に友人が掲げてるのを見たことがあるボード――〈キチガイではありません〉。もちろん、おっそろしいドライバーがその文字を見て、含み笑いし、「残念、こっちはそうだがな！」と車を止める……なんてこともありうるが、ぼくとしては性善説でいきたい。

ヒッチハイクにばかげた縛りをもうけるつもりはない。だから、ぼくはお金もクレジットカードも携帯電話も持って行くし、今晩家に寄っていけ、と誰も誘ってくれなかったらモーテルに泊まるつもりだ。ただし観光はなし、友達を訪ねるのもなし。これは不条理な休暇であり、旅行ではないのだ。州間高速から一般道に降りたほうが拾ってもらえる確率が高い、とも言われた。そっちのほうが「後ろ暗いところがある」運転手が多いから、というのだ。ぼくがドラッグ・ディーラーや車のシャーシにヘロインを何キロも隠している運び屋の車に乗りたがっているとでも？　真夜中ににっちもさっちもいかなくなったら、生き残るためにはなんでもするつもりだ――必要とあればリムジンだって呼んでやる。ただしひとつだけ決めている。バイクには絶対に乗らない。

ヒッチハイカーの作法はいまだ確立されてはいない。もし運転が乱暴だったら？　運転手がうつらうつらしはじめて、休憩したがらないようなら運転を代わるべき？　そこでハンドルをゆずってくれなかったら？「おい、起きろ！」の声はじきに効かなくなり、何度もハンドルに手を伸ばす羽目になるが、一瞬運転手の意識が飛び車は路肩に向かってフルスピードで突っこんでゆきその先にはタイヤを交換中の車のまわりに家族がみんな集まっていて……あっそういえばタイヤの交換を手伝わなければならなくなったら？　ぼくはまったくやりかたを知らない。タイヤを替えられなければ死、となったらハイさようなら、だ。

そもそも他人に運転してもらっているあいだ、眠ってしまうのはどうなんだろう？　ぼくには、どうも無礼なことのように思える。おしゃべり相手を求めるからこそヒッチハイカーを拾うんじゃなかろうか？　はき出す相手を渇望してるのでは？　それに、眠りこんでしまったりしたら、すぐにメイン・ロードをはずれ、秘密の悪魔教団の本拠地に連れこまれ、首を切られて杭に晒されるかもしれない。

寂しいハイウェイで車が止まり、五百メートル追いかけて車に乗りこもうと覗きこんで、そこで筋骨隆々の黒人が六人座っているのを見たら、なんと言ってお断りすればいいんだろう？　ほらね？　ぼくはすでに人種偏見をむき出しにして、それに罪悪感を覚えている。ごく平凡な体育会系大学生かもしれないし、あるいは謎の『トワイライト・ゾーン』的タイムトラベルにまきこまれた六〇年代の自由の闘士たちかもしれない。お気に入りのヒップホップ・グループだったら？　以前ぼくが出ていたコートTVの「死が二人を分かつまで」のファンの人かも？　だけどもしそうじゃなくて、トラブルの香りがしたらなんと言えばいい？「これは実はリアリティ番組で、今も衛星放送で生中継中なんだ！」とか？　ひょっとしたら信じてもらえるかも！　たぶん甲高くさえずるだけでいい。「ああら、かわいこちゃん、止まってくれてありがと！」とお礼を言ってから、「助手席《ショットガン》！」と叫んで、決然とそこに座ってるやつを真ん中に押しやる。

でも、何もかもうまくいかなかったとしたら？　誰も拾ってくれない。強盗にあう。ボコボコにされる。すでに本の印税の半分を前渡ししてもらってるから、いまさらやめるわけにもいかない。臆病風に吹かれないように、出かける前にヒッチハイク資金は引き出せない口座に移しておくべきか？　編集者ジョナサン・ガラッシに電話して、わが怯懦《きょうだ》を、文字通りの根性なしを告白するような神経があるとでも？　わが「トラッシュの法王」の宝冠が糞まみれになるかも、と想像しただけで帯状疱疹が出そうだ。て、なんのことだか知らないけど。

あるいは本をまるごとでっちあげ、本物だと言い張ってしまうとか？　違いなんか誰にもわかるまい。ジョン・スタインベックが一九六二年に発表して高く評価されたベストセラー（そして今も版を重ねている）〝ノンフィクション〟『チャーリーとの旅――アメリカを求めて』が、実は、完全な出鱈目だと判明するまでにはたくさんの学者が何年もかけなければならなかった。スタインベックはピックアップトラックに乗って大陸を横断し、キャンプ場で寝泊まりし、そこで会った人たちとおしゃべりしたと主張していたが、実際には同行者を連れており、モーテルや高級ホテルに泊まり、会話を捏造していた。〈ニューヨーク・タイムズ〉紙の記事で、ビル・バリックは書いている。スタインベックは「取り巻きから実際に旅行するのは危険だと止められていた」。老いた彼は「若さを、修業時の精神を取り戻したかったのだ」。おおっと。これってぼくのこと?

いやいや。ぼくには嘘をつきとおせるとは思えない。人生のこの段階でJ・T・リロイ*になりたいとも思えないし、そもそも、文学的詐欺の中心人物になるというのは、数少ない、ぼくにとってまったく笑えない悪事だからだ。でもどうせならこの機会に、出かける前に、この旅で起こる最高の出来事を想像してみてもいいかもしれない。それに、最悪のパターンも。いずれも中篇小説として書こう。紙の上で想像旅行を済ませたのち、世界に飛び出して、本物に挑戦し、そして願わくば生きのびて結果を報告する。フィクション。ノンフィクション。それから真実。全部恐怖満点。さあ行け、ジョン、崖から飛ぶんだ。

*一九九九年、娼婦だった母から虐待を受けながら女装して男娼となる衝撃的な経験を描いた自伝的小説『サラ、神に背いた少年』でデビュー。作品はベストセラーとなったが、後にリロイは存在せず、すべてはソーシャル・ワーカーのローラ・アルバートの創作だと判明した。

起こりうるかぎり最高のこと

中篇小説

I'M NOT
PSYCHO

最高の旅・1　ハリス

よく晴れたボルチモアの春の日——気温二十度の完璧な朝だ。心配顔のお別れがいやなので、オフィスのスタッフに黙って出発を二十四時間早める。わが下劣の帝国を無慈悲に支配する長年の助手スーザンは、この冒険はばかげたアイデアだとずっと考えていたが、同時に、ぼくが彼女自身と同じくらい頑固だというのもわかっているので、説得はとっくに諦めている。もう一人の常勤の助手で、実際にこの本をタイプするはずのトリッシュ（ぼくはレポート用紙に手書きで記し、それを彼女がコンピュータに入力する）のほうはもう少し好意的で、というのも十代に家出したことがあったからだ。アートの製作助手ジルは全面支持のようだった。会計担当のドラリーは、すでにこのオフィスで何が起ころうとまったく驚かなくなっており、これがビジネス旅行ではないとは誰にも言えないわけで、ヒッチハイクで使ったお金一ペニーまでぼくが領収書を取ってくるはずだと万事心得ている。ハウスキーパーのマーガレットは、大陸横断旅行の計画を聞いて、見たことないほど強烈に〈文字通り面と向かって〉大笑いした。

玄関のドアから歩み出る直前、ふりかえると緑豊かなぼくの地所に住み着いている狐の幸せそうな姿が見えたので、幸運のしるしと受けとめる。防犯警報のスイッチを入れ、旅立つ気分は……うん、勇気りんりん。宅地を縫う細い道を歩くあいだ、幸いにも隣人にはヒッチハイクのサインボードを持っている姿は見られず、なぜ旅の荷物を持っているのに徒歩なのかも説明せずに済む。チャールズ・ストリートの角まで歩き、親指を突き上げてジルがデザインしてくれた〈七〇号線西行き〉のサインボードを掲げる。「文字をアートっぽくしすぎないように、『これ以上殺す前にぼくを捕まえて』*みたいに怖くしないで」とお願いすると、彼女はその指示を忠実に実行してくれた。ばかげてるなんて思わない、これは勇敢な行為だ。

信じられない。通りがかった最初の車が止まってくれる。ぼくは走り寄って乗りこむ。ブラウンのジーンズとチャールズ・シアターのヴィンテージTシャツを着たアート・スクール風がハンドルを握っている車は特徴がなさすぎて、思わずどういうものか訊ねてしまう。「たっぷり乗りこなしたVWパサート・セダン一九九九年型です」とよだれが出そうなほど親切な声で答える。すべての不安が一瞬で消え去る。ぼくが誰だかわかっていたのに、ヒッチハイク姿を見てもすこしも動揺していない。「わあ、ジョン・ウォーターズさん。大ファンですよ」とごく控え目に言ってくる。ぼくのプライバシーをあくまでも尊重して、目的地すら聞こうとしない。「ウェストバージニアまで行きますけど、お役に立ちますか?」「もちろん!」ぼくは七〇号線西行きとボルチモア・ベルトウェイの合流点となる立体交差を避けられて安堵する。あそこはヒッチハイクするような場所じゃない。

「ギャスパー・ノエの新作は見ました？」彼は真の映画狂ならではの熱狂をこめて訊ねる。「もちろんだよ。『エンター・ザ・ボイド』はドラッグ体験を描いた史上最高の映画だ！」とぼくは答えた。ぼくの作品ではなく、他の監督の法外な映画について話したがるなんて最高だ。「ぼくはディレクターズ・カットのほうが好きですね」とわが運転手は続ける。「あっちのほうが終わりがない感じがするから。まるでLSDのトリップみたいに」「ギャスパーとは会ったことがあるんだ」と言ってみた。「映画を見たあとで会うと驚くよ、すごくいい奴なんだ」「ぼくはイカれた映画が好きなんです」熱をこめて言う映画マニア氏がラジオをつけると、そこでかかっていたのは……マーヴィン・ゲイの「ヒッチハイク」。なんたる偶然！

ぼくの勘違いだろうか？　それともこれはガンジャの香り？　マリファナ吸いの現役を離れて久しい。一九六四年から七二年ごろまでハッパを吸わない日はない生活だったが、今では吸っても日々の些事が気になるだけなので滅多にやらなくなった。でもときどき、夏のプロヴィンスタウンで、金曜日の夜、翌日の用事が何もないときなど、ちょっぴり煙を吸って笑いと饒舌の、年下の友人でパートタイム喫麻者のフランキーが言うところの「始まった」状態になる。それにもちろん、ぼくはいいホストたらんと努めている――ぼくの住処にはすべて、少量のマリファナが備蓄してあって、お客さんが吸いたくなったらいつでも提供できる。合法な分量だけ。だといいな。

＊リップスティック・キラーことウィリアム・ハイレンズが殺人現場の壁に書いた文章。

「ハリスです」ようやく彼は名乗りをあげ、ぼくはひそかに「ディヴァインの本名と同じだな」と思ったけれど、ドリームランド*に絞るのではなく、広く映画狂向けの会話を続ける。ハリスはハンサムで、ぼくが生涯で一度たりともたどりつけなかった余裕ある物腰を身につけている。最初のヒッチハイクから楽しい相手で、ぼくは大いに安堵する。「メリーランド・インスティテュートの学生さん?」学生ならボルチモアにいて不思議はなにもない、と思いながら訊ねる。「いや、自営でビジネスをやってます」ボルチモア・ベルトウェイの西行き合流点に向かいながら、あらゆるたぐいの推測を呼びそうな流し目をくれる。

「アルマンド・ボーの映画は見てる?」ぼくは映画マニア的会話を続けるのが乗せてもらった〝運賃〟の一部のような気がして、訊ねてみる。「大好きですよ!」ハリスが叫び返してくるとき、車は七〇号線西行きに入り、早くもサンフランシスコへの旅程がはじまろうとしている。「アルマンドはもう何十年も前に亡くなってしまったけど、もっと評価されてしかるべきだ」ぼくは音楽に負けじと声を張りあげ、運転手も同意する。「イザベル・サルリってすっごくエロいですよね! しかも天然おっぱいなんですよ!」ハリスは監督の愛人にして全作品の主演女優についておっぱいマニアを吠えたてる。「しかも彼女はまだ元気なんだ!」とぼくは叫ぶ。「七十五歳**だよ! ついこないだ、電話で話したところだ」と自慢すると、彼はまちがいなく感動している。「マジで?」ハリスは目をまんまるにして驚く。「本当だよ」ぼくは手を掲げて無言で神に誓った。「南米のトラッシュ映画ファンが連絡をつけてくれたんだ。彼女の英語はちょっと錆びついてたけれど——でもぼくのスペイン語よりはだいぶマシだから——彼女の主演作『獣欲魔』、『獣欲魔地獄責め』、『先天性欲情魔』といった作品が、ぼくやディヴァインにとってどんなに大きな意味をもってたのかは伝えられたよ」

「どうして最近映画を撮ってないんですか?」ハリスは不意に礼儀正しく訊ねてくる。ぼくは『フルーツケーキ』という映画の企画を立ち上げていたと説明する。〝最悪に素晴らしいクリスマスの子供冒険もの〟で、脚本を書き、クランクインを待つばかりというところでリーマン・ショックが来て、ぼくが知っていたインディペンデント映画の世界は崩壊し、今では配給会社も出資者もみな予算を二百万ドル以下に抑えてくれというようになったのだが、いまさらその規模の映画作りはできないので、と。「ああ、じゃあぼくが出しますよ」とハリスは平然と言う。「え、どういう意味?」自分の耳が信じられずに聞き返す。「秘密は守ってもらえますよね?」ハリスは陰謀でもたくらむかのように囁く。「もちろん」とぼくはつぶやく。実際ぼくは守れるのだ、とびきりの秘密ならなおのこと。「ぼくはマリファナの売人なんです……ご心配なく、車には積んでません。ブツは全部ウェストバージニアの農場なんですけど、現金はたっぷりあります。おいくらほど必要なんです?」「ざっくり五百万」と、ぼくはすっかりハリスにかつがれていると確信し、含み笑いしながら言う。「問題ないっす」まるでぼくが六〇年代のバークレーで小銭をねだったみたいに、ハリ

＊ジョン・ウォーターズの製作会社「ドリームランド・プロダクション」にちなんで、彼の作品を「ドリームランド作品」、常連出演者・スタッフを「ドリームランダーズ」と呼ぶ。
＊＊イザベル・サルリは一九二九年生まれとされるので、本書執筆時（二〇一二年）には八十三歳のはず。なお、サルリは二〇一九年没。

スは平然と言いはなつ。「でも、冗談だよね？」こんなことがあるんだろうか、と思いながら訊ねた。五年間、この予算を集めようとさんざん苦労してきたっていうのに。「全然楽勝ですよ」車はウェストバージニアとの州境を越え、ぼくは非合法州間出資のスリルに興奮していた。「昔やってたんだけど、合資会社を作るってのはどうだろう」と申し出てみた。「いえいえ」ハリスは愛想よく答えた。「キャッシュで渡すから、回収できたところで返してくれればいいです」キャッシュだって⁉　頭の中で警報が鳴った。現金で五百万ドル⁉　「おいおい、そんなの国税局にどう説明すればいいんだ？」ぼくはハリスに当惑しながら訊ねる。「役人はどこからもらったかなんて聞かないでしょ？」彼は平然と答える。「払い戻してくれたら、匿名で経営しているネイル・サロンを通じて洗浄しますよ」「オーケー」ぼくは呆然としつつも、相手が本気の可能性もあるので、取り引きをおじゃんにしたくない。

〝新たなビジネス・パートナー〟の出現に仰天しているうちに、車は高速道路を離れて田舎道を走っている。「もうすぐです」ハリスは同じブロックを何度もぐるぐるまわり、さらに細い道に入ってジグザグに折れつつ説明する。尾行がいないのを確認しているんだな、と思ったが、たった今お金を勝ち取ったばかりの口先は封印しておく。

ようやく車は美しい泥道に入り、天然の並木が差しだす天蓋をくぐって、わかりにくく長いドライブウェイに折れると、ウェストバージニア北部の丘陵地帯をさらに一キロばかり走った。目の前に美しく、だがお洒落すぎない程度に改修された一八五〇年代のファームハウスが、小さな滝からゆっくりと水が落ちる池を見下ろしている。牧歌的な田園風景を取り囲む緑陰の木々と繚乱たる花々。目も覚めるような美人妻が、五月だというのに素足、鮮やかな赤のジーンズとロングスリーブの黒Tシャツという格好で、パティオに並んだ鉢植えの花に水をやっていた。

「ローラです」ハリスはぼくらを引き合わせてくれる。「もちろんジョン・ウォーターズさんと彼の映画のことは知ってるよね」ローラは暖かい笑みで迎えてくれる。彼女からもただよう大麻の香りは嗅ぎちがえようがない。「新作の予算として、五百万ドルあげる約束をしたんだよ」ハリスはさりげなく口にするが、ローラもとりたてて驚く様子は見せない。「あら、素敵じゃない」と黒いチューリップの鉢植え（ぼくのいちばん好きな花だ）をテラスのテーブルにセンス良く飾りつける手を止めもせずに言う。「わたしたち、以前から映画に投資できたらって願ってたんです」彼女は幸せそうに言う。ぼくも笑顔を返したが、いまだ呆然として口をきけないでいる。「ランチの用意をしますよ」とハリスは言い、小走りにファームハウスの本館に向かう。ローラも進んで手伝おうとあとを追う。

ぼくは座ったまま自分の幸運を噛みしめている。最初の一台目のおかげでもう映画業界へ復帰しようとしてるだなんて。ハリスとローラはすぐに戻ってきて、美味しいチキン・サラダをふるまってくれる。平飼いで今朝ローラがその手で締めたばかりの鶏だという。摘み立てのブルーベリーのデザートのあと、ハリスは布ナプキンを丁寧にたたみ（「マーティックスのものですよ」ボルチモアのボヘミアンに愛されながらも最近閉店したダウンタウンのレストランの名前を誇らしげに挙げる）、それから「ジョン、散歩しませんか？」と声をかけてくる。ぼくはいそいそと地所のいちばん奥までついてゆき、そこでハリスはこれから「現金を掘り出す」と言いだす。ぼくは口を閉じたままでいる。「ねえ、ハニー」ハリスはローラに向かって叫ぶ。「いつものフェデックスに電話して、お友達のサボり屋くんのケツ叩いといてよ。特別配達があるからって」

　ハリスはぼくのほうを向いて、優しく訊ねる。「フェデックスの口座はあります？　なければ、ダミー口座を使ってもらってもいいですけど」「お金をフェデックスで送るの？」この場で金を送ろうというハリスの剛胆さに驚嘆して訊ねる。「もちろん。現金を抱えてヒッチハイク旅行なんてしたくないでしょ？」「うん、そりゃそうだけど」ぼくはつっかえながら、暗記していた番号を彼に教える。「結構」ハリスは数字を書き取りながら言う。「じゃあ直接住所にフェデックスします」ちょうどそのタイミングで、ローラがガゼルのように軽やかに、組み立て式のフェデックスのボール紙の箱を抱えて家から走り出てくる。口元に清純で愛らしい笑みを浮かべている。数百万ドルの財産を人に分け与えるのはこれがはじめてなのだろう。慈善行為にいまだかつてない喜びを感じているのがわかる。

　ハリスは、手をいれておらず自然に古びた納屋の扉の裏からシャベルを取ってくると、雑草が生い茂った農地のさらに奥へ案内してくれる。「ここです」プラスチックの葉の下になっていた偽の土塊をいくつかどかして、掘りはじめる。ローラはゴム手袋をはめる。ハリスが汗もかかないうちにシャベルが金属にあたってカチンと音をたてる。「ビンゴ！」ローラは親しみをこめたウィンクをして囁く。ハリスは「掘り出し物《ペイ・ダート》だよ」とジョークを言いつつ、細いが筋肉質の腕で、ダイヤル錠のついた小さな業務用金庫を引っ張りあげる。ローラはぼくに大型の標準フェデックス箱を渡し、自分ではピストル式の粘着テープを構える。だがぼくのパニック顔から箱の組み立て方がわからないんだと悟り、そっと梱包物を取り戻す。「大丈夫よ」とぼくに囁きかける。「あなたのお仕事は監督ですもの。単純作業はまかせて」ローラは腕の一振りで箱を組み立て、早射ちマックそこのけの早業でテープを貼り、翌日配達のプロばりに鮮やかに仕上げた完成品を手渡してくれる。ハリスが金庫を地面に下ろし、ローラがすばやくダイヤルを合わせるので、ぼくは目をそらす。欲深そうに、いや何より小狡く見られたくない。ハリスは十メートルほど離れた場所に移り、さらに人工芝をはがしてそこを掘りはじめる。驚くほど上手な口笛で「ショウほど素敵な商売はない」を吹くのが聞こえる。

「さあどうぞ」ローラは金庫の扉をひらき、百ドル札一万枚の束を、これで百万ドルだと保証して渡してくれる。ぼくには重たく感じられたが、ローラは軽く笑って、「ほんの十一キロよ。三百万ドル分ぶかぶかの冬物衣装の中にぶらさげて税関をくぐることもあるけど、本当にたいへん。でも文句は言えないわ。アメリカをいい気分にさせてあげる仕事なんだから、簡単でも楽でもないのはあたりまえ」

「ほい、もいっちょ!」ハリスは地面に開いたもうひとつの〝墓〟から、同じかたちの金庫を両手で引き上げ、腕っこきの金庫破りよろしくダイヤル錠をくるりと回してひらく。「これだけあれば、音楽の権利も買い放題だよ」次の百万ドルをさしあげて見せつつ、ぼくに向かって幸せそうに含み笑いする。「ジョニー・ノックスヴィルだって現金払いがお好きでしょ?」ローラは昨今のショウビズ界では珍しい思いやりの心を見せてくれる。「そりゃもちろん」そう同意しながらも、ぼくが誰を次回作の主演に起用したがっているかまで知っている情報通ぶりに大いに感銘を受ける。ジョニーのエージェントに現金払いを納得させるのはぼくの仕事だ。

　一時間ほどかかったが、ハリスとローラはさらに三つ小型金庫を掘りだし、取りだした現ナマを九つの大型フェデックス箱に詰めこむ。どうやら二人の非伝統的銀行預金からはさしたる欠損にもならないようだ、とぼくも理解する。「あなたを信用しますよ」ハリスは最後の箱を閉じながら優しく言う。「ご心配なく」とローラが犯罪資本主義者の平和な心をこめて付け加えてくれたことをぼくは決して忘れないだろう。「これはわたしたちなりの、あなたの映画へのお返しなんです。それに『フルーツケーキ』がヒットするのはわかってますから」「でも、必要と思わない脚本の変更は絶対にしないでくださいね」とハリスが陽気に口をはさむ。「映画で金が回収できなくったって、いっこうにかまわないんだから」「ほらほら」ローラが興奮気味にかぶせる。「もうフェデックスの支社に行きましょう。まだまだヒッチハイクは長いし」「今後のヒッチハイクが、最初の車と同じくらい、実り豊かなものでありますように」ハリスは金銭愛と芸術的尊敬をこめて付け加える。

　ぼくはメモをよこさない新任プロデューサー二人組を抱擁し、それからハリスと一緒に車のトランクに箱を片っ端から詰めこむ。車に乗りこんでローラに別れの手をふるが、彼女はすでに爽やかに狂った庭いじりマニアよろしく多年草を鉢植えしている。車が出るまぎわ、黒い蝶がローラの肩にダグラス・サークの映画のようにとまり、彼女はジュリア・ロバーツの仕事を根こそぎ奪ってしまいそうな笑顔を浮かべながら手をふり返す。

「『ZOO』は見ました?」路上に戻るや、カルト映画トークを続けたいハリスは前置き抜きで聞いてくる。「もちろんだよ」ぼくは誇りをもって答える。「シアトルで馬とセックスしたあと死んだ男をめぐる実録犯罪ものアート映画だよね。ぼくはあちこちで映画の前説をやったよ――シドニーのオペラ・ハウスでも上映したんだ」「それです」とハリスは同意して「あの連中がかわいそうに思えてしまったんです」それに対して、「あれは悲しい話だけど、節度をもって語られてる。動物救援団体で働いてる女が言うこと、信じられる？『ちっちゃなポニーがおおきな馬に近寄ってフェラチオをするのを見た』だって。まったくのたわごとだ！」どの場面を言っているのか即座にわかったハリスは、間髪入れずに「ぼくは動物が好きですよ」と続けた。「でもあの馬が勃起して、男にまたがったんだとしたら、その性行為に『同意してない』とは言えないでしょう？　動物が勃起してるんなら、やる気じゃないんですか？」

　議論が続くうちに、フェデックスの集荷店につく。驚いたことに正面に〈ゴーイング・ポスタル（皆殺し）＊〉の看板をかかげている。ハリスはここそ全米で唯一の「堕落した」フェデックス店舗で、自分が一人きりの顧客なんだと説明してくれる。ハリスのおかげでこの店舗は営業を続けており、本社から目をつけられずにすんでいるのだという。

　中にいる店員はホールフーズの従業員監獄を脱走してきたみたいに見えた。髪はフェデックスのロゴの形にカットしてあり、大きな花輪をつけて、額には〝ＵＰＳ＊＊〟の文字を刺青していた。古着のＤＨＬ配達人の制服はＵＳＰＳ（アメリカ合衆国郵便公社）の制服と縫い合わされ、精神的に不安定だが誇り

＊八〇年代半ばにアメリカの郵便局で銃の乱射による大量殺人事件が頻発したことから、職場での銃撃事件のことをいう。

＊＊〈ユナイテッド・パーセル・サービス〉。ＤＨＬと共にフェデックスのライバルの運送会社。

高きポストモダンな郵便配達人衣装を作りあげている。縫いつけられた名札には「差出人戻し」と綴られている。ハリスとは肝胆相照らす仲らしく、ヒップスターのこぶしをぶつけあう挨拶を交わす。物欲しげに見えませんようにと願いながら翌日届けの伝票を書くが、よけいなことは何も訊ねられない。「万事完了」とハリスは宣言し、巨大なマリファナ煙草を取り出して〈差出人戻し〉に手渡す。たぶんチップのようなものなんだろう。

「ありがとう、ハリス」店から出て、ハリスのごく平凡な車に乗りこみつつ心からのお礼を言う。

「どういたしまして」とハリスは慎ましく答えながら、制限速度をきっちり守って車列に入る。「お礼はデルマーバ半島のハッパ愛好家に言ってください。あなたの映画に本当の意味で出資してるのは彼らなんですから」その言葉とともに、彼は七〇号線西行きの入口ランプに車を寄せて止める。

「これが連絡先です」と彼が渡してくれた名刺は、ノミ屋やナンバー賭博業者が使っていたような〝フラッシュ・ペーパー〟（火がつくと一瞬で燃える紙）に印刷されている。ぼくがウェストバージニア州トリアデルフィアの私書箱番号を読みあげると、ハリスは「もう一度読みなおして、番号を記憶して」と言う。ぼくはそうする。突然、光が閃いて名刺に火がつき、灰になって消える。「いいご旅行を」とハリスが声をかけてくれ、ぼくはドアを開けて車を降り（いきなり現役映画監督に復帰して）親指を差しだす。ハリスはアクセルを踏みこみ、最後にバックミラーでこちらを見る間にも、次の車が止まってくれる。ここまで来てまだ二時半！

最高の旅・2　ケイ＝ケイ

おっとびっくり、助手席側のドアを開くと前にハンドルがある。ここってロンドンだっけ？　ぼくは瞬間、混乱して立ち尽くす。「どこまで行くかわかんないけど、乗ったら？」と運転席から差し招くのは感じのよい中年女性で、品のよいグレイのブーファンにまとめた頭は週に一度の美容院でのメンテナンスは欠かせないだろう。パステルカラーの郊外スタイルのセパレーツに身をつつみ、どこにでもいるお母さん風情。フロントドアに〈ＡＯＧ運転教習所《ドライビング・スクール》〉の小さなロゴがついている。運転で身を任せるならこれ以上の相手はいないかも？

　飛び乗って、ダッシュボードに記された〈トータル・フリート・サービス〉という整備会社の名前が目立つ、このかなり古い（ほとんどヴィンテージに近い）車には足のあいだにサブ・ブレーキがついているのに気づく。「あたしの名前はケイ＝ケイ」と不安そうな顔で言うが、シートベルトを締めたとたんに車が急発進してウィンカーも出さずに低速レーンに飛び出し、入口ランプから合流してくる別の車の進路を横切るので、こちらもいきなり不安になる。これで他人に運転を教えてるの⁉　まわりじゅうの車からクラクションが鳴り響いてパニックに陥る。「ジョンです」ぼくは礼儀正しく告げ、そしてこちらの正体をわからぬ様子に安堵する間もなく、思わず足元にあるサブ・ブレーキを踏んでしまう。あきらかに前の車がスピードを落とそうとして、親切にもポンピング・ブレーキでライトを光らせて知らせてくれているのに、彼女はまったく気づいていないようだったからだ。「ごめんなさい。でしゃばっちゃって」とぼくはもごもご言う。ケイ＝ケイは「気にしないで」と言いながらも、低速レーンでウィンカーすら出さずにまた一台を蛇行でかわす。「あたし、猫の手も借りたいくらいよ」

危険な運転が続くうちに、ぼくがハンドルを握る時間はますます長くなり、ケイ＝ケイのほうはそれに反比例して落ち着いてくる。「あたし、本当は教習員なんかじゃないのよ」とうとう彼女は自分から言いだす。隣座席のハンドルまで必死で手を伸ばさずに、助手席のハンドルだけで辛くもニアミスを避けたところで。「でも、じゃあなんでこんな車に乗ってるんですか？」ぼくは当惑して訊ねる。「長い話なんだけど、わたしにはどうしようもない成り行きだったの」とため息をつき、今にも泣き出しそうだ。

その先を訊ねる間もなく、車の後部からくぐもった爆発音が聞こえてきて、ぼくは新たな不安をかかえる。「ブレーキ・パッドよ」ケイ＝ケイは自信なげに言う。「たぶん大丈夫」打ちつけるような音を聞くうちに心配がつのり、ぼくから彼女に「車を止めたほうがいい。何かぶらさがってる気がする」と伝える。「止めないで！」と彼女は突然真剣に言い、かわりにラジオを爆音でかける。

昔から愛聴していたナーヴァス・ノーヴァスの「トランスフュージョン」が流れはじめるが、この五〇年代のノベルティ・ソングの「ぼくは二度と、二度と、二度とスピード違反しません」のサビに続いて聞こえる恐ろしい自動車事故の擬音に勇気をもらって、ぼくはあえて彼女にあらがう。「止めようよ！」ぼくは前方に近づく休憩エリアの入口に向けてハンドルをまわすが、彼女のほうが、はじめてぼくにあらがって、ハンドルを逆に切る。工事現場が近づいてきたのでブレーキを踏んだが、彼女はアクセルを踏みこんで、コーンをはね飛ばし、パニックに陥った作業員たちは逃げまどう。

「おねがい、後生だから」ケイ＝ケイはいきなり戦術を変え、懇願してくる。「車を止めないでくださいな。どうしても妹に会いにいかなきゃならないの。妹はオハイオ州コロンバスの近くに住んでるんだから」「ちゃんとたどりつけますよ」そう言って彼女を落ち着かせ、気をそらすために即席インストラクターの役割を受け持って、手を伸ばしてワイパーと曇り取り機《デフロスター》を動かして機能を説明してあげる。だがケイ＝ケイは諦めようとしない。車はふたつの意志に引っ張られ、ハイウェイを危なっかしく左右に蛇行する。車の後部から聞こえてくる音もさらにひどくなってくるようだ。聞き間違いかもしれないが、なにやら「助けて！」って声が聞こえたような？

　とうとうケイ＝ケイも諦めて、ラジオの音量を下げ、両手を完全にハンドルからはなし、主導権をもらったぼくが車を次の休憩エリアの駐車場へと導く。「わたしのせいじゃないのよ」ケイ＝ケイは今度は泣き落としをくりだしてくる。「何があなたのせいじゃないって？」ぼくが問い詰めるのと同時に「くそビッチ！　いいから出せ！」と男の叫び声が聞こえる。「黙ってな、クソ野郎！」とケイ＝ケイはいきなり外見には似つかわしくない激烈な怒りを爆発させ、車の後ろに向かって叫ぶ。「女の運転って奴は！」くぐもった声が怒鳴り返し、ぼくは気づく。なんてこった、トランクに誰か閉じこめられてる！　ドラマじゃないか！　これこそぼくが求めていたもの――この本にうってつけだ！

「わたしは未婚なのよ」今度は見た目通りの泣き落としがはじまり、ぼくはエンジンを切って聞くことにする。他にできることがあるとも思えないし。「ただ運転を習いたかっただけなの」さらに激情をこめて続ける。「でも、だめだった、あの……男性優位主義のブタ野郎が、中絶問題についてどう思うかってしつこく訊いてくるの……よりによって、最初のレッスンで！」「中絶なんかしたら死んだ赤ん坊の母親になる！」とトランクの中の声が割って入る。「わたしは神様とお話ししたけど、神様は中絶容認派《プロ・チョイス》だったわよ！」とあきらかに戦闘的フェミニストであるわが道連れは、予想もしていなかった猛烈な怒りむきだしで叫ぶ。「ねえ、ぼくはあなたに賛成だよ」ぼくはケイ＝ケイをなだめようと、なんとか説得を試みる。「ぼくは子供は嫌いじゃない」と続けて、「でも、中絶に関しては単純な考えなんだ。子供を愛せないんなら、作っちゃいけない。なぜって、成長したらきみを殺しにくるからね」彼女は安堵の同意でうなずく。「でもねえ、こいつをトランクに入れとくのはダメだよ」ぼくは説得しようとする。「なんだそのカマ野郎は？」人質の無礼さにぼくも即座に切れる。「汚らわしい精子垂れ流し野郎！」と叫びつけ、たちまち、ケイ＝ケイに負けずおとらず戦闘的になる。「よくもまあ、女性が自分の体をどうすべきかなんて説教を垂れられるもんだ」「そうよ、ファロピウス管ファシストめ！」怒りのあまりケイ＝ケイの額には血管が浮き上がり、膨れあがった髪がつぶれかけている。

「ちんぽ舐め！　売女《ばいた》！」と狂信的な中絶反対派《プロ・ライフ》はがなり、トランクを内側から激しく叩くので、隣で車から降りてきた家族がいぶかしげにこちらを見る。「女の子になって、妊娠して中絶したい！」とぼくが叫んで、買い言葉で狂った反応をするのを聞き、ママとパパと子供たちは急ぎ軽食コーナーへ逃げこむ。ぼくがトゥーレット症候群（汚い言葉を発する強迫的精神疾患）にとらわれたただの狂人だと確信して。

「わたしは並列駐車を習いたかっただけなのに！」ケイ＝ケイは慟哭《どうこく》する。「でも、ダメだった！　あの男はわたしに性政治学の議論をふっかけてくる。わたしはね、中絶なんかしたことありませんよ。でもたとえあったとしても、それはあくまでも個人的なことでしょ！　なんでわたしの生殖器について、運転教習員と話しあわなくちゃならないの？」ぼくが答える前に、ケイ＝ケイは『エクソシスト』のリンダ・ブレアみたいに椅子の中でぐるりと首をまわして囚人を問い詰める。「なんでなのよ？　色きちがいのクソ野郎！」すべての性的不平等への身を刺すような憎しみをこめた叫びに、最後の侮辱を付け加える。「人間なら中絶、でもニワトリならオムレツよ！　さあ、あんたはどう思うわけ、言ってごらんなよ、臆病な卑怯者！」ケイ＝ケイの過激なキャッチフレーズが効いた。「臆病者？　臆病者だと？」奴が怒鳴り返す。「中絶クリニックを爆破したこの俺を臆病者呼ばわりするのか？　俺はアーミー・オブ・ゴッドの戦士だぞ！　我こそは全宇宙の精子守護者なり！」

急に男が静かになる。さすがに言ってはまずいことを口走ったと気づいたのだ。ケイ＝ケイは突然すべてを理解してまばたきし、勝ち誇ってぼくに囁く。「AOGドライビング・スクール⁉ なんてこと、これってキリスト教保守派のテロ集団、神の軍団《アーミー・オブ・ゴッド》のフロント企業だったんだわ！」それから、わざとトランクの中に聞こえるような大声で付け加える。「あいつは警察に訴えたりしないわよ」オハイオ州デイトン行きのコンチネンタル＝トレイルウェイズのバスが停まり、トイレ休憩の乗客を降ろすのが目に入り、ぼくはすばやく頭を回転させる。「オーケイ、ケイ＝ケイ、車を降りて、あのバスに乗ればいい。デイトンはコロンバスのすぐ先だ――妹さんの家に行けるよ。キーをおくれ」ケイ＝ケイは黙ってキーを渡してくれ、ありがたやトランクの開放ボタンもついている。ケイ＝ケイは地獄の運転教習が終わって、目に見えて安堵しているようだ。

　二人で車を降り、勢いよくドアを閉める。突然、先ほどよりもおとなしい声がトランクから聞こえてくる。「わかったよ。なあ、さっきのは本気じゃなかったんだ」と哀れっぽく、「つまらない誤解だ。後腐れなくおさめようじゃないか。ここから出してくれたら、お互いきれいさっぱり忘れよう。お互いの不同意に同意しよう。こっちが間違ってるかもしれないし……悪かった……ケイ＝ケイさん、あんたの運転もそこまでひどくもなかったよ。もう何度か講習を受ければ、きっと免許も取れるから！」

　ケイ＝ケイははじめて大笑いし、それを見て、本当は穏やかな彼女が自分でも知らなかった内に潜む政治的熱情を引き出されただけなんだとわかる。今ではそんな自分を誇りに思っているようだ。力にあふれ、中絶権利擁護の怒りをしずめて次へ向かう準備ができている。ぼくは彼女の手をとってバスまで導く。運転手は、まちがいなく会社の方針に逆らって、ドアの番をせず、でっぷり太った乗客たちと一緒に煙草を吸っている。残りの客は席でまどろんでいるか、屋内にある動脈瘤必至のシナボン菓子の屋台に行列を作っている。バスがデイトンを通っていくのはわかっていたので、いちばん簡単な行き方を訊ねて運転手の目をそらすことなど造作もなく、その間にケイ＝ケイはたやすくバスに忍びこむ。

　離れた場所から教習車のトランク開放ボタンを押すと、周囲に停まっている車を威嚇するように、トランクはぽんと開く。中絶反対派の闘士はゆっくり起き上がり、警戒しながら周囲をみまわす。待ち構えてとびかかってくる警察がいないとわかるや即狂信者にたちもどり、〈未生の女性にも平等の権利を〉のチラシをひっつかみ、手足を伸ばしたりお手洗いに行くために車を停めた罪もない家族につかつかと歩み寄っていく。泣き叫ぶ子供二人と手助けもしない間抜け旦那を抱えた母は「うるさい」と言い捨てる。運転教習員はなおもめげずに、行く前よりもひどい格好になって軽食コーナーから急ぎ足で車に戻る一家に近づいてゆく。「なんでママは泣いてるの？」と砂糖まみれの少年が心配顔で訊ねる。「おまえが阿呆だからだよ！」カッカしている父親は怒鳴り返す。そこに空気を読めない扇動家が割り込み、「産児制限するのは弱虫！」と叫びながら、人間理解の完全なる欠如ゆえに屈辱をなめた子供の手にビラを押しこもうとする。「くそくらえ！」少年は突如噴出した怒りのままに、中絶反対派の股間をあらんかぎりの力で蹴りあげる。

　家族は不意の望まれざる闖入者の前で団結し、ミスター大言壮語が精液たっぷり、赤ん坊準備万端の睾丸を抱えて這々《ほうほう》の体《てい》で逃げてゆくのを見て、嘲笑の雄叫びをあげる。ぼくはケイ＝ケイのほうを見る。彼女もぼくと同じ光景を見ている。ぼくにはとうていこんな騒ぎは引き起こせなかったろうし、ここではじめて、ぼくが彼女に感謝していることがケイ＝ケイにも伝わったと思う。クリエイター仲間に向ける敬意をこめて微笑むと、ケイ＝ケイは別れの手をふる。他人の未来をちょっぴり前向きに押せたことに満足して。彼女の乗るバスはコロンバスへ、妹との本物の人生に向けて走りだす。ぼくらのちょっとした冒険のことは決して口にされない秘密になる場所へ。

ぼくは出口ランプまで歩いて行き、二枚目のヒッチハイク・ボードを試してみることにする――〈中年の危機〉。ぼくは親指を突き出す。路傍の現実はかならずや、さらなる完璧な素材をぼくにもたらしてくれるだろう。

最高の旅・3　ルーカス

　何台か車が通過していくが、考えをまとめる時間ができてありがたい。通り過ぎる運転手はみな親切で、手信号を使ってごく近くまでしか行かないとか、あるいはもっと複雑な、たぶん西ではないどこかに曲がるという意味とおぼしき内容を説明してくれる。幸運はまだ終わらないばかりか、ヒッチハイクの守護天使よろしくバク宙してぼくの隣に完璧な着地を決める。くたびれたベージュの一九六五年型フォードＦ－５００平床トラックがきしり音をたて、進入路の真ん中で、ブレーキを踏まされて苛立つ後続ドライバーのことなどいっさい無視して止まる。だが、誰もクラクションを鳴らす勇気はない。なぜならトラックの荷台にはデモリション・ダービー（改造車同士をぶつけあい、最後まで動ける一台が勝利するというゲーム）用に改造された一九七〇年型フォード・ヴィック・ステーションワゴンが鎮座しているからだ。車の両サイドに巨大な文字でおどろおどろしく〈ウィップラッシュ（鞭打ち）〉とスプレーで殴り書きされており、加えて地元のスポンサーであろう〈サンパー・バンパー〉というおそらくは自動車修理工場の名前が並び、ボンネットには〈アスカー（ASSCAR）〉と書き殴られていた（どういう意味かは神のみぞ知る）。トラック後板の〈ティタヌス・タトゥー・パーラー〉で広告が完成する。運転席側のドアにはエントリー・ナンバーの422が黒で書かれている。おっと、四月二十二日ってぼくの誕生日だよ！

乗りこむ前に、運転手を一目見ておこうとトラックを覗きこむ。こんなにも早く次の車に拾われて興奮していたが、それでも第一印象は大事だし、この本質的に非安全な旅行にあっても、できるかぎりの予防措置はとっておきたい。「やり逃げ御免！」と運転手は怒鳴る。「ルーカスだ。乗りな！」「ありがとう」とぼくは答え、車にあがりこむと、嬉しいことにラジオからは高速道路の暴走ソング、デル・リーブスの「ルッキング・アット・ザ・ワールド・スルー・ア・ウィンドシールド」がかかっている。「おいおい、あんた『ザ・シンプソンズ』に出てただろ！」運転手はマフラーをはずしたエンジンの轟音をも圧するような大声で叫びながら七〇号線西行きに入る。「ええ、ぼくです。ジョン・ウォーターズです」ぼくは控え目に認める。彼は「『ホーマーの恐怖症』！」と大笑いしながらぼくの出演回のタイトルを正しく言う。男の前歯は二本金歯で、白人にしてはたいそう珍しいが魅力的だった。ピチピチのブルー・ジーンズには機械油が染み、履き古した白（！）のバイカー・ブーツ、それにくたくたになった古着の五〇年代スポーツ・シャツは自動車事故を描いたコミック・イラストの柄だ。そんな姿は愛想よい反逆者の魅力をいやますばかりだ。

新たな同乗者に気分が良くなり、原則を破って映画監督もしていると言ってみる。彼は「どういうの？」と左右の車を危険をまったく感じさせずにすいすいと追い抜きつつ驀進《ばくしん》しながら訊ねる。

『ヘアスプレー』とか」と言ってみるが、無表情に肩をすくめるだけだ。『ピンク・フラミンゴ』」と試すが、同じ空っぽの表情……『クライ・ベイビー』とか？『シリアル・ママ』とか？」言ってはみるものの、無理無理。「知らんな」彼は悪びれずに言う。「漫画しか見ないかんね」

　ぼくは話題をルーカスの人生のほうに向け、デモリション・ダービーの大ファンである旨を告げる。はるか昔にラジオ番組『オール・シングス・コンシダード』で評論家気取りで実況したこと、最近ボルチモア近郊でおこなわれた大会を見に行って、開始前のおまけイベントに驚かされたこと。状態良好の中古車を囲んで柵があり、行列になったお客が入場料を払って中に入る（たいていは父親と幼い男の子である）。それぞれに大ハンマーを渡され、時計がカチカチいうあいだ、親子のチームはハンマーをふるって車に可能なかぎりのダメージを与える。「坊主、よくやった！」とフロントガラスを叩き破った息子を父親が祝福する。「パパ、やっちゃえ！」と息子が叫ぶと、父親は軽く一振りでバックミラーを吹っ飛ばす。賞品などなく、ただ家族との幸せな破壊の時間があるだけ、それこそがごほうびで、みな満足しているようだった。ダービーがはじまるころには中古車はでこぼこの残骸となり、放棄された廃車となって転がっている。この残骸を片づけるのは誰の仕事なんだろう？　デモリション・ダービーにも「ポストプロダクション」（映画における撮影後の上映素材完成のための作業）みたいなものはあるんだろうか？

「最狂マニアック・ナイトだ」とルーカスは説明してくれる。「今夜はオレの優勝だぜ！　オレたちでぶっつぶしてやるよ！」お茶目に吠える。「オレたち」とはルーカスと車のことである。ぼくも行きたい。魔法のように、まるで透視能力者クレスキンみたいに心を読んで、セクシーな金歯の笑みを浮かべたルーカスは、色目をつかい、かすかな南部訛りがこもる唸り声で、「オレの車に乗りたいか?!」と訊ねる。「も、もちろん」ぼくはくちごもりながら、ボルチモアで作った模造の宝石でJWとイニシャルを入れた飾りの歯を持ってくればよかったと思う。「でもお客を乗せちゃいけないんじゃないの?」とぼくは訊ねる。「ダメに決まってる。でもよ、これまでオレがやっていいって言われて、それに従ったことがあると思うか?」「でもレースにつきあってたら遅くなっちゃうし、暗い中でヒッチハイクしなきゃならないと不安だよ」ぼくは自分の恥を告白する。「おれと一緒にいろよ、姉ちゃん《スネーク》」ルーカスはあやふやな性的含みゆえに相手を惑わせる男同士の気さくさで囁く。「オレがカスタムして、叩いて、ねじ曲げて、あんたのホーマーくんみたいにぴったりにこしらえてやるぜ!」ぼくは息をのむ。「あんたは、オレの幸運のお守りだ」彼は淫らな笑みを浮かべて宣言する。

　ようやくインディアナ州マレンゴに着くころ、ぼくは興奮の頂点にある。ルーカスとの時間が楽しすぎて、気がつくともう夜だ。ずいぶん長い距離を走って、クロウフォード郡4Hフェアグラウンドに到着する。〈マニアック・ナイト〉の文字は、ゲートの上の時代ものの木製大看板に掲げられるといっそういい響きに聞こえる。その下に〈賞金一二〇〇ドル〉と付け加えられていればなおさら。ルーカスはみんなと友達だ!　アンティーターとドゥードゥー、荒っぽそうな二人組の修理工は、あきらかにわが出来たてほやほやの親友の崇拝者で、トラックから〈ウィップラッシュ〉号を降ろして闘技場のゲートまで運ぶ手助けをしてくれる。会場にはさらに刺激的な名前の車が並んでいる。〈ラットロッド〉、〈グントハント〉、〈ハチェットヘッド〈モヒカン〉〉。〈ヘッドオン・ハードオン〈真っ正面からフル勃起〉という名前の車は、おそらくお茶の間にふさわしからぬ名前のせいで失格になるだろう。〈ホイットニー・ヒューストン〉という車である。ルーカスの心の裡《うち》はわからないが、ぼくの中には勝てるという思いがわきあがりつつある。

ぼくらの組が近づくと、ルーカスはぼくにフェンスの下をくぐらせて場内に忍びこませ、ぼくは助手席の窓から車内に入る。ドアは溶接で閉じたままなのだ。ゴーグルと、前面に「ウィップラッシュ」とステンシルで記したルーカスとおそろいのヘルメット、それにくしゃくしゃのツナギの作業服を渡され、旅行用に選んだいつもの地味なコム・デ・ギャルソンのスーツの上に羽織る。ルーカスから「生地は難燃性だ」と説明を受け、父の創業になるわが家業は防火にまつわるものなので、ぼくは安心してツナギに体を突っこむ。ルーカスはおそろいのツナギを着ながら、自然に日焼けした胸にぼくが見とれているのに気づきウィンクする。「見てな」と言うと、ライター・オイルをスーツの上にこぼす。「そらよ」とシートの下から取り出したマッチ箱をぼくにわたす。「火をつけてみな」ぼくはためらうが、一本こすって彼に向かって投げる。服はたちまち火に包まれるが、ルーカスは苦痛のかけらも見せずに笑っている。たっぷり十五秒間待ってから炎を叩き消す。ルーカスこそわがアクション・スターだ。

〈ウィップラッシュ〉号にはガラスがはまってない。背面と正面のフロントガラス、それに両脇のウィンドウはすべて取っ払われている。内装もほとんど剝ぎとられ、ガソリンタンクは後部座席があったはずの場所に据えられている。安全ベルトに手を伸ばすと、運転席に座るルーカスから怒鳴り声。「ベルトはオプションだぞ」そして自分の股間を指差すと、そこにはかつて運転席についていていたはずの安全ベルトがファッション・ベルトに作り直されている。当然ながらぼくは見かけ通りの弱虫なので、ヘルメットに加えて、ありがたくも、助手席にはついたままだった安全ベルトもしめる。

未舗装の卵形グラウンドに勢揃いしたジャンク車のテールライトが点滅して合図を交わす。七〇年代のダッジ・チャージャーを改造した〈ラットロッド〉に乗りこんだだらしないデブドライバーがウィスキーを瓶からごくりとあおる。これはまちがいなくルール違反だ。ドライバーはぼくを見て、それからルーカスと目を合わせ、かさかさでひび割れた唇でキスの真似をしてみせた。ぼくは目をそらすが、ルーカスは侮蔑に鼻を鳴らして応え、復讐の思いに興奮して股間を握りしめた。「ドン百姓が」とルーカスは吠えた。「いつもこそこそと、リンクの外へ逃げ回りやがって、絶対に自分からはぶつかってこねえ」ガソリンのにおいを嗅ぎ、ぼくは至上の第七天国にいる。

「今夜は死の歌が聞こえるか?」アナウンスがスピーカーから大音量で会場全体にとどろいた。観客が喝采をおくり、ドライバーたちがエンジンをふかし、カウントダウンがはじまる。「十、九、八、七……」アナウンサーは絶叫する。車内にはつかまるものは何もなく、ぼくはルーカスを信じて見つめるしかない。彼はもう一度股間を握りしめ、五十台の改造車がたてるエンジンのアイドリングの轟音の中で囁く。「車をぶっとばすとちんこが立っちまうんだよ」ぼくは微笑みを返す。自分がどれだけ興奮しているかは知られまいとしながら。「三、二、一」そしてスタート……もちろんバックで!　カオスそのものだ!　〈グレネード・バンガー〉という車がぼくの側のサイド・ドアにぶち当たってきたが、シートベルトのおかげで無事だった。顔を出して覗こうとするたび、車が飛びこんでくる。だが今はルーカスにとっては耐える時間。車がぶつかられるたび、破壊的欲望に身悶えして性的な呻き声をあげる。「あいつらを引き裂いてやろうぜ、ジョン」ルーカスはぶつかりあう金属の響きを圧する声で叫ぶ。ルーカスがバックで踏みこむのに合わせて後ろを見ると、阿呆の〈ラットロッド〉がいまにも突っこんでくるところだ。**どーん！**　驚いたことにルーカスのちんこは耐火性のツナギの下でさらに膨らんだ。**ばーん！**とさらなる衝撃で別の車〈グントハント〉にバックでぶつかり、それからさらにバックでもう一台〈ハチェットヘッド〉に、歯の詰め物が震えるほどの勢いでぶつかる。「クズ野郎！」完全な攻撃モードに入ったルーカスは二台の車を追いまわし（スピードが速すぎて車名を読み取れない）、獰猛に食らいついてあっという間に退場させてしまう。ルーカスは熱狂し発情している。アクセルをふかし、まだ走っている四、五台を見渡しつつぼくに流し目をくれる。「ちんこがガチガチだぜ。見たいか？」「もちろん！」ぼくは叫ぶ。突然バックに急加速するエンジン音と衝突の衝撃も気にせずに。勝利のスリルはぼくの股間でも脈打っていた。元気百倍のルーカスはツナギのボタンをはずし、なおも車はバックで蛇行しつつ、（いささか苦労しながら）飛び出したのはゲイ男性にとっての夢のペニスだ。「すばらしい」とぼくが言うと、ルーカスは復讐心もあらわに再度バックで加速する。今度の車〈ナイトロ・ネッド〉はシューーッといって爆発し、炎に包まれる。

「抜いてくれ」ルーカスは麗しくも礼儀正しく、きっぱりと命じる。その命令に逆らうなんて、できるわけがない。「まだ二台残ってる」ルーカスは闘技場を見渡してあえぐ。「だから手早く頼むぜ」ぼくは指示通りにして、〈ラットロッド〉が殺気もあらわにバックから襲ってきたときも手をやすめない。ルーカスはそれはもう男らしく、勃起はゆるぎもしない。観衆は声援をおくる。ちんこを見て、フェラチオしようかとも思ったが、さしものぼくでもデモリション・ダービーの最中にくわえるのは危険だとわかっていたし、実際まだルーカスのことをよく知っているわけでもない。敵はいまにも飛びかかってこようとしている。「いいぞ」ルーカスはレース場の剣闘士よろしく呻く。「イこうぜ！」彼はぼくの手を握り、そこにつばを吐き、それから潤滑ローションがわりにして男根に戻す。これって愛だろうか？「いいぞ、ジョン、あの馬鹿をぶっ飛ばすぜ」と彼は宣言し、アクセルを踏みこみ、いきなりバックで急発進したのでムチウチになりそうになるが、それがどうした。今ではぼくはすっかり興奮しきって、彼の車そのものになった気がしている。最後のとどめで〈ラットロッド〉に襲いかかるとき、ルーカスは壮大な射精を素通しのフロントから空に見事に打ち上げ、精液は美しい花火みたいに優美に落ちてくる。観衆は大喝采。ルーカスは破壊神の優しさでぼくを見つめ、生まれてはじめてみるような満面の、淫らきわまりない笑みをくれる。

　その夜、ぼくらは二人で勝利を祝う。ルーカスはひとり暮らしだ。彼のトレイラーハウスを見たときのぼくの興奮と驚きを想像してみてほしい。それは『ピンク・フラミンゴ』でディヴァインが演じたキャラクター、バブスが住んでいたのとまったく同じモデルで、違いは銀と黒に塗装してあることだけだ。彼が映画を見ていないのはわかっているので、いちいち指摘したりはしない。ルーカスはディヴァインのものだったかもしれないベッドの上で、ぼくと並んですわって賞金を数える。気前よく分け前を差しだされたがことわり、ロマンチックな一夜に自分がどれほど感激しているかを伝える。彼は顔をあからめ、恥ずかしそうにそっと誘いかける。「ポルノ見たくねえか？」「もちろん」ぼくは彼の映画的幻想の中身を知りたくて待ちきれない。ルーカスはベッドの下を手探りし、手書きラベルを貼ったＤＶＤを取りだし、ディスクを差し込んで再生ボタンを押す。ポルノかと思いきや、映し出されるのはデモリション・ダービーの事故映像オムニバス、通常のゲイ・ポルノの射精シーン総集編に相当する代物だった。

「オレはいつもはレース中にしか興奮しないんだ」ルーカスは欲望のこもった声で囁く。「でも今夜は、オレに幸運を運んできてくれたマスコットにお礼をしてえんだよ」「うん」ぼくはベルトをはずされながら、興奮で身悶えする。「お次のレースを見てごらんよ」ぼくのパンツを下ろしながら、ルーカスがもらす言葉のあらわなうぶさに胸を打たれる。「**ばーん！**」思わずぼくの声が出る。古い8ミリフィルムをデジタルに変換した映像で、三台の車が同時にバックしてタイミングもぴったりにひっくりかえる。「もっと見せて」彼が愛撫をはじめ、ぼくは囁く。「お楽しみはこれからだ！」とルーカスはこれまで知らなかった性的興奮に喉を鳴らす。ますます興奮が高まって、もうひとつの悪名高きダービー大衝突へと早送りする。「よおし、ジョン、いくぞ」彼は呻き、ぼくは七五年型キャデラック・クーペ・ドゥビルがボロボロだがレアな七〇年型モンテカルロ・シボレーの一撃を横っ腹に受けてひっくり返るさまを見つめる。キャデラックのドライバーは怒り狂い、レースの規則がきれいに頭から吹っ飛んで、攻撃してきたシボレーに向かって全力で前進して正面衝突する。二台の車がスクリーン上で火に包まれ、そしてルーカスの手首のひとひねりで、ぼくらもひとつになる——愛情と、逸脱した興奮、それに破壊する欲望で性的につながる。ぼくらはすぐに眠りにつく。

最高の旅・4　ラディー巡査

翌朝ルーカスはコーンビーフ炒めのポーチド・エッグのせ、という美味しい朝食をふるまったのち、七〇号線西行きの入口ランプまで送ってくれる。変わらず優しいハートの彼らしく、恥ずかしそうにWHIP／LASHと二段にわけて文字が刻まれたベルトバックルをおみやげにもたせてくれる。両手で捧げ持った様子を見せたから、どれほど嬉しい贈り物だったか、彼にも伝わったろう。ぼくはとびっきりの髭つき笑いを見せ、車を飛びおり、ただ「ありがとう」とだけ告げる。いかつく狂える、だが心優しくちょっぴり変態なデモリション・ダービーのドライバーにとっての幸運のお守りになるなんて一生に一度のことかもしれない。「シンプソンズの連中に愛してるって伝えてくれよな」彼はほがらかに叫び、それからトラックを急発進させ、あたりいちめんに砂利を飛ばしつつぼくにはひとつも当たらない。

うはっ。ここでお巡りだ。パトカーから降りてきた警官は意地悪そう。「おまえさん、いったいなんのつもりだ？」歓迎されざる調子で睨《ね》めつける。「サンフランシスコまでヒッチハイクしてるんです」ぼくは丁寧に説明する。「州間高速道路でのヒッチハイクが違法なのはわかってるんで、入口ランプで拾おうと」「ＩＤ（身分証明書）！」ぼくの法的立場など一顧だにせず怒鳴る。運転免許証を差しだす。「ホームレスか？」同情の色などひとかけらもない詰問。「いえ……映画監督です」ぼくは慌てて言い、全米映画監督協会の会員証を取り出そうとする。「動くな！」と叫んで銃を抜き、ぼくの頭にぴたりと向ける。「冗談じゃないよ」ぼくは慌てながらもなおも体面を失うまいと心がける。「武器なんか持ってない」と言い返す。「監督だって証明したかっただけなんだ」

突然、もう一台パトカーが回転灯を閃かせながら走ってくる。クソ野郎巡査はほっとした様子だ。こっちも太りすぎだが気のいい間抜け顔の警官が、陽気な表情で車から降りてくる。「よし、ブラッドフォード巡査、どうかしたのかね？」と彼は問いかける。「この浮浪者が生意気な態度をとるんで」最初の警官が鼻を鳴らす。ぼくは一言も口をきかない。二人目の警官は最初の警官の銃を持った手をおさえてぼくの頭からそらし、ぼくは安堵のため息をもらす。「あとはおれにまかせてお け。こいつは有名人だぞ！」「ありがとう」と、ぼくは自分の耳が信じられないまま、つぶやく。「じゃあそうしなよ」と最初の警官は不満そうにパトカーに戻ってゆく。「オレは知らない名前だがね」

「ありがとうございます、お名前は……？」ぼくはようやく緊張を解き、小声で訊ねる。バカ警官の車は発進し、サイレンを鳴らして、十キロ足らずスピード違反しているかもしれない車を追いかけ、一台もとおりすぎる車がない道を走っていく。「ラディー巡査と呼んでくれ」と彼は答える。

「どこへ向かってる?」「サンフランシスコですよ」ぼくは楽観的に言う。「いい街だな。オレも好きだ!」彼は口笛つきで答えてから、陽気に宣言した。「テレホートまで乗せてってあげるよ、イリノイの州境手前だ。そうすりゃ、これ以上インディアナ州の警官に煩わされずに済むからな」ぼくはいそいそと同意する。車が走り出すと、彼は訳知り顔でウィンクする。『ファーゴ』は最高だったよ」うひゃあ、またか! スティーヴ・ブシェミと勘違いしたファンがまた一人。「いや、いつも間違えられるんだけど」とぼくは抗議する。「ぼくはスティーヴ・ブシェミじゃないんだ」「いやあ、そうでしょ!」警官は驚くような確信で断言する。「だから本当に違うんだって。彼のことは大好きだし、しょっちゅう会ってもいるけど――」「頼むよ」とラディー巡査はさえぎり、『コン・エアー』のセリフをやってよ」もういいや、とぼくは自分に言い聞かせる。旅に出かける前には、誰にも気づかれないで済めばいいと思ってた。ならいっそのことうまく話を合わせてしまえばいいじゃないか?「でも、もう忘れちゃったから」とぼくは逃げる。「あんたの仕事は最高だよ」ラディー巡査は突然、共演者ジョン・マルコヴィッチの完璧な物まねをする。「マジでセリフを思い出せないんだって」口ごもったところで突如アイデアが浮かぶ。「本当にスティーヴ・ブシェミじゃないんだよ! 実はドン・ノッツ*なんだ!」

あからさまなジョークで馬鹿騒ぎも終わるかと思ったが、驚いたことに終わらないのである。彼はぼくを信じている!「アンディ・グリフィスと会ったことある!?」七〇号線西行きを走りながら、びっくり顔で訊ねてくる。二人とも死んでいることはあきらかに知らない様子だ。ええいままよ。長距離を乗せてくれるんだから、これくらいサービスしたってよかろう。「もちろんだよ!」

ノッツ・マニアの神経質な誇りもて答える。

「ポッパーズはやる?」ラディー巡査は突然、いたずらっぽい笑みを浮かべて言う。「う、うん……ときどき」ぼくは口ごもる。またしてもこのインディアナ州の太りすぎ警官の予想外の行動に不意をつかれる。「オレもだぜ! でも、セックス用じゃない」ラディー巡査は座席の下に手を突っこみ、〈リキッド・ゴールド〉を一本取り出した。「わあ、その銘柄は久しぶりだ」とぼくは認める。「コレクターズ・アイテムになってる奴はみんな持ってるんだ」と彼は真の鑑定家らしく自慢する。「〈ジョルト〉! 〈ラム〉! 〈ブルーボーイ〉! 〈フランス5〉とか〈イングリッシュ・ジャングル〉とかの舶来品だってある!」彼は大声をあげ、グローブボックスをかきまわしてさまざまな銘柄を次々に見せびらかす。ぼくは畏怖と感嘆に包まれて見つめる。彼は鼻を鳴らす。「ポッパーズがなんのためかっていうとよ」打ち明け話をするように「運転のためにあるんだよ!」「ほら、ドン・ノッツさん」彼はポッパーズを回してくれる。「バーニーと呼んでくれないか」とぼくは答え、なおもごっこを続けようとする。「ぐっとやるから、押さえててくれよ」とラディー巡査は正しいポッパーズ・エチケットにのっとって頼む。ぼくはキャップをはずし、開けたボトル

＊アメリカのコメディドラマ〈メイベリー110番(The Andy Griffith Show)〉(一九六〇－六八)の出演で知られるコメディアン。二〇〇六年没。
＊＊ラッシュ、亜硝酸アミル。アンプルで提供され、吸うと血管が拡張するので血が一気に脳に昇る。もっぱらゲイのあいだでセックス・ドラッグとして用いられる。日本では現在指定薬物。
＊＊＊〈メイベリー110番〉でのドン・ノッツの役名〝バーニー・ファイフ〟のこと。

を彼の手に戻し、それから鼻の穴を片方、それからもう一方と順番にふさいでやり、それに合わせてラディー巡査は片腕で運転しながらそれぞれ反対の鼻の穴から大きく吸う。彼はボトルを渡してくれ、ぼくは実際吸ってる以上に思いっきり吸ってるふりをする。ポッパーズの眩暈《めまい》で真っ赤になった巡査はカーラジオをつける。パット・アンド・ザ・ワイルドキャッツの「ザ・ギグラー」が流れだす——驚異的なインストゥルメンタルのガレージ・ロックで、新奇さを狙って狂ったような陽気な笑い声をのっけた偉大なレア曲である。素晴らしい。このシングル盤を知ってるのはこの世でぼく一人だと思っていたが、あきらかにそうではなかったようだ。ラディー巡査は大笑いして、世界に向かって叫ぶ。「ビーおばさん！　見ろよ俺たち、ポッパーマニア！」彼はサイレンを最大音量にして、アクセルを踏みこむ。ぼくもポッパーズでハイになってるから、何も気にしない。クスリが効いていても巡査は安全運転を守ってる様子。

　ラディー巡査は座席でディスコを踊るように体をくねらせ、ほかの車に向かって手をふると、なぜか不思議なことに相手も喜び、親指を立てて、同じくディスコ・ダンスもどきを踊ってみせる。ウインドウをおろして外を眺め、突然のサイレンの騒音に牛が驚くさまを見て、こらえきれずに笑いだす。「牛はトンでないね」と阿呆の極みみたいなことをラディー巡査に言う。全身の筋肉がリラックスし、心臓の鼓動は早まり、血圧は化学物質と気分のせいで高まる。「まちがいねえな」とラディー巡査は音楽を圧する大声で叫び返し、ぼくらは二人そろって亜硝酸アミルの生み出す狂気の絆につながれて抑えきれないまま笑い転げる。

　ポッパーズのハイはすぐに消え、ラディー巡査は車をハイウェイの路肩に寄せて停め、ぼくらはどこまでも広がる地平線、壮麗なるアメリカの風景を一望する。ラディー巡査は後部座席に手を伸ばし、ドーナッツの箱を取り出した。「腹減ってる？」と手渡し、自分ではココナッツをまぶしたテキサス・スタイルのドーナッツを取る。そろそろお昼の時間だが、旅先で健康的な食事を求める愚を悟って、ぼくはチョコレート・クルーラーにかぶりつく。「最高だろ？」と巡査が言うので、てっきりドーナッツの話かと思い、「うん」と同意したが、そこで遠くに黒い雲が動いているのを見つけ、嵐のことを言っているのだと気づく。「あれって竜巻？」急に気になってぼくは訊ねる。「もちよ」と巡査は笑いながら言う。「うまくいけば見られるぞ！」このへんの土地には慣れないので、どのくらい怖がるべきなのかよくわからない。「安全なのかな？」遠くに竜巻警報のサイレンがむせび泣き、いまでは地平線にはっきりジグザグに動く竜巻の渦が見えている。「この世で安全って言えるのはメイベリーだけ、*だろ？」と彼は笑いながら言う。「でもドン・ノッツは死んでるんだ」とぼくは指摘する。「それにアンディ・グリフィスも」もはやゲームを楽しんでいる場合ではないと考えて。「馬鹿言ってんじゃないよ」がラディー巡査の返事だ。「二人そろって今朝テレビに出てたぞ」

　突然竜巻が向きを変え、まっすぐぼくらのほうに向かってくる。ぼくはパニックになるが、ラディー巡査は一言「ドロシー！」と叫ぶ。『オズの魔法使』のエムおばさんの偉大なセリフへのオマージュを、ぼくに通じないかもしれないなどとは微塵も疑わずに。息が詰まるほど唐突に、真っ暗

＊〈メイベリー110番〉の舞台となるノースカロライナ州の田舎町。

な漏斗が真っ白に変わったと思ったら、雲が一瞬割れて陽光が差しこみ、竜巻を照らしだしながら同時に虹をかけ、竜巻は農地を攪拌し、奇跡的に家だけは避けながら貪欲に大地を飲みこみつづける。「ほらな？」ラディー巡査は竜巻の轟音に負けじと声を張りあげる。「オズの両側の虹の彼方だ！」虹と竜巻を同時に見るという一生に一度の驚くべき光景に口もきけず、ラディー巡査にしがみつくあいだにも、木々の枝や幹がこちらに向かってミサイルのように突っこんでくる。飛んでくる木を頭を下げてかわすと、竜巻はわずかに左にそれ、かろうじてぼくらを飲みこまないで通り過ぎてゆく。

　嵐のあとにおとずれた唐突な平穏と不思議な沈黙の中で、言うことはひとつしか思いつかない。「ぼくは実はジョン・ウォーターズなんだ。最初の『ヘアスプレー』の映画を作った男だよ」ラディー巡査は突然の気づきを得てぼくを見つめる。「なんてこった。たしかにそうだ」と幸せそうに言う。「信じてもらえないかもしれんが、自分は教会劇の『ヘアスプレー』でエドナの役をやったんだ」いやはや、とぼくは思う。『ヘアスプレー』の奇跡は尽きることがない。「ほらあ」と彼は熱烈にぼくの両手をとって、「いっしょに『タイムレス・トゥ・ミー』を歌ってよ。歌詞は覚えてるだろ？」そして一瞬考えなければならなかったが、彼の言うとおり、たしかにぼくは覚えている。ブロードウェイのミュージカル版の歌詞は書いていないにもかかわらず（書いたのはスコット・ウィットマンとマーク・シャイマンだ）。「ファッションは変わるけれど、世界は変化するけど」ぼくはウィルバー役になって甘く歌いかける。「流行は移ろうけれど、カストロは侵攻するけど」ラディー巡査は歌い返す。謙遜のかけらもないエドナそのものを演じて。「きみだけは変わらない〜」

とぼくらは声をそろえ、車はクラクションを鳴らして祝福しながら通り過ぎてゆく。ぼくらは完璧なヴォードヴィル芸人的幸福に満ちて高速道路の路肩で踊り、竜巻によって手ひどく荒らされ、引き裂かれた田園地帯が、二人でわかちあうミュージカル的狂気にぴったりの背景となる。

最高の旅・5　イエッタ

　ラディー巡査は仕事に戻らねばならなかったので、通過する車から受けるクラクションの喝采にカーテン・コールで応えたあと、ショウビズ界のならいにしたがって、ぼくらはそれぞれの道を行く。この気のいい男のこと、大陸横断旅行で助けの手を差しのべてくれたことは決して忘れない。とはいえ、ゆっくり別れを惜しんでいるヒマはない。次の車をつかまえなくちゃ。

　だけど、ぼくがいるのは荒野のど真ん中――インディアナ州とイリノイ州の州境だ。そこへ道路をえっちらおっちらと、笑ってしまう遅さで近づいてくるおんぼろステーション・ワゴンがあり、七〇号線西行きへ折れるウィンカーを点滅させている。ぼくは勇んで親指を突き出す。一瞥したところ、どうやらハンドルを握っているのはたいそう年とった女性のようだ。車は入口ランプで止まったが、はたしてぼくを乗せてくれようとしているのか、単にエンストしたのかわからない。ぼくはドアに駆け寄り、中を覗く。「ハイ」と言うのは太りすぎの女性で、真っ白な髪をまとめて間抜けなペブルス・フリントストーン風*の髷《まげ》に結って立てている。花柄のムームーをはおって、光り物がついたプラスチックのつっかけに、ありし日をしのばせる黒の靴下という姿だ。深く皺が刻まれた顔にはどこか見覚えがあるが、きっと気のせいだ。ぼくは飛び乗り、そこで彼女が、化粧らしい化粧は盲目の人が塗ったような赤い口紅くらいなのに、なぜかつけまつげだけはつけているのに気づく——ジョーク・ショップで売ってるようなバカげた奴を。

ラジオからは、「ロコ・モト」、近づいてくる汽笛の音をオルガンで表現するコーンブレッド&ジェリーのホンキートンクな名ヒルビリー風インストゥルメンタルが流れだし、これまたいい兆候に思える。「ミズーリ州のハーマンまでしか行かないけど」彼女のくだけた口調も、やっぱりどこか聞き覚えがあるような気がする。「乗せてくれてありがとう」とぼくが言うと、彼女は馬鹿馬鹿しいほどのろのろと走り出して高速に乗り入れる。低速レーンで後ろに詰まった車が急ブレーキを踏み、けたたましくクラクションを鳴らして怒ったように追い越してゆくのもまるで気にしない。「緑の木。可愛い子。車。車。トラック」と彼女は列挙する。見るものすべて、名前を言わずにはすまない様子。「気にしないで。あたしおしゃべりバコバコだから」彼女はクスクス笑う。「バコバコ?」ぼくは彼女の言葉に混乱して訊ねる。「ほら、あなた《ハン》、あたしってよくお話するのよ」そう説明してから笑いこけるが、その笑い声は不気味に聞き覚えがあるのだ。「ああ、おしゃべり箱ってことね!」とぼくは言い、彼女はなおも笑いつづけるが、それから、まんまるの咳止めキャンデ

＊ハンナ・バーベラのアニメ『原始家族フリントストーン』の長女。

ィを口に放りこむ。強烈なチェリーの香りがする奴。「あたし、しゃべり狂い《トーク・メンタル》だからね」彼女は誇りをもって告げる。「ボルチモア出身なの？」と訊ねる。〝ハン《あなた》〟という、いまだにボルチモアの一部ブルーカラー地域で使われている労働者階級白人特有の表現を使うのを聞いたからだ。「ううん、ううん」といっても特別に地理的に誇るというわけでもなく「あたしはカリフォルニア、サンフランシスコの出よ」と答える。声のはずれっぷりに記憶をくすぐられ、ぼくは脳みそをかきまわす。いったい誰に似てるんだろう？「ベイエリアが恋しくならない？」ひょっとしてぼくの掲げていた〈サンフランシスコ〉のボードが見えたんだろうか、と思いながら訊ねる。頭のおかしい老女のほうを見ないようにしているが、なぜかこの相手を絶対知っているはずだという気がしてしょうがない。「ううん、あたしはミズーリ州ハーマンで幸せ！〈イエッタ〉って中古のコンビニエンス・ストアをやってるの」「中古って在庫処分品ということ？」ぼくは礼儀正しく訊ねながら、はたして中古のコンビニエンス・ストアとはいかなるものかと考えている。「違うわよ、お馬鹿さん」間抜けなコメディエンヌみたいな、鼻にかかった歌うような声だ。「単に使用済みのもの。リサイクルショップみたいなの。期限切れの処方薬とか、使いかけの消臭スティックとか、リコールされた市販風邪薬とか……ちゃんと効くんだから！　ときどき健康被害がどうとか言ってくだらない騒ぎになるけど。あたしがまず最初に試してるから。それで大丈夫なら、お客さんも大丈夫でしょ！」「それって合法？」とふと口からこぼれる。まるでぼくの昔の映画に出てくる店みたいだ。「そんなの知らないわよ、ジョン」と彼女は笑い転げる。「でもお巡りさんは親切よ。お店で買い物もしてくれるし！」

「ジョンだって⁉」ぼくはびっくりして聞き返す。彼女、ぼくのことを知ってる？　そんな馬鹿な！「なんでぼくの名前を知ってるんだ？」と大声で自問する。彼女ははじめて不安そうな顔を見せる。「だって……わたしがわからない？」ぼくがいぶかしく見やると、彼女は優しく笑い返して次の一言ですべてを解消させる。「卵！」世界でいちばんよく知っている声。「**イディス⁉**」ぼくが大声を出したので、彼女まで飛びあがる。「ええ、ハニー、あたしよ……」彼女はおずおずと認める。「生きてたんだ⁉」とぼくは絶叫する。わが初期作品のスターに再会して、すっかり冷静さを失ってしまう。「あら、あんた幽霊って信じないんでしょ？」おなじみの調子っぱずれな笑いをもらす。「で、でもイディス」とぼくはどもって、「カリフォルニアで死んだんだと思ってたよ」「実は死んでなかったの。ちょっと逃げたかっただけよ、ジョン」彼女はこっそり告白する。「ショウビズの世界から引退したくてね。ファンたちには美しかったときの姿で覚えておいてほしかったから」「美しいって？」ぼくは皮肉な驚きを覚えたが、すぐに自分で訂正する――イディスは美しかったし、今も美しい。「でも歯が」と思わず口から出る。「誰があの乱杙歯《らんぐいば》の笑顔を治しちゃったの？」「お店の稼ぎを貯めて買ったの。気に入った？　ほら、はずれるのよ」と説明すると、口をあんぐりあげて下あごをはずそうとする。「やめて、やめて！　わかったよ」とぼくはお願いする。「戻して！」

「ぼくが来るって、なんでわかったんだい、イディス？」と驚いてみせると、「ラディー巡査さんとはお友達なのよ」とイディスは説明する。「ときどき、趣味でミュージカル曲を一緒に歌ったりしてるから。それに、使いさしのシャンプーも買ってくれたり。あの人から電話があって、あんたがヒッチハイクしてる、今降ろすところだって言われたときにはびっくりしたわよ。もう一度あんたに会いたかったからさ」「でも、なんで今まで連絡くれなかったんだい、イディス！」ぼくは声をあげる。「何年ものあいだ！　なんどもきみが生きてるって夢を見たんだ、本当だよ！」「また映画に出ろって言われるんじゃないかって怖かったのよ」イディスはすばやく答える。「あたし、セリフを覚えるのが苦手だし」「でもきみはスターなんだ、イディス！」ぼくは世界中に届けとばかりに叫ぶ。「でもディヴァインには負けるわよ」彼女は謙虚に主張して、「やっぱり名声にふさわしいのはディヴァインでしょ」「でも『ポリエステル』では二人とも最高だった」ぼくの言葉は止まらず、そこではじめて彼女は静かになる。「昔のことよ、ジョン」と彼女は言う。「今はこれで幸せなの」

ぼくは泣きはじめる。イディス・マッセイが生きているなんて夢みたいだ。「イディス、いくつになったんだい？」と呆気にとられながら訊ねる。「九十四歳で、まだぴんぴんしてるわよ」イディスはコケティッシュに微笑む。「でも、どうやって死んだふりをしたんだい？　火葬されたんだと思ってたのに」と探りを入れる。「遺灰はハリウッドのマリリン・モンローのお墓がある墓地に、違法に撒いたはずじゃなかった？」「もう、お馬鹿さんね、あんた、あたしの死体を見たの？」イディスはいたずらっぽくお茶目に訊ねる。そういえばそうだ。ふとディヴァインのアルフレッド・ヒッチコック的な腹が葬儀場におかれた棺から突き出ていたことを思い出す。「デイヴィッド・ロカリーの死体も見てないぞ！」忽然とイディスにくってかかる。「彼も生きてるの？」「ジョン、それはどうかしらね」イディスは静かにぼくを諭す。「でもドリームランダー仲間と連絡を取り合ってるわけじゃないから、本当のところはわからないけど」「それにしても、誰が手助けしてくれたの？」とぼくは問い詰める。イディスが冷静沈着に死を偽装してのけられたなんて。「ジーンよ」イディスの最後のルームメイトはロサンジェルスの病院から、イディスはあと数日の命だと連絡してきたのだった。「でもお医者さんとも話したよ」とぼくは記憶をたどる。「お医者さんもジーンの友達だったもの」イディスは忍び笑いで告白する。「でもジーンとは今でもやりとりがあるのに」と彼がここに至るまで秘密を守っていたことを嘆く。「あたしが秘密にしてたのよ、ジョン」イディスは突然真剣になって説明する。「ジーンは秘密を守ってくれたし、あんたも守ってね。でも会いたかったのよ、ジョン、本当に会いたかったの」

ぼくは号泣する。「車を止めてよ、イディス、おねがいだ！ 抱きしめさせて！ きみが生きてたなんて！」イディスの目もちょっぴりうるんでいる。「わかったわ」イディスは言い、他の車の前を急に横切り、車はぎりぎりのところでよける。「でも忘れないでね、あたし仕事してるから。お昼には店をあけないといけないのよ」ハイウェイの路肩で、ぼくはイディスと抱き合う。「また映画に出たくない？」とぼくは興奮して訊ねる。「いいえ、ハニー」イディスは優しく返事する。「アングラ映画に出るのは好きよ。でも本物の映画スターと一緒に出ると緊張しちゃうのよ。それに、あたしたちの昔の映画もまだ上映されてるでしょ？」「もちろんだよ、イディス。でもきみがもう一度出るとなったら、ファンもマスコミも大騒ぎだよ！」とぼくは説得しようとする。「だめよ、ジョン」彼女は断固として拒否する。「誰がラヴリーちゃんの面倒見るの？」「あの猫まだ生きてるの？」ぼくは驚いて叫ぶ。「ううん、あんたが覚えてるにゃんこじゃなくて」彼女は辛抱強く説明してくれる。「あの子はあたしの手の中で死んだ。でも、あのあと六匹もラヴリーちゃんがいて、あたしはその子たちを全員、同じように愛してる」そう言うと、イディスはハイウェイに乗り入れ、はじめてスムーズに流れに乗る。「あたしの店、見たくない？」と彼女は訊ね、ぼくをいきなり現在に引き戻す。

〈イエッタ〉はセントルイス郊外、ハーマンという小さな町にある。「なんでここを選んだんだい？」教会とソーセージ工場に挟まれたお店の裏手、無料駐車場に車を停めるときに訊ねる。「それがね、ジーンと二人で運転しててここでガス欠になっちゃったんで、そのまま居着くことにしたのよ」イディスは幸せそうに言う。「ソーセージ工場で働くつもりだったの。あたし、ソーセージ大好きだし。でも人に使われるのはよくないってジーンが言うのよ。彼はちょっとお金を持ってたから、そのまま何週間かここにいて、店がオープンできるまで手伝ってくれた」「でも、誰にも気づかれなかったの？」車から降りると、ワゴンのバックドアを開けて、消臭剤〈シュアー〉の入った大きな、傷だらけの段ボール箱を積みおろすのを手伝う。「一度だけね」お店に運ぼうと悪戦苦闘中に彼女は認める。「パンクロックな女の子から〝エッグ・レディ〟じゃないのって聞かれたことがあるけど、「どういう意味？」って返したら、それ以上は何も言ってこなかったわ。名前はイエッタに変えたの。前から可愛いなあって思ってたから。あたしの卵のことを〝リトル・イエッタ〟って名前にしたのは覚えてる？」「もちろんだよ、イディス」驚きとともにおセンチなノスタルジアを感じる。彼女が名前を『ピンク・フラミンゴ』二十五周年記念DVDの付録に収録されたNGカットからとってくれただなんて。「ジョン、使いさしの化粧品は要らない？」彼女はキーを探しながら訊ねる。「メイベリンのアイライナー鉛筆ならほとんど削ってもいないのがあるわ。キャップはなし。でもアルミホイルで覆えばいいし」

〈イエッタ〉は傷物をならべた凸凹のショウケースだった。化粧品は箱から出して、二十五セント均一のガラスびんに放り込んであり、使いかけの白粉《おしろい》、むき出しのバンドエイド、期限切れのサンオイル、それに信じがたい品揃えの「医薬品」コーナーがある。ゴミ捨て場から拾ってきたとしか思えないヒビ割れたディスプレイ・ケースには、フェルトペンで元々の患者と医者の名前が消された処方薬の瓶が並んでいる。「睡眠薬は要らない?」イディスは『ドクター・ウェルビー』に出てくる医師ばりに優しく訊ねる。「なんでもあるわよ——アンビエン、ハルシオン、パーコセット（強力な鎮痛剤）だって」「いや、イディス、ぼくは寝つきはいいんだ」とぼくは答え、「ふたつで一ドル」の瓶からバイアグラを拾いあげたが、ヒッチハイク中に処方箋のない薬を持っていると面倒ごとに巻き込まれるかも、と思って瓶に戻す。「ジャンキーは面倒じゃない?」とぼくは聞いてみる。「ジョン、あの人たちが薬をどうするかは知らないのよ」イディスは肩をすくめて言う。「詮索はしないことにしてるの。みんないい人たちだから、あたしからは何も言わない」

いつのまにか入ってきていた男性客が、水に浸かったと思えるくらい盛大に錆びた足爪切りを持って、オンボロな旧式レジの前に立っている。「これ、使えるの?」男はくしゃくしゃになったビニールの小銭入れをポケットから取り出しながら訊ねる。「〈イエッタ〉のものはすべて無保証」とイディスは宣言して、十五セントをレジに打ち込み、「だからこんなに安いのよ」「これをもらうよ」とぼくはいくつか選んだ品をカウンターに並べる。「いいわよ、ジョン」とイディスは……つまりイエッタは……答えてぼくの買い物を全部小型のカーボン紙をはさんだ受け取り帳に記録していく。「アイライナー鉛筆二本、十セント。〈ハロー〉のシャンプー瓶、ほぼ満杯、九十セント。リコール品のエキセドリン、一ドル——これ全然問題ないのよ、ジョン、あたし使ってみたんだから！」合計を計算し、大声で「一くりあがって」、合計額を告げる。「二ドル。だけど全部で一ドル九十セントでいいわよ」とまけてくれる。「いいや、イエッタ。二ドルでいいよ」とぼくもゆずらない。

いつの間にか店から他の客は一人もいなくなっている。「イディス、愛してるよ！」とぼくは囁く。「あたしも愛してるわよ、ジョン」と言いながら、彼女はぼくの手をとって玄関へと導いてゆく。店を出る前に、髪を突っ立てイッってる目をした白人少年が入ってきて、急《せ》いた調子で言う。「ボトルに入った水はある？」「〈デルタ〉の水ならね」イディスは誇らしげに答える。「左の上のとこ。コレクターズ・アイテムよ。もうデルタ航空は自社の水は作ってないんだから」「あんがと」とレイヴマニアらしき若者は答える。すでに体内に取り入れられつつあるエクスタシーによるハイを水が増強してくれると思っているようだ。「四本もらうよ！」イディスが売り上げをレジに入力しているあいだ、彼はぼくのヒッチハイク・ボードを目にとめて話しかけてくる。「オレ、トピーカのすぐ先まで行くけど、乗ってく？」「もちろん！」と叫び、イディスにさよならのキスをする。彼女はぼくの目をのぞきこみ、喉をならす。「バブス、卵はどこからくるの？」ぼくは迷わず応じ、『ピンク・フラミンゴ』の中でもとびきり有名な場面のセリフを、ディヴァインの声にこめられた優しさを忘れずに返す。「ちっちゃなニワトリからよ、ママ。ニワトリさんは卵を生んで、それをわたしたちが食べちゃう。ニワトリさんは尽きせず……」「たまご！　たまご、たまご」イディスはぼくだけに聞こえるくらいの小さな声で囁き、それから口だけ動かしてつぶやく。「仲良くしてね」イディスのお別れの常套句、懐かしいあのころにくりかえし聞いた懐かしい言葉だった。

最高の旅・6　クロウフォード

ぼくの幸運はどこまでも尽きない。親指を突き出す間もなく、ドレッドヘアのピエール・クレマンティそっくりさんと楽しいドライブをしている。ひょっとしたら黒人からは嫌われるタイプかな？とぼくは考える。こんな髪型の白人は文化盗用者の「トラスタファリアン」（貧しいなりをした金持ちのぼんぼん）、と思われてしまうんじゃなかろうか？　ぼくはつい、自分がドレッドヘアにしたらどんな風に見えるだろうと想像してしまう！　ははは！　彼の名前はクロウフォード、目の下に隈はあれどもボヘミアン的魅力を発揮し、ＭＤＭＡタイプのドラッグを好むフリーガン（廃棄食品で生活するベジタリアン）風アナーキストと見えるが、〝抱きしめパーティ〟やサイリウム、時代遅れのピースマークのタトゥー、赤ん坊コスプレなんかを楽しめるほどダサくはないので、クーリオよりもクールにさまざまな非合法ダンス・パーティを渡り歩いている。近頃はヒップスターを馬鹿にするのが流行りだが、ぼくは今でも大好きだ。

「モリー（ＭＤＭＡ）やる？」彼はドラッグの効果をさらに増すべく、新鮮な密造酒にありついたアル中みたいにデルタ航空のペットボトルをがぶ飲みしながら訊ねてくる。「いや、わがドラッグの日々はとうに過ぎ去ったよ」とぼくは告白するが、クソ真面目すぎると降ろされやしないかと心中ヒヤヒヤだ。「だって、新しいドラッグの話を聞いてもやりたいと思えるようなのはないし。ルーフィーズ（デート・レイプに使用される睡眠導入剤）なんてさ」ぼくはジョークを言う。「家に居て、一晩中自分をデート・レイプしてるほうがいいよ」「サルビアは？」と彼は言いだし、それがなんなのか知っている自分が誇らしい――マイリー・サイラスがハイになったビデオで有名になった、まだ合法の植物だ。「いや」とぼくは遠慮する。「なんでも人によってはヒステリックな笑いの発作が起きるそうで、それはいいけど――まだ映画作っていたらね」（いや、作ってるだろ！　ボルチモアに届いてるはずの五百万ドルのこと忘れてないだろうな）「ただ、スタジオにテスト試写を強要されたら、ポップコーンに混ぜてやるけど」と付け加える。「いいじゃん」クロウフォードはデルタ水をもう一本あおりつつ相槌をうつ。「でもサルビアは〝極端な神秘主義的発作〟も引き起こすって記事も読んだから」とぼくは続けた。「お断りだ！　限度ってものがあるよ」「ヘリウムを吸ったことは？」とクロウフォードは唐突に言いだし、後部座席にあるしぼみかけたポリエステルの〝母の日おめでとう〟風船をひっつかみ、結び目をといて、深く吸いこんだ。「ヤッホー！」とヘリウム・ガスのせいで甲高くなったキイキイ声で叫ぶ。「ミャウミャウ《メフェドロン》は？」と彼は歌うシマリスのアルビンそっくりの声色で訊ねてくる。この声を聞くと、たぶんアルビンも彼もストレートであるにもかかわらず、ぼくは欲情してしまうのだ。「ミャウミャウやって、自分の金玉を引き裂いちゃった子がいるって話だよ」とぼくはソワソワしながら笑う。「へえ?・」クロウフォードはその甲高い声で自分がデヴィッド・セヴィルの小さな被造物にオマージュを捧げているとは知らぬまま答える。「で、どうなったの? 焦らさないで教えてよ」

自分の耳が信じられないが、ラジオからかすかに聞こえる音楽はかのチップマンクスその人の最初のビッグ・ヒット「ウィッチドクター」ではあるまいか。ぼくは音量を思いっきり上げる。「ううう、いいい、ううう、あう、あう」ぼくは声を合わせて歌い、友情のあかしにヘリウムをひと吸いする。「ちん、たん、わら、わら、びん、ばん」とクロウフォードは歌い返し、音量をさらに上げて、もう一度風船をひっつかみ、吸いこむ。「ぎりぎりまで肺にためるんだ」と震える声でぼくに命じ、二人そろって吸いこみ、それから息を吐き、世代を驚くほどに飛び越えた共通の音楽趣味を寿《ことほ》ぐべく、狂乱して早回しのシマリス声でコーラスする。

ヘリウムをやっていると時間は飛ぶように過ぎ去り、自分がヒッチハイク中だということさえ忘れそうになる。ハイになっていてもクロウフォードの運転は抜群だ。いやそれともぼくの頭がキリキリ舞いしているのでスピード違反に気づかないだけなのかも。ついにこの年で〝悪さをしてる〟と感じる。突然若者の仲間入り。ようやく下劣な年寄りになれたのだ。

カンザス州トピーカ郊外の廃車置き場に着く頃には日が落ちかけている。古い〈ジャグヘッド自動車部品〉の看板にグラフィティ調で「コンタミネーション・ジェネレーション(汚穢世代)」と書き殴られており、若い子たちが中に吸いこまれていく。クロウフォードが車から降りると、すぐに瞳孔が収縮したパンク風な女の子たちがたかってくる。みな幸せに幻覚を見ているようだ。彼はどうやらスターらしく、ぼくのほうには誰も気づきもしない。唯一、太りすぎの女の子が「あなた、ジョン・ウォーターズに似てる。しょっちゅう言われるでしょ」、ぼくが「うん」と答えると少女は行ってしまって、それでおしまい。

ぼくらは「警備《セキュリティ》」の脇を通り抜ける。無料イベントになんで警備の必要があるのかはさっぱりわからないが。警備員は廃車置き場が閉鎖されたあと最後に一人残った自動車部品ゴミ漁り〝ゾンビ〟のようだ。警備するものなんか何も残ってない。使える自動車部品ははるか昔にすべてなくなっている。エアバッグははずされ、トランクは空っぽで、タイヤは取り去られている。中古乗用車の外殻だけが、三、四段に積み重なっている。

だが、そこには生命があふれている。三段に積まれたヴァンデューラ2500の上では奇天烈ファッションショーが開催中だ。太ったベティ・ペイジみたいなスクワッター（不法占処）少女たちが、『マッドマックス』と『恐竜100万年』の合体みたいな衣装を着こなし、過激派の反逆少年たちから喝采を浴びる。いくつかのバンドが廃車にされたラム3500や列車と衝突したようなスクールバスの上にしつらえられたステージで演奏している。イギリスのトランス・バンド、ヨブジョブはくりかえしのビートで単調な音楽を延々と演奏しつづけ、完全にラリってる海賊少年たちはどこか別の場所にいるかのように無関心にくるくる回っている。ファイア・スターターズというノイズ・バンドは代表曲を連発する――どの曲もまったく同じに聞こえ、どれも五秒以上は続かない。ファンはみな若く、タトゥーを入れ、焼き印を押したフリークたち。バイク事故で義手義足の者も含め、ありもしないノスタルジア気分でポゴ・ダンスを踊っている。

クロウフォードは、ぼくなど名前も聞いたことのない新種のドラッグを差しだす崇拝者たちをかき分けていく。不意に遠くで百万個のチェンソーがうなるような大歓声が起きる。巨大なフォークリフトが捧げ持つ潰れたキャデラックのフロントガラスにはクロウフォードのバンド名〈ザ・フォン・ブルッセルズ〉がスプレーされており、そのまま群衆の海を割って近づいてくる。マーシュメロウは獰猛にセクシーなスラムの女神、生まれてこのかた見たことないほど体中ピアスだらけ（ウバンギ風の唇の皿と長く垂れた耳たぶも）で、首にはテロリスト・グループのロゴを刺青し、けだものの臍帯《さいたい》を張ったギターをかき鳴らすが、賭けてもいいけれど、相当シンナーが回ってる。オーティスはレイシストじゃないタイプのスキンヘッドで本当にキュート、ぼくだって本気でくどきたいくらいだ（もともとが女性で、下半身の手術を受けたっていうんじゃなければなあ）。ラジカセを肩にかついで、苦しむ人間の悲鳴にも聞こえる発情した動物の鳴き交わしをおどろおどろしく鳴り響かせている。フォークリフトはキャデラックのステージを、廃車置き場の真ん中で巨大なかがり火を焚いているパン配達トラックの残骸に降ろす。クロウフォードはクレーンでステージに持ち上げられ、二人のメンバーと熱く濃厚な抱擁をかわす。ただのバンドではなく、三人組の革命家、愛すべき見世物だ。

クロウフォードはリード「シンガー」だ。苦悶に満ちた絶叫にオペラのアリアの真似を混ぜたものを「歌」と呼べるならだが。たちまち廃車置き場全体が彼のステージになる。他のバンドは、とうてい対抗できないと諦める。女も男も服を脱ぎ、大人たちが見たら不安になるような原始の踊りを舞いはじめる。モートヴィル・ゴーゴーだ！

足下のかがり火が燃えあがり、クロウフォードが合図を送ると、マーシュメロウとオーティスはそろってフォークリフトからオーヴァービルト・モデル10自動車破砕機に飛びうつる。観客は熱狂し、ドラッグのトリップの波に合わせてクロウフォードがタイミングをはかるクライマックスを待ち受ける。頭を麻痺させる耳をつんざくノイズの饗宴がボレロのようなフィナーレに到達すると、クロウフォードの声帯があげる悲鳴も限界に達し、轟音で鼓膜は破れ、喉から血を吹きだしながら、炎に包まれるパン配達トラックのステージからマーシュメロウが立つ潰れた車に飛びうつる。まき散らされる血漿《けつしょう》を合図に、オーティスは破砕機の獰猛なエンジンを点火して周囲の車の残骸を押しつぶし、マーシュメロウもそれにならい、クロウフォードは突発的に舞踏病のステップを踏みつつ、戦いの雄叫びのような、悪魔その人以外誰にも翻訳できないであろう神がかりの異言をわめきちらす。ぼくは熱気にあてられてぶっ倒れる。

　翌朝めざめると、もともとは高級だったペース・アロウ社の映画スター用トレイラーハウス内にしつらえた中古救急担架で作られたベッドに行儀よくおさまっていた。『セシル・B／ザ・シネマ・ウォーズ』のセットでメラニー・グリフィスとスティーブン・ドーフが寝ていたようなやつだ。〈ジャグヘッド自動車部品〉に置かれた廃車の例にもれず、この車内でもかつて悲劇があり、だが長い時間が過ぎてその事件の恐怖は眠りについている。三方の壁は無事だが、四つ目はへしゃげている。あきらかに恐ろしい事故の結果だった。一万ワットの照明がセットのクレーンから落ちたのだろうか？　それとも移動式トイレを牽引していた組合の運転手が居眠り運転でスターのトレイラーに追突したのかもしれない。火事もあったようだ。キッチンまわりには焦げ跡がいくつもある。

あるいはコカインを炙ってたのかも？　焼け残った映画の進行予定表の破片が、カウチの残骸のスプリングにぶらさがっている。そっと拾う。「『ドライブ・アングリー3D』第八日」。うひゃあ、見たことあるぞこの映画。

トレイラーの窓から外を見るが、すっかり静かになっている。まるで幸せなジョーンズタウンだ。トリップしていた子供たちはみな眠って、隣りあって意識をうしない、至福の笑みを浮かべ、手と手を握りあい、列になって横たわっている。這うように寝室に戻ると、クロウフォード、マーシュメロウ、オーティスの三人も眠っており、手足はお互いへの愛と気づかいで絡みあっている。ぼくは若者たちを深く信じている。彼らを起こしたくない。そのまま夢を見させておこう。

最高の旅・7　レディウィップ

今日も今日とてクソアメリカ晴れの朝。はじめて少しばかり歩くはめになったが、気にしない。このヒッチハイク旅行がいかにすばらしいアイデアだったか反芻《はんすう》する時間になるんだから。初体験の至福を思い返していたところで、車がキーッと角を曲がり、スピードをあげてこちらに向かってくる。わあ！　こいつはせっかちさんだ！　普段車に乗っているときは、スピード出し過ぎの人には用心する。だけど、ここまでのヒッチハイクが文句なしだったから、用心深さはなげうって〈キチガイではありません〉のボードで運試しだ。運転手は急ブレーキを踏み、タイヤを押しつぶし、座ったまま助手席のドアを勢い良く開ける。「どこへ行きます？」とぼくは訊ねる。四十がらみ、長髪で痩せた体をオレンジ色のツナギみたいなものに包んだイタリア系らしき男にちょっぴり気圧《けお》される。腕には雑な宗教っぽいタトゥーが入っており（イエスの最後の晩餐の使徒たちが「リトル・ルルとちっちゃい仲間」になっている）、両手にはドルマークを書かれている。「地獄行きさ」

と魅力たっぷりの怒鳴り声、「乗りな！」ぼくは乗りこむ。

車が走りはじめると、遠くで警察のサイレンが聞こえ、運転手はさらにアクセルを踏みこんで七〇号線への入口ランプを無視する。ぼくはそっちに向かうって言ったのに！　軽くパニック。「裏道を行くぞ」抗議は受けつけない口調だ。そのとき、オレンジ色のツナギが本物のカンザス連邦刑務所の囚人服だと気づいて首筋が総毛立つ。ぼくでも知ってる「レヴンワース」の文字が刺繍されている。「オレの名前はレディウィップ」と彼は言う。「カンザス州ヘイズまで連れてってやるよ、そこまで行けたらだけどな！」遠くでさらにサイレンの音がして、レディウィップはまた別の細い田舎道に折れ、ますます行先不明のまわり道をする。「面倒に巻き込まれてるんですか、レディウィップさん？」ぼくは平静を装って訊ねる。まるで昔の車の速度に慣れていたせいで道路を渡ろうとして果たせず、七〇年代後期型のフォード・ギャラクシーにぺしゃんこにされてしまう可哀想なリスみたいに。「さん付けはやめようや」と彼はセクシーに命じる。「レディウィップだけでいい。オレのペニスはいつも準備万端《レディ》で、いつでもムチ《ウィップ》みたいに飛び出せるんだ」「なるほど」ぼくは偏見ではない驚きで答える。「でもまずは服を替えねえとな」彼は名もない小さな町に車を乗り入れて言う。新たなホストと一緒に買い物するところを想像するヒマもなく、五〇年代から一度も改装していなさそうな悲惨なコインランドリーが見えると、彼はブレーキを踏みこむ。「そこ行って、オレの下着を盗んでこい」「**ええっ**」とぼくは驚く。「聞こえたろ、ジョン・ウォーターズくん、あんたが誰かは知ってるぜ。テレビで見たよ――『ダニエル・スティールのファミリー・アルバム』に出てただろ。まったく、クソみてえ代物だったな」もっとも知られざるわが演技仕事について言い訳する時間も与えてくれず、彼はさらに吠えたける。「早くしやがれ――ジーンズもだ。ウエストは三十四インチな。それにMサイズのTシャツ、十一インチ半の靴下もだ」ショックを受けつつ、五〇年代にあった本物の犯罪行脚の最中にチャールズ・スタークウェザーから命令されたカリル・アン・フューゲイトの気持ちを味わいながら、言われたとおりにする。パトカーのサイレンは遠くなりつつあるようだし、どうとでもなれだ。

コインランドリーには二人しか客がいない。泣いている赤ん坊を抱いている妊娠中の十代の娘と、なぜか暖房に鎖でつながれたおんぼろプラスチック椅子で眠りこけている農夫だ。ひと目見て、自分のとんでもない場違いさを意識する。「洗濯物忘れたのかよ、間抜け」とシングルマザー（おそらく）は毒づく。「石鹸買いに来ただけだよ、君には関係ないでしょ」ぼくはぴしゃりと言い返す。まるでレディウィップの怒りがちょっぴり伝染したみたいだ。「機械が壊れてて」少女はぼそぼそ言い訳しながら乾燥機のドアを開け、赤ん坊を入れて、恥じらう様子もなく前後に揺らし、赤ん坊が幸せそうに喉を鳴らすまで続ける。「あんた、お金持ってない？」と突然要求してくる。「あたしの服、洗濯機に入ってるけど、乾燥機のお金がないんだ。一回二ドルだって。人が金でできてるって思ってやがる」唯一回っている乾燥機に服が詰まってるのを見て、すばやく頭を回転させる。「黙っててくれたら十ドルあげるよ」とぼくは申し出る。「おっさん、あたし〝売り〟はやんないよ」言わせてもらえば、これこそ招かれざる傲慢さの表現だ。「そっちは興味ないんだよ、かわいこちゃん」ぼくはフィルム・ノワール風な親しみをこめたつもりで答えた。「ぼくにはとっくにお相手がいるし、外の車で待ってるんだ」乾燥機の扉を開け、まだ湿った農夫の洗濯物をかき回しはじめても女の子は黙って見ている。農夫は相変わらずぴくりともしない。ひょっとしたら死んでるのかも。「二十にしてよ」少女はいきなり要求してくる、赤ん坊をうまいこと落とさず一回転しながら。ぼくは金をやる。彼女はお札を受け取ると赤ん坊を乾燥機から取り出し、バッグから出した〈ゼロ・バー〉の包装紙を剝いて、ホワイト・チョコレート味を赤ん坊にかじらせる。「寝ちまいな、シャボン玉ちゃん」彼女は札をポケットに押しこみ、赤ん坊の背中をポンポンとはたくが、いささか強すぎるようにも思われる。ぼくはオーバーオール（人類が身につけたもっとも醜い服）ではない唯一のジーンズ、ソックス全部、ボクサー・ショーツ何枚か、それにまだ湿っているTシャツをひっつかんでドアを飛び出した。

「なにちんたらしてたんだよ、アイロンがけか？」エンジンをかけたままの車に乗りこむと、レディウィップから叱責が飛んでくる。「どう？」ぼくは湿ったヘインズのTシャツを掲げてみせ、彼はアクセルを踏みこんでその場を離れる。「クソみてえな場所とはとっととおさらばだ」と答え、運転しながらツナギを脱ぐ。「これ、ウエスト三十三インチだ」ぼくは着古したリーバイスのラベルを読みあげる。「入るだろ」レディウィップは唸り声をあげると突然車を脇に寄せ、飛び降り、監獄用スニーカーを蹴りぬぎ（靴紐で首つりができないようにマジックテープで止める仕掛け）、汚れた靴下を脱ぎ捨て、囚人服をおろす。そして道端に素っ裸となっても少しも動じた様子がない。「ジョン、このチンコを覚えとけ」と彼は命じる。そしてぼくは、彼の突然のあけすけなセックス・アピールにたじろぎつつ、その言葉にしたがう。空想は余ったお金みたいなもの、貯金しといて後で使うのだ。プロヴィンスタウン映画祭でクエンティン・タランティーノにインタビューしたときの、爆笑の言葉に思い出し笑いする。「成功していちばんよかったことは？」と訊ねると、その答えは「おまんこ……いや、おまんこの思い出だなあ」だった。今は彼の言いたいことがよくわかる。車は次々に走り過ぎてゆき、運転手たちはレディウィップに口笛を吹くが、ぼくはただ彼の裸体をじっと、カルト映画マニアが最愛のミッドナイト・ムービーを見るときのように見つめ、そのあいだトラックが鳴らしてゆく警笛はひとつながりの長い怒りの表明になる。彼は素っ裸でぼくの前に立ち、手を触れないでちんこをピンと勃たせる。どうしたらいいのかわからないので、とりあえず拍手する。「いつか子供たちに自慢してやる。ジョン・ウォーターズはオレのちんこを見たんだってな……」と彼は唸り、フル勃起のペニスを盗みたての農夫のジーンズに押しこむ。「だけど、まずはやんなきゃならないことがある」それはいったい何を意味するのか、とぼくはいきなり不安に駆られる。「いい子だ、落ち着け」レディウィップは腹話術師のようにちんこに話しかけながらジッパーをあげる。上半身を生乾きのTシャツにねじりこみ、ぼくに欲情のまなざしをむけられてまちがいなく興奮しつつ、車に乗りこむ。

「じゃあ、靴下履かせてくれよ」彼は不思議な情愛を見せて片足をぼくに向かって差しだし、指をうごめかしてみせた。ぼくは優しくそっと、相手を喜ばせたいという不健全な欲望をこめて履かせる。「くすぐったいぜ、ねえちゃん」と笑いながら言い、ぼくは怒るべきなのだろうかと自問しながらも、農夫が繕うことなど思いつきもしなかった穴からぶっとい親指が飛び出したときには、このまま流れにまかせることにする。「サイズは十一インチ半（約三十センチ）だ」と自慢する。「触るなよ、見るだけだ……ほら、ケータイで写真撮ってもいいんだぜ」ぼくは慌ててわがブラックベリーを手探りする。

　だけどホットな撮影会がはじまる前に、遠くでまた新たにパトカーのサイレンが唸りをあげる。今度は一台ではなさそうだ。レディウィップは足指ちゃんを刑務所スニーカーに突っこみ、ぼくらはただちに出発する。「豚どもめ！」六〇年代からこっち、たえて聞いたことのない怒りのこもった声。「銀行を叩いてやったぜ、ざまみやがれ！」田舎道を走りながら彼は叫ぶ。そうか、それで食ってる人なのか、とぼくは怖がるより先に感心する。「今は銀行襲ったりしませんよね？」とぼくは口走る。「オレじゃねえよ、オレたちでやるのさ」彼は自信たっぷりに答える。「いや、おねがいだから」とぼくは頼みこむ。「友達のパティ・ハーストは銀行強盗を手伝ったせいで本当に酷い目にあったんです、そもそも彼女のせいじゃなかったのに。だから——ぼくは人質になるの？」「なわけねえだろ、なあ、おまえには見ててほしいんだよ」彼は笑いながら言う。「見るって何を？」ぼくは困惑して訊ねる。「オレとチンポコ……が悪さするとこをな」と自己陶酔的な、露出狂的なウィンクを投げたとき、ちょうど車は低い煉瓦造りの建物の表にある狭い舗装の駐車場に入る。昔ながらの看板には《カンザス州ヘイズ、サンフラワー銀行》とある。「その目玉をぱっちり開けて、オレのちんこを見てるんだぜ、ヘンタイさんよ」と猫なで声で言う。「なんたって、レディウィップおじさんはゴトが大好きなんだからな！」

　レディウィップはマウンテンデューの缶を座席の下から拾いあげ、茶色の紙袋をかぶせて、それを銀行に向ける。「武装しており危険」と軽口を叩き、最後に股間の位置を直す。すでに犯罪現場とエロティックな可能性を感じて膨らみつつある。「四十五秒待って、それからあとを追ってきて驚いてみせるんだ」とぼくに命令し、車のドアを開け、〝銃〟を隠した紙袋を手に出ていく。

　ぼくは監督に命じられたとおりに、正確に四十五秒のタイミングを時計ではかる。レディウィップのペニスが銀行に栄光の入場を果たすさまを想像して興奮しながら。車を出て、映画のエキストラになったつもりで、平静を装って駐車場を渡って銀行に入る。

　レディウィップが窓口の行員に近づいていく。おぞましいマキシスカート、上品な靴、それに誰にも決して真似できない髪型の二十代黒人女性だ。隣の狭いオフィスでは、おそらくは上司であろう間抜け男が、普通預金からお金を引き出すのになんで手数料が必要なんだ、と怒る農婦に説明している。レディウィップはマウンテンデュー銃を行員に突きつけて叫ぶ。「強盗だ！」そして女行員の首に腕をまわす。ジーンズの股間の膨らみに気づいているのはぼくだけかもしれない。女行員は悲鳴をあげ、上司はショックで口をあんぐりと開け、農婦は大笑いして「ざまみろ」とつぶやき、雇われ警備員は両手をあげて泣きだす。「おい、そこのおまえ」レディウィップは説得力たっぷりにぼくを脅しつけ、誰にも気づかれないようにわずかに腰を振ってみせ、「そのちっぽけなケツをこっちに持ってきて、財布をよこしな」ぼくも自分の役を迫真的に演じ、どうか殺さないでとお願いし、彼は空いた手でぼくをつかまえて首に腕をまわしながら、もはや堂々と勃起しているペニスをチラ見させてくれる。ぼくの妄想なのかもしれないが、女の人質も股間を見ているような気がする！　人質行員が現金袋をレディウィップに渡すのに上司も口添えする。「言われたとおりにしなさい。誰も怪我をしないように」「撃たないで」と警備員は命乞いし、「今晩、ウィチタでやるドレイクのチケット買ってるんだ」「警察を呼びやがったら撃ち殺すぞ」とレディウィップは脅しながら銀行を出る。ぼくと女行員は抱えこまれたままだ。レディウィップはぼくらをジグザグに引きずりながら駐車場を車に向かい、途中銃をふると通行人たちは慌てて駐車してる車の陰に隠れる。彼はぼくらをまとめて前座席に放り投げ、ハンドルを握るや、いきなりアクセルを床まで踏みこんで脱出する。なぜレディウィップは女行員に銃を向けてないんだろう、とぼくはいぶかる。さらに不思議なことに、彼女はすぐさま冷静になり、レディウィップがぼくに財布を返すのを見ても平然としている。「レディウィップ、すっごくセクシーだったわ」彼女はいきなり猫なで声で媚び、レディウィップはまたしても勃起ペニスの位置をなおす。彼女がカツラをはずすと、一部剃った頭にREADY WHIPの文字を残して整えたモヒカンみたいな髪型があらわれる。ワンタッチではずれるマキシスカートとブラウスを脱ぐと、変装で隠されていた黒檀色のボディには上から下までびっしり白いタトゥーが入っている。コルセットと黒い押し上げブラに、黒い編み目のシースルーのミニドレス。「ポルカドッティ、こちら、ジョン・ウォーターズさん」とレディウィップは言いながら、ちんこをムチ《ウィップ》みたいに飛び出させて誇らしげだ。ポルカドッティだって⁉ 子供のころ、いちばん最初に買ってもらった指人形の名前じゃないか、とひそかに驚きながらも、目はレディウィップの股間からうっとり離れない。「あんたたち、どこで知り合いになったの?」とびっくりする彼女は、窃視者の熱情をもってペニスの活動を見つめていたが、ようやく目を離して現金袋の盗んだ金を数えはじめる。「六千ドル!」レディウィップの鋼鉄《ベスレヘム・スチール》ペニスにちらちら目を戻す合間に喉を鳴らす。「彼も見てるぜ」とわれらがちんこの指揮者は優しく囁く。「おまえと同じにな、ポルカドッティ」「まるまる七年も!」ポルカドッティが誇らしげにぼくに告げると、レディウィップはちんこを左に、続いて右に、今度は上に下にと動かしてみせる。まるで露出狂のオリンピックだ。「見るだけだ。絶対、絶対に触るなよ」レディウィップはぼくら二人に囁きかけてアクセルを踏みこみ、ポルカドッティとぼくはお互いの目の中に、独占せず分かち合う愛の喜びを見つける。

だがこれだけ高速で突っ走っていても、おせっかいな官憲どもは生まれはじめたぼくらの相互称賛関係を台無しにしようとする。空からヘリコプターの爆音が聞こえ、それから遠くでかすかにパトカーのサイレンが聞こえる。「くそっ」とレディウィップが叫ぶ。「今イくとこだったのに」警察の音をかき消すためラジオをつけるとボビー・スコットの「チェイン・ギャング」がポンコツなカーステレオから大音量で流れだす。「こちらはカンザス州警察だ」頭上の警察の拡声器からの声。「レディウィップ、おまえは包囲されている。今すぐ車を止めなさい。武器を捨てて人質を解放しなさい」**「これが最後だ、オレのちんこを目に焼きつけとけ!!」**レディウィップはさらに細い道に折れながら命じ、ぼくらは命令に従い、おお、そりゃもう従いまくるが、でも枝がボンネットに当たって折れる音とタイヤがつぶす葉っぱの音が気になって視線をあげると、進行方向まっすぐ正面に大きな木が立っている。「あぶない、あぶない!」ぼくはシャングリラスの「黒いブーツでぶっ飛ばせ」を精一杯物まねして警告するが、もう間に合わない。ぼくらは大自然と衝突し、レディウィップの頭はフロントガラスを突き破るが、ぼくらのエアバッグは、レディウィップと違い、奇跡的に作動して命を救ってくれる。ぼくらはレディウィップが死ぬ瞬間に絶頂に達していたことを確かめて、実際ハッピーエンドだったことに安堵する。そのときいきなり「逃げろ!」とポルカドッティが叫び、カンザス州警が突進してくる。ぼくらは手をとりあって走る。誰にも理解されないだろう、弔いの窃視症的余韻で結びあわされて。

　ぼくらはなかば廃墟の州立公園らしきところにいる。ポルカドッティを引っ張って雑草が伸びた遊歩道に向かい、さらに走る。壊れて錆びついた遊具、閉鎖されたトイレ、腐りかけたピクニック・テーブル、果ては山火事か何かですっかり焼け跡になっている野球場まで。汚泥だらけでぬかるんだ小川をわたる橋はところどころ穴が開いている。警察犬の吠え声が、そう遠くないところを近づいてくる。

　ボルチモアの有名事件のことを思い出す。逃亡犯ジョゼフ・パルチンスキーはただ木に登っただけだったが、警察犬が「上」を嗅ぐ訓練を受けておらず、警官たちも空を見上げるのを思いつかなかったおかげで逃げのびたのだ。ポルカドッティについてくるように手ぶりして大きな常緑樹によじ登る。彼女はすでにハイヒールに履きかえていたが、ファッションにおいては素人じゃない――ヒールで走るなんて当たり前、履いたままでも木に登れるのだ！　ぼくらは別々の枝に座って動かず、警官と歯をむきだすブラッドハウンドが真下を走って行くのをやりすごす。ヘリコプターがレディウィップの死亡現場に着陸する音を聞き、ぼくらはようやく逃げ出す。

みすぼらしいゴミだらけの道を折れると、奇跡が待っている。おんぼろワゴンを引っ張る色とりどりのキャラバン隊、トレイラーハウス、そしてひと目見ればかつて一世を風靡したものだとわかる骨董品の遊園地の乗り物を引くトラックが、目立たぬように州間高速道路を避けるごくごく辺鄙《へんぴ》なルートで移動中だったのだ。先頭のトラックには〈ヒップスター・カーニバル〉と手書きロゴがあり、さらに〈オレたちゃ逃亡中、おもしろいこと追いかけ中!〉と売り文句が続いている。かつてのぼく以上にバリバリのヒッチハイカーだと判明したポルカドッティが取って代わって親指を突き出す。ぼくは藪の中に隠れる。

キャラバンは速度を落とし、座長のバスターが胡散《うさん》臭そうに彼女を見やった。「仕事探してんのか?」ロバート・ミッチャムと『トゥー・ムーン』のリチャード・タイソンを合わせたような五十歳が怒鳴る。「どんな仕事があるっての?」彼女は生意気に言い返し、ヒップスター・カーニバルの団員たち、いかにも奇矯なボヘミアン風の流れ者たちがトレイラーから顔をのぞかせる。「ナイフ投げの的になる女の子なら」バスターはぶっきらぼうに答え、誇りをこめて付け加える。「うちの従業員にドラッグ・テストの義務はねえぜ」カーニバルの荒くれ者どもは歓声と笑い声で応える。「これまでの子はどうしたのさ?」ポルカドッティは不躾かつ生意気に訊ねる。「的をはずしちまってな」バスターは悲しげに説明する。「その子は無事なの?」ポルカドッティはすばやく訊ねる。「いや」バスターは簡潔に返す。「わかった。仕事は引き受けるけど、ひとつだけ条件がある」とポルカドッティは申し出る。「どんな？」とバスターは、相手の図々しさに呆れながら応じる。「友達のジョン・ウォーターズさんも連れてくこと」

　ぼくが藪から姿をあらわすと、一瞬、完全な静寂に包まれ、それからびっくり、バスターのみならずこのオンボロカーニバルの全員が一斉に拍手で迎えてくれる。ニューヨークでゴミ回収人がぼくの名前を叫んで親指を立ててくれたときよりも、ここで有名であるほうが嬉しい。こちら側にやってきた。受け入れられた。

「『ピンク・フラミンゴ』のチキン・ファックが大好きなんだ」バスターは本物の敬意を声ににじませる。「ファックって痛いわよね」〝世界一痩せてるモデル〟ことマカローニが、クッキー・ミュラーのセリフを正確に、わずかに舌っ足らずに真似てから、骨ばった手でトレイラーからキッスを投げる。「ジョン・ウォーターズ、あなたにはフリークショーに出てもらおう」バスターがリーダーの権威を発揮すると、〝世界一底意地の悪いデブ女〟ことオルカが、ぼくでさえたじろぐような熱意をこめてディヴァインのセリフ「不潔こそがわが信条！　不潔こそがわが人生！」を叫ぶ。

「なんの役で？」ぼくは新たな職を得て、喜びに身をふるわせながら訊ねる。「一目見ればわかったとも」バスターは魔術師のように言う――「**見よ、刺青なし男！**」「すっごい！　服の上からでもわかっちゃうんだ！」とポルカドッティは畏怖をこめてつぶやき、そこまでは言わないまでも、見る目があるのは認めざるを得ない。ぼくはたしかに無刺青だ。ぼくらは車に飛び乗って一安心。何か下劣なものが道をやってくる。

　数時間のドライブ（ラジオからキャッチーな田舎ミュージック、ゼブ・ターナーの「トラベリン・ブギ」が二度も流れてきたのがハイライト)、道中で地元の警官に〝ジョバ代〟を払ったのち(レディウィップの遺体を運んでいったバカ警官もいた)、一行はコロラド州ラスト・チャンスに着き、閉鎖された小さなショッピング・モールの駐車場に停まる。ビデオショップの叩き割られたウィンドウはベニヤ板でふさがれ、今は憶えている人もいないセクスプロイテーション映画にオマージュを捧げる落書きで埋まっている。『オルガの恥辱の館』、『アルバート・ショック』、さらには『アイ・スピット・オン・ユア・スナッチ』なんてポルノ・パロディ映画のタイトルまである。* ディスカウント・ストアの〈ピックンペイ〉はあきらかに火事で焼けたあとで、ホームレスすら近寄らないほどの荒れっぷりだ。酒屋の〈ビバレッジ・バーン〉も閉店し、かなり昔に略奪されている。コロラドドクダミが駐車場を占拠し、まさしく下層生活の風景を見せてくれる。

ぼくは新しいトレイラーに案内される。同居人はピンプルフェイス(吹出物顔)、じくじくと液をはきだすニキビ、おでき、膿瘍にもまったくめげないナイスガイだ。学校をやめてポテトチップを食べつづける人生を選んだいきさつを語る言葉を聞くかぎり、後悔はしていなさそう。さらにピエロのボアヘッド(穴開き頭)とも会ったが、まともな会話にはならなかった。というのも彼はドリルを使った「頭蓋穿孔」手術のせいでつねにハイになったまま戻れないのだ。喋っているのは完全に無意味な内容なのだが、全員意味がわかるふりをしている。

ポルカドッティがトレイラーを訪ねてきて、すでにバスターとヤったと教えてくれる。「あんの野郎のキスときたら!」肉体的接触を望む相手とつきあうまでに成長してくれて、ぼくとしても嬉しい。わが善導によって彼女も神経症的な幸福にまた一歩近づいてくれたのかも。誰かがありがたくもぼくのベッドとしてトレイラーに用意してくれたお役御免の〈回るコーヒーカップ〉の中で丸くなり、うつらうつらしはじめる。

翌朝、ぼくはハンマーと電動ノコギリ、発電機の騒音で目を覚まし、外をのぞく。おやおや、〈ヒップスター・カーニバル〉はほぼ出来上がっている。さわやかに晴れあがった空の下、秘密移動遊園地の存在を知っていて、ネット情報で次に開く場所を調べて追ってくるイケてる連中が一握り。ピンプルフェイスがボロボロの正面ゲートの鎖をはずし、お客を招き入れる。驚いたことに彼はフリークショーの出演者ではなく、ただの雑役夫だったのだ。

ちょっとぶらつこうかと思ったが、露出の多い魔術師のアシスタント衣装に身を包んだポルカドッティが飛び出してくると、すぐにぼくを回れ右させてトレイラーに押しこむ。「ほらあ、だめだってばジョン・ウォーターズさん。あなたはもうフリークショーの見世物なんだから、無料で見せちゃいけないの」コロラド州ラスト・チャンスじゃあ誰もぼくの顔なんかわからない、と抗議する間もなく、ポルカドッティから黒マジックでぼくの顔と髭を描いた白いスキーマスクをかぶせられる。「これでよし。誰もまさか本物のあなただとは思わないでしょ！」ぼくはスキーマスクに開いた穴から外をのぞき、マイケル・ジャクソンの息子ブランケットくんの幼年期の気分を味わう。

「十五分後に出番なの！　すっごく興奮してる！」ポルカドッティはぼくの手を握って、そりゃも

＊ソフトコア・ポルノ『アイ・スピット・オン・ユア・グレイヴ』（邦題『発情アニマル』）のハードコア・ポルノパロディ映画。〝おまえのマンコに唾を吐く〟の意。

うイカした観客たちのあいだを引っ張っていくが、みんなハイになってる様子だ。「迷える少女時代からずっと、あたしはナイフ投げの的になりたかった」と彼女が告白するのを聞きながら、運試しゲームが集まっている一角を抜けてゆく。〝ミート・ホイール〟は自分が回され、運がよければ豚の肩ロースや仔牛のカツが食べられる。〝神秘のコイン投げ〟では幸運な客に今は手に入らないヴィンテージ品の煙草が当たる。フィルターのないクールとか、L&Mとか、モントクレアまで。

「シャーリーン、こちらがジョン・ウォーターズさんよ」ポルカドッティはタフそうな太り気味の中年女を紹介してくれる。片腕だが黒い綿菓子売店を受け持ち、口まで使って軽々とお釣りを用意する。「彼女もフリークショー仲間よ」ポルカドッティはシャーリーンに聞こえないように小声で、誇らしげに「目を見てみなよ」と囁く。「はじめまして」とシャーリーンはクスクス笑いながら、ぼくのマスクを無視し、ゴスな砂糖菓子を勧めてくれる。丁重にことわるが、そのとき彼女のまつげでなにやら蠢いているのに気づく。「シラミよ」とポルカドッティ。驚きで見開こうとする自分の瞳孔をおさえこむが、ポルカドッティの言うとおりだ。シャーリーンはまつげとまゆげにケジラミを飼っている！　ときおり無意識の動作で虫をつまんでは、ちらりと見やり、それから指でつぶす。「またの名をレディ・ヴァーミン（シラミ女）よ」と彼女は言い、手を差しだして握手を求める。

「ご一緒できて光栄よ！」

　中道《なかみち》の乗り物の上に高々とはためく大きな横断幕には〈ピューク・ア・ワールド（げろげろ世界）〉とあった。「おいでよ、一緒に乗ろうよ」とポルカドッティは子供っぽい興奮に浮かれて叫ぶ。三台の凹んだ〝泥酔動輪ドッジェム（電気自動車）〟が、金属の天井から火花を飛ばしながら古タイヤの山のまわりをぐるぐる回っている。列に並ぶすでに赤ら顔の運転手たちに〈コルト45〉ビール缶が配られる。「エイト、フォー、ツー、セブン」カウントは前後に行き戻りし、まっすぐ並ぶはずの列はわざと千鳥足で乱れている。「オレはつむじ風だ！」と叫んでチケットを買い、ドッジェムカーに飛び乗った男は、すぐさまハンドルに突っ伏して眠りこんだ。

「ぐるぐる回る乗り物には乗りたくないんだ、気持ち悪くなっちゃうから」やめてほしいとポルカドッティにお願いする。「そこがいいんじゃない！　カーニバルはゲロ吐くところなんだから！」と彼女は言い張り、古錆びた〈ラウンドアップ〉を指差す。回転する車輪が上昇するにつれ外側に押しつけられる遠心力頼みで安全ベルトすらない乗り物だ。見上げるとヘビメタファンの一家がそろって同時にゲロを吐き、返りゲロを顔に浴びて歓声をあげている。

「どこの乗り物よりも、このサーカスのライドが最高だ、ってバスターが言ってた。なんたって本当に怖いから！」と深く感動しているらしきポルカドッティが明かしてくれる。「どれもこれも欠陥品か、じゃなかったらメンテ不足なの。第三世界から無料でもらってきて、まるっきり未使用のもある。それってすんごく最高じゃない？」答える前にすでにぼくらはイモムシコースターの前に来ている。子供のころはいちばん好きだったが、今では滅多に見られない乗り物だ。「おおう」とポルカドッティはハードボイルド風郷愁の溜息をつく。終わりなき座席のつながりが波のような弧を描くレールの上をスピードをあげながらうねり回転するのを並んで見つめながら。最高速度で、緑色の円蓋が持ち上がりイモムシのようなカバーで乗客を覆い、野次馬の目から姿を隠す。「見てて！」ポルカドッティはコースターに向けて手をふるが、その目に浮かぶ期待から、なにやらショッキングな出来事が起こるとわかる。円蓋が降りてくるとお客は全員カバーの下でセックスしてエロチックな横揺れを楽しんでいたのだ。オナニーしてる奴、三人のカラミもあり、バックでヤりながら座席につかまってるカップルまでいる。あまりに楽しくて、永遠にこの場所にいたいくらいだ。「これなら入りたい！」とぼくは叫ぶ、というのも連結したトレイラーだけで完結している〈リベラル・ホラー・ハウス〉があったのだ。小さな車が線路を走り、乗客の前にいろんなものが飛び出して脅かす奴だ。「全米ナンバー1は」とぼくは明かす。「メリーランド州オーシャンシティにあるお化け屋敷なんだ。あそこのためだけでもオーシャンシティまで行く価値がある。あと永遠に愛してるのが一九六一年のダイアン・アーバスの『コニー・アイランド、ハウス・オブ・ホラーズ』ってタイトルのお化け屋敷内を写した写真。照明が数えるほど点灯して、レールだけが不吉に見えている。あのふたつ以上に怖いものなんてある？」ぼくは目が眩むほど興奮しながらポルカドッティに訊ねる。

「見てのおたのしみ」と、そこで乗り物のもぎりのチリドッグと行き会う。ポルカドッティが聞きこんでいたところによれば、コースターが逆さまになるところで客のポケットから落ちた財布を拾い、客に聞かれても知らないと突っぱねるのが得意技なんだそうな。でもそれは〈ヒップスター・カーニバル〉で働きはじめる前の話。今ではしごく親切に年代物のリトルカーのシートベルトをしっかり締め、リチャード・ニクソンの顔写真付きのドアから勢い良く送り出してくれる。中は漆黒の暗闇で、バーバラ・ブッシュの骸骨が目の前に落ちてきてゴブリンみたいにゆらゆら揺れたときにはポルカドッティすら悲鳴をあげる。急カーブをぎくしゃくと折れたところで、突然車が故障して止まり、魔女のような声が「ガソリン切れだよ、世界中どこへ行ってもね！」と叫ぶ。あわや後続車が突っこむ寸前でいきなりがくんと引っ張り出される。屋内は死ぬほど暑い。世界が一滴の雫となって落ち、炎に包まれるなんて左翼流の映像を見せられなくても、地球の温暖化はやはり問題なんだと思える――みんながハイになり、酔っぱらい、幸せなこんな場所であっても。

次の角をまわり、続くセクションに突入すると、サイズの合わないペニスバンドを巻いた裸の男に照明があたる。警告もなくだしぬけに人造ザーメンが一発たっぷり、ぼくらに向かって浴びせられ、同時に恐ろしげなハロウィン風レタリングでSAFE SEXの文字が点滅する。三つ揃いを着たヒップスターが無教養な最低賃金労働者の仮装で飛び出してきて銃をつきつけ、ぼくらの財布を奪いながら、小さなサーカスやカーニバルはまだ組合化されていないのだと力説する。

きゃあきゃあ騒ぎながら車を降り、まばゆい陽光の下に出て、てっきりシミになっているかと思って人造ザーメンを拭き取ろうとしたが、幸いにも恐ろしげな精液は消える白インクで作られていた。正直者に生まれ変わったチリドッグは財布を返してくれる。というのもポルカドッティが熱く語るには、バスターは従業員に気前よく支払ってくれるからだそうだ。ただし汚らわしい現金ではなく最高級のハーブで。

「お仕事の時間よ」とポルカドッティから告げられ、ぼくは遠くのフリークショーテントを見て息をのむ。自分自身を演じるのはなんの苦もないが、自分で脚本を書かずに演者として舞台に上がるのは死ぬほど怖い。「でも、ポルカドッティ」ぼくはテントの裏口へ引きずられていきながら泣きつく。「何をしたらいいのかわからないんだよ！」「シャツとズボンを脱いで、刺青入ってないって客に見せるだけでいいのよ」「ええっ⁉」とぼくは悲鳴をあげる。「人前で裸になんてなれないよ！」「なんでさ？」彼女は鼻で笑う。「お客はあんたの体なんか気にしないよ――ただこのご時世、その齢でタトゥーが一個もないってことにびっくりするだけ。大成功まちがいなしよ！」

「五分前」バスターは、ぼくらがテント裏のフラップをまくりあげて中に入った瞬間、舞台のプロとして合図をくれる。ぼくは〝変装〟の仮面を脱ぎ、ポルカドッティはバスターに見たことないほど濃厚な魂のキスをする。相手の口をまるごと飲みこもうとするような。あえいで息をついたバスターは、お返しに長い舌を投げ縄のようにからめ、熟練の剣のみ芸人よろしく窒息しないように揺すりながら扁桃腺まで突っこむ。

舞台にいるのはクレメンタイン、「世界一デカ足の少女」だ。この売り文句はどうやら誇張ではなさそうだ。「クララベルよりも大きいよ」と自慢し、観客たちは驚嘆の目で見つめ返す。靴は三十六センチはあるだろう！　親指はぼくの手よりも長い。くるぶしはぼくのウエストほどのサイズだ。ぶっとい親指にはブレスレットをはめている。「ミスター・ナチュラルよりも巨大だよ」と彼女は吠える。ヒップスターたちはロバート・クラムへのオマージュに大喝采する。「オリーブ・オイルよりもセクシーよ」とクレメンタインは叫び、普通サイズのハサミで足の爪を切ってみせる。そこで、このぼくでさえ驚いたが、椅子に座った姿勢のままバク転し、モンスター・サイズの巨大スリッパを高々と掲げる。「シャキール・オニールよりも大きいんだよ」と声をはりあげ、意味がわかっていないのはテントの中でぼく一人のようだ。「有名なバスケットの選手のことよ」ポルカドッティが小声で説明する。「ごめん」ぼくはつぶやく。「スポーツは見ないんだ」

バスターは目の覚めるような黒いレザーの不良スタイルに身を包んで舞台にあがる。クレメンタインは、観客がチップで投げた、一部コカインの染みもついた高額紙幣をかき集めている。「さあお待ちかね、紳士淑女の皆さん……」バスターが口上をはじめたところで、舞台袖で、この前に出ていた二人組のフリークショー芸人ハルとクララにつかまってしまう。二人がやっていたのは「人間プレッツェル」という柔軟芸で、最後はセルフフェラチオとセルフクンニで終わるのだ。「いやだよ」と抗議するも、ハルはそっとぼくのシャツのボタンをはずし、クララは、ポルカドッティの手をかりて、ぼくのズボンを引き下ろそうとする。「裸になるなんて嫌だ！　もう六十越えてるんだぞ！」さらに文句を言うが、靴と靴下も脱がされてしまう。あとはボクサー・ショーツ一枚きりだ。「せめてチラ見くらいはさせないと」とポルカドッティが主張する。「一瞬だけでも、ちんことお尻にタトゥーがないとこを見せてあげないと！」「すてきだよ」とハルは励ましてくれる。「やっとファッションの呪いから逃れられたわね」とクララは尊敬のまなざし。

「はるばるメリーランド州ボルチモアからやってまいりました」とバスターの口上が聞こえる。「ヒップスター・カーニバルには初のお目見えです。映画監督ではなく、小賢しいトークショー・ゲストでもなく、ドキュメンタリー映画のでしゃばり解説役でもなく、本来の姿であるフリークそのものとして！　タコ人間よりショッキング、世界一大きなネズミよりも恐ろしい！　さあごらんなさい！　その目が信じられますか？　ジョン・ウォーターズ！　刺青なし男!!」

ポルカドッティが「がんばって！」と囁いて、舞台に送りだしてくれる。これまで何度もやってきたので、ついいつもの漫談をはじめそうになるが、観客からはどこの大学をも凌駕する大喝采が飛んでくる。みんな息をのむ！　悲鳴をあげる！　自分たちの手足に入った墨と見比べてたじろぐ。ぼくの肌へと視線を戻すが、肉体の美醜ではなく、ひたすらタトゥーを入れようとしなかった体制順応を拒む態度こそを認めてくれている。全裸を解き放つ興奮に満たされ、ぼくはズボンを落として真実をあらわにする。本当にひとつもタトゥーがない。場内熱狂。お金、ポッパーズ、マリファナ煙草、しまいにハシッシの塊まで飛んでくる。

ボクサー・ショーツを引き上げると、バスターが舞台に飛び出し、ロッキー・バルボアになったみたいにぼくの手を高々と掲げ、一瞬自分がジョン・ウォーターズであることを忘れる。ぼくは深くお辞儀し、すぐさま舞台裏へ走って戻り、服を着て元の自分に戻る。フリークショーの芸人兄弟姉妹たちが言葉とハグで祝ってくれる。だけど今度はポルカドッティの見せ場なので、ぼくにしてくれたお返しに、彼女の出番も応援してあげたい。舞台に立ったままのバスターは、赤いシルクのカーテンを開いて、手足の位置にレザーの拘束具がついた円形の木の板を見せる。「紳士淑女のみなさん、わが新たなるアシスタントをご紹介いたします」と彼は誇らしげに告げる。「願わくは先代のような結末を迎えませんように。彼女の名前はポルカドッティ、不肖わたしがナイフ投げをつとめます！」

ポルカドッティは歓声をあびながら腰をくねらせ、金色のワンピース水着を身にまとって舞台に出てくると、ケープを脱ぎ捨て、気丈にもハルとクララに車輪に拘束されてゆく。バスターは狙いをつける。ぼくは観客と一緒に息をとめ、バスターがひねって投げた鋭いナイフは正確にポルカドッティの足のあいだに突き刺さる。ポルカドッティは生まれてはじめて感じる快感に悶える。ためらわず、バスターは素早く二本続けて投げ、いずれも完璧に脇の下をとらえる。それからさらに速いモーションで三本投げ、頭のまわりに、わずか髪の毛一本分開けて輪郭を描き、この最高に危険でワクワクする芸のフィナーレにふさわしい完璧な伴奏音楽を奏でる。ポルカドッティの成功がわがことのように嬉しい。彼女は生まれついてのスターだ。露出狂の銀行強盗より、さらに魅力的で危険な男と出会えたのだ。バスターはポルカドッティを車輪から解き放ち、当然の大喝采を受けると、二人そろってお辞儀する。舞台裏でマカローニがやせっぽちの細い腕で抱きしめてくれ、ぼくもハグを返したが、その拍子に彼女の椎骨《ついこつ》が二本ほど折れてしまう。「気にしないで」と彼女は囁く。「よくあることだから」

　くりかえしのカーテンコールののち、バスターは観客を鎮める。「最後にとっておきのサプライズがございます」と彼が告げ、ポルカドッティがこっちにむかってウィンクする。「ジョン・ウォーターズが車輪にくくられ、いちばん危険な曲芸に挑戦いたします！」観客はいっせいに歓声をあげるが、ぼくは自分の耳が信じられず、凍りついてその場に立ち尽くす。ポルカドッティが駆け寄ってきて、手を握り、舞台へと引っ張りだす。「ジョン、オレを信じてくれるかい？」とバスターが訊ね、ヒップスター・カーニバルのフリークたちが全員、愛あふれる忍耐心でぼくの答えを待つ。ポルカドッティの顔に浮かぶ姉妹愛の狂える笑みに負け、ごくりと喉を鳴らし、それから答える。「信じるよ、バスター」わが新たなる家族、いかれたシルク・ドゥ・ソレイユのはぐれ者たちからもらう安堵と友情の承認の声が、想像することさえ怖かった不思議な勇気を引き出してくれる。

　ポルカドッティが手ずから木製車輪のストラップをとめ、ハルとクララがぼくを回す。ぼくはバレエ・ダンサーのつもりになって、目がまわらないように視線を一点から動かさない。観客はさらなる興奮に悲鳴をあげるが、何に歓声を送っているのかぼくにはわからない。回転はさらに速くなり、ぼくはまっすぐになるたびにバスターの姿を見ようと目を凝らす。驚き桃の木！　バスターは両手に大きな手斧を持っているではないか。**手斧投げ!?**　これぞ恍惚というべきか？　突然、頭の右側すぐそばでとてつもない衝撃音が耳と体に届き、一瞬遅れて左側でも感じる。一瞬耳が聞こえなくなるが、回転が徐々に遅くなりはじめると視覚と聴覚が戻ってきて、観客の歓声が聞こえるとともに、バスターが目隠しをしているのが見えてくる。いやはや、ぼくは本当にここまでの冒険を求めてたのか⁉　バスターは強烈な力で手斧を足のあいだに投げつけ、車輪は真っ二つに割れたもののぼくの手足がかろうじてつなぎ止める。観客は完全に狂乱状態。ぼくは『フリークス』の最後に出てくるチキン・レディの気分だが、今回はトッド・ブラウニングが監督したクラシック映画にふさわしいハッピー・エンドをつけられた。ようやくぼくはショービジネスの一部になれたのだ。

最高の旅・9　バーニス

コロラド州ラスト・チャンスはぼくが人前で喜んで裸になるはじめての機会《チャンス》だったかもしれない。だけどカーニバルは進みつづけなければならないし、ぼくもまた同じ。一座が起きだす前に、ポルカドッティとバスターのトレイラーにメモを滑りこませて、新たな種類の演劇と出会わせてくれた感謝を伝える。知るかぎりアルトーの残酷演劇にもっとも近い……ただし愉快なものに。いつも言ってるように、人間いくつ肩書きがあっても多すぎることはない。今は堂々とこう書ける。「もしこの本があまり売れなくて、『フルーツケーキ』の興行成績がふるわなかったら、いつでも〝回されて金を稼ごう〟」

陽がのぼり、このあたりにはラッシュアワーはないものの、またしても（！）走ってきた最初の車が止まってくれる。問題は、これ、どこから乗りこむの？　オンボロの黄色い八〇年代のシボレー・サイテーションは、ありとあらゆる種類の本で完全に埋まっている——ハードカバー、ソフトカバー、だがいちばん多いのはペーパーバックで、表紙のないものも多い。助手席は天井まで本が積み上げてあり、誰が運転してるのかもわからない。ゆっくりと、ジグソーパズルを崩すように、本を後部座席、座席の下、膝の上にと投げ、ようやく運転手の顔が見える。「ごめんなさいね」かなり凶暴なルックスの、見たことないほど尖った顎をした六十代後半の女性がつぶやく。「本が好きなのよ」

「そうだと思った!」ぼくは素直に答えて飛び乗り、本を助手席から取りのけて膝の上に積み上げる。「ぼくも本好きだから」そう言って、目を奪う表紙のヴィンテージ・エロ本『動物に襲われた十代少女たち』を一瞥する。「この本はすごいね」と言いながら、このタイトルにゴーサインを出した編集会議の様子を思い描く。この世にはぼくには想像もできない特別な読者がいる。「本はぜんぶすごいのよ」と彼女は熱っぽく訂正する。「あなたは図書館員?」とぼくは陽気に訊ねる。何度か図書館の全国会議で基調演説をおこなったことがあるので、図書館員がたいそう野蛮な存在にもなり得ると知っているのだ。「正式には違うけど……」彼女は歴戦の勇者らしく答える。「以前は……でもあることがあって、今はそうじゃないの」と明かす。そうなのか。「ぼくはジョンです」彼女の辛い過去から話題を変えようと自己紹介する。「わたしはバーニスって呼ばれてる」落ち着いた口調で答え、「そうそう、あなたがこないだ出した『ロール・モデルズ』は読んだわよ。〈本の虫〉って章はおもしろかったけど、少々〝文学的に正し〟すぎるわね。わたしの趣味から言うと」

わがお勧め本リストを弁護しようとしたとき、彼女は突然ブレーキを踏んでハイウェイに落ちていたタイヤくずをよけ、その拍子に後部座席に積み上げられた安物ペーパーバックの山が崩れ落ちてきた。ぼくは『サドルシューズのセクシー小娘』、『お硬いのがお好き』、そして『サンセット・ストリップでフリーク・アウト』を拾いあげる。「ホモ、変人、有名人がこの道路をヒッピー地獄に変えた」という驚くほど政治的に正しくない副題がついている。

「わたしの本じゃないのよ」バーニスは七〇号線から田舎道に下りながら説明する。「ブック・クラブの読者向けなの」州間高速を下りられたら困ると抗議しようとしたが、先まわりした彼女から言われる。「心配ない。ハイウェイに連れ戻してあげるから」車はさらに辺鄙な田舎道に入り、角を曲がり、やがて表紙のないペーパーバックばかりで作られた『タバコ・ロード』風の掘っ立て小屋があらわれる。持ち主は本にニスを塗って防水加工していたが、自然はそんなに甘くなかった――くりかえし雨に濡れた本は膨れあがり、破れ、ほとんど雨よけになってはいない。「出版社は売れなかったペーパーバックの返品なんか欲しくないわけ」とバーニスは説明する。「ニューススタンドの店長は、表紙をひっぺがして送り返せば返金を受けられる。販売店は本来は本を廃棄しなきゃいけないんだけど、わたしは書物破壊行為から本を救いだして、中古本市場の最底辺にいる特殊な読者に届けるわけ。なかなか想像しにくいのはわかるけど、表紙のない本ばかりを欲しがる本当に熱心なコレクターが、ごく少数だけどいるのよ。わたしはそういう特別な読者に本を届けてる。わたしは一人じゃない。フリーマーケットの売り子、紙のリサイクル業者、亡くなったエロ本コレクターの親戚、みんなが一致団結して、図書館員にはできないことをやってるの。文学の最底辺のさらに下にある本を読者の元に届けること」

「あら、キャッシュだわ」やせっぽちで薄汚れ、太鼓腹にヴァリアント王子風髪型の四十がらみの白人が自己流書斎から出てくる。すぐに「キャッシュ」というのがお金のことじゃなく、この顧客の名前だとわかる。そもそも彼女の本は無料だ。「キャッシュは特別なお客さんなの」バーニスは説明する。「彼が読むのはあくまでもソフト・ポルノかポルノ未満の本、コレクターに珍重される表紙がないものだけ。キャッシュは実際にエロ本を読んで、文章スタイルについての長大な批評を書いてるんだけど、そのノートは誰にも見せない。その後〝読んだ〟本を煉瓦にしてあばら家にもうひとつ部屋を作るってわけ」

「やあ、バーニス」キャッシュはどこだかよくわからない聞き慣れない土地の訛りで叫ぶ。「こんにちは、ご機嫌いかが」と彼女は文学的な笑みを浮かべて、「こちら、お友達のジョン」キャッシュが完全にぼくを無視するので、バーニスは毎度の口上にはいる。「今日はとってもいい本が入ってるわよ」そう告げるとキャッシュの目は輝き、期待に唇をなめる。「ほうら、いいこと」と焦らして「ジョン・プランケットの『彼女にはふさわしいものを』」「そこにない表紙絵はラファエル・デ・ソト」とポストモダンな文学的恍惚にひたりつつキャッシュは大声で返す。「あの表紙はよく覚えてるわ、キャッシュ」バーニスは専門家らしく回想し、「すばらしいパルプ・アートだったけど、もうこの本にはないわ！」「誰がアート・ギャラリーなんぞに行きたがる？　オレは本を読みたいだけなんだ！」キャッシュは本をひっつかみ、文学フェティッシュあらわに胸にかき抱く。「こっちはどうかしら？」バーニスは表裏とも表紙がひっぺがされた、黄ばんだペーパーバックを差し上げて誘う。「セクシーな女の子がカウチに寝て、恋人みたいに枕に抱きついてる表紙は覚えてる？」とクイズを出す。「グレッグ・ハミルトンの『うずき』！」キャッシュはクイズ番組の回答者風に叫ぶ。「カバー・アートはポール・レイダー。表紙がないって最高だ。オレは本を読むんだ、バーニス。眺めるためじゃない！　全部の言葉を、作者がオレになにを伝えようとしてるのか完全に理解できるまでね。オレは本の最後の読者になる」バーニスから傷んだ本を渡されると、キャッシュは怖いくらい恭《うやうや》しく受け取る。「キャッシュ、じゃあ次の木曜に」とバーニスは約束し、ぼくらは車に戻って次なるアウトサイダー読者のもとへ向かう。

「ちゃんと読んでくれるなら、何を読もうと偏見は持たないわ」車を走らせながらバーニスが説明してくれる。「扱ってるのはエロ本ばかり？」「いいえ」とバーニスは誇り高く答える。「実録犯罪本もあるわよ。本当にグロいものは置きたがらない図書館員もたくさんいる。本屋も同じ、あいつらは差別する――実録犯罪コーナーを本屋の一番奥に追いやって。そうやって隠そうとするの。ゲイの棚の隣に」同意しようとしたが、ふと彼女の顔に浮かぶトラウマらしき絶望の表情に言葉が詰まる。「信じてちょうだい」悲しそうに囁きながら、前触れ抜きで郊外風ランチ・ハウスに通じる私道に車を入れる。「わたしは検閲には詳しいの」

　出てきたのはアダリー夫人、とうてい実録犯罪本読者には見えない部屋着姿のご婦人だ。「あら、バーニス。来てくれてありがとう。昨日、図書館で喧嘩しちゃって。あたしだって税金払ってるのに、なんで図書館の買う本に注文つけられないの？」「こんにちは、ぼくはジョンっていいます」とぼくは割りこむ。「図書館は利用者がリクエストしたらその本を仕入れる決まりだと思いますよ」「ええ、上辺ではそう言うのよ」アダリー夫人は間髪入れず続ける。「でも嘘ばっかり！　あたしね、たまたま子宮荒らし本のマニアなんだけど。あなた、あの分野のことはご存じ？」とやぶからぼうに振ってくる。「それって、女性が旦那に妊娠したって嘘をついて、本当に妊娠してる女の人のあとをつけまわして、殺して、腹から赤ん坊を取り出して、家に持ってかえって今生まれたところだって言い張るやつですか?」とぼくは答える。「まさにそれ」バーニスはこの特殊分野に対するぼくの知識に感心した様子。「あのね、あたしはD・T・ヒューズの『子守歌とおやすみ』は読んだのよ」とアダリー夫人は続ける。「でももう一冊欲しい本があるの。ジム・キャリアーの『幼子よ眠れ』なんだけど、それは〝子宮荒らし〟が母親の車のキーを使って赤ん坊を掻きだして、その赤ん坊は生き延びたって話なの! ところが、わたしがその本を問い合わせたら、文学かぶれの司書ったら「醜悪すぎる人のことを知る必要はありません」とかぬかすのよ!」「知る必要はある!」ぼくは怒りにふるえて絶叫する。アダリー夫人の怒りにすっかり同調して。「みんな知る必要があるんだ。もし妊娠したら、誰かにあとをつけられ、暗闇でとびかかられて車のキーで赤ん坊を掻き出されるかもしれないんだってことを! 子宮荒らしはすぐそこにいるかもしれないんだ!」「そのとおりよ!」アダリー夫人は味方があらわれて興奮している。バーニスはいたずらっぽい笑みを浮かべ、新品同様のまさにその本を振ってみせてから手渡す。「ああ、バーニス」アダリー夫人から喜びの言葉がほとばしる。「あなたって、実録犯罪マニアが喜ぶツボを押さえてるわね。このどす黒いハートの底からお礼を言うわ」

ぼくらは退去する。ぼくは深く感動している。バーニスがカーラジオをつけると、ジェリー・ウォーレスの軽く楽しいカントリー・ソング「スウィンギン・ダウン・ザ・レーン」が流れだし、ぼくらは一緒に陽気に歌い、歌のない間奏部分では合唱する。ぼくは延々と足下の本を漁りつづけていたが、『一穴街』という馬鹿馬鹿しいタイトルのソフトコア・ゲイ・ポルノ小説を見つけて大笑いする。「それ、欲しい？」彼女は気前よく訊ねてくる。「もちろん」とぼくは答え、この珍品を心の中でぼくのお下劣ゲイエロ本コレクションに加える。「ぼくの〝チキン〟本と並べるのにぴったりだよ」とぼくは言う（〝チキン〟は若い男性同性愛者のこと）。「タイトルに〝チキン〟って言葉が入ってる本ってこと？」彼女は本にまつわるぼくの珍奇なフェティシズムをただちに見抜いて訊いてくる。「うん、『おじさんのちっちゃなチキン』『チキンをひっかけん』『ヘルメットにはチキン』おまけに『チキン輪姦』なんてのまで持ってるよ」「どれもよく知ってるわ」彼女は書誌学的敬意をこめて言う。

「ところでバーニス」ぼくはそっと探りをいれる。「きみはどんな酷い本を集めてるの？」彼女は固まり、一瞬なによりも内密な学術的趣味を守ろうとするが、やはり信頼できる相手に打ち明けたくなったようだ。「パロディ・ポルノ映画のノベライゼーションよ」彼女は誇りたっぷりに認める。

「まだ小さい分野だけど、確実に増えつつあるの」と深い知識とともに説明してくれる。「故郷のイーグルで図書館長だったときにこの特殊な書物たちを公衆に広めようとしたのよ。でもコロラドはどうしようもなく遅れてるの！　『草ゲイの輝き』と『ホモ・アローン』を中身抜きで表紙を展示しただけで問題になったわ。お節介焼きのおすまし屋が目をつけて、大事《おおごと》にしようとしたの。でも、わたしは検閲には断固反対。ポルノのパロディ・タイトルは見いだされ、寿がれるべきなのよ。地方紙からも全国紙からも攻撃されたけど、知ったこっちゃないわ！　わたしは反撃した！　超希少品で高額な『クリ・クリ・バン・バン』だって、読みたいと言った高校生にはどんどん貸し出した。誰だって風刺文学を学ばなくちゃ！　若人たちは『クリクリ』を気に入ったのに、わたしはクビになってしまった！　子供の読書権利同盟と全米反検閲連盟に電話してみたけど、助けてもらえなかった。わたしはユーモアを介さない石頭どもの生け贄になったのよ」

心からの応援の言葉を贈ろうとしたとき、車が七〇号線西行きの入口ランプに入り、ぼくらはペーパーバック雪崩《なだれ》に押しつぶされる。心からの優しさと気遣いをみせて、バーニスはそっと訊ねる。「あなた、〈十二インチ〉シリーズはお持ちかしら？」「うん」ぼくは蔵書をなんらかの秩序に戻そうとしながら、興奮して「『十二インチ』、『復讐の十二インチ』、『世界をめぐる十二インチ』は持ってる」とつぶやく。「でも『十二インチの危機』は？」バーニスも興奮して詰め寄る。グローブボックスから取りだしたその本を聖杯のように掲げながら。「持ってない！」ぼくは狂喜の雄叫びをあげ、非文学的興奮に身震いする。蔑まれるべき本を愛する者同士の視線をかわし、バーニスから本が手渡され、ぼくのコレクションは完成する。「ありがとう、バーニス」ぼくは心からの感謝をこめて言い、本をセックス・パートナーみたいに愛撫する。「ジョン、もう行ってちょうだい」彼女は突然真剣な声で言う。「わたしは表に出るわけにいかない。わたしの読者たちが守ってくれる。みんな知ってるのよ。わたしこそがこの国でいちばんの特殊司書だって」「バーニス、胸を張るんだ」ぼくは車を降り、一礼して、お別れに投げキッスを送った。「逃げるのよ」と彼女は急いた調子で言う。「逃げて読むのよ！」でもコロラド州パラシュートから、いったいどこに逃げろっていうんだ？

最高の旅・10　ガムドロップ

　丘を登る、それが答えだ。そして見よ、トラックが来るではないか。おねがい神様、車をとめてください。ぼくは本当は神様を信じてなんかいないけど（少なくとも名前を知ってる神様は誰ひとり）祈りは聞き届けられる。アイドリング中のケンワース社十八輪大型トラックに駆け寄り、かばんをひきあげて、運転席によじのぼる。ハンドルを握っているガムドロップは、大手キャンディ会社ファーリーズ＆セイザーズの大陸横断トラックの運転手。中西部からＬＡのキャンディ卸しの元へ向かうところだ。ぼくの旅には少々南すぎるが、ユタ州まで長距離を乗せてもらえるし、そこで飛び降りて北のリノに向かい、それからサンフランシスコまで行けばいい。ガムドロップがキャンディの話をはじめ、ぼくは有頂天だ！　メキシカン・ハット、レッド・ホット・ダラーズ、ドッツ・キャンディ。ぼくと同じお菓子好きなのだ！　彼もキュートではあったけど、性的なバイブは感じなかった。ただ甘いだけ……スウェーディッシュ・フィッシュ（魚型をしたグミ菓子）みたいに。

「ジュージイフルーツは？」ガムドロップは欠けてはいるが立派な前歯をむきだして、笑顔でウィンクする。「冗談でしょ」とぼくは答える。「いちばん大好物のキャンディだよ！」「詰め物はがしだ」彼はぼくのキャンディ愛好家としての見識に同意して、熱っぽく叫ぶ。「だから歯医者から、ジュージイフルーツは食べるなって言われてる。だけどそんなのクソくらえだ」とぼくは胸を張る。「ぼくは粘っこいチビ玉が大好きなんだ」「でもジュジュビーはダメだろ？」彼は突然真剣に訊ねる。「うん、硬すぎるよね」とぼくは答える。「増粘用にコーンスターチじゃなくてポテトスターチを使ってるせいだよ」と彼は説明し、「おまけにジュジュビーは乾燥に長い時間をかけて、爪と同じくらい固くしっかり……食べられないブツにしちまってる。言わせてもらえりゃな」「そうなんだよ」キャンディ仲間の連帯意識に息も詰まり、「新品のジュージイフルーツの歯ごたえ以上のものはないんだ」

「実はよ」ガムドロップが流し目をくれる。「トラックまるごと詰まってるんだぜ！」「ジュージイフルーツが？」ぼくは砂糖パニックで訊ねた。「そのとおおおり！」とガムドロップは自慢し、「こいつはアイオワ州クレストンで作ってて、オレは今まさにそこから来たってわけ。是非工場を見にいくといいぜ！　でっかい桶いっぱいのジュージイフルーツ！　毎分毎分数え切れないくらいの甘いちっこい塊がお菓子マシーンから吐き出されてくる。今はもう小箱は作ってないんだよ、くそっ、でもこのトラックには映画館サイズの箱を二万個積んでる……それに」――彼は劇的効果を狙って言葉を切る――「あんた、秘密は守れる？」「もちろん！」トラック後部での味の乱交パーティを想像しただけで息が早くなる。「ミント味もあるんだ」彼は陰謀家よろしく囁き、「菓子屋のファシスト連中が一九九九年に製造中止にしちまった代物だ」「なんてこった」とぼくはうめく。「あれ以来、ミント味のジュージイフルーツは食べてない！　まったく手に入らないもんだと思ってた！」「入らんよ」ガムドロップは一セントキャンディのように力強く断言する。「ただし今あんたの前にいるのは端倪すべからざるご友人なんだよ。ガムドロップの渾名は単にキャンディ遊びをするって意味じゃない。オレはキャンディを守ってるんだ」「ごらん」と彼は誇りをもって囁き、小さなゴミ袋を取りだす。中には禁断のミント味が詰まっている。「ひとつ食べてもいい？」キャンディへの畏怖に震えながら、ぼくは訊ねる。「もちろんだぜ、ジョン」と彼は答え、つばが口にあふれそうなぼくは、自分の名前が呼ばれたことにも気づかない。「ほら……」ガムドロップはミント・グリーンのジュージイフルーツを数粒つまんで差しだした。ぼくはタコのできた固い手から、角砂糖を与えられた馬みたいに直接舐めとるが、彼は気にしていないようだ。強烈な味を噛みしめる。かつてはいちばん不人気だったかもしれないが、だが大衆に何がわかる？　ぼくは長いことジュージイフルーツ的観点で考えてきたが、この製造停止になったグミは、まちがいなく強烈なオリジナル・フレーバーを保っている、と自信をもって断言できる。

「やっぱりオレも正直になんねえとな」ようやく七〇号線西行きに戻ったところでガムドロップが告げる。「『ピンク・フラミンゴ』は大好きだったけど、あの『ヘアスプレー』のクソは嫌いだったな」「ぼくの『ヘアスプレー』が嫌いなの？」とコレクターズ・アイテムなお菓子を勝手につまみながら訊ねる。「ディヴァインとリッキー・レイクの出てるほうだよ？」「うん」彼は肩をすくめ、「オレはクレイジーなのが好きなんだよ。海賊トラックサービスエリアに行ったことないか？」「ないと思う」と答えるぼくはすでに気になっている。「それ、どんなもの？」「ストリップがあってギャンブルができる違法サービスエリアよ」と興奮もあらわに説明する。「それにアルコール無料！」「よさげだね」とぼくも合いの手を入れる。「オレはあのＮＡＴＳＯ（全米にサービスエリアを展開しているトラック運送組合）ってのが大嫌いなんだ」彼はいきなり激高し、「くだらねえ安全規則とか。重量規制とか。オレは〝トラックプラザ〟なんてものはいらないね。クソトラック溜まりがいいんだよ！　フェンスで囲われた駐車場おことわり！　監視カメラおことわり！　あらくれトラック野郎のお楽しみだけでいい！」

「行こうよ！」とぼくは叫ぶ。もう何時間も走りづめで、そろそろ暗くなりはじめているのに気づき、寝床が必要だと気づく。「ちょうど最高なのを知ってるけど、そいつはユタ州フィルモアのすぐ郊外にある」と彼は熱っぽく語る。「トリプルＡ（米国自動車協会「ＡＡＡ」）の地図にも載ってない。これぞアウトローのトラック溜まりって奴よ――ガソリン＆ゴーゴー！」「いぇい！」とぼくは叫ぶが、少々浮かれすぎたかもしれない。「部屋代はぼくが持つよ！」「あのよ、ジョン」彼は突然改まった調子で言う。「ひとつ、はっきりさせとかなきゃなんねえんだけどよ、オレはオカマじゃないんだ。別に偏見はねえよ、たださ、毛の生えたケツってのはどうも苦手でよ」「大丈夫だよ」とぼくはつぶやく。政治的正しさへの配慮などかけらもないゲイ談義に奇妙にもじんと来ている。「みんながゲイだってわけじゃない。どうでもいいことだよ」「でもあんたのケツはもってやるよ」彼はほとんど優しいとさえ呼べそうな口調で申し出てくれる。「誰からもイジメられねえようにな。いいか？」「いいとも」と答えるあいだにも車はおっかないガソリン＆ゴーゴー・スタンドの駐車場に入っていく。

　ジャリパンたちがトラックとトラックのあいだを闊歩し、あちこちで白昼堂々男女間フェラチオが花盛り。トラック野郎たちは仕事終わりの開放感から酒瓶をあおり、背中をたたき合って呵呵大笑する。トラックを降りると、ガムドロップが水なしで、ブラック・ビューティー（一九九八年に製造中止になったアンフェタミン錠）を二錠飲みこむのが見える。「うわあ、それってまだ作ってるの？」とぼくは訊ねる。「やるか？」ガムドロップは親切に勧めてくれるが、この年でぶっとぶ危険を鑑みて、丁重にお断りする。ガムドロップはあきらかに知り合いらしい運転手と手を打ち合わせ、トラック溜まりの「パーティ・パレス」へと案内してくれる。窓は全部黒く塗りつぶされており、入口には電球が一個ついているだけだ。恐ろしげな売春婦どもが近寄ってくるが、ガムドロップから「フェラはいらん！」と一喝されておとなしく引き下がる。

「心配いらねえ、ちゃんとオカマもいるからよ」ガムドロップは慰めてくれようとするが、ぼくは気にしちゃいない。だってとうに最高の時間を過ごしているんだから。ジョー・エディという大柄なバイカーの用心棒《バウンサー》に紹介される。「『マルチプル・マニアックス』のロザリーのシーンは良かったな」と銅鑼声で話しかけつつ、ペニス型のシフトレバーのロゴをゴム印で手に押してくれる。「ありがと」と答えると〈スピード出し放題ＶＩＰ〉チケットを二枚くれる。「脳がとけるまでファックしやがれ」ジョーはガムドロップに歓迎の声をかける。ガムドロップのほうはくすっと笑って訊ねる。「今日はファンベリーナは出てる？」「もちろん」ジョー・エディはいやらしそうな声で応じる。「最高のアマなんだ」とガムドロップは暗闇に入りながら説明してくれる。トラック溜まりの人気ナイトクラブは主要道から奥まったところにあるので、今では完全に、幸運にも存在を知る無法者運転手たちだけのものだ。中にいる者は全員すっかりハイになっている。大盛り上がり。トラック野郎たちは勢いよく酒をあおり、ストリッパーたちがトラックの排気管製のポールを昇り降りするのを見て盛大にはやしたてる。オイルの計量棒で自分の尻をはたくストリッパーがかける曲は「ホット・ホイールズ」、驚くほどジョニー・キャッシュそっくりの声で、「眠らぬようにちっこい白い薬を飲んで、どこまでも走っていくのさ」と歌われる。これは名曲だ！　コーラスにトラックのクラクションが乗せられているのを聞いたとき、自分がいるべき場所に帰ってきたんだとわかる。この曲、次の映画のサントラに使ってみようかしら！

　バーまで案内してくれたガムドロップは、何を飲むかぼくに訊ねもせず、問答無用でサービスのウォッカを注文する。彼にはわかっているのだ。自分にはジンを頼み、一息で飲み干すと、トラックのマフラーの破裂音そっくりなげっぷを吐いた。浮かれ騒ぐ運転手たちが無残にも取って食われそうな相手と踊っている中を引っ張られていく。ラス・メイヤーの映画に出てくる女の子みたいなエロいダンサーが、ビキニ・トップとマイクロミニで巧みに腰を揺らしていた。ガムドロップは彼女に駆け寄り、二十ドル札を谷間に押しこむ。巨乳から札をつまみあげた女の子は阿吽《あうん》の呼吸で落としたふりをし、熟練の体捌きで両足を開いて、拾おうとしてお尻を突きだす。もちろんノーパンだ。流れをよく知っているガムドロップは足のあいだに頭を突っこみ、愛の洞窟を見上げる。ファンベリーナが喉を鳴らす。「笑って、どっきりカメラよ！」そして長年の修練の賜《たまもの》である筋肉の動きで〝シャッターを切る〟。ガムドロップは見たことないほど幸せそうな顔をしている。震える手でさらに二十ドルをつかみだし、それがまたしても谷間に消える。ふたたびファンベリーナは不器用につまみあげるふりをしてお札を「落とし」それからゆっくり……とてもゆっくり身をかがめる。「テイク・ツー」ガムドロップが位置につくと、ファンベリーナはにっこり「はい、チーズ」と誘いかける笑顔で言う。こうして、巧みなヴァギナ「写真」をもう一枚。ガムドロップの視線が感謝に満ちて輝く。「ファンベリーナ、こちらがジョン・ウォーターズさんだ」と丁寧に紹介しながら、ぼくの横腹をつついて、二十ドルあげろとせっつく。「はじめましてぇ」大巨乳《スーパービクセン》な谷間にお札を押しこむと、ガムドロップから背中をどやされる。ファンベリーナはお札をお手玉《ファンブル》し、計算しつくした不器用さでお札を落として、拾い上げようとお尻を突き出す。ぼくは、何を望まれているかはわかっているが、ついためらってしまう。「心配ないわよ。写真は修正したげるから」ファンベリーナは笑いながら言い、ぼくは足のあいだに位置をとって、自然のレンズを見上げる。「ブレないようにじっとして」と彼女は命じ、ぼくはしたがう。カシャッ！　これぞおまんこ《スナッチ》ショット！　ぼくはマン・レイの最初のソラリゼーション写真のモデルとしてポーズをとったリー・ミラーになった気分だ。

「あっちが見えるか？」とガムドロップは奥のカーテンを指差す。「うん」とぼくは答え、ときどき、あたりをうかがいながら、その裏に消えていくトラック野郎がいるのに気づく。「ジョン、行ってみなよ。あんたなら大丈夫だから。しばらく一人で探検してみるといい。あの裏にはあんたらみたいなチンポ舐めがいるから」ガムドロップは世にも親切な、偏見の欠片《かけら》も感じさせない声で説明してくれる。ゲイに優しい態度を裏切る無知なホモ差別の言葉に、ぼくはつい大声で笑ってしまう。彼は単にわかってないのだ。まったく腹は立たない。むしろちょっぴり可愛らしくさえ感じられる。ガムドロップはファンベリーナともう少し実のある時間を過ごしたいのだろうと気づき、勇気を出して行くことにする。「わかった」とまだ少し不安げに返事する。「オレが見ててやるよ」とガムドロップは力強く言う。ぼくはアンフェタミンの譫妄《せんもう》状態で頭をぶつけあうタフガイたちを見まわす。なんでもないことに馬鹿笑いし、何も考えない自分を祝している。ここトラック野郎のセックス天国に危険なんかあるわけない。楽しんでいるときに、誰が知性なんか要るものか！

　ぼくは謎のカーテンのほうに近づき、ためらい、それからめくって、隠し部屋に入る。そこは狭いが、おお友よ、これぞオカマ天国、とガムドロップなら無邪気に言うところだ。ゲイ好みのゴーゴーボーイが踊り狂い、こちらの客のトラック野郎たちも、表のストレートな兄弟同様、覚醒剤とウィスキーにハイになっていた。新しいダンサーが呼ばれるたびに、トラック野郎たちは「出せ！」とか「やれ！　やれ！」とぼくの昔の映画に出てきた連中みたいに声援をおくる。「バスケット」がいちばん人気のようだ。でっかいタトゥー入りのちんこで、バー・カウンターにひざまずいてカクテルをステアするのだ。それからチキン・リトルという、まさしくぼく好みの童顔不良タイプがいて、最初びっくりしたのだがステージ上でバイアグラを「コールドシェイク」して（注射器内で冷水と溶かすこと）、一九六六年にジェラード・マランガがアンディ・ウォーホルのショー〈エクスプローディング・プラスティック・イネヴィタブル〉でヴェルヴェット・アンダーグラウンドが演奏する前でヘロインを使ってやったみたいに注射するのである。トラック野郎たちはあけっぴろげにマスをかいている。チキン・リトルのちんこはバイアグラでギンギンになって、客のあいだを歩きまわってほっぺたをペニスではたき、客は丸めた札をアヌスにつっこむ。わお！　これこそぼくのためのクラブだ！　でも、今日はもう二度も特別な性体験をしていたので、チキン・リトルのビンタ（ぱん！　ぱん！　ぱん！）「ヘリコプター」の申し出は丁重にお断りする。

　肩にガムドロップの腕が回されてびっくり。「一発抜いたか《シュート・ユア・ショット》？」と彼は聞いてくる。照れもせず、おそらくそれがディヴァインの初期テクノ・ヒット曲のタイトルだということにもまったく気づかないまま。「ううん。でも大丈夫」ぼくは新たに見いだした同志感から路上の率直さで返事する。「オレは抜いたぜ」ガムドロップは目をキラキラ光らせ、訳知り顔の笑みを加えて言う。「早く、ダイエット・ピルが切れかけてるんだ」「え、それって『ヘアスプレー』のセリフだよね」とぼく。「あの映画は好きじゃないんだと思ってた」「ああ」彼はくすりと笑い、ぼくを出口に連れてゆく。「あのセリフは好きなんだ」

　トラックに戻る道すがら、ぼくはどこかぐっすり眠れる部屋は借りられないかと訊ねた。「いや」と彼は言う。「ここじゃあ寝てるヒマなんかないさ。それに、オレはまた薬入れるから」「でもぼくは寝ないと」とお願いする。「明日はまた車に乗らないといけないし」「ジョン、オレが世話してやるって言っただろ」ガムドロップは下心抜きの本当の親切心からそう言い、アンフェタミン錠をさらに二錠出し、水無しで飲みこむ。「仮眠すりゃいい」——彼はトラックの車室によじ登り、ぼくを差しまねく——「見ててやるからよ」「見るって何を？」ぼくは困惑して聞くが、夜のお誘いには嬉しくなる。「一晩中おまえさんが寝てる姿を見ててやるよ。誰からもイジメられないようにな」彼は優しく言う。「そうしてもいいかい、ジョン？」「うん」とぼくは答える。彼のあくまでも性的ならざる親切心に感動して。「もちろんだよ」

最高の旅・11　宇宙士官候補生

　これまでの人生でいちばん安らかな眠りから目覚めると、ガムドロップは寝る前とまったく同じ姿勢で椅子に座ったまま、ベッドのぼくを見守ってくれている。少し疲れているようだったがなおもキマったまま、無精髭が伸びている。それ以外は、変わらずぼくの夜の守護者だった。ぼくはすばやくベッドから出て、荷物をまとめる。ガムドロップにはジュージイフルーツの配達があるし、南へ向かわなきゃならない。七〇号線で、何百キロも休憩エリアすらないユタ州をヒッチハイクで抜けようとするのが無茶だってことくらいはわかってる。別な道を行くときが来たのだ。

　ガムドロップは近場の巨大ポルノ・アウトレット倉庫まで乗せてくれる。ここが州またぎの運転手たちが訪れる「決め買いスポット」だという。たぶん二度とガムドロップに会うことはないだろうが、ぼくらにはジュージイフルーツの思い出があり、孤独なハイウェイの旅を耐えるにはそれだけで十分だ。本物の妖精の代父（「妖精のお父さん」にはホモのおじさん、の意味もある）に守ってもらえるのは、たぶん人生の中で数時間だけなのだ。

ガムドロップは去り、ぼくは一人きりになる。どこにいようと、人は本来一人なのだ。道路には車は一台も見えず、ぼくはただ、孤独であることの力と希望を感じながら立っている。そこへ砂漠住まい風の四十代後半の男が、ポルノ・ショップから手ぶらで出てきた。はるばるポルノ倉庫までやってきて、何も買うものがないなんてことがあるんだろうか？　なかばカウボーイ、なかば精神異常者にも見える大男は、八〇年代初期製のオンボロＡＭＣイーグルに乗りこみ、こちらに向かって急発進する。ぼくの驚くべき幸運はまだ続くんだろうか？　もちろんんだ。車は止まり、ぼくは乗りこむ。

近寄ると本物の宇宙士官候補生のように見える。ぼくは自己紹介するが、考えるまでもなく、わが運転手はこちらが誰か知らない。行き先を告げると「そっちに行くよ」と男はつぶやく。「なんにもないとこまでな」ポルノ・ショップから出てきたことについて訊ねていいのかどうかわからないが、それでもぼくは訊ねる。「ポルノ映画はお好きですか？」せいぜい何気ないふうを装って。「あんなクソ、見たことねえよ」悪意なく吐き捨てる。「金が要るとき、おれの昔のテープを売りに行くだけだ」「テープって？」ぼくはさらなる興味から訊ねる。「ああ……何年かやってたことがある……ずっと昔な……遭遇する前のことだ」「あー……どんな映画？」「ゲイ・ポルノだ」彼は堂々と答える。「オレはオカマじゃねえがな、相手が誰だろうと吸われればおっ立ったもんだ」懐かしさをこめて含み笑う。「なんて芸名だったんですか？」ぼくは彼の年月に荒れた顔を見やり、かつての好色な種馬の面影を探す。「ジョンだよ」と彼は恥ずかしそうに言い、ぼくは一トンのレンガでぶん殴られたような衝撃を受ける。「ジョニー・ダヴェンポート!?」と金切り声。「しいいいいっ！」と彼はぼくを叱りつけ、突然パラノイアを患ったみたいに「あいつらに聞かれる」「誰に聞かれるって？」ぼくは混乱して、車の一台もない荒野を見まわす。「あいつらどもだ」彼はあいまいに訂正する。「あいつらっていうか……ともかく〝奴ら〟だ」

「うわあ、あなたはぼくがいちばん好きなポルノスターですよ」ぼくは驚きながら熱狂的に喋りたてる。筋肉質のエディ・ハスケルそっくりさんの男前が、もじゃもじゃ頭と巨根とともにスクリーンにもたらした不可思議な性的魅力を思い出しながら。「みんなクズばかりだ」彼は虚飾のひとかけらも感じさせず、ぼくの称賛を切り捨てる。「とりわけ『パワーツール（電動工具）』は大好きでした」ぼくは自分を抑えきれずに喋りつづけ、「監獄で顔面シャワーを決める有名な場面。ジェフ・ストライカーに見られながら、隣の監房でオナってザーメンを飛ばすとこがよかったです」

「ああ、ジェフは悪くなかったな」彼は古き悪き日々への郷愁をほんの少しにじませて認める。「ジェフ・ストライカーとは友達なんですよ！」とぼくは言う。「ジェフのショウも見にいきました。ニューヨークでやってた『ジェフ・ストライカーのハードな時間』です。彼は最高でしたよ。なんと言っても終幕後です。劇場から帰るとき、ジェフはバスローブを羽織って勃起したペニスを見せつけて送りだしてくれたんです。入場者は全員、ジェフと勃起ちんこと一緒に写真を撮れるんです」ジョニーは特に感心した様子はなかった。「彼の連絡先もわかりますよ――要ります？」ぼくは二人の引退したセックス・マシーンの再会を夢見て興奮する。「要らん！」と彼は突然怒りを爆発させる。「そんなクソのことはどうでもいいし、ともかくおめえは声がでかいんだ。まだわかっちゃいねえ――あいつらが聞いてるんだぞ」抑えた声から切迫した狂気が感じられる。

でもぼくは興奮しすぎて止められない。「ジョニー・ダヴェンポート」と口に出して、本当に彼と同じ車に乗ってるのかとほっぺたをつねってみる。「『ヤング・アンド・ザ・ハング　パート2（若者と巨根）』は最高でしたよ！　それに『フル・グローン、フル・ブローン（すっかり大人になって）』も良かった！」「そんなタイトル、覚えてるわけねえだろ！」彼は軽蔑をこめて吐き捨てる。「金のためにやっただけだ」「でもあなたは一九八七年のポルノ批評家協会賞新人賞を獲得したじゃないですか」ぼくは反論し、少しでも自信を取り戻させようと、今でも彼のことを探しているファンがいることを伝えようとする。「ああ、ああ、そうだな」と彼は不平がましく言い、「そういう出まかせばかりさんざん聞かされた。オレがアルバカーキーの山中で女房子供と暮らしてるとか……どいつもこいつもでたらめだ。いいかげんに黙りやがれ！」

急にぼくは押し黙る。腕時計を見下ろすと止まっている。ジョニーは奇妙な目つきをし、風雪に荒れた唇にかすかな笑みがあらわれる。彼は引退後に陽を浴びすぎて顔が変わった。いまでも一風変わったハンサムだが、同時に不気味で、ネジのゆるんだレズの男役のアメリカドクトカゲのようでもある。「あいつらに聞かれたな」そうはっきり言うと、彼はゆっくりと車を道路の端に寄せて停める。不気味な静けさだったが、そこでラジオがひとりでにつく。史上もっともクールなロカビリー歌手ことビリー・リー・ライリーの「フライン・ソーサー・ロックンロール」が鳴り響くがジョニーはほとんど反応を見せず、まちがいなくこのノベルティ・ソングのユーモアを理解した様子はない。奇妙なことに、彼は「リトル・グリーン・マン、あいつらマジで遊び人」という歌詞をかなり真面目に歌いはじめる。飛行機に乗ったときみたいに鼓膜が張りつめ、まったく動いていない車が震えはじめる。「スペースマンとファックしたことはあるか?」ジョニーは急に欲情のこもった視線を向けてくる。ぼくが覚えているのはそこまでだ。

気がつくとぼくらはザ・ザ・ガボール主演の映画『惑星X悲劇の壊滅』のセットだと言っても通用しそうな安ピカな内装の宇宙船に乗りこんでいる。エイリアンもいる。馬鹿げた見かけの奴らだ。全裸。緑色、もちろん柔らかな体。マーガレット・キーン風だけどもっとおかしな目——ほとんど「おまんこ目」と『ピンク・フラミンゴ』でクラッカー夫妻が言ってたやつ——それにしても自分でもいまだに本当に自分が書いたとは信じられないセリフだ。連中は髪の毛が一本もなく〈変なかつらをかぶってるのはいたが〉爪は長くて鉤爪みたいに反り返っている。そしてバカでかいちんこをぶらさげている。ただし金玉はない。怖いので肛門があるのかどうかは確かめない。見たかぎり女性は一人もいなさそう。

ジョニーは急に楽になったようだ。くつろいでいる。連中が五〇年代のSF風電子レンジのようなものからレバー料理らしきものを取り出し、下品に食いちらかしはじめても動じない。「よし。奴らの用意ができたぞ」とジョニーが警告する。「なんの用意?」ぼくは即不安になって訊ねる。「セックスだよ」ジョニーは完全に受け入れている態度で告げる。「〝セックス〟ってなんのこと!?」不安が高まってくる中でわめく。「あのな。オレは実生活じゃあ〝受け〟じゃねえんだ」とジョニーは説明し、「でもこのチビども相手だとな……」彼はズボンをおろし、お尻を宇宙人のほうに向ける。「こいつは魔法だぜ」ほとんど神聖なるものを讃えるかのごとくに言う。助平なチビのエイリアンたちはこちらに近づいてきて、奇怪なカエルみたいな鳴き声をあげる。なんてこった、とぼくは思う。もうケツを貸すような年じゃないよ！「これ、安全なの？」ぼくはパニックに陥ってジョニーに叫ぶ。「この人たち、コンドーム使ってくれる？」でももう手遅れだ。ジョニーはおぞましい怪物の一人に後ろからゆっくり貫かれつつあるが、苦痛を感じている様子はない。実際、彼の年格好だとめったに浮かばないような満足感がその顔に輝いている。

鉤爪のような触手が背中からぼくのベルトをはずし、生まれてはじめて嗅ぐ体臭の波に五感が圧倒される。宇宙強姦魔の顔を見ることは拒んで、目をつぶる。ゴムのような外肢にひっくり返され、ズボンのジッパーがおろされる。どうにでもなれ、とぼくは思う。E.T.にファックされるなんて一生に一度のことだろうから、この際やっちまえ。でも緑の小人《リトル・グリーン・マン》相手に「〝受け〟が注文をつける」のは可能なんだろうか？「おねがい、指は入れないで」ぼくはさっき見せられたフー・マンチューみたいな爪のことを思い出して頼みこむ。ぼくの拒絶は尊重してもらえた。でもそれから何かが……強烈な磁場を放ち優しく柔らかい棒のようなものがぼくを貫く。ぼくは気を失う。

目覚めるとジョニー・ダヴェンポートの車内だ。あまり覚えていない。なんてこった、今何時だ？　日がすでに高いのを見て、困惑して自分の腕時計を見る。「まる一日経ってる⁉」ぼくは恐怖に悲鳴をあげ、失われた時間を思い出そうとする。ぼくは混乱し、怯えているが、ジョニーは落ち着いて、満足げだ。「心配すんな」彼は経験から助言してくれる。「すぐに感じるぜ」「すぐに何を感じるって？」バック攻めの記憶がうっすらと蘇り、狼狽して声をあげる。「妊娠とかしてないよね？」異星人肛門性交《ソドミー》の事後についての科学的事実にはくわしくないので、疑心暗鬼で叫ぶ。

「ないよ」ジョニーはぼくの困惑ぶりを理解して、辛抱強く答えてくれる。「だけど、ケツの穴が少し違って感じねえか？」「違った感じ？」ぼくは考えるが、アヌスの気分転換をしてやる気にはならない。「うーん……わからない」とすこし恥じ入りながら答える。「でも、待って」ぼくは自分のいちばん個人的なところに軽いうずきを認める。「ジョン、おめえは魔法の肛門の持ち主になったんだよ。オレもそうなんだ」とジョニーは優しく告げる、聖人かなにかのように。笑い飛ばそうとしたそのとき、金玉の下の空気が心地よく揺れるのを感じる。「魔法は四時間かそこらしか続かない。だけど、いいかい……」ジョニーは神秘的に詩的におならをしてみせたが、それはおならジョークとはまるで正反対のものだ。男らしい勇気の芳香とスパイスが車内に満ちた。ぼくはわがオールタイム最愛のポルノ映画『オレの尻は呪われてる』のことを思い出し、あの監督も宇宙人にケツを掘られたんだろうかと考える。「魔法のアナルは賢く使わなきゃいけないぜ」ジョニーはまるで〈北のいい魔女グリンダ〉にでもなったように説明してくれる。「かしこく？」このきわめて限定されたアドバイスの解釈に迷い、ぼくはくりかえす。「見てな」とジョニーは言い、自分の脚を持ち上げて今でも丸くセクシーなお尻の丘をぼくの額に向ける。突然、ぼくは毛が生えてくるのを感じる。慌ててバックミラーを覗きこむと、驚いたことに後退しつつあるヘアラインがぽつぽつと戻ってきている。「効くんだよ」ジョニーは座席の中でくるりと回ってややうずくまるような姿勢になり、隠された魔法のアヌスをぼくの頭頂部に向ける。灰色の髪が栗色に変わっていく。「ほらな？」彼のズボンの後ろから発するかすかな波動が感じられる。「やってみな、おまえさんも」ジョニーは優しく誘いかけ、ぼくはそれに負けて集中する。ゆっくりと、だがまちがいなく、ぼくのケツの穴は超自然的な力で座席からぼくの体を押しあげ、車の中に浮かびあがらせる。「まさか、そんな」ぼくは畏怖に打たれて震える声でジョニーに告げる。「何で試してみればいいんだろう?」「こいつだよ!」わが新たなる導師《グル》は車の外に転がってる動物の轢死体を指差す。ドアは触れずとも開き、ぼくは空中遊泳して車から漂いだし、奇跡のごとく優美に空を舞い、不運な生き物の死骸の隣に舞い降りる。壮大な音楽が聞こえるが、それはぼくの肛門から流れ出しており、すぐに呼吸の深さで音量を調節できるとわかる。「コツをつかんだな!」ジョニーは自分自身の魔法のケツの穴の力で運転席の上空に浮かびながらぼくを励まし、ぼくの天上のアナル・シンフォニーに伴奏を添えて、二人のアヌスが奏でる美しい旋律は最高潮に盛りあがっていく。死骸の目がぱっと開き、血まみれの動物が叫ぶ。「混沌が支配する!」ラース・フォン・トリアーの『アンチクライスト』のいちばん笑える場面で狐が言うように。甦った獣は砂漠に駆けてゆき、ジョニーはぼくに微笑みかける。ぼくは車に戻り、何も言わなくても彼は車を走らせ、ぼくらは魔法のお尻をしばし休ませてやる。ぼくは新たに見出したアナルの内なる平安について瞑想する。ジョニーはまっすぐ前を向いて運転する。彼が〝受け〟なのはただエイリアンに拉致されたときだけで、人間生活においてはいつだって本物の〝攻め〟なのだ。ジョニーは八〇号線西行きの六十二番出口、ユタ州レイクサイドの自宅近くで降ろしてくれる。なにもない荒野のど真ん中でも、車の心配はしていない。ぼくには魔法のケツの穴と新たな髪の毛がある。とりあえずあと三時間のあいだは。

なんたる至福。なんたる力。なんたるアナルの再発明。そして見よ、空っぽの州間高速道路をリムジンが近づいてくるではないか。オンボロの時代物だが、それでも……本物のリムジンだ。車が止まってくれるだろうかなどと心配するまでもない。すでに魔法のケツの穴は興奮でそよぎはじめている。車はただ止まっただけじゃない。乗ってるのはコニー・フランシスだ。聞いてるか、コニー・フランシスだぞ。

自分の目が信じられない。すぐに彼女とわかる。後部座席に座って、ディヴァインよりも濃く、だが喜びのない化粧をしている。速乾性漆喰《スパックル》。こてで塗りつけたような濃いパンケーキの化粧。手術もしてる。永遠に「驚いてる」表情。腹話術人形のような、整形手術の犠牲者たちがみな持っている口角から頬に伸びる線。鎮静剤を投与されてるみたいで、目の前で手をひらひらさせても、まばたきもしなさそうだ。彼女は「平静」だ。どこまでも平静だ。

ぼくはコニー・フランシスの後半生のキャリアに取り憑かれており、いまでも時折人前に出ていること、あまつさえ四時間半の「グレーテスト・ヒッツ」コンサートさえやっていることを知っている。いやはや、そのショウの美と恐怖が想像できたなら、ぼくがいまだに熱烈なファンでありつづけている理由もわかるだろう。運転しているのは、ひと目でわかったが運転手兼任のマネージャーで、乗っているのはコニーただ一人だ。現実世界をまったく見ないまま生きてきた伝説的人物は、自分が最初にスターになったときから音楽ビジネスがまるで変わってしまったことに気づいていないのかもしれない。ビートルズよりたくさんレコードを売ったが、自身の悲惨極まりない私生活と競い合わなければならなかった。鬼父問題を抱えたかつてのアコーディオン弾きの子役スター。どうしても立ち直れなかったボビー・ダーリンとの恋愛。四度の結婚の失敗。ハワード・ジョンソン・ホテルで受けたレイプ（犯人はいまだ捕まっておらず正体もわからないまま）。精神障害で十七回もの入院。誰が残念に思ってる《フーズ・ソーリー・ナウ》？　ぼくだよ、クソッ、コニー・フランシスが味わわねばならなかったすべての苦しみのことを。

　だけど、今日の彼女は落ち着いて見える。いや、彼女は感情をこめずに喋るが、ぼくの質問にはすべて最小限の言葉で返してくる。「ええ」自分はコニー・フランシスです。沈黙。リノへ行くところで、ナゲット・ホテルで一夜限りのコンサートをします。そこは「実際にはリノから十五分の郊外にあるネバダ州スパークスにある」とマネージャーが訂正する。「いいえ」、彼女は「暑くない」ときっぱり答える。縁縫いをしていない生皮の毛皮コートを羽織っているのを見て訊ねたのだ。「わお！　これぞリアル『サランドラ』」ジョークを飛ばせばコニーもちょっとは元気が出るかと期待したのだが。「それ、ミュージカル?」ひとかけらも興味がないまま、彼女は訊ねてくる。

「ジョンは映画監督なんですよ」マネージャーのウィルソンが紹介してくれる。「『ヘアスプレー』を撮ったんです」コニーはうつろな表情でぼくを見やり、最初、ぼくのことがわからないのは、濃くつややかな髪のせいかとも思ったが、「いいえ」と彼女はゆっくり言い、「映画は見ないから」

「いや、見てますよ、コニー」マネージャーはインタビューで答えるべきセリフを教えようとするかのように正す。「ロンドンから帰るときの飛行機で『ヘアスプレー』を見ましたよ」「なんの飛行機?」とコニーは聞き返す。少し混乱したようで、それから諦めてつぶやく。「映画って全部同じでしょ」

コニーは一度もぼくがなぜヒッチハイクなんかしているのかと聞いてこない。ウィルソンも同様だ。だが相当長いあいだ沈黙のドライブを続けたのち、彼女は平坦な声で言う。「あなたの髪は好き」この人生でそんなことを言われるのははじめてだった。「ありがとう。あなたの髪も素晴らしいですよ」と、逆毛をたてて染めた、こまめな直しが必要な髪を見て言う。「あたしの髪はときどき痛い」と彼女はあいまいな答えをくれ、メイクバッグを開き、液体ファウンデーションをさらに重ね塗りする。

突然タイヤがパンクする。なんてこった。「くそっ!」とウィルソンは叫んで車を路肩に寄せると、うちつけるゴムと道路をこするリムが騒々しい音をたてて止まる。ウィルソンは車を降りる。ぼくはどうしたらいいのかわからない。コニーは何が起こっているのか理解している様子はひとかけらもない。まっすぐ前を、まばたきもせず見つめている。

ウィルソンがトランクを開いて毒づくのが聞こえたので、気持ちだけでも手助けしようとぼくも車を降りる。「ボロレンタカー屋め！　スペアタイヤだけでジャッキもない！」彼は文句を垂れる。「トリプルAには入ってる？」とぼくは訊ねる。「もちろんだ」彼は感情のこもっていない声で答え、「ここに携帯の電波が届いてれば使えるけどね」そのとき不意にケツの穴が不思議な秘密信号を送ってきて、ぼくは今こそ魔法の力を借りるときだと気づく。わが消化器の尖端が、役に立とうと熱心に、静かにうなるのを感じる。時計を確かめる。アナル・パワーはあと二十分ほどしか残っていない。ぼくは迅速に行動する。パンクしたタイヤに魔法の肛門を向けると、タイヤはみるみるうちに膨らんでいく。安っぽい特殊効果よろしくラベンダー色の煙まで立つ。ウィルソンはぼくに恐怖の目を向ける。「大丈夫だよ」ぼくは説明しようとする。「ぼくのケツの穴の魔法なんだ」コニー・フランシスが吹きだすのが聞こえる。ウィルソンは驚嘆して口をあんぐり開けて見つめている。

いきなり後部座席でコニーが歌いはじめる。「おばかなキューピッド、あたしにちょっかい出さないで！」ウィルソンはぼくに感謝の眼差しを投げ、運転席へと駆け戻る。ぼくも後部座席に飛びこむが、コニーは車が発進するのも気にしない。俄然元気になって、ほとんど有頂天と言えそうなくらい陽気に、ヒットソングの歌詞をメドレーで歌いまくる。「男の子たちはどこにいるの」とむせび泣き、ときにちょっと音程をはずすが、それがどうした？　コニー・フランシスがリムジンの後部座席でぼくのためのコンサートを開いてくれてるのに！　最高のドライブとはよくぞ言った！「朝まで寝ないで、全部歌いましょう！」ウィルソンは元気づけるべく、古《いにしえ》の『ジュディ・アット・カーネギー・ホール』のセリフを叫んでハイウェイをぶっ飛ばす。ぼくもウィルソンも元気いっぱいのミス・フランシスにゾクゾクしている。コニーは「恋にはヨワイ」を腹からの声で歌いあげ、ぼくは迷わず加わってリフレインを「みんな誰かのおもちゃなの」と合唱する。ウィルソンがラジオをつけると、なんとびっくりわが最愛のヒット曲「ヴァケイション」が流れるではないか。みんなで「V－A－C－A－T－I－O－N」と絶叫し、ぼくの肛門も一緒に歌う。

　コニー・フランシスにもケツの声が聞こえるみたいだ。というのも彼女はぼくのほうを向き、はじめて実際に目と目が合って、ウィンクし、『コニー・フランシス、お気に入りユダヤ曲を歌う』というぼくの永遠の愛聴盤であるレコードの収録曲をヨーデル調に歌い上げるからだ。おもむろにぼくの肛門がアカペラで歌いだす。『ピンク・フラミンゴ』でザ・トラッシュメンの「サーフィン・バード」に合わせてアヌスが話す要領だが、今度はそれがコニーへの、「カラーに口紅」への合図になり、そして本当に歌いはじめる！　ぼくのケツの穴がコニー・フランシスとデュエットしてる！　ウィルソンはルームミラーでぼくらを見ている。自分のクライアントが元気溌剌《はつらつ》で、ショービジネスにいる幸せを歌いあげるのを見て幸せそうだ。

　ぼくは時計を確認する。うう、くそ。舞踏会のシンデレラのように、素敵な魔法の時間が尽きようとしている。若き日のリンゴ・スターみたいに豊かな髪をふると、コニーはヒットナンバーから離れてまったく新しい音楽領域に突入する。突然元ウータン・クランのオール・ダーティ・バスタードの恐ろしげな声が乗り移り、新たにクールの天空に打ちあがったコニーは、あの生温い『渚のデイト』のテーマ・ソングのゲトー・バージョンをラップする。コニーが主演しているが、全然評価できなかった映画だ。ぼくが畏怖の目で見守るあいだ、肛門は消えゆく回春を最後に一吹きして、ぼくの髪は薄くなっていく。コニーは椅子に沈みこむ。ウィルソンはライムする歌姫の様子を見るのが怖いらしく、まっすぐ前を向いたままだ。「あんた、わたしたちと一緒に来なさい」コニーはまぶしそうな表情で言う。ぼくはそうする。

最高の旅・13　デルモント

　ナゲットはいいホテルだった。ぼくは一人で別な部屋に泊まり、ルームサービスを注文してゆっくりと熱い風呂に入った。ホテルのバスルームの強いライトの下、鏡から見返してくるおなじみの後退した生え際にふたたび慣れようとする。わが肛門もまた変わらぬ日々の機能に戻っていた。それでいいのだ。

　コニーのコンサートには行かなかったが、わざわざ行かなくたっていい。昨日、個人的なコンサートを催してもらったんだから。でも、上々だったとのこと――コンサートは七時間続き、自分のヒット曲をすべて、シングルも一曲残らず、五つの言語で歌い上げ、終わるまで誰も帰さないと宣言したという。どうやら大成功と思われる。

　コニーとウィルソンは起こさない。いろんなことがあった一日で、二人ともさだめし疲れているだろう。二人の部屋のドアの下からお別れのメッセージを滑りこませ、ネバダ州スパークスのまばゆい朝日を浴びて歩みだす。ヒッチハイク用の水分補給に冷蔵庫を荒らしてコニーの財布にこれ以上負担をかけたくはなかったので、直近のガソリンスタンドまで十分ほど歩く。今回のヒッチハイク旅行における最長歩行である。

今朝、ホテルの無料サービスでたっぷり飲んだ紅茶のせいでお手洗いに行きたくなり、店員から男性用トイレの鍵を借りる——これをするといつも実際以上に「トイレで獲物を待つ変態」ぼく感じてしまう。幸いにもトイレは一人用で、鍵がかかり、忘れ物、つまり流してないうんこが待ち受けてるようなこともない。さらに、いいじゃないか、落書きまである。ぼくは立って小便しながらいくつか読んでみる。「ムラムラしすぎて、夜明けのけの字とだってファックできそうだ」「失恋して心寂しく、クソしようと力んでも屁しか出ない」なんて独創的なんだ！　いいかげん、誰か新しいネタを思いつかないものだろうか？　ちょっと待てよ。このちっちゃな書き込み、タイルの隙間に小さな文字で書かれてるのは？　「楽しい時間をお望みならデルモントまで　775-208-0823」結構。ぼくはお望みだよ。「やあ」呼び出し音二度目で受話器を取ったデルモントは幾分親しげな調子で答えてきた。「ええと……やあ」ぼくは口ごもる。急にこの「デルモント」が本物の人間であることを意識したのだ。「きみのその……広告?を見て電話したんだ。ヒッチハイクで旅をしてるとこで——」「やっとか」とデルモントは溜め息をつき、ぼくの言葉を途中でさえぎる。「いい加減くるころだと思った！　書いてからもう二年になるのに、誰も電話してくれやしない。ずっとここで座って待ってたのに！」「まあ、ひょっとしたらきみが留守のときにかけたのかもしれないし」ぼくは弱々しく慰めてみる。彼に電話するほど必死だったのが自分だけというのが少々気恥ずかしい。「たしかに」彼は自嘲の舌打ちをして、「しょっちゅう出かけてるからね。でも留守電があるし、ぼくは毎日チェックしてる。これまで留守電は一本も入ってなかった」

　そこでいきなりビジネスライクに訊ねてくる。「で、あなたは何歳？」「六十六」とぼくは答え、ガチャッ、ツーツーの音が聞こえるのを待つ。「イカす！」と突然セクシーな声で言う。「ぼくは老け専なんだ」「そうなの？」ぼくは驚いて訊ねる。「ああ。ぼくが何に興奮するか、聞いてごらん」と彼は答える。だけどぼくが問うより先に自分から言いだす。「教えてあげるよ。ぼくはカラスの足跡が好きだ。皺が好きだ。後退する生え際が好きだ」「じゃあ、きみはいくつなの？」答えを聞くのが怖い。「二十八さ」彼は自信たっぷりに言う。なんてこった、ぼくが向こうのおじいさんでもいい年じゃないか。「祖父コン」なんてものがありうるんだろうか？　そういう趣味があるとしても、ぼくは初耳だった。ゲイのスラングにもそんな変態をあらわす言葉はない。Daddyhunt.comってサイトは聞いたことがあるけど、Granddaddyhunt.comだって？　冗談じゃないよ！「ぼくは父さんとおじいちゃんと一緒に住んでるんだ」と彼は言いだし、ぼくの神経症的性的妄想を一瞬で吹き飛ばす。「二人とも大好きなんだ。だけど仕事でしょっちゅう出かけなきゃならないんだよ」「どんな仕事なの？」リアリティTVのエロチックな出会い系番組の出演者になったみたいに感じながら、探りをいれる。「ナイフの訪問販売だよ」まるで世界でいちばん普通な仕事だと言わんばかりの調子。「ど、どんなナイフ？」バスターのカーニバルで車輪にくくられて回されたときのことが脳裏にフラッシュバックする。「よくある奴だよ。肉包丁、カービングナイフ、クレーバーナイフ……誰だって包丁は使うでしょ」有能なセールスマンよろしく立て板に水の喋りを見せる。「で、さあ」彼はそこでいきなり本題に入り、「ずっと喋ってるだけじゃん、会う気あるの？」「ああ……うん」ぼくはゴクリと息をのむ。ここまで来てしまった自分に驚きつつ。「まだガソリンスタンドにいる？」「うん。トイレにいるよ」と言うが、外では個室に誰かいるのかとお客さんが礼儀正しく扉をノックしている。「拾いに行くよ」彼は急いた感じで言う。「ゲログリーンのシェヴィー・シェヴェール、七五年型。前に立っててくれよ。十分で行くから」ガチャッ。

「やれやれ、いったい何をやってるんだ」トイレから出ながらひとりごち、すれ違うこざっぱりした身なりの中年男性とは目を合わせないようにするが、彼もぼくと同じくらい不安そうなのは、たぶんドアの向こうで流していないうんこが待ってるのではと恐れているんだろう。ぼくは店の前に立っていたが、まちがいなく十分も待たずに済んだ。デルモントはほとんど間をおかず車をつける。信じられないほどハンサムだけど、あきらかに、自分ではそのことがわかってない。二本の前歯のあいだに隙間。痩せっぽち。長髪——十人並みの顔立ちでも汚らしく見える髪型。黒いリーバイス、ビートルブーツ、バイク・ベルトは斜めになっていて、バックルが四十五度左に傾き、共産主義者みたいな青のワーク・シャツ——ヒッピー時代以来、とんとお目にかからない代物。「さっさとお乗り」浮かぶ笑顔を見れば、ぼくがあのジョン・ウォーターズだとわかってないと信じるしかない。「わお、ハンサムだ！」彼は幸せそうに淫らに、そしてぼくに感じられるかぎり、一切の皮肉抜きで言う。「ぼくはジョン。ジョン・ウォーターズだ」と自己紹介する。「でもってぼくはデルモント・パーキンズ」と言うとこちらに体を傾け、唇にキスしてぼくをすっかり動揺させる。それも長いこと。ぼくらは離れる。ぼくはあたふたしてるけど、彼は幸せそうだ。「で、どこまでヒッチハイクするの？」彼はこの世に心配事など何もなさそうな調子で訊ねる。「サンフランシスコ」と言って、まだ三、四時間のドライブが残っていることを思い出す。「乗せてったげるよ」まるで当然のことみたいに言う。「冗談だろ！」自分の幸運が信じられず、つい口に出してしまう。「もちろん大丈夫だよ。道中、ぼくが調理用品を売るのが嫌じゃなかったらだけど──ぼくはナイフさえありゃ、どこでもいつまででも暮らせるよ」彼は自信たっぷりに答える。「全然オッケー」ぼくは温かい気持ちで、ジョニー・キャッシュ主演の知られざるホラー映画『ドア・ツー・ドア・マニアック』のことを思い出しながら言う。

最初の休憩エリアで車を停めたので、てっきりトイレに行くのかと思うが、そうじゃない。彼はすぐにトランクを開けると自作のスーツケースを取り出し、駐車場で車から降りてきた疲れた様子の女性に近づく。「失礼します。奥様」すでにぼくのハートをとらえた人懐っこい魅力で語りかけ、「キッチン・ナイフは要りませんか？」彼女は一瞬凍りつくが、デルモントのセクシーな笑顔が信頼を勝ち取る。「どんな種類があるの？」驚いたことに彼女は答える。『ピンク・フラミンゴ』のエッグマンのように、デルモントは見本を出し、赤いビロードにくるまれている〈世界最良の台所用品〉一揃いを鮮やかに広げてみせる。「ナイフと恋はできないだなんて、言いました？」とデルモントは問い、〝トリマー〟を引き抜くと鋸歯の上に指を走らせ、血を一滴落とす。「トマトをバターみたいに切り分けられますよ」彼は鑑定家よろしく宣言し、すると見よ、女性は見事買うではないか。これには感心した！

「ほらね？」彼は運転席に飛んで戻ってくると、体を傾けてまたキスをする。前よりも長くディープに。「くっそ！　あんたにキスするの大好き」車を出しながらにっこり笑い、ぼくはこの幸運なロマンスを信じようとする。「接吻こそがいいオカマをこしらえるんだ」デルモントは科学の実験を論じるかのように語る。長くはドライブせず、シボレーを路肩に寄せて停めると、ラジオのスイッチをつける。まさかと思うだろうが、ボビー・カートラの「ヒッチハイカー」がかかってる。過去に一度か二度しか聞いたことがない曲だけど、にわかに「俺はヒッチハイカー、愛を求めて旅に出る」の歌詞があらたな意味を持つ。ぼくらは二十分のあいだ睦みあう。

顔をあげるとポリ公が運転席側を歩いてくる。パトカーが停まったことにすら気がつかなかった！　デルモントみたいなハンサムとイチャイチャしてたら気づくわけがない！「ヤバい、警官だ」ぼくは慌てるが、デルモントはただ自信たっぷりに微笑むだけ。「心配ないよ」と彼は囁く。「見てなよ。ナイフを売りつけてみせるから」

「免許証と車両証明」警官は車内を見下ろして吠える。ぼくらが盛《さか》っていたことに気づかないように祈る。「もちろん」とデルモント。「ねえ、おまわりさん、今晩、奥さんに素敵なお土産を持って帰りませんか？」「何を言ってるんだ、小僧？」警官は有効な免許証を確認しながら、最初はデルモントが賄賂を渡そうとしているのかと疑い、睨めつける。「いや、ぼくはナイフ売りが商売で、今週は特売セール中なんです」「ほう？」興味をひかれた警官が返事をすると、デルモントは車を降りてトランクから商品見本を取り出そうとする。「車から降りるな！」警官は驚き慌て、銃を抜きながら怒鳴る。「わかった。わかったよ」デルモントは笑って両手をあげた。「だけど、見本を取ってこないと実物を見せられないからさ」「よかろう」警官は落ち着いて、小声でつぶやく。「だが、警察に止められたときは、許可なしには決して車を離れないように」「イエス、サー！」デルモントは同意すると、トランクを開けてセールストークをはじめた。「十二インチに八インチ、両鋸刃も――奥さんが夢見るキッチンナイフですよ」デルモントは見本を開きながら自慢げに言い、中からブッチャー・ナイフをひっつかみ、ザクッ！ザクッ！ザクッ！とペーパー・タオルの芯を玉ねぎに見立てて、トランクの中でざく切りにしてみせる。「いくらだい？」警官は感心し、免許と登録証を返しながら訊ねる。「ただいま一本買えば一本おまけのセール中です」デルモントは車に戻ってドアを開けたまま、行商人の誇り高く売りこむ。「ブッチャーナイフとペティナイフ、本日限り！　特別価格で五九・九五ドル」「カード使える？」無愛想な警官は、財布を取り出すついでにぼくを気のない様子で一瞥する。「もちろんです」デルモントは携帯用のクレジット・カード端末をすばやく出し、器用に警官のマスターカードを読み取る。「安全運転をな、お二人さん」警官は急に親切心を見せてから車に戻っていく。おみやげに持ち買った新品のキッチンナイフ一式を見たときの妻の反応を想像しながら幸せ気分で。

「それで、あなたは何やってる人？」デルモントはなにげない調子で聞いてくる。出発すると、自作のミックステープからはジミー・ディーンの「バミング・アラウンド」がかかって、彼が「なんだってかまわないけど」と付け加えるところに、ぼくらの芽生えつつあるロマンスにぴったりの歌詞が流れる（「ぼくはそよ風みたいに自由で、楽しいことだけをする」）。「たとえ無職だって、気持ちが変わったりはしないよ」彼はくすくす笑って、ウィンクする。「実は……映画を作ってるんだ」とうとう、心中の恐怖をにじませながら、ぼくは白状する。「ああー……ぼくは映画は嫌いなんだ」彼はしぶしぶ打ち明けて、ぼくは安堵の溜め息をつく。「チケットは高すぎる。物語は嘘ばかり。それに映画スターとか――現実じゃあ誰も映画ほどかわいくないし」「でも、きみは可愛いよ」とぼくは嘘偽りなしに断言する。そのとき恐怖に襲われる。何よりも恐ろしいこと――デルモントは完璧なボーイフレンドになりうる。

「じゃあ、あなたと一緒に暮らしてもいい？」彼はいきなり親密に、だがほんのわずか拒絶の恐れをにじませつつ問いかける。「もちろん」こんなにも馬鹿げた話に乗ってる自分が信じられない。

「いや、いつもってわけじゃないんだよ……」と彼は説明して、「ぼくが移動販売してるあいだに、あなたはハリウッドでおしゃれさんをやってれば……」「違うよ！」ぼくは叫ぶ。「ぼくはＬＡには住んでない。ボルチモアとニューヨークとサンフランシスコとプロヴィンスタウンに家があるんだ」「じゃあウォーターズを〝占拠《オキュパイ》〟していい？」彼はまったく感銘を受けた様子もなく言う。ぼくはどう反応していいかわからない。「お金は入れるよ」と彼は申し出る。「ナイフは映画ほどは儲からないけど、タダ飯食いは嫌なんだ。食料品は全部買うし、ガスと電気料金は支払う。それにナイフ売りの稼ぎ時のクリスマスには余計に金を入れる。それなら公平でしょ？」いやはや、これが婚前契約でいいんじゃないか？と驚きながらぼくは思う。「決まりだ」ぼくは愛情と欲情の恐ろしい結合が血管で脈打つのを感じながら言う。

デルモントはサンフランシスコのぼくのアパートの前に車をつけ、ドアマンの手を借りて、わずかばかりの荷物を運び入れる。めったにボーイフレンドを連れこんだりはしないのだが、デルモントのことは堂々とドアマンに紹介し、二人は握手する。ぼくらは自信たっぷりに飛ぶようにロビーを抜け、ともにはじめるクレイジーな新生活に向かってエレベーターで上がっていく。

　部屋に入ると、デルモントは賞賛の口笛を吹き、居間の窓から眼下に広がるサンフランシスコの町並みを眺め、もう一度キスしてから服を脱いでシャワーを浴びる。ぼくも服を脱ぐが、彼の邪魔はしない。シャワーの水音が止まったが、デルモントはそのまま体を拭きながらマーヴィン・ゲイ歌唱版の「ヒッチハイク」を歌っている。この旅で最初に聞いた曲が、いま最後に聞く曲にもなる。素晴らしい！　裸でバスルームから出てきて、ぼくのことを見る。「うーん……素敵だよ」彼はすっかりこじらせた老人性愛《ジェロントフィリア》もあらわに、セクシーに囁きかける。「こっちにおいで」わあお、ぼくは恋してる。

起こりうるかぎり最悪のこと

もうひとつの中篇小説

MID-LIFE
CRISIS

もちろん、すべてが悪いほうへ回るかもしれない。本当に酷いことになるかも。巻き戻そう。最初からやりなおす。ネガティヴに考えてみよう。

スーザンとトリッシュが出勤してくる前に出かける。当然ながら小雨が降りはじめるが、ようやく出発する勇気を奮い起こしたのに雨くらいで尻込みしてられない。まるっきり自分が馬鹿に思えるので、ヒッチハイクをはじめるつもりの交叉点に行くまで、自作のボードは隠しておく。まさかの展開――最初に走ってきた車は近所の私立校の校長ではないか。一方的で、私見では、図々しい拡張計画に関して（しばしばマスコミ上でも）しょっちゅう揉めている相手だ。「おでかけですか？」彼は車を止め隣人らしさを装って声をかけてくる。「ただの休暇ですよ」と答えながら、自分のミスに歯嚙みしている。こいつに自分が町から出ることを教えてしまえば、朝から工事をしたって誰も騒音を聞かないし文句も言わない、と好き放題やられてしまう。「まさかヒッチハイクしてるのか!?」彼は礼儀を守るふりさえ忘れて大笑いする。ぼくは黙って歩きつづけるが、奴めは快適な最新モデルの車で走り去り、あとに高笑いだけ残していく。知ったことか！　こちらは冒険に出かける身、出勤する社畜になどかまっていられるか。

　交叉点に立って親指を突き出す。「カマ野郎！」の怒鳴り声が飛んでくるが、悪い兆候ではないと思いこむことにする。長いあいだ待ちつづける。誰も拾ってくれない――赤信号で車が止まっても。ぼくのことはまちがいなく見ている。ぼくが誰だかわかった奴は笑い飛ばす。わからない奴はドアロックをする。運転席からこちらを見くだす様子の男はじっと見つめたのち「クソくらえ」と口を動かして、車を走らせて消える。別の女はぼくの顔を見てはっきり「あんたの映画は大嫌い」と言う。そして発進するとき、急ハンドルを切りぼくを轢こうとする。別の車がとうとう停まってくれる。ぼくの前を通り過ぎ、少し先で。早くも水を吸って重くなりはじめている荷物をかついで走って追いかけ、助手席のドアの前まで来ると、運転手は中指を立てて走り去る。雨が激しくなってくる。新品のポンチョを着るが、オレンジ色なので、運転手たちはぼくのことを道路工事作業員だと思いこみ、やってもいない工事渋滞の責任を押しつけて悪罵を投げつける。何時間も過ぎる。信じられない、誰も拾ってくれないだなんて！　雨は降りやまない。明日になれば天気もましになるかも。この臆病者め！とわが内なる天《あま》の邪鬼《じゃく》が言い返す。突然、バスが低速レーンへと車線変更して左折する車を追い越し、ヒッチハイク中のぼくに雨水を跳ねとばす。びしょ濡れだ。こんちくしょう、今日はもう諦めよう。すっかりしょげかえり、二ブロック歩いて家まで帰る。

　事務所のスタッフは全員、濡れ鼠になって正面ドアをくぐったぼくを見て大爆笑する。「そりゃ笑えるよな！」ぼくは憤然と怒鳴りつける。「この本の前渡金を返さなきゃならなくなったら、きみらの給料だって払えないんだよ！」ぼくは二階にあがり、ベッドルームのドアをぴしゃりと締め、体を拭く。見事に最低のアイデアを思いついてしまって、そこから抜けられないときた！

翌朝、夜明け前にこっそり抜け出す。少なくとも雨は降ってない。季節外れの寒さだが、どうせ全国版天気予報なんて当たるわけがない。たとえ五月第二週の平均気温に基づいていたにせよ。今日もまた交叉点に立つ。「あんた、注目されたいだけなんでしょ」と女に喧嘩を売られる。どうやら信号のあいだ、ぼくを拾いたくなくて議論をふっかけてきたものらしい。友好的にいこうと、ぼくは微笑んで「ガソリン危機だそうですね――環境への負荷を考えてるんです」と答える。だが女は聞こえないふりをする。「新聞であんたの話を読まされるのはもううんざり！」と女は叫び、信号が変わった瞬間に車を発進させる。

ようやく一台の車が停まり、ぼくは走り寄って乗りこむ。もうフレディ・クルーガーの車にでも乗るつもりになっている。だがいや、この男はホラーはホラーでもタイプが違う。助手席に座ったとたん、アルコールの匂いが鼻をつく。床にはサンドイッチの包み紙が捨てられ、半パイントのウィスキーの空き瓶も混ざっていた。エアコンの効きすぎで、拾ってくれたお礼を言おうと口を開けたら白い息が見えそうなくらい。彼は「スチュー」と不明瞭な声で自己紹介し、ぼくが七〇号線を西に向かうと言うと、ウィンカーも出さずに車の流れに割りこむ。ラジオからウェッブ・ピアースの「ゼア・スタンズ・ザ・グラス」、酒にまつわる史上最悪のカントリー・ソングが流れてくる。というかラジオからだと思いこんでいたのだが、実はステューが自作のCDでこのおぞましい曲を延々とかけているのだ。

「シートベルトはどこ?」ぼくは不安になって叫ぶ。助手席の両サイドをさぐっても見つからない。「切っちまったよ」彼は酔っぱらい笑いで認める。「鬱陶しいから嫌いなんだよ、あんなもんに押さえつけられてたら、酒作れねえだろ?」ぼくはただちにわが最初の運転手はただの阿呆ではなくおそらく無免許運転なのだと理解する。「オレは十一回DUI(飲酒運転)であげられてるんだ」と自慢する。「クソくらえだぜ」「前を見て」とぼくは懇願する。彼の視線がかなりのあいだ道路から離れているのに気づいたのだ。「いやあ、心配すんなって」と講釈を垂れ、指をひらひらさせながら、ボルチモア・ベルトウェイの入口ランプを上がっていく。「酔っ払ってるときのほうが運転はうまいんだよ! MADD(飲酒運転に反対する母親の会)の女どもにはカッカするぜ。まったくマッドな連中だ!」そして自分のつまらないジョークに酔っ払いならではの馬鹿笑いを添える。

また雨が降りはじめる。気になるのは、スチューがワイパーをつけようとしないことだ。次の半パイント瓶の蓋をあけ、らっぱ飲みしはじめる。「こんちくしょう」スチューは必死でフロントガラスの内側の曇りを拭き取ろうとしている。「おめえのほうからは見えっか?」彼は怒りながら訊ねる。「見えない!」とぼくは叫んで、「ワイパーを使いなよ!」「ああああっ、そのクソは動かねえんだよ!」と彼は怒鳴る。「じゃ、止まってくれ」とぼくは必死でお願いする。「ともかく脇に。たのむから! 危ないよ!」トラックが追い越し、フロントガラスにさらに水をはねかけていくが、スチューは落ち着いている。彼は携帯電話を取り出し、大声で読み上げながらメールを打ちはじめる。「ま・た・さ・け・の・ん・だ」酔っ払って文字を打とうとしながら、ぼくのほうを向いて憎らしそうに説明し、「こいつはスポンサー――あのクソな阿呆――に送るんだ。お偉いさんのつもりでいやがる」「死んじゃうよ！」ぼくは悲鳴をあげ、ダッシュボードに身をかがめてデフロスター（結露防止装置）を作動させようとする。スチューは怒り狂って携帯を放り投げ、ワイパーのスイッチを何度かはじくと、数秒のあいだワイパーはかろうじて動作する。それはまさしくハイウェイを渡ろうとしていた小さな犬を引っ掛けようとする瞬間。「危ない！」と叫ぶが時すでに遅し。あんなに小さな生き物なのに、踏み潰されてスチューの車の車輪の下に消えていくときには驚くほど大きな音がする。「止めてくれ！」ぼくはパニックに陥ってわめきたてる。「もう降ろして。きみは酔っ払ってる」

スチューはただ笑いとばしてぼくにボトルを差しだす。「いらないよ」とぼくは抗議する。「せめてぼくに運転させてくれ！」だが答える前に、スチューは七〇号線をカンバーランド方向に曲がろうとする。「おい、あんたウェストバージニアに行くんじゃなかったのか」ぼくは驚いて声をあげる。「おれがどこに行くかなんてわかるわけないだろ？」スチューはアル中の苦悩をにじませる。ぼくは必死で手を伸ばしてハンドルをつかみ、かろうじて前方の車をよけ、無理やり路肩に停めさせる。スチューが乱暴にブレーキを踏み、ぼくはダッシュボードにしたたか頭を打ちつける。さいわいにもエアバッグは出てこない。たぶんそれも故障中だったんだろう。

突然スチューはシートの下から拳銃を抜き、ぼくは凍りつく。だけど、彼が脅そうとしてるのはぼくじゃない。過去に彼の「飲む楽しみ」を「邪魔」した「詮索好きのクソ」どもだ。「クソ判事め」スチューは怒り狂ってウィンドウから銃を乱射する。「銃を下ろせ、スチュー」ぼくは白分に出せるかぎり冷静そうな声で言う。だがスチューは「ＡＡくそくらえ！」と世界に向かって叫ぶ。「ビル・Ｗ、てめえの頭もぶっ飛ばしてやる！」彼はとっくの昔に亡くなったＡＡ（アルコホーリクス・アノニマス。アルコール依存症患者の会）の創設者をも脅す。銃を奪おうと手を伸ばす前に、スチューの顔に驚きの表情が浮かび、ゲロがロケット噴射する。ぼくはハンドルをつかむ。彼もつかみ返す。フロントガラスを覆うゲロの悪臭もまったく気にしないようだ。なおも戻しながら、スチューはアクセルとブレーキをでたらめに踏んで、スピードを落としつつ、自分で吐きだした汚物を車に落ちている茶色の紙袋で拭おうと悪戦苦闘している。これ以上は乗っていられない。ドアを半分開けて顔を出す。道路脇の砂礫が飛ぶように流れていくのが見える。スチューのほうをふりかえると、ぼくの旅行かばんをひったくって抱えこみ、さらにゲロを吐く。どうしようもないままぼくは飛び降り、ハイウェイにひどく体を打ちつけるが、かろうじて、スタントマンが映画セットでやるみたいに、体を転がす真似はできる。

　スチューはそのまま行ってしまう。ジャケットは破れて、ズボンは片膝から下がちぎれ、膝から血が出ている。とはいえ、どうやら骨は折れていないようだ。少なくとも生きてはいる。すでにコースはずれている。もう荷物もない。まだくそ忌々しいメリーランド州から出てすらいないのに。

最悪の旅・2　アダム

ズボンの裾をまくってみると、ひどく擦りむいている。足を引きずりながら立ち上がるが、砂礫に打ちつけた側の頬がヒリヒリ傷む。車が近づいてくるのが見え、親指を突き出すが、肩が関節から抜けたのか、それだけでひどく痛い。こんなときにぼくのファンがいてくれたら！　比較的新しいニッサン・セントラが通り過ぎたが、運転手はこちらを二度見して、それから急ブレーキを踏む。ぼくは『ガンスモーク』のチェスターみたいに足を引きずりながら車に駆け寄る。中を覗きこむと、運転しているのは無害そうなオタクっぽいデブだ。まさしく『愚か者連合』*というタイプ。

「タフィ・ダヴェンポート！」とそいつが叫び、一瞬呆然としたが、ぼくの映画のセリフを暗唱し

＊米国人作家ジョン・ケネディ・トゥールの小説（一九八〇年）。ニューオーリンズで三十歳になっても母親と一緒に住んでいる太り過ぎて着道楽のイグナイシャス・ライリーの日々を描く。ジョン・ウォーターズはディヴァイン主演で映画化を考えていたことがある。

ているんだと気づく。「止まってくれてありがとう」とぼくは言い、飛び乗ってシートベルトを締める。CDプレイヤーから流れているのはジョニー・シーの「ヒッチン・アンド・ハイキン」。ありがたや。ヒッチハイクにしくじった恨み節を歌い上げるカントリー・ソング。今いちばん声を合わせて歌いたくない曲だ。「ミス・サンドストーン、この世には二種類の人間がいるのよ。あたしの同類と、阿呆どもよ！」彼は『ピンク・フラミンゴ』のミンク・ストールのセリフを真似て答える。「七〇号線西行きのあたりまで連れていってくれると助かるんだけど」とぼくは頼んでみる。「へえ、どなたかとお待ち合わせ？　誰とよ！」と彼は怒ったふりをして、ぼくでさえどこから取ったのかと困惑したほどマイナーなセリフを同じ映画から引用する。「わかったよ」とぼくは答える。このファンはどうやら諦めそうもない。「じゃあ、どこでもいいから西へ行く道で降ろして」「輪姦パーティにおでかけかい？」今度はデヴィッド・ロカリーの霊をおろして応じる。「いや、ただの旅行だよ」ぼくはあくまでもセリフ引用ゲームを拒んで答える。そりゃあここまでセリフを覚えてくれていることには感激するけれど、それにしたって、いい加減にしてほしい。「ちょっと思ったんだけどさ」彼はキャラに入ったままつづける。「今日はどこで性病を広めるつもりだい？　じゃあね――あばずれ娘」彼は甲高い笑い声をあげ、ぼくは呆れて黙りこくる。頬が痛い。バックミラーを引き寄せて覗くと、痣《あざ》はすでに顔の半分まで広がっている。男は「美人さん、美人さん、鏡をごらん」とポール・スウィフトが『フィーメール・トラブル』で言ったセリフをもじってつぶやき、「あたしもそんなお顔になりたいわ！」ぼくが足の切り傷の痛みで顔をしかめるのを見て、まったく別のモノローグに移る。「そいつはあたしの大好物！」とディヴァインのように叫ぶ。「新鮮な殺したての血の味が！」いきなり彼はバックミラーをぐいとひねり、まちがいなくぼくが降りてほしくない出口に突っこむ。「おい」とぼくは声をあげ、「西に行きたいんだって言っただろ！」「知ってるでしょ、あたしは自然が嫌いなの」また別の映画へ、今度は『デスペレート・リビング』に引用元が変わる。「あのおぞましい木をごらんなさい」ミンク・ストールが演じていたペギー・グレーベルのセリフを借りて、「あたしの酸素を盗んでる！」「降ろしてくれ」ぼくはとりみだして叫ぶが、彼はただスピードをあげるばかりだ。「自然の森林はすべて建売住宅にすべきよ！」彼はなおもミンクの役に入ったまま金切り声をあげ、平凡な郊外住宅の車寄せへ入ってブレーキを踏んだ。「俺の頭ごとあんたの口につっこむから、目玉を吸い出してくれよ！」彼は『デスペレート・リビング』のターキー・ジョーの最悪極まりない物真似で絶叫する。かつて自分でも誇っていたセリフだが、今日は書いたことを後悔してる。

「ジョン・ウォーターズ！」恐ろしげな見かけの女性は、チューブトップを着るには太りすぎ、年をとりすぎ――そして、僭越ながらファッションについての私見では、季節的にまだ早すぎる。女は正面から突進してくる。ぼくは固まる。わが〝最大のファン〟は車から飛び出して、どうやらロールプレイには慣れているこの女性の前にひざまずく。「おお、お母様、わたしです、ディヴァインです」と彼は叫ぶ。「わたしはたった今、マスコミの前で辱められました！」ちょっと待て、とぼくは思う。ぼくの映画のセリフじゃないぞ！　だけどとっちめてやろうと思った瞬間、いや、そうだ！　と気がつく。それは『ピンク・フラミンゴ』の続篇――結局撮影されなかった『フラミンゴ・フォーエバー』のセリフだ。脚本だけが本として発表されている。正直言って、もっとおかしいセリフもあったはずだが、この阿呆を演出してやる趣味はない。

「この子はあたしの息子、アダムよ」母親はぼくをきつく抱きつかまえて大声を出す。こいつ、そんな名前だったのか！　アダムか。よし。この狂女の手から逃れたときに接近禁止令をとるために覚えておこう、と決める。彼女は巨大な胸をぼくの体に叩きつけ、穢《けが》らわしいキスを唇に押しつけてくる。「おはよう、フランシーン、また二十ポンド太ったわね」とアダムに向かってわめく。これまたぼくの映画のセリフを使うが、もっとメインストリームに近づいた『ポリエステル』に切り替えてきた。「お母さんは頭がおかしい！」と息子は吠える。『フィーメール・トラブル』のミンク・ストールの金切り声のセリフで切り返し。

「アダムはあんたの映画にぴったりなのよ」女は今度は好戦的なステージ・ママとなる。「この子をオーディションしなさい！」と訴えてくるが、ようやくセリフじゃない会話になってぼくは安堵する。「パット・モーラン宛に履歴書を送っといて」ぼくはいつものように対応して、「ぼくの映画は全部パットがキャスティングするから。電話はしちゃダメだよ――パットは電話嫌いだから」とイカレポンチ二人組から彼女を守るために付け加える。「〝ゲイター〟をやんなさい」母親はわが職業的忠告を完全に無視し、息子に命令する。「おい、タフィー、こっちへ来てパパのちんこをしゃぶりな」母親の前でX指定のセリフを言うのにこれっぽっちのためらいもない。「〝カルロッタ女王〟」彼女は興奮して命じる。まるで地獄から来たエージェントだ。「そいつをつかまえてファックしろ！」とアダムはイディス・マッセイのしわがれ声を真似し、面白くもないくりかえしにまったく飽きた様子を見せない。

「この子にフェラさせてもいいのよ。そういうのがお望みだったら」母親は眉ひとつ動かさずに申し出る。「いいわね、アダム?」と息子ににっこり笑いかけて、ぼくのほうを向いて説明する。「枕営業が必要だってことなら、この子も用意できてるから」「そいつを突き出して、よく見せて!」アダムはさらにカルロッタ女王のセリフを続ける。「来てちょうだい、パパ、ファックして! 上半身はほっといて! 股間のVに集中すんの!」これ、本当にぼくが書いたの? 怯えながらそう思い、そして逃げ出す。

だが、それでも二人組はとまらない。「走れ、クソ野郎、走れ!」と母親は叫ぶ、またしてもマイナーなセリフ、『ピンク・フラミンゴ』でディヴァインが誕生日にギフト包装されたうんこを配達した郵便配達を脅すときのやつだ。「ピッグ・ファッカー!」アダムは世界の隅まで届けとばかり声を張りあげる。玄関前でなぜ息子が母親に卑猥なセリフを叫んでいるのか、と困惑しそうな隣人たちのことなど毛ほども気にしていない。「あたしの尊い痔を舐めてもよろしい!」とぼくはいきなり怒鳴り返す。苛立ちのあまり、ついにこの狂信的白痴どもと対話するために自分自身の汚濁の語彙をさらうところまで落ちぶれてしまった。

だがそれもさらにアダムを怒らせ、アダムとその母のさらなる暴力をかきたてる結果にしかならない。「つかまえろ、ボンカース!」とアダムが怒鳴る。『ポリエステル』で自殺する犬の名前の引用だ。だけどこっちのボンカースは鬱病じゃない。ひとつ屋根に住む誰よりも狂ってる。犬は歯をむきだしにして、玄関ドアを突き破って、まっすぐこちらに突進してくる。怪我にもかかわらず、ぼくは全速力で走る。足はそりゃもう本当に痛い。「こいつを送りつけてきた阿呆どもより穢らわしいことをして、そして奴らを殺すのよ！」と母親が叫ぶ。なぜか『ピンク・フラミンゴ』でディヴァインが言ったときよりも恐ろしく聞こえる。「いいかいクソ野郎、きっちり十五秒以内にあたしの地所を出ていくんだ、さもなくばその素っ首をへし折ってやる」まやかしのドリームランド・スタジオのスターをめざして、必死の賭けに敗れた息子が遠吠えする。ぼくは苦労して隣家の金網フェンスをのぼり、かかとに嚙みつき唸る犬の牙から間一髪逃れて飛び降り、その拍子に後ろポケットからブラックベリーが滑って敵の土地に落ちる。犬は怒りたけって吠え、いきなりわが携帯電話の上に座りこんでクソをする。アダムと忌々しい母親めは歓声をあげる。

最悪の旅・3　フェイ

　え、これはどういうことだ？　指を立ててもいないのに車が止まってくれる。ひょっとして、急にヒッチハイクのツキが回ってきたんだろうか？　「乗ってくかい？」ハンドルを握る筋骨隆々たる女性が言う。「もちろん」ぼくは叫び、遠くで見ているアダムと阿呆母に中指を立てる。さっさと車を拾ってざまあみろ、だ。

「あたしはフェイ」新たに拾ってくれた相手は力強い声でそう告げるが、その断言にはどこか人を不安にするものがある。「ぼくはジョン、はるばるサンフランシスコに向かってる」とぼくは言う。ミニスカートからこれみよがしに突き出している巨大な脚に目をやるまいとしつつ、できるだけ友好的にふるまおうとする。上半身はまるで別人のようだ。平らな胸、平凡なヒップ、首に肉垂れの兆候。だがその脚ときたら！　おお、ロバート・クラムなら喜んで首をさしだして両足をからめてもらい、性的支配を受けたがるだろう。「なんでそんなとこに？」彼女は嫌そうな顔で訊ねる。「サンフランシスコに家があるから」とぼくは言ってみる。「だったら、なんでヒッチハイクなんかしてんだい、馬鹿なの？　どうして飛行機乗らないの？」〝馬鹿〟という言葉は無視し、正常な相手と会話を続けてるふりをする。「ぼくは地べたからアメリカを見てみたかったんだ」と能うかぎり親しみをこめて告げる。「サンフランシスコは嫌い」彼女はぼくの返事を無視してつづけ、「馬鹿みたいな丘ばっかり。ごめんだね。あんなとこ行くもんですか！　必要なものは全部ケンタッキーにあるからね！」さらなる悶着を予期して、ぼくは必要なものとは何かまでは訊ねない。

「ジャンキーとヤッたことある？」彼女はあまりに何気なく聞いてくる。「ええ？」このぶしつけな質問の意味を理解するのに時間がかかる。「聞こえたでしょ。ジャンキーとファックしたことないの？」「いや……知ってるかぎりは」とできるだけ誠実な返答を心がける。「なんでよ？　あたしはジャンキー好きだよ」好戦的な態度で宣言する。「C型肝炎は怖くないの？」とぼくはつい言ってしまう。「**おいふざけんなよ！**」とフェイは怒鳴る。「いや、針の使い回しで肝炎が蔓延するとかって聞いたし……」ぼくは口ごもる。「てめえは性的少数者をひとまとめにして差別してるんだよ」彼女は敵意をあらたに挑みかかってくる。「で、でもジャンキーは勃起しないのかと思って」ぼくは弱々しく抗議する。「世の中にはね」彼女は親指を胸につきつけ、自慢する。「柔らかちんこが好きな人間だっているのよ！」「あなたには自分の欲望を肯定する権利があります」ぼくはおずおず同意し、相手が話題を変えてくれるのを祈るが、ああ、駄目だ、女はさらに調子に乗ってくる。「あんた、カマなの？」突然の詰問。「う……はい……」ぼくは認める。「だと思ったよ！」上から目線の冷笑を浮かべて吐き出す。「うんざりだね」女はわめきつづける。「オカマは〝カムアウト〟

できるけど、ほかの人間は〝ストラングアウト（麻薬で陶酔する）〟できないの？　そういうこと？〝股間に一撃〟っておかしいでしょ？　あんたらは癇癪おこすのに、あたしらが痒がっちゃいけないんだ？」「もちろんいいと思うよ」おそるおそる答えるが、女にさえぎられる。「あんたらホモも〝傷好き《スキャグ・ハグ》〟ってものの存在を知るべきね」「スキャグ・ハグ!?」ぼくは大声でくりかえす。新しいマイノリティ性嗜好を教えてもらうのはつねにありがたいことだ。「わかるでしょ！」と怒りたけり、「あんたは針の痕見て興奮しないの？」とさらにスローガンをふりかざしつづける。「いや、それほどでも」ぼくは理解あるリベラルの体《てい》で白状する。「なんでよ？」彼女は挑んでくる。「突撃棒に刺されてトリップしたら怒張からドピュでしょ？」「いや」とぼくは抗って、「そもそも、ジャンキーはセックス嫌いなんじゃあ」「またそれだ」と彼女は叫び、「自分ら乞食小僧を基準にして勝手にちんこ診断して！」「ねえ、ちょっと待ってよ」とぼくは抗議する。さすがにたっぷり聞かされすぎたんで、フェイに逆ネジを食らわせてやる。「ぼくはただ〝ハードなブツにホットなヤツ〟がいるって知らなかっただけなんだよ」そう言って、スキャグ・ハグ歓迎のモットーに態度をやわらげてくれるのを期待する。「そいつはいいね！」と彼女は笑う。ぼくは安堵する。ほんの一瞬だけ。「千人のジャンキーを狂わせたまんこ見るかい？」唐突に、彼女はあらたな敵意もあらわに問いかける。「えーと、いや、見たくない」ぼくは誠実に答える。「きみがどうだって言うんじゃないよ。きみは素敵な女性だ」ぼくは嘘をつき、「それに止まって拾ってくれたことにはすごく感謝してる。でもいまさら〝カムイン〟するにはいささか年をとりすぎてるからね」このささやかなジョークで拒絶もそう尖って聞こえないことを願ったが、残念ながら裏目に出た。「あんた、自分がジャンキーにモテないからってあたしを見下してるんでしょ！」と挑みかかるや、攻撃的露出でじりじりとスカートの裾をもちあげつつ、ＣＤプレイヤーの再生ボタンをひったたく。「おねがいだから見せないで」ぼくは必死で頼むが、耳には世界最悪のゴスペル・アルバム『ジ・アディクツ・シング（中毒患者が歌う）』が乱入し、目には陰毛剃りたての股間のＶ字が飛びこんでくる。「ぼくは女性も好きだよ、ただ性的に惹かれないってだけなんだ」苦しそうな、薬も抜けてクリーンな「ユー・アー・ザ・フィンガー・オブ・ゴッド（あなたは神の差しだす指）」の歌声に逆らって弁解する。「あら、東海岸じゅうの回復施設に放りこまれてるジャンキー連中が満足したまんこになんか不満があるわけ？」彼女は憤然とする。「挿《い》れるか、降りるか！」窓の外を見やると、陽が暮れかけている。もう夜になり、見渡すかぎり家は一軒もない。あらためて彼女の丸裸の恥丘を見やる。『ソフィーの選択』だ。「降りるよ」とぼくは突然澄み切った心で告げる。「あっそう！」彼女は吐き捨てる。股間を隠す手間さえかけない。「フェイのやりかた《ウェイ》が嫌ならハイウェイよ！」と宣言し、車をきしらせながら側道に急ハンドルを切り、ブレーキを踏みつける。「失せな、お嬢ちゃん《メアリー》」と彼女は叫び、ぼくは喜んで命令にしたがう。車は急発進し、すでに傷だらけで血を流しているぼくにさらに砂利を飛ばす。テールランプが遠ざかっていくあいだ、なおもジ・アディクツの最悪の曲が爆音でかかっているのが聞こえている。

　もう真っ暗だ。車は飛び過ぎていくが、誰もぼくを拾ってくれず、そもそも車外に目をやりさえしない。まだ州間高速七〇号線に戻ることすらかなわないのに、疲労困憊だ。治りかけたかさぶたがジーンズの生地に張りついて痛み、動くたびに傷が開く。月すら出ていない！　すでにぼくの最悪の悪夢となりつつある。このままじゃ野宿になる。明日の着替えもない。携帯電話もない。まるで浮浪者だ。

ぼくは土手を下りて、みすぼらしい木立ちの中に入る。絶景とは言いかねる。運のいいことに、傷みかけた中華料理がつまったドギーバッグが捨ててある。そう言えばひどく腹が減ってる！　まる一日何も食べてない。ベタつくご飯の箱をあけ、唯一残っていた醬油のビニールパックを引き裂いて、中身を混ぜあわせる。どこの誰ぞが鶏肉のピーナッツ炒めのソースを激辛の四川風胡椒にしやがったおかげで喉に焼けつく刺激を我慢して飲みこむ。変な味のするフォーチュンクッキーで舌をまぎらわせ、満腹したつもりになる。

急に冷えこみを覚えるが、手持ちのもので間に合わすしかない。体を丸め、テイクアウトの紙袋をくしゃくしゃにして枕にする。ようやくまどろみかけたとき、強烈な便意におそわれる。くそ、人間の体なんて大嫌いだ。毎日排便を強いられて本当にうんざり。こんなおぞましい行為なんて考えもしなかったが、こうなってはいたしかたない。やるしかない、と自分に言いきかせ、トイレットペーパーがわりの葉っぱが足りることを祈る。野糞は大変だ。ジーンズとパンツ、両方脱がなければならない。はじめる。突然、近くで葉ずれの音がして、それからすさまじい獣の鳴き声が聞こえる。葉っぱを手探りするが見つからず、しかたなく焦ってつぶしたご飯の容器をトイレットペーパーがわりにする。本当にきれいになったかもわからぬうちに、何かが飛びかかってきて、鋭い歯でぼくの尻に嚙みつく。ぼくは悲鳴をあげるが、もちろんそれを聞く人などどこにもいない。獣に向かって手を伸ばし、パンツをあげることすらせず、命がけで戦う。一瞬、目の前にアライグマの顔が浮かぶ。口からおぞましい黄色のあぶくを吐いている。アドレナリンが体内をかけめぐる。ぼくは野生の獣をひっつかみ、両手を首にまわして締めあげる。アライグマも反撃してきて、両手に噛みつき、狂犬病の唾液をぼくの顔に吐きかける。だがとうとう喉首をつかまえ、力を入れはじめて、ようやく勝利をわが手にしたと確信する。さらに強く首を絞め、ついに病気の獣は恐ろしい死の吐息を残して血まみれの手の中で力をなくす。ぼくは必死でズボンを引き上げ、ハイウェイに向かって駆けあがると、走ってくる車に向かって、『悪魔のいけにえ』のマリリン・バーンズもかくやとばかりに両手を振る。

最悪の旅・4　ポーラ

　ようやくツキがかわりはじめる。というのは真夜中なのに車が止まったからだ。足を引きずりながら助手席側まで歩き、優しそうな顔を期待して覗きこむ。そんなものはない。ハンドルを握っている女性は荒々しい容貌、表情には敵意がみなぎっている。「乗りな」彼女は感情のこもらぬ冷たい声で言う。後部座席を覗きこむと、そこには見たこともないほどおっそろしいドラッグ・クイーンがいる——スティーヴィー・ワンダーや故レイ・チャールズの前でも女性として通用しない奴。巨大なブーファンの髪型に型紙で書いた眉、顔中皺だらけ。列車だって止められそうな顔だ。「あたしはその子の母親」と女っぽさのかけらもない男の声で言う。ぼくは身震いする。「あたしらはインディアナポリスに行くよ」運転席の女性は苛立ちをにじませながら言う。「急いでるんだから」と後部座席にましまます恐怖の存在が、これ以上ないほど忌まわしく声を添える。ぼくは闇に包まれた道路を見やるが、前にも後ろにもはるか先までヘッドライトのひとつも見えない。ええいままよ。ぼくには街場の知恵がある。どんなピンチだって口先で切り抜けられる。

　ぼくは乗りこみ、シートベルトを締める。運転席の女性ははじめて笑うが、それは蛇の微笑みだ。

「あたしはポーラ」彼女は新たな悪意に目を輝かせて、「そっちがあたしのお母さん」「はじめまして」とあからさまな女装男は血管が浮き上がった長い手を差しだす。丁寧に塗った口紅に色を合わせた、見るもおぞましい紫色のマニキュアをつけた爪を短く切っている。「そこ、怪我してるみたいね」ポーラはわずかばかりの同情を見せる。「うん、ひどいヒッチハイクをして、そのあと野生の獣に襲われたんだ」ぼくは説明しようとする。ポーラと〝母親〟はそろって大笑いする。ああ、ありがたいこった、またぞろキチガイのおでましだ。ぼくはまっすぐ前を向き、車は走りはじめる。ときどき、母親が吹きだしては、ポーラもそれに合わせて笑いこける。「なにがそんなにおかしいんだ？」ぼくは不快感を隠せない。

「そいつはこっちが訊ねることじゃあないのかい？」ポーラは突然戦闘的な態度で噛みつく。「ハレルヤ！」と母親が付け加える。「ど、どういう意味？」ぼくは口ごもる。「あんたが誰だかわかってるんだよ、間抜け野郎」とポーラは唸り声を出す。「そうともさ、ミスター悪趣味映画作法！」母親とされる相手も、ぼくの最初の本のタイトルを持ちだして怒鳴る。「なんでぼくがここにいるってわかったんだ？」ぼくは声に出して驚く。「てめえの頭の腐ったファンどもが、あんたがヒッチハイクしてることや、どんなに楽しい時間を過ごしたかって盛大にツイートしてやがるのさ」

「フェイスブックでもな！」と後部座席の老婆が声を張りあげる。「てめえは他人の不幸は笑い事だと思ってやがるんだろ?!」ポーラが咎めるように噛みつく。「え？」ぼくは完全に混乱して聞き返し、それから不安げに付け加える。「いや、そんなことはない。ぼくは犯罪の犠牲者と犯罪者、両方に共感しようと努めてる」早口で言いながら、いったいどの事件について書いた記事でこんなに怒らせてしまったんだろう、と考える。「あれはあたしのせいじゃなかった」と吠える後部座席の女装男性は、精巧で時代遅れな髪型のせいでますます醜くなっている。「あたしはシャブ中毒だったんだ」とモンスター・ママ。「それに子供たちはあたしを助けようとしただけ！」「なのにあんたはクソ笑いものにしやがった！」とポーラは憎しみを込めて吐き捨てる。「あたしは刑務所に放りこまれたのに、おまえはパーティなんざやってやがった！」「パーティ？　パーティってなんのことだ？」ぼくは混乱し、この危険な二人組はぼくを誰と勘違いしてるんだろうと考える。「あのクソ女、あたしたちを見下しやがって！」とポーラは毒づく。「実の両親がカーニバルと夜逃げして、あたしのところにあいつを捨ててったから！」と痩せこけた鬼婆は言葉を添える。「あいつのためにしてやったんだよ、あれは！」ポーラがサディスティックな笑みを浮かべる。「そのとおり」と、政治的に正しい言葉では決して正しく描写はできない痩せこけた女装の怪物。「教育してやったんだ！」

突然、その言葉がレンガの塊みたいに頭にぶちあたり、ぼくは座席の中で、振り向く。「ガートルード・バニゼウスキー？」ぼくは恐怖の悲鳴をあげる。インディアナポリスのシングルマザーは、自分の子供とその遊び友達の手を借りて、養女シルヴィア・ライケンズを拷問し最終的には殺してしまった――「御名答」とポーラはピシリと言う。「そしてわたしがその娘！」なんてこった、ガーティの子供は、すっかり大人になったけどあいかわらず恐ろしいままなのか？　二度も脱走したのに、おぞましい拷問殺人の共犯としてわずか二年しかおつとめしなかった子が？「でもガーティは死んだはずだ」ぼくは叫ぶ。悪名高きインディアナポリスの人殺しは終身刑で十四年の獄中生活を過ごしたあと保釈され、ナディーン・ヴァン・フォッサンの名でアイオワ州で静かに暮らしていたが、一九九〇年、肺癌で死去したと知っているからだ。「あたしが死んでるように見えるかい？」ガーティ二世は復讐の雄叫びをあげ、手にもった針金のようなものをぼくの首にかけようとする。ポーラは邪悪に唱和する。「教えてやるため。教えてやるため」あきらかに、あの忌まわしい犯罪に対する母親の稚拙な法廷での弁明へのオマージュだ。そして抵抗するぼくの鼻をぼろきれが覆い、不快な化学物質の匂いがする。最後に覚えているのは二人の狂人が唱える新たな、恐ろしくも熟慮を重ねたらしき報復の叫び声だった。「こいつに教えてやろう！　こいつに教えてやろう！」

目覚めると地下の部屋だ。ああ、なんてこった、『地下室』だ！「人間の生贄についての考察」と副題されたケイト・ミレットの傑作ノンフィクションの題名である。ここはガーティと子供たちと近所の不良少年たちが一九六五年におぞましい所業をしでかしたその場所だ。ぼくはテーブルに縛りつけられている。視野の焦点がようやく合ってくると、ポーラが欠けたディナー皿を持って歩いてくるのが見える。「クラッカー食うか？」と彼女は怒鳴り、ぼくに潰れたリッツの破片を差しだす。首をふって断ると、彼女は熱弁をふるいはじめる。「ほらね」と彼女は銅羅声を出し、「シルヴィアにもやったけど、あいつも食べやがらなかった。あたしたちだって飢えた子供だったのに！」「アイロンがけした服の万引き」ガーティの声色がしたと思うと目の隅にその姿が映る。「ワガママ娘を食わせるためにそんなことまでやらなきゃなんなかった！」彼女の怒りが沸騰する。「あたしは喘息なのよ！」答える間を与えず、彼女は火のついたままの煙草を押しつけてくる。ぼくは苦痛の悲鳴をあげる。「まだ笑えるかい？」とポーラが吐き捨てる。「いや」とぼくは叫ぶ。次に何が来るのかと恐れながら。「なんならおまえの肖像画を描いてやろうか！」ガーティは、復讐心の極みで、すでに擦り傷を負ったところに再度煙草を押しつけながら言う。「そんなつもりじゃなかったんだ」彼女がなんのことを言っているのかわかっている——逮捕時の写真《マグ・ショット》を元に描き、のちに『悪趣味映画作法』に載せたおぞましいガーティの肖像画だ。「ええ、そんなつもりだったともよ！」ポーラは激昂し、シルヴィアにやったようにぼくに熱湯をかける。「それともケーキを焼こうかしら？」ポーラはせせら笑い、ぼくは苦痛に悶えながら、ミレットの衝撃的著作を寿ぐべく個人的に開いたブック・パーティでふるまった賢しげなケーキのことを思い出す。プロヴィンスタウンの菓子屋で焼いてもらったケーキには、ガーティ一味が犠牲者の胸に刻みこんだおぞましい文を砂糖衣で綴ってあった——《私は売女で、それが誇り》。紙に書けば、ただの文章。胸に書けば、それは史上もっとも恐ろしい文学だ。「あんたの誕生日メッセージを書いてやろうじゃないか」とわめきながら近づいてくるガーティ・クローンは、ゲーム機のコンソールに大型クリップの針をつけた自作タトゥー・ガンを握っている。ポーラはぼくのシャツを引き裂く。「やめてくれ」とぼくは懇願する。「ぼくも若かったんだ。きみたちの環境もわかっちゃいなかった。きみたちは貧しかった。刑もつとめた。もうすべて終わったんだ」「終わるのは、ガーティの復讐が成し遂げられたときさ」インディアナポリス最恐の殺人母のハロウィーン女仮装版は、ぼくの上に覆いかぶさり、タトゥーの針を肌に刺そうとする。「わ・た・し・は……」ポーラは新たな憎しみのメッセージを綴り、復讐の念で皮膚の下に送りこまれる不潔なインクの痛みにぼくは悶絶する。「ケ・ツ・の・ア・ナ」今風の言葉に変えた皮膚加工をする喜びに、ガーティは甲高い声をあげて笑う。売女(prostitute)よりケツの穴(asshole)の文字数が少ないのを喜ぶべきだろうか？ 罰をくらって悲鳴をあげている身では、なにかに感謝するのは難しい。「…で・そ・れ・が・ほ・こ…」ポーラが耳に囁くのに合わせてガーティは熟練の腕でサディスティックに墨をいれてゆき、二人が死ぬほど見たかったメッセージが完成するときには大声で唱える。「……り」ガーティは一瞬ためらい、それからカツラをまっすぐに直して、オリジナルから一歩先に踏みこむ。「こいつへの教訓としてな」勝ち誇ってそうつぶやくと、ぼくの胸の恐ろしい、不名誉極まりない実録殺人宣言文にエクスクラメーション・マークを付け加える。ポーラは何やら強烈な戦いの雄叫びをあげる。

苦痛のせいで何度か意識が途切れ、気がつくとどこかに運ばれている。ぼくはなかば自力で歩き、なかば階段につまずきながら、二人の誘拐犯に急かされてゆく。でたらめなタトゥーから染み出している液体も、いや増す痛みにおびえるぼくの悲鳴も無視される。皮膚が焦げ臭い。少なくともぼくは地下室から生きて出られた。シルヴィア・ライケンズには叶わなかったことだ。外が明るい。ちくしょう、まる一晩閉じこめられてたのか！ 二人はぼくを車の後ろに放りこみ、どこに向かうかは言わぬまま車を出す。二人が聞いているオールディーズ局からエヴァリー・ブラザーズの「愛の苦しさ」が流れだすと、絶望的な思いのたけを訴える歌詞に金切り声で合唱しながら、「ベイビー、きみに苦しめられるよ」のコーラス部分ではけらけら笑いころげるのだ。ガーティは心底まがまがしく、パンケーキを白塗りした下から生えかけの無精髭が飛び出して、まるでツタウルシの実のようだ。どこかちょっぴりポーラに似ているように見える。ひょっとして弟だったり？　まさか、それだけは許してください！

どこに向かっているかはわからないまま、インディアナポリスに入る交通標識は見える。ようやくどこともしれない郊外のみすぼらしい家に乗りつけた。ストリート表示が「E New York Street」と読めて、血が凍りつく。ここはガーティの家があった通りだ！　番地が見える。３８５２。なんてこった、あの殺人の館は取り壊されているはずだが、この放棄されたゴミだらけの区画が三八五〇番地、犯罪現場そのものに違いない。ガーティ二世が降り立ち、後部座席のドアをあけ、怪我のことなど一顧だにせずぼくを引きずり出して、泥の上に放り投げる。ポーラはぼくの耳にお別れの言葉を怒鳴りつける。「やっとあんたにもわかったかもね、あたしたちが本物の家族だって！」それからぼくの足に強烈な蹴りを入れ、二人そろって車に戻って走り去る。任務完了。

ぼくはそこに横たわる。生きて逃れられたことに安堵して。そのとき他の連中が集まってきているのに気づく。空き地の写真を撮っている者もいる。最初は信じられないが、そう、このカメラ小僧たちは実録犯罪マニアだ。ガーティの仮装をした別の子がいるが、今度は「若いガーティ」で、実際には少女だ。もうひとり、可哀想なシルヴィアの仮装もいて、ひと目で偽物とわかる血糊で胴体にあのおぞましい文句を書いている。純情ガーティと自演シルヴィアは周りを取り囲む実録犯罪グルーピーに向けてポーズをとっている。この旅から生きて帰れたら、ガーティの肖像画を焼き捨てようと心に誓う。ぼくはなんとか立ち上がる。ガーティ三号がぼくを見て、驚きと大興奮で叫ぶ。

「ジョン・ウォーターズよ！」ぼくは足を引きずりながら必死でその場を離れる。

やれやれだ。まだ市街地から抜けだせない。ヒッチハイクにはまるで不向きな場所だ。切り傷がズキズキするし、タトゥーは絶対感染症を起こすだろう、まちがいない。警察に行かなくちゃ、でも、そのあとは？　メディアで大騒ぎになって、旅が続けられなくなり、契約もおじゃんだ。それに、あのケーキに関しては、ぼくも罰を受けるべきところも少しはあるかもしれない。もちろんここまでの罰じゃないが！　胸を見下ろすと、しみだしていた黄色い液体は茶色く変わりつつあり、文字は、ASSHOLEのとりわけAとHが膨らみはじめている。病院に行かなきゃならない。でもそこでも、胸になぐり書きされた醜い墓碑銘のことはどう説明すればいいんだろう？「あ、これですか？　ちょっと酔っ払った勢いで！」無事にサンフランシスコに着けさえすれば、タトゥーのレーザー除去手術を頼める立派な整形外科医が見つかるとも。五体揃ってたどり着いたらの話だが！

でも誰も拾ってくれない。歩きつづけるが、なおも何人か『地下室』マニアがついてくる。ぼくは携帯電話のカメラの前で一緒にポーズを取ってやって、どうやら始末をつける。ただ一人、アフリカン・アメリカンのガーティそっくりさん（男か？　女か？）だけがしつこくついてきて、「一緒に行きたい」と言い張る。ぼくはガーティのコスプレをした人間と一緒じゃ誰も拾ってくれない、と説明するが、彼女は頑固だ。しまいに胸のタトゥーを見せ、彼女は本物だとは思わなかったようだが、それでも感心する。〝ガーティ〟とぼく、それにこのおぞましいタトゥーのスリー・ショットでようやく満足してくれたようだ。彼女は写真をブログ〈地下室はあたしたちだ〉にアップして、幸せに引き下がる。

気絶するかと思ったとき、車が止まってくれる。ツイてる、と心の中でつぶやき、車に乗りこんでおそるおそるシートベルトを締める。「ユージーン」と自己紹介する男性はヒッピー風に見える。物腰は柔らかだ。別におかしなところはない。セントルイスに向かう途中だが、さらに西へ向かう車がつかまりやすいように、市街地のはずれの七〇号線の休憩エリアで降ろしてくれるという。ユージーンは菜食主義者で、何か食べたいかと訊ねてくる。ぼくは気が狂いそうなくらい飢えている。苦手な食べ物はない――なんだって食べられる。少なくともそう思っている。ユージーンは生のカブをくれるが、まあ、ないよりはましだ。ユージーンは動物性蛋白の害悪をわめきちらし、「囚人や入院患者に非ベジタリアン料理を強制給餌させる犯罪性」を攻撃しつづける。ぼくも同意して――それ以外にできることある？――そしてカブをおかわりする。「腹ペコかい、ママさん？」彼は悪意なく訊ね、ひとつ放ってよこす。彼は生け垣を剪定した枝葉に見えるものを食べている。何かと質問するとまさにそのものだと教えてくれる。「世界中に食べ物があふれてる！」とうそぶく。

「葉っぱを……草を食べれば……精気が栄養になるんだ——目の前にあふれてる！」答える間も与えず、ユージーンはポリ袋を取り出し、枝葉サラダに茶色の調味料をふりかける。「それはなに？」とぼくはグルメよろしく訊ねる。「泥だよ」彼はこれ以上の愚問などないと言わんばかりの調子で答える。「つまり、土ってこと？」ぼくは困惑する。「ああ、そうだ……大地というか……粘土というか……どれも美味しいんだ」食べかけの生のカブを差しだすと、ユージーンは「ヴィーガン・スパイス」をふりかける。彼がどんなに調味料だと言い張ろうと、やはりぼくには泥の味しかせず、土塊《つちくれ》が喉に詰まってあえぐ。「どうぞ」とユージーンは言い、レモネードとぼくが思ったものを差しだす。ぼくは大きく一口あおって、即座に吹き出す。液体はしょっぱく、喉を刺し、不快だ。「いったいなんだこれ！」ぼくはむかつきながら問い詰める。「尿だよ」彼はごく当たり前のように答える。「飲むならなんたって自分の小便さ」「だけどこれはぼくの小便じゃないぞ」とまくしたてる。「そのとおり」彼は胸を張って「ぼくのだ」と答える。こみあげてくる。「ぼくはあんたよりは健康だよ」彼は心配する気配などかけらもなく肩をすくめる。「ぼくの膀胱に感謝すべきだろ。なに文句言ってるんだ」

　信じられない、ヒッピーのおしっこを飲まされただなんて。ぼくはなおも吐き気をこらえつづけるが、ユージーンはただ食物エリートの憐憫のまなざしを向けて車を走らせるだけだ。「かわいそうに」彼は舌打ちし、「血管に動物由来物質が詰まってるせいで気持ち悪いんだよ。荒毛。なんだか知ってるかい？」「いや」ぼくは弱々しく答える。「豚肉に残ってる固い毛のことだ」ぐえっ。「ぼくの車の中で吐くなよ」と彼は警告する。「もし吐いたら、全部食べてもらうからな。ゲロを消化するのは、消化器官に動物由来物質を拒否させるいい訓練になるんだ」「おねがいだ」とぼくは泣きつく。「もう少し普通のものはないの?」彼は少し考える。「ああ、トーフはどうだ?」「それだ!」ぼくは叫ぶ。少なくとも過去に味わったことのあるものを思って文字通りよだれが出る。「さあ召しあがれ」彼はリサイクルしたブリキ缶で作ったボウルを差しだし、「生だよ。トーフはそうやって食べるもんだからね」ぼくはガツガツと飲みこむ。

ユージーンはジョアニー・リーズのバカバカしく子供っぽい珍品ソング「トーファキー・ソング」を聞いているが、ナンセンスなコーラスをまちがいなく本気にしている。「ぐら、ぐら、ぐらだよ。ごく、ごく、ごくじゃなく」かまうもんか。少なくとも曲のおかげで、突如としてはじまったおなかのゴロゴロは聞かれずにすむ。車は走りつづけるが、なんとも情けないことに、おならが漏れてしまう。ユージーンはぼくのほうを見て真顔で「スエットを拒否しろ!」と言う。「スエットって何?」この恥辱から気を逸《そ》らせられるならなんでもいい。「家畜の腎臓で作られる固形脂肪分だ」と彼はニコリともせずに言う。突然、なんの前触れもなしに下着の中でクソが爆発する。圧倒的な悪臭。どうしよう、これも食えって言われるんだろうか⁉

「肉なんか食べるからそんなことになる!」ユージーンは野蛮な狂信者ぶりをむきだしに、ぼくを叱りつける。「食中毒なんだ」とぼくは嘆く。「トーフに火を通してくれればよかったのに」「馬鹿者、料理なんて食物の自然秩序の冒瀆だ!」彼は鼻持ちならない上から目線で説教する。「車を止めてくれ」とぼくは懇願する。「絶対に駄目だ」と彼は答える。「おまえは排泄のレッスンを学ばなきゃならない。おまえの腸はヴィーガンのメッセージを伝えようとしてるんだ」「いや、そうじゃない」ぼくは悔しさから叫び、「下痢なんだ！　おねがいだからトイレに行かせて」「おまえは尻拭きの問題を抱えてるに違いないな」ユージーンは急にぼくを咎めはじめる。「いったい何を言ってるんだ？」と言い返すうちに頭がくらくらしてきた。さらなる糞流が炸裂してパンツの中を伝い落ちてくる。「この気違いめ！」とぼくは叫ぶ。「いいかげんにしろ、車を止めてくれ」「気違いだって？」彼は吠える。「このぼくが、おまえが会った誰よりも健康なぼくが？　ぼくがなんで死ぬと思う？」彼はファシストそのものの口調でがなりたてる。「死因なんかない！　ぼくはなんでもない！　何もない！」

　そう言うと、彼は七〇号線から降り、家族向けサービスエリアに入る。マクドナルドにピザハット、ファストフードの悪夢が目の前に広がっている。急ブレーキの拍子に膝のかさぶたが破れて、シートベルトが化膿したタトゥーに食いこみ、かろうじて留まっていた液便が決壊する。「おまえはクソの星座のもとに生まれてきて、クソの星座のもとに死ぬんだ、肉食豚め」ユージーンは最後の結論を吐き捨てる。「ぼくの車から排泄されちまえ！」

　そうする。駐車場を歩いていく。パンツの中にうんこを漏らしているのを全世界に見られながら。「やーい、うんこ垂れ！」悪ガキがはやしたて、その両親は鼻をつまんであざ笑う。ぼくは目を合わせないようにして、トイレへの最短距離を歩く。

　混雑するフードコートを抜けて、食べ物の匂いを嗅ぐたびに息がつまり屁が漏れる。まさかとお思いだろうが、トイレも満員だ。個室はすべて使用中。「うわあ」ぼくの哀れな状態を見た人が嫌悪もあらわにつぶやく。目の隅に、驚いて立ち止まり背を向けて逃げ出す人々が映る。ようやく個室のドアが開き、出てきた大学生らしき男は興奮した様子でまっすぐぼくと目を合わせる。「ジョン・ウォーターズ⁉」幸せな驚きに叫ぶ。「うん……」ぼくは愚かにも答えて、若者を押しのけて個室に飛びこみドアを閉める。「すげえや!」若者が周囲に吹聴するのが聞こえる。「今の見た? ジョン・ウォーターズだぜ。まちがいなくズボンにクソもらしてた‼」大の大人たちが乙に澄ました便秘と肛門を誇って笑う。

ジャケットを個室内のフックにかけ、痛めつけられた尻を便器におろすが、もう何も出てこない。せめてきれいにしなければ。外でズボンと下着を脱ぐのも大変だったが、ここサービスエリアのトイレ内ではそれ以上に恐ろしいことがある。どう考えても個室のドアの下から、下半身裸の姿が見えている。おぞましいボクサー・ショーツを、出がけに捨てられるように丸める。何度か水を流し、透明なトイレの水でズボンを洗う。膝をつき、全身全霊で布地をこする。夏の定番である白のジーンズをはいてなくて本当によかった。何度もくりかえし水を流していたら、しまいに外で誰かが「おい、あんた大丈夫か?」と声をかけてくる。ぼくは固まる。「うん、大丈夫です」と嘘をつき、リーバイスをもう一度だけ洗って、太陽の下に出ればさっさと乾いてくれることを祈る。

立ち上がり濡れたズボンに足を突っ込む憂鬱な作業に取り組もうとしたまさにそのとき、個室の壁の上から手が伸び、電光石火でぼくのジャケットをひっさらう。「おい、待てよ」と声を出すが、片足を濡れジーンズに突っこんでいる最中で、ブーツにけつまずいてしまう。「待て! 泥棒!」だが聞こえるのは遠ざかるジャケット泥棒の足音だけだ。「ジャケットを盗まれたんだ!」とさらに叫ぶが、こんなときにかぎってトイレには人がいない。ぼくはソックス姿で、ジッパーを上げながら飛び出すが、そこにいるのはちょうど入ってきてこちらに警戒のまなざしを向ける親子連れだけだ。「ぼくのジャケットを持って逃げた奴を見なかった?」ぼくはすっかり頭にきている。「あんたがどんなジャケット着てるかなんて知るわけないだろが」父親のほうが無礼な皮肉で返す。「あったりめーだろ、バーカ」ガキが吐き捨てるあいだに、ぼくは紐をゆるめたハイキング・ブーツに足を突っこんで走り抜ける。下痢便パンツを、急にクソをもらすほど怯えた顔になった二人の真ん前にある屑籠に投げこんで。

靴紐を引きずり、数歩ごとにつまずきつつ、休憩エリアを走りまわる。「泥棒!」と叫ぶが、通りがかりはみな顔をそむけるし、警備員らしき人はいない。駐車場の外まで出るが、ジャケット泥棒ははるか彼方に逃げてしまったあとだ。ジャケットなし。かばんなし。電話なし。ぼくは本当にひとりぼっちだ。セントルイスで、フンづまり。

最悪の旅・6　ウッディ

　ようやく高速七〇号線西行きへの進入ランプ、この不運の旅の命綱であるはずの場所にたどりつく。うまくすればフードコートで腹一杯になったデブ家族が慈悲心を起こして拾ってくれるかもしれない。親指を立てて二時間突っ立っているが気にもならない。ひたすらクソったれな一件を風が消臭してくれるよう祈っている。そのとき虫除けスプレー〈ＯＦＦ！〉の缶が近くの芝生に捨ててあるのに気づく。ぼくは急いで拾いあげ、全身に噴射してみる。〈ＯＦＦ！〉は本物の消臭剤ではないが、びっくりマークまでブランド名に入っているところは以前から気にいっていたし、それに、洗面用具をすべてなくしてしまった今、とりあえずの急場は凌げる。スポーツ・ジャケットのポケットに入れていたメイベリンのアイライナーもない。ぼくは道端に落ちていた煙草の吸殻を拾い、鏡も見ず、記憶頼みで白髪交じりの髪の毛を染めようとする。こうなったら目立ってなんぼじゃないか？　今度ばかりはぼくは他人に気づかれたい。ぼくの「顔」で人が集まってくれるなら大歓迎だ。

当然ながら、次に拾ってくれた運転手はぼくのことなどまったく知らなかったが、彼がどういう人間かはすぐにわかる。というのもこれ以上ないほど不愉快で騒々しいラジオのトーク番組についての持論をぶちつつ、チャンネルボタンを壊れそうなぐらい乱暴に押しまくって局を替えていたからだ。

彼の名前はウッディ。もちろん喫煙者だ。パーラメントのフィルター煙草。一日四パック。「フィルター、フレイバー、パックか箱買いか」と彼が大声でがなりたてる歌を聴き、一時代前の広告キャンペーンを思い出す。車には強烈な煙草臭が染みついており、おかげでぼくの肛門トラブルも嗅ぎつけられそうもないことだけが救いだ。ぼくも以前はヘビースモーカーだった――やめるまではキング・クールを一日五パック。だから非難できるような立場じゃない。とはいえ。彼は煙草をフィルターぎりぎりまで吸い、吸いさしから次の一本に火をつけて、吸い殻を窓から投げ捨てるのをくりかえし、たぶん山火事を起こしている。この汚らわしい習慣をやめられて本当によかった。じゃなきゃ今頃とっくにくたばってたろう。

「吸うかい?」彼はパーラメントの箱を、昔の雑誌広告よろしく誘うように見せつける。「いや、ありがとう。もうやめてるんだ」ぼくは礼儀正しく遠慮する。「またなんだってみんな禁煙したがるのかね」彼は無礼に応じる。「だって、癌になりたくないからね」ピシッと返答。「懐かしくなるんじゃないか?」と彼はからかう。ランドマーク・シアターのためにぼくが撮影したインチキ「場内禁煙」CM以上に挑戦的に煙を鼻から吸ってみせる。

やれやれだ。この男は好きになれないが、少なくとも距離は稼いでる。彼が三十八時間眠ってないと言いだしたときにはすでにカンザス州に入っている。「じゃあ、ぼくにも運転させてよ」警戒してると思われないようにさりげなく言ってみる。だが、駄目だ。ウッディはぼくを無視し、何よりも嫌いな話題を持ち出してくる――スポーツだ。「野球の雄ヤギの呪いの話は知ってるか?」彼は新たな会話欲に目覚めて問いかけてくる。「いや、ぼくはスポーツが嫌いなんだ」と言っても、彼にはぼくの声は聞こえないようだ。「こいつは本当にあった話なんだ!」と彼は叫び、口いっぱいにふくんだパーラメントの煙をこちらの顔に吹きかける。ぼくが異を唱えたとでも言わんばかりに。「一九四五年、シカゴ・カブスのファンが――いやいや、オレはあんな低能どもの仲間じゃねえぜ」と息巻き、「ワールドシリーズの試合に雄ヤギを連れこもうとしたんだ」ぼくはもう大声を出したい。この男のくだらないスポーツ談義にはいいかげんうんざりしているが、こちらの無関心はまったく伝わらない。「さて、なんでこのクソ間抜け野郎は雄ヤギなんぞを連れこもうとしたのか? あんたはどう思う?」わざわざこっちに訊いてくる。「なんの話をしてるんだかさっぱりわからない」ぼくはわかってもらおうとする。「そのとおり!」と彼は吠える。何がそのとおりなんだ、この馬鹿野郎! ぼくは心のなかで絶叫し、窓の外、カンザスの麦畑のどこまでも続く虚無を見やって、ここの家畜に生まれ変わるのと、こいつの長広舌《ちょうこうぜつ》を聞かねばならないのと、どちらがより辛いことかを脳内議論する。

「だが当然ながら」彼はわめきつづける。「リグレー・フィールドの警備担当者は、雄ヤギなんぞをグラウンドに入れるなと拒否した。それで、この阿呆はどうしたと思う?」ぼくは無意味な会話の相手を拒み、かわりに灰皿で燃えている吸い殻に神経を集中した。ほんの一本吸うだけでも害はあるだろうか？　メンソールでなければいいのでは？　昔のよしみで？　ジャケットのポケットに入っていた、もうなくしてしまった記録カードのことを思う——日々の雑用のメモに加えて最後に煙草を吸ってからの日数も記録していた——三千四百二十六日だ、記憶が正しければ。ほぼ十年の禁ニコチンを諦めて、禁煙をやりなおしてまた一から数字を書いていくつもりか？

だが阿呆のウッディに隣でがなりたてられたら、とうてい真面目にものを考えていられない。「ヤギをつれてきた脳足りんは、なんと、カブスに呪いをかけやがったんだ！」彼はさらに調子に乗る。ぼくはパーラメントを一本箱から引っこ抜き、この猛烈に退屈な会話から逃れる絶望的な手段として火をつける。一服すると頭がぐるぐるまわる。はじめて煙草を吸ったティーンエイジャーの少女みたいに、気が遠くなる。**だあああめえええええ**、一吸いした煙に全身が拒絶の叫びをあげている。だがウッディは自分の話に夢中でこちらに気づいてさえいない。「その頓馬野郎は実際にはリグレー・フィールドを呪ったわけだ」と夢中で話しつづけ、ハンドルから手を離す。「で、どうなったと思う？」「どうなった？」とうとうぼくも合いの手を入れてしまう。血管の中で脈打つニコチンに無謀にも駆り立てられ、一瞬のうちにチェーンスモーカーに戻ってしまう。「どう？どうなった⁉︎」ぼくはさらに叫び、しまいにパーラメントを箱ごと彼の手からひったくり、そのまま一本口に放りこむ。火もつけずに。「クソ野郎の呪いは効いちまったんだ！」と怒鳴り返すウッディは、ぼくが禁煙を破ってしまったことにもまったく動じていない。「以来一度もワールドシリーズの舞台になったことはないってわけよ」とウッディは吐き捨て、前触れもなくハイウェイから休憩エリアに入る。「クソしてくるぜ」と彼は言う。

　ここは無人休憩エリアだ。食堂もなく、給油所もない。トイレに行くだけの場所だ。車がたくさん止まってる。ちょっと多すぎるかも。ウッディはトイレにまっしぐらだが、ぼくはのんびり、チェーンスモークで煙草を吸いながら痛む手足を曲げ伸ばす。停めた車の中でオナニーしている男が見える。ぼくは目をそらす。どうやら食中毒もおさまったようだし、小便でもしておくか。トイレに入るや「活動」に気づく。大々的な「ハッテン場」だ。ウッディの姿は見えないが、個室からスポーツ談義の独り言を延々と、おぞましい排便音をはさみながら語っているのが聞こえる。小便器はすべて使用されているので、ぼくはそわそわしながら待っている。他の男たちの中にはあからさまにゲイなやつもおり、チャックを上げ下げしながら個室に出入りし、品定め中だ。小便器から振り向く男がいて、勃起したペニスを突き出す。淫らに笑いかけてくるが、ぼくは努めて無視し、別の小便器の前に立つ。隣の男は――実際ハンサムと言ってもいい――半勃起のペニスを振って最後の滴を飛ばしている。ぼくは目を向けまいとする。小便を恥ずかしがるタイプじゃなかったんだが、急にすべてが恥ずかしくなる。

　ぼくは逃げ出して個室に飛び込み、足もひどく痛むので便座に腰掛けて用を足す。気にしない。ぼくは怪我したホモセクシャルなんだ。ふと顔をあげるとぶっとい包茎のちんぽがラッキーホールから飛び出している。ショック！　真っ昼間、カンザスのど真ん中だっていうのに！　逃げようと立ち上がった瞬間、個室のドアが蹴破られ、覆面刑事（さっきハッテンしていた奴）が飛びこんできてバッジをチラ見せする。「風俗取締班だ」とぼくの手をつかんで告げる。別の警官が、隣の個室から便器の上に立ってこちらを覗きこむ。「おまえを逮捕する」と言いつつ、ラッキーホールの向こう側で勃起したペニスを苦労しいしいズボンにしまう。「なんの罪で？」ぼくの声は誰の耳にも届かず、また別の警官（小便器の前でペニスをこっちに向かって振ったキュートな奴）が正面から駆けこんできて、最初の風俗班の警官に手を貸し、ぼくに手錠をかける。「おとり捜査だ！」とぼくが叫ぶと、ゲイたちがトイレから飛び出してくる。スラム街のキッチンで灯りをつけたとたんに逃げだすゴキブリもかくやとばかりに。

ウッディは外で、覆面パトカーの運転手相手にスポーツ談義をつづけ、警官はその言葉に一心に聞き入っている。パトカーのカーラジオから爆音でレオン・ペインの「アイム・ア・ローン・ウルフ」を流しながら。昔は好きな歌だった——ウッディと風俗班のブタが、そろって嘲るように「オレは自由な風来坊、いつも徘徊中」と歌詞を口真似しているのを聞かされるまでは。ウッディはまるで見知らぬ相手のようにこちらに視線を投げる。「オカマ連中はみんなスポーツ嫌いなんだ」と一方的な会話の犠牲者に明るく告げる。「自業自得だな！」ぼくを引きずっていく覆面警官も同意する。「こいつらがちんぽを舐めるかわりに家でスポーツチャンネルを見てれば、こんな面倒には巻き込まれなかったんだ」外にいた警官が、テレビのニュースで見た逮捕の様子そのままに、ぼくを護送車に押しこむ。ぼくは警官にウッディが何日も眠らずに運転していることを言おうかと考えるが、言わない。なぜって……ぼくはボルチモアっ子だから。告げ口はしない。

車が急発進し、ぼくは耳を疑う。何もない荒野のど真ん中で、豚野郎はサイレンを鳴らすのだ。「こんなの、本当に必要なの？」ぼくはできるかぎり冷静に訊ねる。「ただクソをしたいだけの健全な家族連れをな、清潔な休憩所を汚らわしいセックス穴に変えちまうきさまら掃除機口どもから守るためには必要なんだよ」警官はひとかけらの同情も感じられない声で答える。「ぼくは何もしてない」と『フィメール・トラブル』のドーン・ダヴェンポートみたいに抗議する。「きみらのほうがちんこを突き出してたんじゃないか！」「おまえの言うことは全部」彼はうろ覚えのミランダ警告を読み上げ、「法廷でおまえに不利な証拠として用いられることがある」くそ。ぼくは刑務所に行くのか。「煙草一本もらえない？」はやくもニコチン中毒の禁断症状に苛《さいな》まれてお願いする。「公衆衛生局の報告書を読んでないのか？」警官は冷たく聞いてくる。「喫煙は健康に害がある。だからMの字を思い浮かべて、それから続くアルファベット二文字をあてはめるんだな。ＮＯはお断り！　これで答えになったか？」

最悪の旅・7　カンザスで逮捕

「肛門性交はカンザス州では違法だ」狭いバンカーヒル郡拘置所内の旧式な警察カメラで、これ以上ないほど醜い逮捕写真《マグ・ショット》を撮りながら、当番警官は陽気に告げる。「肛門性交なんかしてない」とぼくは叫ぶ。「トイレに入っただけなんだ！」「はい、はい」と彼は応じる。「いいかい、ここ中西部じゃ〝グリーディ・ボトム〟（どんな責めにも応じるマゾヒストの男性ホモ）は流行らないんだよ」「グリーディ・ボトム⁉」ぼくは心底怯えて大声を出す。「そんなことはしない！　ぼくはセーフ・セックスだけなんだ」「セーフ・セックスは、ここ中西部じゃあ違法セックスだ」わが獄吏は最終結論を言い渡す。

　ぼくは戦略を変える。「あのさ、ぼくは有名人なんだよ、『ヘアスプレー』を作ったのはぼくなんだ」「ジョン・トラボルタの？」彼はニヤニヤ笑う。「いや、最初のほう」とぼくは説明しようとする。「ディヴァインの」「聞いたことないな。まあどうでもいい。どっちにしたってオカマミュージカルは嫌いだ」「ねえ、弁護士に電話かけてもいい？」一本、電話をする権利があることくらいは知っている。「ここは古い拘置所なんで、電話はつながってないんだよ。ここは史跡っていうかね――もっぱら観光客向けに開けてるんでね」法的権利の露骨な侵害に抗議する間もなく、「服を脱げ」と命じられる。「冗談でしょ」とぼくは口ごもる。「聞こえたろ！」と奴は吠えたてる。「洗濯できなくなるぞ」のろのろと服を脱いでいくと、奴は切り傷と痣に気づき、できたての醜いタトゥーを見て口笛を吹く。心底屈辱的だ。背後で流れるラジオの田舎アナウンサーがぼくの名前を口にするので、聞き取ろうと集中する。「……『クライ・ベイビー』や『ヘアスプレー』などの映画監督ウォーターズ氏が、カンザス州郊外のハイウェイ脇の男性用公衆便所で公然わいせつの容疑で逮捕されました。弁護士は〝ノーコメント〟としていますが、〝現在事実を確認中〟とのことです」「金玉をあげろ。尻っぺたを開くんだ」とカンザスの〈ナチ男性収容所悪魔の生体実験イルザ〉は言い、ぼくは目をつぶって国際ペンクラブ会員資格のことを考えながら命令に従う。「膝をつけ」と奴は怒鳴る。必要以上に長い時間、こちらを見ている。ラジオからザ・ロビンズの「ライオット・イン・セル・ブロック・ナンバー・ナイン」が流れてくるが、ここで「起こっている」暴動はぼくの頭の中だけだ。ぼくは恥辱に身を震わせながら立ちあがる。警官はぼくの体をまわして顔を向きあわす。息は甘ったるい歯垢の匂いがする。こちらに向かって大声で、「今度、この美しい州に来るときには〝ハーシー・ハイウェイ〟（肛門の意。ハーシー・チョコレートが由来）は使わないようにするこったな」答える間も与えず、ブザーを鳴らして扉を開け、ぼくを監房に放りこむ。このちっぽけな田舎拘置所でたったひとつの監房に。

　中には先客がいる。名前はヴェニアー、黒人で、同じく男色容疑で逮捕されていた。ただしぼくとは違って、自宅でボーイフレンドと一緒にいた何者かに「フェラチオの疑い」を通報されたのだ。ここの腐敗警官どもはなんと窓から覗きこんで、自宅の寝室内でひっそりボーイフレンドと相互フェラチオ中だった彼を逮捕したのである。「こちらは〝棒喰い〟さんだ」と看守はぼくのことを紹介する。「こちらは〝ニャンコ〟さん」ぼくらは見つめ合い、この阿呆への憎悪を分かち合う。「ぼくはただの普通のホモセクシャルなのに」二人きりになり、ヴェニアーは告白する。「ぼくもだよ」こちらも告白モードだ。「まあこのクソだまりで出てくる飯ときたら」と彼は警告する。「木《こ》っ端《ぱ》肉。腐ったボローニャソーセージ。謎肉だ」看守が鍵を鳴らしながら歩いてくるのが聞こえる。さっきの豚野郎がプラスチックのトレイで夕食を運んできたのだ。「ほらよ、お嬢様」と奴は鼻を鳴らす。「エサの時間だよー」出されたのは生まれてはじめて見るおぞましい食べ物だ。「ニュートラローフだ」とヴェニアーが説明し、「食べちゃだめだ!」「でも腹ペコで死にそうなんだ」ぼくは白状するが、彼はなおも言い張る。「そのクズは腐ったトマトと一週間前のカビたワンダーブレッド、それに拷問鳥の皮からできてる! 放し飼い《フリーレンジ》鶏の正反対の代物だ! 可哀想な鶏を狭い檻に閉じこめて飼い、電気の家畜追い棒で追いまわし、しまいに骨皮の体を籠に打ちつけて自殺するまで虐めまくるんだ」おいしそう、と皿を見下ろして思う。あまりに空腹だったので、いずれにせよ食べるしかなく、軟骨だらけの食物地獄に喉をつまらせむかつきながらも食べ尽くしてしまう。「ああ、そうそう」とヴェニアーは付け加えて、「あいつら、硝酸カリウム*も入れてるぞ」くそっ!

*硝酸カリウムは性欲を抑えるので、軍隊の糧食に混ぜられているとも言われる。

ちょうどヴェニアーがかわいく見えてきたところなのに。

　夜のあいだにセックスしようとしたが、ヴェニアーに警告されたとおりだった。ぼくは勃起できず、彼がペニスを舐めてくれても欲求不満がつのるばかり。何度か試し、ぼくは大いに乗り気だったのだが、何も起きなかった。硝酸カリウムはとんでもなく強力だ！　結局諦めて、それぞれ固い金属の寝台で満たされぬまま一夜を過ごす。腐りかけのニュートラローフは監房から下げられることなく、消灯されると毒虫どもが湧いてきて食べる。ネズミが吐き戻す音まで聞こえる。

　携帯電話カメラのフラッシュで目を覚ます。看守が、かつて廃墟だったが「改修により再生」した単独房拘置所の「歴史見学ツアー」に観光客を連れてきたのだ。「見ての通りのホモセクシャル二人、なんなら『ファッジパッカー』*と呼んでもいいですが。こいつらは毎年毎年、私たちの州を侵略に来るのです。住民のサービスエリアで非合法の〝チンピクニック〟をしでかして、カンザス州法二十一条三五〇五項――肛門性交罪を派手に犯したのです」「ぼくはフェラチオしただけだ！」ヴェニアーが果敢に声を張りあげると、観光客どもは聴覚汚染を防ごうと耳をふさぐ。「メリーランド州フィルム・コミッションに電話してくれ」とぼくは懇願する。「ぼくは自分の本の取材をしてただけなんだ！」「笛吹き男と枕嚙み！」と看守はぼくらを嘲って怒鳴る。「怪奇！　双頭アナル人間ってか」

　その日遅く、ぼくらは拘置所内にもうひとつだけある部屋に連行される。判事席と傍聴席三席があるミニ法廷だ。最底辺のエンターテインメント記者の顔がある。はるか昔、なんかの映画の共同記者インタビューで見かけた気がする。やたらとテープを止めて、驚くほどオリジナリティに欠ける質問への返答にいちいちファーストネームで呼びかけろと要求してくる輩だ。いやはや、とぼくは感嘆する。もしもこいつが主張している通り、スモーキー・ヒルズ・パブリックTVのリポーターであるならば、彼のキャリアは真の危機に瀕していると言わざるを得ない。彼の局があるのはこのほとんど無人の村、カンザス州バンカーヒルなのだから。人口、九十五名。

　判事が入ってくるが、なんとパゾリーニの傑作『ソドムの市』で最悪のサディストのファシストを演じたやぶにらみの役者そっくりの顔をしている。ヴェニアーが息を止める。ぼくは息をのむ。「ただいまより開廷する」この公僕は抑揚のない中西部風アクセントで言う。残る記者二人のうち、ひとりは遠く〈ウィチタ・タイムズ〉から来ており、もうひとりは近所のフリマ広告フリーペーパーから。どちらも写真撮影の許可を受けている。一方われらがTVマンはビデオを回している。「おまえたちケツ賊どもは、肛門性交の罪で告発されている」と判事はぼくらのほうを見もしないで言う。「カンザス州のどこでもザーメン悪魔どもは歓迎されない。ごく単純明快なことだ。罪状を認めるか？」「閣下」ヴェニアーは自分自身の弁護士としてふるまおうとする。「わたしには合衆国憲法により、わが家でオーラルセックスをする権利が――」「却下する」判事は叫んで、こちらを向く。「で、おまえさんはプロホモか？」と無礼千万にぼくを愚弄する。「判事殿、わたしはいまだ弁護士に連絡を取ることを許されていません。これは甚だしい人権蹂躙であります」「おまえさんは悪い映画の見過ぎだな、ホモくん《クリームパフ》」かすかに女々しさをにじませて裁定をくだす。ぼくは突然、

＊キャドバリー社のファッジ（柔らかいキャラメル）・バーを包む機械の動作をアナル・セックスに見立てていう。

このクソ野郎にちょっぴり「その気《け》」があるのに感づく。

　だがもちろん「兄弟」ではない。判事はぼくら二人に二週間の公共奉仕を命じ、ただし刑が終わる日の日没までにカンザス州から出ることとした。ヴェニアーは安堵したようだった。でもぼくはごめんだ！　二週間だって？　永遠に等しい。八日後には夏がはじまって、サンフランシスコからプロヴィンスタウンへ飛ぶ飛行機に乗らなきゃならない。カンザス州バンカーヒルで二週間だなんて、終身刑にも思える。看守はぼくらを法廷から引き立て、みじめったらしい報道陣の前を行進させる。ぼくは無礼な質問はすべて無視するが、ふたつだけ返事してしまう。「ああ、『ブラック・ママ、ホワイト・ママ』は見たことがある。いや、この状況であの映画を連想したりはしない」

　次の一時停止はぼくが逮捕されたチンケな休憩エリアだ。ずいぶん静かになり、変態一人いやしない。たぶんかつて栄えたハッテン場がヤバいことになったと噂がまわってるんだろう。「よし、降りろ。おまえの仕事は」と看守はせせら笑って、「ここに落ちてる使用済みコンドームを全部拾い集めることだ。で、おまえのほうは」とヴェニアーに向かって「このホモ注意喚起ビラを配ってもらおうか」ヴァニアーはチラシを見て、黒人なのに顔を真っ赤にする。「肛門性交とあなた」と題したビラには無節操な肛門舐啜《してつ》によって引き起こされるかもしれない肝炎のさまざまな菌株が写実的に描かれている。ヴェニアーとぼくは、怒りに燃える視線をかわすが、何も口に出さないだけの分別はある。ぼくは棒切れを拾い、それで茂みをつつく。使用済みのゴムが大量に見つかる。ザーメンはほとんど乾いているが、中には運悪く気温のおかげで温まって液体になっているものもある。そういうのを素手で拾いあげ、低い枝にからまって風に吹かれていたドラッグストア〈ライトエイド〉のレジ袋に集める。看守の野郎は満足気にうなずいている。

ヴェニアーはもっと辛い目に遭っている。トイレに行く運転手のほとんどは本来の目的で寄る客だ。ヴェニアーが差しだしたビラを礼儀正しく受け取ると、誰もが恥ずべきメッセージを読んで憤激する。「肛門舐啜」の意味がわからず、無邪気に聞いてくる者までいた。意味を知っている者は、自分が仲間だと思われているのだと思い、立腹する。実際にヴェニアーの顔面を殴りつけた者までいる。看守が引き離そうと駆け寄り、ぼくは自由のチャンスが来たと悟る。ちょうどカツラをかぶったなよなよした年配の紳士の車が入ってくる。ボルチモアでならネルボックス*と陰で言われるタイプだ。まだ警察の手入れのことを知らないんだろう。彼がハッテンしようと降りる前に、ぼくのほうから、なおもコンドームを探しているふりをしながら近づき、こっそり囁く。「助けて。ホモ嫌いの警察に捕まってるんだ」ネルボックス氏はぼくのことを見て、看守とヴェニアーの揉みあっているのも見て、それからぼくの股間に視線を戻す。「乗りなさいな、お嬢ちゃん」彼はひどく誇張された昔風のオカマ喋りで囁く。ぼくは飛び乗り、即座に身を伏せる。彼はゆっくり車を出す。

＊ボルチモアのホモセクシャル隠語で「女形の老人ホモ」のこと。『I Love ペッカー』にはそのまま「ネルボックス」という役名のホモ男性が登場する。

最悪の旅・8　ブロッサム

「オレの穴によろしく《ゲイ》な、気取り屋《ミス・シング》」男は口の端からもらす。ぼくが消えたことに気づかないでいる看守と可哀想なヴェニアーを横目にすぐ脇を通り過ぎて駐車場から出てゆく。「なんだって？」とぼくは聞き返す。彼のゲイ・スラングの意味がわからず混乱したからだ。「おれはブロッサムだ」このみっともない女装野郎は返事をするが、説明してくれるわけではない。「そいつを忘れなさんなよ、お嬢ちゃん！」

うへえ。ゲイでありながら「ゲイを恥じる《ゲイ・シェイム》」のは間違ってるだろうか？――イギリスのヒップなオカマがユーモアをこめて言う行為だ。ステレオタイプを誇張して、新世代のクィアたちにゲイ術的によくない評判を与える老いぼれホモを恥ずかしく思うのは？　こいつは難問だ。ディヴァインがはじめてリチャード・シモンズ*に会ったとき、ホモフォビアを感じた、と後からこっそり漏らしたのを思い出す。今回はぼくにもその気持ちがわかる。突然、ブロッサムは後部座席に手を伸ばし、パン屋の箱をひっつかんでぼくに手渡す。「パイでもお食べ、アナルプラグちゃん」目に狂気をにじませながら差しだす。「ありがと」とぼくはつぶやく。不規則な食事が続いたせいで、また腹が減っている。胸のタトゥーがじくじくと痛む。体を動かすたびにかさぶたが引っ張られて破れ、膿がシャツに滲みだしてきている。それを見咎めたブロッサムは、だしぬけに「コルク、抜けたのか？」と淫らに囁く。「違うよ」ぼくはぞっとして説明する。「化膿してるんだ」「そうか、じゃあどこかで止まって薬を買おう」ブロッサムは詮索好きな母親みたいにクックッと笑い、突然七〇号線をはずれて二八一号線を南に向かう。その先に何があるのかはさっぱりわからないが。「ねえ、七〇号線をはずれたらまずいんだって！」とぼくは叫ぶが、彼はスピードを落とそうとしない。「気をつけなくちゃな」盗み聞きする人などどこにもいないというのに、男は声を低くする。「なにを？」ぼくはこいつが秘密を明かしはじめるんじゃないかと怖くなってくる。「秘密を教えたげようかい、彼女《ガールフレンド》？」と聞き返すので、ぼくはゲイ的馴れ馴れしさを無視し、力なく答える。「やめたほうがいいかも」「おれには使命があるんだよ、ネコちゃん《メアリー》」ぼくの助言など無視してつづける。「ストレート野郎どもに、目にもの見せてやる」「誰だって？」なにを言ってるのかさっぱりわからない。「子作り連中だ！」と彼は怒鳴り返す。「なあ、落ち着きなよ、異性愛者がみんな悪いわけじゃない。昨今じゃあセクシャリティで人の性格までは決まらないんだから」ぼくは反論する。

＊フィットネス・インストラクター。一九四八年生まれ。七〇年代にビヴァリーヒルズにフィットネス・スタジオを開き、減量指導のプロとしてのテレビ出演で有名になる。

たとえこいつが同意してくれなくとも。「ふん、決まるともよ！」ブロッサムは突如として反社会的ゲイ至上主義をむきだしにわめきたてる。「誰かにはお返ししてもらうぞ！」と脅しながら、道をはずれてドラッグストア〈レクサール〉の駐車場に入る。

　ブロッサムは障碍者用の駐車スペースに車を入れ、男らしくきっぱりとブレーキを踏む。「ヘテロどものせいで、おれは精神的障碍者なんだ」大声で世界に向かって訴えるが、聞いているのは車内のぼくひとりだ。彼はバックドアを開け、スプレー缶を取り出すと、隣の車に〈スパゲッティだって茹でればまっすぐ《ストレート》じゃなくなる！〉と殴り書く。最初は意味がわからなかったが、運転席の下からハンマーを取り出し、別の車のフロントガラスを叩き割り、「異性愛者の離婚を法律で禁じろ！」と叫びだすにいたって、彼のねじくれた闘争心の異常性を理解しはじめる。ぼくは分離主義には反対だが、ここで性政治学について論じる勇気はない。

　なにやら頭がクラクラしてくる。「来いよ」ブロッサムはぼくを車から引きずりだし、薬局に連れていく。「おまえはおれについてこい」「気分が悪いんだ」ぼくは彼に説明する。やめさせたいからだが、実際辛いのだ。ぼくの体はどうなっちゃったんだろう？　頭がふらふらし、吐き気がして、自分じゃないみたいだ。「まちがいない、ストレートの獣姦野郎どもがいるせいだ」ブロッサムはいきなり異性愛攻撃に戻ってわめき散らす。「おれだってムカムカする。あいつらがエレクトリック・スライドを踊ってやがると思うたびにな」

　ブロッサムは唐突に話題を変える、ごくビジネスライクに。「よーし、店の中に入ったら、おれたちはただの買い物に来たホモカップルだからな」ぼくは妙なめまいをおこして頭がくらくらし、助けを求めて彼につかまる。「もし逮捕されたら」とブロッサムは、今にも倒れそうなぼくの状態など気にもせず、「おまえとは他人だからな、お嬢ちゃん。おれもおまえのことは知らないふりをするからな」地平線がぐるりとまわり、ぼくはひざをつく。ようやく治りかけたかさぶたが開く。ブロッサムは、驚くような力を発揮して、ぼくを引っ立てる。

　ブロッサムがやらかした器物破損の報告を受け、警備員が走って店から出ていく。彼がこちらに向かってウィンクするのを見て、これが狙いだったのだと気づく。ぼくらは店に入る。ブロッサムは店内の配置を覚えこんでいる。まっすぐ飲料水のコーナーに向かうと、エビアンの大瓶をひっつかみ、周囲の様子をうかがって、キャップをはずし、一口飲んで量を減らすと、ポケットに隠し持っていた漂白剤クロロックスを注ぎこむ。「ストレートなのどごし！」と彼はつぶやき、その意味はわからないのだが、何やらよろしくないことだというのはわかる。周囲がまた回りはじめ、ぼくは倒れそうになるが、ブロッサムがかろうじて受け止めてくれる。

　ぼくはなんとか車までたどりつく。いまや意気軒昂なブロッサムは、憎しみに満ちた差別の言葉をつぶやきながら、崩壊状態のぼくを見て狂ったように笑い転げ、後部座席に寝かせてくれる。本当に気分が悪い。彼はぼくを哀れんで、パイをもう一切れ恵んでくれる。一口かじり、喉を通りかけたとき、脳裏で電球が光る。この狂人がぼくに食べさせてるのも毒だ。ただし、今回はわざとだ。ぼくは吐き出す。「なぜだ？　ブロッサム、なんでこんなことを？」とぼくは慈悲を請う。「ぼくだってゲイなのに！」「おまえが裏切り者だからだ」そう囁いてCDプレイヤーをいじると、ソニックスの「ストリキニーネ」が流れ出す。ふだんなら好きなタイプの音楽だが、「割らない《ストレート》ストリキニーネの味が好き」という歌詞はいまや笑えない。「おまえはバイセクシャルシンパ、同化されたオカマだ」とブロッサムはつづける。「さらに悪いことに——もうアウトローじゃない！」

さらに二軒のコンビニエンス・ストアに寄るが記憶もおぼろだ。ブロッサムが一人で入っていくあいだ、ぼくは後部座席で力なく寝ている。最初は〈ハイヴィー〉で、ブロッサムは水酸化マグネシウムを嘔吐剤イペカとすり替える（「映画館でストレートの連中が足が触れ合わないように座席をひとつおきに座ってるのを見たときの気持ちを味わってもらおうと思ってな」）。最後の店の記憶はあいまいだが、たしかオクラホマとの州境間近な〈チーポ・デポ〉という店で、柑橘類にネコイラズを注射していた気がする（「レザー・バーが消えゆく存在だというなら、ストレートの連中も同じ運命をたどるべき」）。ぼくはとうとう意識を失った。

翌朝早く目覚める。ブロッサムと一緒にどこかの連れ込み宿にいる。ケーブルテレビで有料番組の生本番のゲイ・ポルノがかかっている。ブロッサムはパンツ一枚はかず勃起させたまま、腰を曲げて両足で頭をはさんでいる。使いすぎたアナルは狒狒《ひひ》のように見える。ブロッサム（蕾）。名前の意味がわかった。首には縄を巻き、今にも折れそうな化粧梁からぴんと張っている。こいつは明らかにセルフ窒息プレイマニアだ。勃起したペニスを愛撫しながら、ぼくが目を覚ましてこの恐るべきホラー・ショーに気づくのを待っている。「オレの穴によろしくな、気取り屋」今日二度目のセリフ。今度こそぼくはその意味がわかったと思う。彼が紐をプツンと切ると、ロープが彼の体をひっくり返して、体が宙に浮く。ブロッサムは恍惚として窒息する。絶頂してるかもしれない。断言はできない。ぼくは逃げ出す。

最悪の旅・9　キャプテン・ジャック

　外は焼けつくような暑さで、もちろん、かばんのないぼくは、日焼け止めも野球帽も持ってない。そしてオクラホマ州ビーヴァーは、とうてい人気の買い物スポットとは言えない場所だ。太陽の下、長いあいだ立っている。車は一台も通らない。化膿するタトゥー、痛む脚、何もかもうまくいかない大陸横断ヒッチハイクの不安からくる全身の倦怠感に年齢を感じてしまう。

　日差しはさらにきびしくなり、禿頭に焼きつくようだ。道端に古いダンボール紙が落ちているので、頭上にかかげる。だけど、腕を頭上にあげるたびに、タトゥーのかさぶたが割れて剝がれ落ちる気がする。喉がかわく。なんてこった、頭の上でなんかの鳥が舞っている。どうかぼくのさらなる不運を予期したハゲタカじゃありませんように。ぼくは路傍の死骸じゃない。人間なんだ。

　〝キャプテン・ジャック〟は、まちがいなく、これまでぼくを拾ってくれた運転手の中でいちばん不愉快なルックスだったが、火ぶくれから血を流しながら数時間突っ立っていたあとでは、どんな車にだって乗りこむ気になっている。きみだってそうなる。年齢不詳、ひょっとしたらぼくより若いのかもしれないが、いい年のとりかたはしていない。俳優ギャビー・ヘイズよりも白髪で、『ディック・トレイシー』のコミックのキャラクターB・O・プレンティよりも体臭がきつい。キャプテン・ジャックは甲状腺腫もわずらっていた。首元に巨大で醜い瘤《こぶ》がある。以前から見知らぬ相手に瘤をうつされる恐怖にとらわれていて、アシスタントに相談したこともある。でも、みんな馬鹿にして言う。「そんなことは医学的にありえません」ぼくにはそこまで断言できない。最初、車にべたっと張りつく、湿った、強烈な刺激臭は吐く息の匂いかと思う。でも違う、これは瘤の匂いだ。彼が口をひらくたび、むかつくような匂いが強まり、弱まり、震え、甲状腺ホルモンの飢えを伝える。

キャプテン・ジャックはリサイクル屋と称しているが、どう見ても「環境保護派」ではない。リサイクル不能のプラスチックを貯めこんでいる。車内はすべて洗っていないデリの容器、四番サイズの惣菜容器、汚れたプラスチックコップ、さらに黴《か》びたテイクアウトのパックであふれている。車の中でゴキブリを見るのははじめてだ。キャプテン・ジャックは無口だが、これがやたらと車を停める！　サービスエリアごとに、有人だろうが無人だろうが、車を停め、ゴミを漁って、彼言うところのゴミの中の「望まれざる非オーガニックな子供たち」、「プラスチックの孤児たち」を救出するのだ。さっさと逃げ出して他の車で運試しする手もあったのだが、はるばるコロラド・スプリングスまでかなりの距離を稼げるし、少なくとも安全運転ではある。おまけにオクラホマ州の家族連れは冷たそうだ。誰一人ぼくに気づいてくれない。でも今となっては、アイライナーも化粧用ハサミもなしで、ぼくが誰だかわかるわけがない。鉛筆書きの細いヒゲはまるっきり消えてしまっている。よくよく目を近づけてみないと見えないし、化膿したタトゥーから立ちのぼる悪臭のおかげでヒゲ観察者とのあいだには安全な距離が保たれている。

キャプテン・ジャックはちょっとした「友達」まで車に乗せている。しばらくしてから存在に気づいた「ジャニス」を、彼は「自分の妻」だと紹介してくれる。それはシックスパックの持ち運び用プラスチックリングとワイヤーハンガーをねじって作った胴体に、スプレーの空き缶の顔と食べ物の染みがある紙ナプキンで作ったカツラを乗せた人形だ。「子供たち」もいる。赤ん坊の女の子「マートル」は残飯から作られており、キャプテン・ジャックがそっと教えてくれたところによれば「障碍持ち」で、どこかの哀れな即席調理のコックがコンロにかけっぱなしにしてクビになった黒焦げのキッチン鍋に寝かされている。「息子のアーノルド」は、人によっては「アウトサイダー・アート」と呼ぶかもしれない。ビール瓶の破片から愛情深く作り上げられた人形には汚れた紙ナプキンからこそげた台所の汚れで醜い小さな顔が描かれている。

「オクラホマ州は間違ってる。望まれない可哀想なリサイクル可能ゴミを拒否するだなんて」訊ねもしないのに彼はわめきはじめて、ぼくは心底当惑する。「なんでブリキ缶がテイクアウト容器を見下したりできるんだ？　郵便チラシは回収されるのに、食品ラップが拒否されるのはなんでだ？それを差別と呼ばないでどうする？」「いや」ぼくは説得しようとして、「そういうものは無生物で、人間じゃないから、本当には心が傷ついたりはしないでしょ」「てめえがそう思ってるだけだろ！」彼は突然激怒して、「オレはプラコップを見下すアルミ缶どもにうんざりしてるんだ。みんな平等だろ！」ぼくは反論する。「ゴミとリサイクルは、まだ環境保護主義者のあいだでも議論が分かれるところだよ。カリフォルニアでは、きみが車に貯めてるものはほとんどリサイクル可能だ――ただ、余計なコストがかかるだけで」これに彼はキレてしまう。「州の権利？　あんた、そんなことを訴えてるのか？」止められない情熱で喋りまくる。「なんでオクラホマの責任逃れが許されるんだよ？　サラダバーの容れ物はこの州じゃゴミ扱いなのに、カリフォルニアに行けば価値ある市民になれるのはなんでだよ？」怒鳴るたびに瘤が上下に揺れる。「こいつは連邦犯罪だ！　エアロゾルのスプレー缶は汚いアルミホイルより偉いってのか？」一言ごとにハンドルを叩いて強調する。「そんなことが許されんのか？　誰かがテイクアウト容器のために立ち上がらなきゃなんないんだ。プラボトル優位主義者を許すな！」深まる警戒の目で見つめる前で、瘤は深紅色に、それから紫に、そしてついにはほとんど真っ黒に変わる。

突然、瘤が爆発する。ぼくだけでなく彼のほうも頭からうっすら膿をかぶる。うわあ！　瘤菌が感染ったらどうしよう！　「わかったか」キャプテン・ジャックは苦しみながら呻き、「リサイクル差別のせいで人がどんなに苦しむか！」たいへんありがたいことに、キャプテン・ジャックは安全運転をつづける。破裂した出来物からあふれだした粘液で、ハンドルがすっかり覆われているにもかかわらず。

すっかり動転したぼくは許可ももらわずにラジオをつけ、信じられないほど美しくメランコリックなジェリコ・ブラウンの「ロンサム・ドリフター」が流れだしたのでほっとする。だがキャプテン・ジャックは歌詞を聞いて怒りだす――「愛する者の一人もいない」――彼は正反対のことを信じているからだ。「すまねえな、ジャニス」と彼はリサイクルされた「妻」を掻き抱き、嫌悪もあらわにラジオのスイッチを切る。「オレはゴミ統合論者として頑張ってきたんだ」と配偶者に説明し、「だけど、前に進もうとするたびに、社会がオレの足を引っ張るんだ」「変化には時間がかかるもんだよ」と慰めようとするが、こちらの声など聞いてはいない。「アーノルド？　マーテル？」ぼくという人間の存在を完全に忘れ去り、泣きじゃくり、「オレは一度だって捨てられたものを捨てたことはない、そうだろ？」ぼくにわかるかぎりでは子供から返事はなかったが、そんなことでひるまない。「オレはゴミを後生大事にしてるだろ？」彼は哀れなる魔除けのゴミ家族にすがりつづけ、なぜかその沈黙から慰めを得ているようだった。

そのときの首の裏の小さな盛り上がりに気づくが、最初はただの想像だと思う。それからバックミラーをつかんで、自分の後頭部に向けてみる。自分でもよくわからない。ひどく疲れてやつれて見える。そして、そう、ぼくが狂ったわけじゃない。そこに膨らみつつあるものは吹き出物じゃない。今すぐスーザンとトリッシュに間違ってたぞと言ってやりたい。わかってたんだ！　瘤は伝染する。「ゴミの多様性を尊重せよ！」キャプテン・ジャックは、ぼくが抱いている瘤不安に気づきもせず、シュプレヒコールをあげる。噴火した首火山のまわりの皮膚がだらりと垂れさがり、中心には爆発孔が口を開けているというのに急に元気になり、新たな演説をぶちはじめる。でもうぼくは聞いていない。のどぼとけのすぐ下にある出来物が気になるのだ。ただのにきびかもしれない。日焼けのせいでできた胼胝《たこ》かも？　むしろ腫瘍かも!?　助けて、瘤でさえなければなんでもいい！

「今いくよ、赤ちゃんたち」キャプテン・ジャックは、またしても停まる必要のないサービスエリアに車を入れ、そこのゴミ箱の住人たちに向かって叫ぶ。コロラド・スプリングスのすぐ近くまで来ているんだし、ここは堅固な保守派の牙城ではあるけど、ぼくはコロラド・スプリングス・ファイン・アート・センターでショーをやったこともある。うまくすればあの人たちに助けてもらえるのでは？　だけど、そこで自分の体から生えつつあるもののことを思い出す――アートな人々は、こんな姿になってしまったぼくを受け入れてくれるだろうか？　ぼくは逃げる。だけど、首からぶらさがっているもののせいでうまく走れない。ハチがたかった、汚らしく熟れきったゴミを漁っていたキャプテン・ジャックは顔をあげ、錆びついた針金ハンガーの巨大な絡まりあいを掲げる。

「見たか？」遠くからぼくに向かって怒鳴る。「見たか、人間がどんなに残酷か！」

　ぼくは親指を突き出す。でも、どう見ても一目瞭然できたての瘤が首で膨らみつつあるぼくを、いったい誰が拾ってくれるというんだろう？

最悪の旅・10　ブリストル

その誰かとはブリストル。ぼくは乗りこんで即、飛び降りて逃げ出さなかったことを後悔する。彼女は幾分タチ役レズビアン風で『ペイトン・プレイス物語』のグレース・メタリアスが著者写真で着ていた赤のチェック柄のシャツ姿（脂ぎったポニーテールまで同じ）、外は二十四度なのにヴァンの暖房は最強に設定されている。後部座席には犬の死骸があり、それ以外の場所は不健康状態もさまざまに吠えたてる犬を入れた籠で埋まっている。

彼女は「動物の救出者」だ。問題は、誰も彼女に動物を救ってくれなんて頼んじゃいないってこと。ブリストルはただ自分がその役に選ばれた、と思いこんでいる。たった一人の「犬解放戦線」を結成し、動物たちを「絶滅シェルター」や「残虐収容所」、つまり倒産したペットショップやパピーミル、ときには自分の動物と十分な時間をともにしていないペット・オーナーの元から（「別のふわふわの友」からの通報を受けて）誘拐している。昼間の仕事につくなんてことはブリストルは絶対認めない。他の人間と「愛情関係」にあることすら、彼女の意見では「動物虐待」になる。

　ブリストル自身、ちょっぴり犬っぽく見える。醜い犬ではなく、ごく平凡な奴だ。長い顎、大きな耳、鼻は決して見つからない何かを嗅ごうとしているみたい。彼女が車を停めると、どこからともなく飛び出してきた猫がぼくのこめかみの瘤に嚙みつく。「イテッ！」痛みと驚き、その両方で叫ぶ。「キャットニップなら心配ないよ」ブリストルはニヤリと笑う。「タムシしかもってないから」完璧じゃないか！　動物園でいちばん臭い獣舎みたいな匂いをさせてる車に、狂ったペット誘拐犯と一緒に閉じ込められてる。そしてその女が飼ってる猫は、車の中の動物たちにぼくのことを悪く言ってる。キャットニップが犬にニャアニャアとあることないこと喋ってるのがわかるなんて言うとまるでパラノイアみたいだけど、でも本当なんだ！

　すべてのペットはぼくを憎むのだ。「あら、悪さはしないわよ」恐がるぼくを見て、ペットの飼い主たちは猫なで声を出す。「おすわり！」ぼくが動物に命令しても、絶対にこちらの言葉は通じない。ペットどもはぼくに嚙みつこうとする。金魚でさえも、金魚鉢のガラス越しにこちらの怯えた顔を見ると攻撃的になるみたいだ。ぼくは動物を嫌ってるわけじゃない。ただ触りたいって思わないだけ。ぼくは孤独な人間じゃないんだ。

　だけど、ＰＥＴＡ（アメリカの動物権利団体）に連絡する前に、ちょっと話を聞いてくれ。ぼくはすべての犬はリードをはずされ、人間を嚙むべきだと思ってる！　あいつらの本当の望みはそういうことだ。野生の群れになって走りまわりたいのだ。ブカレストに行ったとき、タクシーから降りたところを吠えつき唸り声をあげ、いかにも嚙みつきたがっていた野犬どもみたいに。犬どもは家にこもって飼い主と病んだＳＭ関係を結んで、生涯人間の世話になるのが幸せだなんて思ってない！　誰かに一日中糞するまでつきまとわれ、出したものをビニール袋に回収されたらどう感じる？　相手を馬鹿にするにもほどがある！　それに、気の毒だから言いたくはなかったんだけど、まだ気づいてないの？　きみの猫はきみを嫌ってるよ。

でも、当然ながらブリストルにはこんなことは言わない。なぜって、彼女は動物を「愛して」いることになってるけど、つねに人間を憎んでいるように見える狂人の仲間だからだ。「蛇に首をかまれたの？」彼女はぶしつけな質問をしてくる。「いや……瘤ができてるみたいなんだ」ぼくは力なく説明しようとする。

まるで悪魔ルシファーが命じたかのように、檻の犬たちがいっせいに吠えだす。そしてブリストルは急ハンドルを切って路上の何かをよける。振り向くと、疥癬《かいせん》で毛の禿げた犬が、スピードを出しすぎた車に轢かれてぺしゃんこになった狐の死骸を食っている。車内の犬たちも仲間意識で遠吠えをはじめる。ブリストルは車を路肩に寄せ、飛び降り、トランクから動物用麻酔銃らしきものを取り出す。他にどんな代物を用意してあるのか、ぼくは車の中でちぢこまっていたので知らない。でも犬たちは待ち受けるペット・ドラマの苦痛に満ちた興奮を期待して吠える。

ぼくが驚きの目で見守る前で、ブリストルは、自ら吠え唸り、一種の犬コミュニケーションもどきを講じて、狂った獣を蛆《うじ》がわいたご馳走から引きはなす。突然、ベテラン獣医よろしく、ブリストルは銃から麻酔矢を発射する。狂犬病の犬はひっくり返り、すぐぐったりする。車の犬たちも賛同する吠え声を披露し、ブリストルも犬風に喜びを吠え返す。

ブリストルは意識をなくした犬を引きずってくると、まさかとは思ったが、ぼくの膝の上に放り投げる。腐ったキツネ肉のすじが獣の歯にはさまったままだ。「なんてことなの」ブリストルが急に人間の言葉で喋りはじめる。「この子、去勢されてないわ！」ふむ、少なくとも彼女は中絶反対派ではないようだ。今回のヒッチハイクで唯一前向きになれた瞬間。「今やるしかない！」そういきなり決める。世にも恐ろしいことに、彼女はグローブボックスからカッターナイフを取り出して、ぐったりした野良犬の体をひっくり返し、睾丸《こうがん》の皮膚を切り裂く。ぼくは恐怖に目をそむける。「見なさい！」と彼女に命令される。「じゃなきゃ、サンフランシスコまで歩いていくことね！」ぼくは従順に視線を戻す。「いつか、あんたが自分の手でこれをやる日が来るかもしれないんだから」獣医学の教育者みたいに厳しく注意する。そんな日が来るわけない、と叫びたいのだが、そこで車一台ないハイウェイを見やって口を閉じる。戦場で働くベテラン外科医ばりに、彼女は睾丸をくくり、貧弱なホチキスと接着剤チューブを使って傷口を塞ぐ。

どうやら手術は成功だったようだ。というのもブリストルが車を発進させると、犬たちはいっせいに歌うように鳴きはじめ、まるでシンギング・ドッグスの「ジングル・ベル」のホラー・バージョンみたいになったからだ。犬たちが何を歌っているのかはさっぱりわからないが、ブリストルも声を揃えて一緒に吠えはじめ、ぼくはただ黙って座っている。歌でも仲間はずれ。かさぶたは痒く、日焼けは剝けて、タトゥーは膿み、瘤は脈打っている。

そのときあの忌々しい猫がまた、ぼくを睨みながら、毛玉のようなものを床に吐きだしている。ブリストルは気づいていないようだ。彼女は彼女で突如消化器系の不調をおぼえたらしい。ブリストルは吐きそうになっている。猫も吐いており、もどしたのは毛玉よりずっと悪いものに見える。教えようとブリストルのほうを向くが、彼女は大丈夫だと手で合図する。でも大丈夫じゃない。運転を続けながら、必死の手振りで座席の下から何かを取るように求めている。吐き気と早い息のせいでブリストルがうまく話せないので、ぼくは慌てて手探りし、ガラスびんの牛乳を見つけだす。ブリストルは正解だとうなずいて、ぼくはふたを開けて手渡す。ごくごくと飲むのかと思いきや、牛乳びんを口の前に掲げて口を大きく開くではないか。最初は何も起こらない。だが、しばらくすると何か白いものが彼女の口から飛び出して、すぐ元へ戻るのが見える。犬たちが檻の中で騒ぎたてる。猫も息をはき、呪われた音をたてる。そのとき、牛乳に釣られて、サナダムシの白い頭が彼女の口から出てくるのが見える。ブリストルは電光石火の速さでサナダムシの頭をつかみ、喉から引っ張りはじめる。猫も背中を丸め、自分のムシを吐き戻す。ブリストルは諦めない。あえいでむせながら、荒い息で痰を垂らしながら、腸の底からサナダムシを、ついにしっぽが出てくるまでつまみ上げる。ぼくは恐怖のあまり目が離せない。ブリストルは急に平静に戻り、サナダムシの死骸を車の窓から外に投げ捨てる。犬たちも静かになる。ぼくは吐き戻されたサナダムシをブーツから蹴りおとす。大枚はたいて買った上等なブーツなんだぞ！

車はブリストルの「永遠のホーム」、コロラド州グランド・ジャンクションのはずれ、金網フェンスで囲まれたペットの楽園に入る。もう夜だ。彼女から泊まってもいいと言われて、ここで断れるか？　お金もクレジットカードも携帯電話もないんだからどうしようもない。無数の犬に取り囲まれている。新たなる地獄の環。

車が停まると、リーダーを迎えて外で犬どもが騒ぎたて、車のフードに飛び乗り、フロントガラスを舐め、サイド・ウィンドウの前で跳ね、ぼくを嫉妬の目で睨んで吠えかかってくる。ぼくは怯えるが、猫は平然としている。ブリストルが車から降りると、犬たちはただちに吠えるのをやめ、飛びついて彼女の全身を舐めまくり奴隷のごとくに崇敬の念を示す。唇を舐める奴もおり、靴をペロペロする奴もいる。心底おぞましい。

ぼくはドアをロックするが、ブリストルが外からリモートで解除してしまう。「大丈夫よ」全身犬のよだれまみれで拭おうともしない彼女から言われても、何が「大丈夫」なのかさっぱりわからない。ぼくはそっと車から降り、そしてありがたや、犬たちは攻撃してこない。ただ冷たい怒りを目にたたえ、あのヒッチコック映画のラスト・シーンでティッピ・ヘドレンを見つめる鳥たちのように、こちらを見つめるだけだ。

ブリストルが犬たちを車の檻から出すと、連中はすぐに恐ろしげな雑種犬の吠えたける群れに加わる。何より不安になったのは、麻酔で寝ているあいだに去勢された犬が目をさまし、狂犬病のごとき獰猛さでぼくの膝を飛び越えて野良犬の仲間たちに入ったときだ。ブリストルは狂乱する動物たちに微笑む。病気の猫も前の座席から飛び降り、ブリストルがパースからネズミの死骸を取り出すと、宙に放って見事猫の口に着地する。猫は死んだネズミは食べないと思っていたのだが、どうやら間違っていたようだ。

わが女主人からお腹がすいているかと訊ねられ、ぼくは愚かにもイエスと答えてしまう。もうお分かりだろうが、彼女は動物たちと同じ残飯を食べており、ぼくにも同じものを食べるように求める。そしてぼくは空腹のあまりそれを食ってしまう。おねむの時間がきて、ブリストルに家の裏へと連れていかれ、犬小屋を指差される。人間も寝られるサイズなので文句は言わない。疲労困憊で目を閉じようとしたとき、頭上の雲が分かれて満月の光が差しこむ。数千頭の犬が一斉に吠える。しかとは言い切れないが、ブリストルも声を揃えていたような気がする。

最悪の旅・11　ホグワシュ

目覚めは早い。文字通り犬小屋からの脱出だ。運良く、どちらが西か覚えている。神様おねがい、ぼくをコロラド州から連れ出してください。瘤はどうやら少し小さくなりつつある。傷にはひどいかさぶたができている。自然治癒が窮屈でつい剝がしたくなるが、それをしないくらいの分別はある。タトゥーからの分泌もおさまったようだ。これって吉兆だと見てもいいんじゃなかろうか？

そうじゃないらしい。わが嘆きの大動脈こと七〇号線西行きへの進入ランプに、もう何時間も立っている。よくないとわかっていたが、他にましな思いつきもなかったので、ぼくはハイウェイまで歩いて上り、そこでヒッチハイクを試みる。だが残念ながら結果はさらに悲惨だ。車はたしかに来るが、今やぼくはかなりひどい格好になっている。誰一人、ぼくに視線を投げようとすらせず、ましてや拾おうかと考えて車のスピードを落とすなんてもってのほか。二、三キロ、歩いたところで奇跡が起きる。道端で、車に轢かれて半分潰れたフェルトマーカーを見つけたのだ。またしても天に祈る。神様おねがい、どうか書けますように。キャップをはずし、試しに手に描いてみる。天なる神に称えあれ！　ペンは乾いていない。サインボードの材料を探したが何も見つからない。しばらく歩くうち、どこからか吹き飛ばされてきた段ボール箱が道路の側溝に詰まってるのを見つける。ひょっとして天国から飛んできたのかな？　ぼくは慌てて藪に飛びこみ、ヒッチハイク用サインボードの材料を救命ボートのように決して離すまいと握りしめる。実際そのとおりだったかもしれない。必死のあまり、大きく太字で〈助けて！　私は『ヘアスプレー』を作りました〉と書く。裏側には、名もなきペーパータオルのレーベル・ロゴの上に、恥も外聞もなく〈私はジョン・ウォーターズです〉と書きなぐる。これでも駄目。

さらに何時間もたつ。退屈のあまり、ぼくはさらに歩く。なおも運なし。車なし。トラックなし。ヴァンなし。全員ぼくもプラカードも無視していく。ようやく、一台のバイクが止まってくれる。ぼくには決めているルールがある——ヒッチハイクでは、決してバイクには乗らぬこと。この男は〈サンダウナーズ（流れ者）〉という、聞き覚えのないバイカー・クラブの記章を背負っている。だがたしかに本物のバイカーに見える。ほとんどヘルズ・エンジェルズみたいだ。心が暖かくむずむずしてくる。ぼくはあの連中が大好物なのだ。いや、文字通りの意味じゃあない。もうみんな年寄りだ。ヘルズ・エンジェルズという言葉を、メンバー以外がおおっぴらに口にしてはならないという不文律があるのは知っているし、その無法者の掟は尊重するよう努めている。ぼくはクエンティン・クリスプの、ヘルズ・エンジェルズは「生まれつき優れた人種だ」という意見に同意する。ぼくは彼らの悪名の前に頭を垂れる。ボルチモアではメリーランド・エンジェルズのメンバーに会ったことがあるし、彼らを街最高のパンク・クラブ〈オットバー〉に連れて行きもした。ぼくが盛大に着飾ったバイカーたちと一緒に入ってきたのを見たときの、タトゥーを入れたニューウェーヴ連中とそのゴスなガールフレンドたちの顔ときたら。その日の夜、ぼくはヘルズ・エンジェルズのクラブハウスにも連れて行ってもらったが、その印象的だったことたるや。カウチがずらり。壁には斧が並んでいる。「なんのために?」とぼくは愚かにも訊ねた。「いざってときにな、ジョン」とエンジェルのメンバーは答えた。「いざってときのためよ」なるほど。

止まってくれたバイカーはホグワッシュという名前だが、実際には名前よりもいい男だ（残飯、ブタの餌の意）。「乗りな、兄弟」としわがれ声で言うセリフが、ぼくの頭の中で音楽の合図となって、デイル・ホーキンズの男らしく卑猥なインスト曲「クロスタイズ」が流れだすが、脳内音楽を楽しむヒマもなく、男は鼻を鳴らし、「ジョン・ウォーターズ、あんた、こんなところでなんでヒッチハイクなんてしてるんだ?」ぼくは心から安堵する。丁寧に礼を言い、だが彼のモンスター級ハーレーの尻に乗せてもらうのは自分は怖いし経験もない、とくに残念ながらいまだその名を知る栄誉にあずかっていないアウトロー・バイカー集団の一員とあっては、と説明する。「サンダウナーからケツに乗れと言われて、断るのは間抜けだけだ」彼はきっぱりと断言する。「消えたいってなら別だがな。この場からじゃねえぞ」突如として真剣に語る。「この世からだ!!」

ゴクリ。ホグワッシュはノーヘルだったし、まちがいなく予備など持っていないだろう。「わかったよ」ぼくは弱々しく言う。「でも、頼むからスピード厳守で」ぼくは座席にまたがり、両手をしっかり胴にまわす。「おおお、気持ちいーい」彼は少女の口真似でからかってから、エンジンの回転をあげて発進する。ハイウェイにかなり長い距離のゴム跡を作りながら。

　ぼくは即座に震えあがる。速度計がたちまち八十、九十、百、百十キロを越え、時速百三十キロ近くまで跳ね上がる。スピードを落としてくれと叫ぶが、ホグワシュは完全な後輪走行《ウィリー》で応える。ぼくは怯えきって悲鳴をあげる。薄い髪のあいだを風が吹き抜け、瘤がのどぼとけに押しつけられて痛い。タトゥーが音を立てて裂けて、染み出した膿がＴシャツに広がる。、ぼくはサニー・バージャー*じゃないのだ。

「おねがい！　おねがいだ！　たのむから！　おろして！」ぼくはむなしく命乞いする。だがそれに応えて、この大馬鹿者は追い越しレーンのど真ん中をウィリーでぐるぐる回りはじめる。乗用車やトラックの運転手は次々にクラクションを鳴らし、ギリギリのところをよけていく。ぼくは死を覚悟する。

　突然、彼は両足をハンドルの上に乗せる！「だめ、やめてえ」とぼくは叫ぶ。「ハイ・チェアーだ」ホグワッシュは甲高い声で雄叫びをあげる。スピードのせいでバイクの前輪は地面を離れ、それでもなおお足をハンドルバーからぶらさげている。「オレが眠るのは死ぬときだ！」と吠えたそのとき、ちょうどバイクは「十二時のウィリー」、バイクがまっすぐ立ってバランスを取るタイミングを過ぎて後ろ向きに反り返る。ぼくは回転の途中で放り出され、車のボンネットに打ちつけられ

＊ヘルズ・エンジェルズ・オークランド支部創設者。自伝『ヘルズ・エンジェル　サニー・バージャーとヘルズ・エンジェルズ・モーターサイクル・クラブの時代』がベストセラーとなる。

て跳ねかえり、ハイウェイの路肩の芝生まで飛ばされる。バイクが三百六十度回転を二度やるあいだにホグワッシュはアスファルトに叩きつけられて即死、炎上する。避けようとした大型トレイラー・トラックがスリップして制御不能になり、燃えあがるホグワッシュの遺体を踏みつぶす。ぼくはハイウェイに這い戻るが、完全なショック状態でなんの痛みも感じない。頭にあるのはただひとつ、これでぼくも公式にサンダウナー・バイカー・ギャングの一員になれたな、という思いだけだ。

最悪の旅・12　ウォーレンとタランチュラ

どういうわけか、ぼくはまだ生きている。まちがいなく体のどこかで少なくとも一本骨が折れているのだが、本格的な痛みが襲ってくる前に車が停まる。まだ指を立ててもいないのに！　男は問題なさそうな、ごく普通の見かけだ。助手席では赤ん坊が泣いている。安全上、法律上の理由で後部座席のベビーシートにベルトで固定されていなければならないはずだが。

「あんた、大丈夫かい？」心からの心配に聞こえる。「わからない」ぼくは正直に答える。「乗りなよ。病院まで乗せてってやろう」と彼は申し出てくれる。「動かないほうがいいかも」ぼくは異を唱える。「救急車が来るまでこのまま待ったほうがいいんじゃ？」赤ん坊が、小さな肺から出るとは思えないような大声で泣き叫びはじめる。「赤ん坊を持ってて」運転手は突然ぼくに命令する。

「え？」ぼくは困惑してつぶやく。何かを持てるような状態じゃないし、ましてやそれが金切り声をあげる子供ときたら。「助けてよ」彼はいきなり泣き落としで頼んでくる。混乱しきって怪我しているぼくは、自分が何をやってるのかわからないままに車に乗りこんでしまう。

ドアを閉じるや、彼は車を急発進させ、赤ん坊は床に落っこちる。ぼくは自分の目を疑う。赤ん坊は火がついたように泣き出す。「そいつを拾え！」と男は叫ぶが、ぼくはあまりの驚きに凍りついたまま。「うるせえぞ、タランチュラ！」男は狂ったように怒鳴る。「タランチュラ⁉」ぼくは信じられずに大声を出す。「それが赤ん坊の名前なの？」「今そう呼んでるだけだ！」と彼は叫ぶ。「しょうがねえんだ！　クソ母親が養育権ババアなんだ！　気をつけねえと！」

まったく、今度はいったいなんなんだ？　こんな不運続きだなんてありえない！　ぼくは手を伸ばして赤ん坊を抱えあげたが、そのときにどうやら左肩がはずれているのに気づく。タランチュラに噛みつかれる。驚いて赤ん坊を取り落とし、無邪気にもひるんだが、よく考えてみればぼくだって赤ん坊の立場なら噛みつくだろう。「あの、その、あなたね」ぼくは注意しようとしたが、彼がさえぎる。「ウォーレンだ！　あのアマが全国指名手配を出しやがったから、オレの名前を隠す意味はねえ。でも子供は別だ。このクソチビは守ってやんねえと」

〝クソチビ〟？　いやはや、ぼくはもう一度子供を拾いあげるが、赤ん坊はあやされてるなんて思ってもないようで、甲高い声で泣き叫ぶ。ウォーレンはいきなり運転席の下から折り取ったカーラジオのアンテナを引っ張り出し、脅すようにふりまわす。「またぶたれたいか？」と狂人のように叫ぶ。まるで『フィーメール・トラブル』のドーン・ダヴェンポートみたいだ。「子供をぶっちゃダメだ！」ぼくはぞっとして大声を出し、泣きわめく幼児を傷だらけの胸に抱きしめる。「余計な口出しすんな」とウォーレンはぼくに警告する。「オレがどんな目に遭ってきたかも知らないくせに。見ろ！」彼は狂乱して叫び、七〇号線西行きレーンの上にぶらさがる指名手配の電光掲示板を指差す。そこにはこの車の説明と「小児誘拐」の文字が躍っている。かみさま、今度はいったい何に巻き込まれたんですか？

「病院に連れてってくれるって言ったじゃないか！」ぼくは愚かにも抗議するが、ウォーレンはベビー・フードの瓶をいくつか投げてよこし、「ガキに餌をやるんだ！」ぼくは絶望に打ちのめされており、機械的に命令にしたがう。赤ん坊はごくりと飲みこみ、ぼくはふと、ここ四日間で犬の残飯以外何も食べていないことに気づく。「ぼくももらってもいい？」とおそるおそる訊ねる。ウォーレンはうなずき、ぼくは煮たプルーンをガツガツ呑みこむ。赤ん坊にげっぷをさせようとするが、そのたびに食べ物を吐き出してしまう。

「ねえ、自首しなよ」ぼくはウォーレンを説き伏せようとする。「離婚っていうのは感情的な問題なんだ。こういう養育権がらみのドラマはよくあることだし、きみの行動も理解してもらえるよ」

「オレが結婚してたなんて言ったか⁉」まるでぼくが世界一の愚か者であるかのように言う。「でも……きみは〝養育権ババア〟って……」ぼくは口ごもる。「そうともよ！」と彼は激怒しながら、「だけど別に知り合いじゃねえよ！　子連れでバスに乗ってるところを見ただけだけど、あのアマ、このガキにお菓子を食べさせてやがったんだ。そんなのは間違ってる！　このままじゃちっちゃなタランチュラがうすのろデブになっちまう。だからこの子をひったくって逃げたんだ。女は叫びだしやがった、『子供を返して』だとよ。それが養育権ババアってことだよ！」

窓の外を見ると、正常な人たちの車が走っていく。家族連れは隣の車線でこんな地獄が起こっているとは夢にも思うまい。「たすけて、たすけて」と家庭害虫駆除業の運転手に向けて口を動かす。彼は無表情にぼくを見返す。おそらくは自身の家庭内のもめごとを反芻しているのだろう。「警察に電話して」と今度は女性運転手に口をわかりやすく大きく動かし、無言で伝える。彼女は子供を後部座席でシートベルトで安全に固定し、たぶん違法だが、電話で喋っている。「警察」という口の動きを誤解して、ぼくが脅してると思ったのか、女性はバツが悪そうな顔で電話を切り、携帯を膝に落としてこちらを見ようとしない。アイコンタクトを求めて車から車へ視線をさまよわすが、親しみを感じさせる顔、助けてくれそうな顔はひとつもない。

そのとき、遠くでパトカーのサイレンが聞こえる。ウォーレンに目をやると、サイレンのせいで完全におかしくなっている。「おまえが運転しろ！」と命令してきて、カーラジオを大音量でかける。信じられない。かかっている曲はなんとバズ・クリフォードの「赤ちゃんブギー」だ。赤ん坊が「ぶーぶー、ばーばー」と喉を鳴らす声をダビングしたイカれた曲。でも、この車の赤ん坊は歌っていない。うちのは血まみれの惨劇のごとく泣いている。「子供をよこせ」と奴は怒鳴り、ハンドルから手を離してぼくと席を代わろうとする。車は車線から車線へ大きく蛇行しはじめ、ぼくは苦労して助手席から手を伸ばし、もう一方の腕でタランチュラを高く掲げる。ウォーレンが急ブレーキを踏んでスピードを落とし、後ろの車にも次々にブレーキが伝染する。惰性走行が止まって、ぼくは後ろを見ずに狂人と座席を代わる。結果ぶつかりあう車の音がひとつふたつ聞こえる。

「伏せろ！」とウォーレンは命令し、赤ん坊をひっつかむ。サイレンの音がさらに大きくなり、スピードをあげるパトカー集団が近づいてくるのがバックミラーに映る。ぼくは言われた通りにする。

タランチュラもさらに声量をあげて泣き叫ぶのでぼくは軽い鼻血を出す。赤ん坊を抱いたまま、ウォーレンはウィンドウをおろす。「おれはいい父親になろうとした」彼は誰にというわけでもなくすすり泣きはじめ、いきなりラジオを消す。「この子を守るために養子にしたんだ！」「子供を放しなさい！」ぼくは調子を変えて冷静な声でなだめる。「アメリカはすでに太りすぎなんだ」と彼は言い返し、開けたウィンドウへ向けて赤ん坊を持ち上げる。「何をやってるんだ？」ぼくはパニックになる。ウォーレンはちっちゃなタランチュラで狙いをつけているように見える。「赤ん坊を投げるな！」ぼくは叫び、子供をひったくろうと手を伸ばす。子供は身に迫る異常な危険を正しく感じとり、さらに大きな声で泣きだす。「子供がデブに育つなんて許されない」ウォーレンはわめきたて、目は裏返って白目になる。「だめだ、ウォーレン、やめろ！」とぼくは叫ぶ――と同時に彼は赤ん坊を窓から投げ、赤ん坊は美しい弧を描いて、隣の車線で健康そうな女性が運転する車の開いたウィンドウに飛びこむ。女性の悲鳴は聞こえるが、ちっちゃなタランチュラが無事に膝に着地したのはまちがいない。

ぼくは首を伸ばして車を路肩に寄せる場所をさがす。やっと警察が助けてくれそうだ。警察にすべてを説明して、恐ろしい悪夢のロード・トリップを終わりにしよう。本なんかどうでもいい。映画に戻ろう。監督じゃなくたっていい。映画館で働こう。ともかくこんなこと以外ならなんでもいい。座席案内係でも！

でもぼくが車を完全に停める前、まだ車の流れの中を走っているときに、ウォーレンは勝手にドアをあけて後続の往来に飛びこみ、およそ考えられないほど自己中心的な自殺を遂げる。自分が死ぬだけじゃなく、六人も巻き添えにしたのだ（内二人は警官）。怪我をしたのは十四人、重傷者もいる。ハイウェイで跳ねかえる彼の死体を避けようとして車はぶつかりあい、見るも無残な山になる。

最悪の旅・13　ランディ・パッカード

「やあ、おれはランディ・パッカード、ＲＥＡＣＴの者だ」地獄の多重衝突事故で立ち往生したトラックの運転席から、男が顔を出す。ぼくは車を路肩に寄せかけたところで、全身が震えている。路上に転がる轢死体。車の流れは完全に止まっている。ひっくり返った車もある。「ＲＥＡＣＴって？」もはや誰も信用できない気分のぼくは用心深く訊ねる。「ＣＢ無線の緊急チャンネル組織だよ。ボランティアで運営してる。たいていは俺たちみたいなトラック野郎だな。災難に巻き込まれた仲間を助けあうんだ」「じゃあ、警察に電話してくれ」とぼくは頼む。「赤ん坊が誘拐されたんだけど、今は茶色のトヨタに乗ってて安全だ。その子のために緊急指名手配警報が出てたんだ！」

ランディがＣＢ無線のマイクに向かって何かを話して、親指を突き出したので、タランチュラは、いや本当の名前はなんであれ、ともかくあの赤ん坊は無事だと一安心。だけど自分のほうはどうなんだ？　ぴいぴい泣いて諦めるべきか？　ぼくはユタまで来てるんだぞ、くそっ！　カリフォルニアまであと二州じゃないか？　これだけ酷い目に遭ってきたんだから、ちゃんとした結末をつけたいじゃないか？　臆病じゃない結末、アンチクライマックスじゃないやつを。ここで諦めるわけにはいかない。

「ぼくはただヒッチハイクをしてるだけなんだ」いっさいの隠し事をなしにして、ランディに正直に告げる。「きみのことは知ってるよ、ジョン」彼は親切と慈愛の心たっぷりに答えて、「きみを最後に乗せて行ってあげるために来たんだ。サンフランシスコまでね」「でも、ぼくがここにいるって、なんでわかったの？」感激のあまり大声を出してしまう。突如として天から救いの手が差し伸べられたみたいだ。「きみにはファンがたくさんいるんだよ。ＲＥＡＣＴ内の『クリエイティブなタイプ』にもね」彼は親しげに笑いながら答える。「インディアナ州からこっち、無線チャンネルはきみの目撃情報で騒ぎっぱなしなんだ。さあ、乗りなよ。歩ける？　手を貸そうか？」

「なんとか歩けるよ」サンフランシスコでぼくを待っている美しいアパートのことを考えるだけでアドレナリンがあふれだす。ぼくは車から飛び降りるが、膝が笑ってしまい、つまずいて転ぶ。「よしよし、焦るなよ」とランディから声をかけられる。「大丈夫」とぼくは返し、膝立ちになってトラックの助手席側まで希望と感謝の心で這っていく。段に手をかけるより前に、ランディは助手席のドアを開けて迎え入れてくれる。ぼくは乗りこむ。

　彼は下半身素っ裸だった。ぼくが反応できないうちに、自動的にロックがかかる——取り返しのつかない運命を告げる金属音とともに。必死でドアを開けようとするが、閉じ込められた。「ゲイシーは生きている」ランディはレザーフェイスとリチャード・ラミレスをひとつにしたような邪悪な表情でつぶやく。恐怖で見返すが、その不気味に変形したペニスから目が離せない。ヘルペスだかなにかに感染した男根は興奮して身悶えしている。「おねがいだ。どうか降ろして。誰にも言わないから」彼は何も言わない。ぼくは必死で、別の戦術を試す。「ほら、ぼくなんかタイプじゃないでしょ！」

「いや、あんたはオレのタイプそのものだよ」車が動きはじめると、彼は最高に不気味な笑みを浮かべながら言う。ぼくは「たすけて！」と隣の車の運転手に向かって叫ぶが、誰も助けちゃくれない——みんな地獄の事故現場から一分でも早く逃げることしか考えていないのだ。「オレはすべてのカルト映画監督を憎んでる」ランディは骨も凍るほど冷たく真剣に告げる。「でも、なぜ？　ぼくらはただ観客を驚かせてあげたいだけなのに」ぼくは大声をあげる。「オレはデイヴィッド・リンチを殺したいんだ」今にも飛びかかろうとする蛇のように息を吐き出す。「デイヴィッドならよく知ってる……彼は本当にいい人だし、素晴らしい監督なんだよ」とぼくは弁護する。だが先をつづける前に、ランディの口から漏れた告白に、ぼくの言葉は喉で凍りついてしまう。「昨日の晩、ソルトレークシティの『ロッキー・ホラー・ショー』上映会の出演者を皆殺しにしてきたところだ。次はおまえだ」

なんてことだ、こんなのは嘘に決まってる。自分自身の死を書くなんて無理だ。ぼくの最愛の作家ミシェル・ウエルベックがとっくにやってる！　パクったと思われるだけだ！　ランディ・パッカードの運転はプロ並みなのでスピード違反で警官につかまるチャンスはまずなさそうだ。ラスヴェガスに向かってるのに気づき、さらに警戒心が強まる。ラスヴェガスでは死にたくない。「おまえ、クエンティン・タランティーノの野郎は知ってるだろ?」ランディは怒ったような声でつぶやく。「ちんこを切ってやる」嬉しそうに漏らし、その胸糞悪いペニスはさらにふくらんで震える。だがランディの独演会はこれからが本番なのだ。「クローネンバーグは?」と聞かれるが、奴を喜ばせたくないので返事をしない。奴は牛追い棒をひっつかみ、ぼくの腕に押しつけておぞましい電気ショックをくれる。「会ったことはある」とぼくはすすり泣き、「そんなに親しいわけじゃないんだ」「喉をかっさばいてやる!」そう予告して、さらにカルト映画監督殺人計画リストを読み上げる。「トッド・ソロンズ?」「素晴らしい映画作家だ」ぼくはしぶしぶ答える。「変態野郎の首をはねろ!」彼は吠え、それから狡猾に訊ねてくる。「おまえと仲良しのペドロ・アルモドバルは?」「ああ、彼は現代最高の映画監督だ!」と主張して、ランディに慈悲を乞う。だが奴は「あいつの脳みそを吹き飛ばしてやる!」と怒鳴り、座席の下からリボルバーを引っ張り出してぼくに突きつける。

「待ってくれ! 待って!」ぼくは少しでも時間を稼ごうと叫ぶ。「ぼくら監督兼脚本家は自分の仕事をやってるだけなんだ。ぼくの映画がきみを不快にさせたんだったら謝るけど……」「おまえはクソを食うのがおもしろいとでも思ってんのか?」ランディは敵意もあらわに詰め寄ってくる。「違う! 違うよ! ただぼくは『ディープ・スロート』の時代の検閲法に対するメッセージを発信したかっただけで」と弁明する。「はいはいはいはい」ランディはせせら笑い、ポケットナイフを取り出すとぼくの足に突き刺す。「おもしろいってのは」と、肉から突き立った刃を見ながら怒鳴る。「こういうことだよ!! ハッハッハ!」

「わたしのあとにくりかえしてください」と唱える。「これはただの映画でしかない。これはただの映画。これはただの映画」だがこの古いエクスプロイテーション映画の広告キャンペーンのキャッチフレーズは通用しない。「それに『フィーメール・トラブル』の出産シーン」ランディは猥褻物の告発者よろしく攻撃してきて、「あんなおぞましいもんを！」ぼくに弁解する間もあたえず、もう一方の足を撃ち抜く。ぼくは苦痛に呻く。ランディのちんこは膨らみながら何かの液体を漏らすが、まちがいなく精液じゃない。ぼくは命乞いの悲鳴をあげる。

車はラスヴェガス市内に入る。拷問を受けるとき、時は飛ぶように過ぎてゆく。街の馬鹿げたスカイラインが見える――生涯かけてここの観光客どもに近づくまいとしてきたのに。「おねがいです、ランディ」ぼくは痛みに痙攣しながら、「どうか助けてください。約束します、もう二度とトラッシュ映画は作りません――これからはメインストリームの映画だけ作ります、誓って！」「今更仕事は変えられねえよ」ランディは殺意のこもった怒りの唸り声をあげ、トラックはハイウェイをはずれ廃墟となったドライブイン映画館に入っていく。ここで映画が上映されていたのははるか昔のことだ。もはやスクリーンはなく、売店も焼け跡になっている。使えそうな備品はすべて盗まれ、ただスピーカーのポールだけが立っている。ランディはおぞましくも決定的なブレーキを踏む。「後ろに行きな！」と彼が命じる。「いやだ、ランディ、おねがいだ」とぼくは抗う。「『アベンジャーズ』を見に行こうよ！　ハリウッドの大ヒット超大作映画を！」彼の答えは？　右足への銃弾だ。奴は気を失いそうなぼくをひっつかみ、トラックが牽引しているトレイラーに放りこむ。そこはカルト映画監督の拷問部屋だ。ジョージー・コットンによる『誰がテディ・ベアを殺したか？』

の主題歌のカバーが、どこかのスピーカーから流れている。『エル・トポ』のポスターの下にはアレハンドロ・ホドロフスキーの腐乱死体がある。まだ生きていると思ったが、そうではないということをいま犯人から教えられた。ジョージ・ロメロの生首は『ナイト・オブ・ザ・リビング・デッド』とその数多の続篇のポスターに囲まれた籠に入れられてぶらさがっている。ランディの説明らしいものは「もう充分だ」の一言だけ。悲鳴をあげる前に、野生動物に食い荒らされたとおぼしき死体につまずく。ランディが蹴飛ばして、その哀れな人間はまだ生きているのがわかる。顔をそむけようとするが、ランディに後ろから首を締め上げられ、無理やり気持ち悪い顔を見せられる。ああ、なんてことだ。それはハーシェル・ゴードン・ルイスで、ぼくの顔を見て舌打ちする！　瀕死の状態でもユーモアを忘れないだなんて。

〝惨殺の古城〟に突き飛ばされて、背中に当たっているのが銃身ではなく、勃起したペニスであるのに気づく。おそらくは世界最先端の感染医すらいまだ解明していない新奇な性病のせいで硬く変形したペニス。これまで口先三寸でなんでも切り抜けてきたぼくだが、今回ばかりは自信がない。脳裏に浮かぶのはイングマル・ベルイマンの映画に出てくる死神だが、この映画マニア的記憶をランディ・パッカードと分かちあおうとするのはあまりに思慮分別を欠いた行為だろう。

突然、ぼくは足元に仕掛けられたトラバサミを踏んで宙吊りになる。爪のような鋸歯がくるぶしを切り裂き、ぼくは苦しみながら無力に揺られる。頭はランディ・パッカードの股間の高さで、奇形のブツが目の前にある。奴は引き出しからオドラマ・カード*を出してくると、ぞんざいにペニスになすりつけ、硬いできもので匂いラベルをこすり、ビロードの包みから巨大なサーベルを抜いて、変形した男根を皮膚が固くなった指でいま一度さする。「やめて、ランディ」とぼく。ペニスのできものがはじけるのと同時に、汚染された不健康なザーメンがぼくの目に入る。おかげで刃が振りかざされるのも見ないで済む。首をはねられた瞬間も、ほとんど痛みは感じない。

ああまさか、長い真っ白なトンネルが見える。ご冗談でしょ！　こんな陳腐なネタが現実になるだなんて、でも本当なのだ！　自分が上昇していくのを感じる。雲を抜けて、上へ、上へ、上へってどこへ？　まさか――天国!?　これマジだったの？　神様が目の前にいるが、彼はぼくに向かって親指を下げるしぐさでダメ出しする。神様の肩にはこれまでに出会った嫌な奴らがみんな乗ってる――日曜学校の意地悪な尼僧、高校でぼくの進路を塞ごうとしたキリスト教修士会の連中。シーハン枢機卿がいる！（一九六一―一九七四のあいだボルチモア大司教をつとめた）メリーランド映画検閲委員会のメアリー・アヴァラも！　あそこにいるのはアート・リンクレターか？　なんてこった、アニタ・ブライアントだ（同反性愛活動で有名な歌手）。神様はニコリともせずぼくに囁く。「カトリックは正しかったのじゃ」

ぼくは恐怖で泣き叫び、真っ逆さまに落ちてゆくのを感じ、地獄の辺土を通り過ぎる。そこでは教義が改定されたにもかかわらず、洗礼を受けずに死んだ赤ん坊たちが神の顔を見ることを許されずに泣いている。ぼくは地獄に落ちてゆき、亡くなった友人たちはみなそこにいるが、ぼくのこともお互い同士も見ることはできない。そこは八月のボルチモアより熱い。どっちを向いても『素晴

＊『ポリエステル』上映時に劇場で配られたカード。画面で指定された番号の「匂いラベル」をこすると、その匂い（おなら、ピザ、ガソリン、スカンクなど）が嗅げる仕組み。

らしき哉、人生！』がエンドレスで上映されている。ぼくは永遠にこの映画を見せられつづける。

本物の旅　ノンフィクション

80-W
SAN FRANCISCO

現実の旅・1　保育所

さて、ここからが本当に起こったことだ。実際の人生。二〇一二年五月十四日。フィクションはおしまい、真実だけ。

オフィスで、スーザンとトリッシュがぼくのヒッチハイク計画について話さなくなっているのに気づく。二人の顔にはそろってぼくの安全への懸念が浮かんでいる。若いアート・アシスタントのジルまでもが「不安」虫にとりつかれ、誰かにあとをつけさせ「あなたが安全だとわかるように」すべきではないか、とおずおず提案してくるが、ぼくはもちろん即座に却下する。同年輩の友人たちも同様に心配している。犯罪者の友人までもが仰天していた！　さる友からは「銃を持ってけ」と忠告された。「催涙スプレーを買え」と命令してくる者もおり、ボルチモアの受刑者仲間の中でも親しい一人など「どうかキをつけて」と読める手書きのメモを送ってくれた。

出発日が近づくにつれ、みなが不安がるのが鬱陶しくなってくる。数日前、フィクション上での死を書きあげたところだが、まだそのことは誰も知らない。「ほら、ポジティブに考えよう」ぼくは苛立って言い返すが、実を言うと、ぼく自身も不安を感じはじめている。

母の日、出発二十四時間前、ぼくは不安を見せまいとしながら、夕食後に母親にお別れのキスをする。母はぼくが出かけるのは、漠然と「本のための取材」だという以上のことは知らない。ヒッチハイクをすると知ったら心配して恐がるだろう。なので連絡したくなったときのため、妹にだけは事情を伝えておくことにする。もう一度母の顔を見られるだろうか？と思いながら母の家から帰る。

日曜の夜、わが家はごく静かだ。中サイズのワニ皮柄のビニール・トートは満杯である——穿き古しのボクサー・ショーツ五枚、これは一日一枚、穿いたら捨てていく予定。リーバイス501のブラック・ジーンズ一着。GAPのTシャツ五枚。映画『スカム・オブ・ジ・アース』*のロゴ入り野球帽。ノーブランドの濃紺色のウール・スカーフは誰かがぼくの家のクリスマス・パーティに置き忘れ、取りにこなかったもの。寒くなったときの用心でブルックス・ブラザーズの濃紺色のウールのタートルネック。パタゴニアのオレンジ色のナイロン製フード付きレイン・ジャケット。海賊船のイラストがついた、日本のサニースポーツ製スリッポン式テニスシューズ。持ち物としてレッドラインの軍用懐中電灯、折りたたみ傘、ブラックベリーのシガーソケットとコンセント用充電器、オリンパスのデジタル・レコーダーと交換バッテリ、ヒッチハイク用サインボードを作るために太字のフェルト・マーカー、予備の老眼鏡、日焼け止め、旅行用の衛生用品（サンプルサイズのドゥ・ラ・メールのモイスチャー・クリームと目元用クリーム《アイコンセントレート》を含む）。スーザンに強く言われて衛星GPS機SPOTを購入する羽目になった。これはぼくをどこまでも、携帯電話の電波が圏外の辺鄙な場所までも追いかけて、居場所を教えてくれる機械である。銃を突きつけられたとき、あるいは車が道路のはずれで逆さまになったとき、どうやればポケットから取り出して緊急警報ボタンを押せるのか、という疑問には答えてもらえないままだ。さらに栄養補給のため生のアーモンドを一袋、携行非常食、エビアンの小型ペットボトルを二本、ぼくが一介のホームレスではないと警官に示すための「名声セット」、〈乗せてくれてありがとう〉と浮き出し加工したサイン入り名刺（ファンが何年も前に送ってくれたものを、最近になって仕事場で発見した）、それにもちろんAAA発行のトリップティク・パンフ（旅行計画用冊子）。AAAの従業員は当然ぼくが車を運転して大陸横断するのだと思っており、まさか乗せてもらうつもりだとは思わなかったろう。

朝、六時に鳴るはずだった目覚ましの五分前に起きだす。いやはや、どうやら雨になりそうだが、幸いまだ降りだしてはいない。ぼくは熱いお湯に入り、タゾティーのアウェイクを淹れ（いちばん好きな紅茶ブランドで、旅行中手に入らないかもと心配している）、服を着る。新品のREIのハイキング・ブーツを履き（この旅のあとは二度と履かないだろう）、灰色の防水靴下を履き（いつものポール・スミスとは大違い）、MACで買った栗色のジーンズ（サンフランシスコでいちばんの服屋）、アニエスbの長袖ストライプTシャツ、ブリーチした黒に見せかけたイッセイ・ミヤケのコットンのスポーツ・ジャケット。コム・デ・ギャルソンを完全に諦めたわけではない。黒ベル

＊ハーシェル・ゴードン・ルイス監督の一九六三年製作のソフトコア暴力ポルノ。

トはまちがいなく川久保玲のデザインだ。財布は大胆に薄くして（強盗にあったときの用心）、現金数百ドルとクレジットカード二枚、銀行カードは一枚だけ、それに写真付き身分証明書だけを入れてコートの内ポケットにおさめる。この旅のために旧友がくれた聖クリストファーのメダルつきキーホルダーに、スーザンから押しつけられたコンパスをぶらさげ、そしてわが路上での新生活にはキーはひとつだけ——サンフランシスコのアパート、最終目的地のものだけあればいいことに気づく。ぼくはSPOTの追跡デバイスのスイッチを入れ、用心は風に投げ捨て、正面ドアから鞄と、もうひとつ小ぶりのキャンバス・トート（ぼくが愛する英国の書店、マッグズ・ブラザーズのもの）にヒッチハイク用サインボード数枚を詰めこんで歩きはじめる。

外はとても静かだ。ありがたいことに、朝のジョギングをしている隣人もいない。ぼくは家出する十代の問題児みたいな気分で通りを歩く。ぼくの映画『フィーメール・トラブル』で、ディヴァイン演じるドーン・ダヴェンポートがベビードールの寝間着姿でヒッチハイクする姿が脳裏に浮かび、今日は彼女になりきる。わが家の前の道がチャールズ・ストリートとぶつかる角まで歩いて、北向きベルトウェイ方面の車を探す。うまくすればそこから七〇号線西行きに乗ってそのままデンバーを通り越し、ソルトレークシティで六号線北行きから八〇号線西行きに乗り、そのまままっすぐベイエリアまで。だが、問題がある。車がいない。朝六時半、通勤者はボルチモアに入ってくるのであり、出ていきはしない。かろうじてバイクが何台か——たぶん二十分間で三台ほど——通り過ぎていったくらいだ。しかもジルが〈七〇号線西行き／サンフランシスコ〉のヒッチハイク・ボードを間違って上下逆に書いている。裏面を正しく読ませるには回すのではなく、裏返して上下をひっくり返さなければならない。おかげで通りがかる車に見せるのが一苦労だ。ドライバーはこちらを見ることすら厭《いと》わしげだ。まるっきり阿呆になった気分。

数ブロック先の信号まで歩くことにする。少なくともここ、セント・ポール通りとの交叉点なら、幹線道路だし車も多いかもしれない。でも駄目。ぼくはたった一人、無言で立っている。そこで忌々しい雨粒が一滴。また一滴。本のための冒険第一日、ボルチモアのわが家から三ブロック進んで、そこで雨。フィクションで想像したとおりだが、現実になってみるととても信じがたい。かばんが濡れてきたので、フード付きレイン・ジャケットを出して着る。フードをかぶるとさらに妖しげに見えるのではないか、と気づく。ぼくの顔もわかりにくくなるだろう、と思って、早くも顔バレを期待していることに恥ずかしくなる。

まだ車が来ない。ここにどれほど立ってるんだろう？　一時間くらい？　雨は降りつづける。ぼくは傘を取り出すが、すぐに気づく——片手で傘を差しながら、片手で濡れてどんどん重くなっていくサインボードを逆さまにひっくり返すなんてできるわけがない。加えて、まちがいなく今ぼくはびしょ濡れのジャンキー・メアリー・ポピンズみたいに見えているだろう。さらに車は通り過ぎてゆく。運転手たちは、ほどこしを求めるボードを持って交叉点に立っているホームレスのたぐいだと思ってるに違いない。

もう家に帰って明日やりなおそうか、天気もましかもしれないし、と本気で考えはじめたところで、信号で車がとまり、聞き慣れない声が「ジョン・ウォーターズ！」と叫ぶ。ぼくの最初のヒッチハイクだ！　大柄で若いアフリカン・アメリカンの綺麗なトレイシー・ターンブラッド*風の女性は、ぼくが乗りこむと興奮して叫ぶ。「『ヘアスプレー』大好き！」後部座席、ベビーシートに拘束されているゴージャスな娘さんは、最初ぼくをうさんくさげに睨んだが、すぐに満面の笑みになる。

こんな勇敢なファンに出会えて心から嬉しい。女性。赤ん坊連れ。素晴らしい。「どこに行くんですか？」興奮と混乱で声は不安げにうわずっている。ぼくがサンフランシスコまでヒッチハイクだと言うと、彼女は笑い出し、叫んで手をふりながら、娘を保育所に預けるために「ノーザン・パーク・ウェイまでいって西に折れる」だけで、「そのあと仕事に行かなくちゃ」ならない、と謝ってくる。ぼくは気にしない。少なくとも正しい方角に向かう車に乗っており、雨も避けられる。たとえ数ブロックだけのことだとしても。彼女の名前を覚えていたら良かったのだが、車に乗っていた時間があまりに短くて、びしょ濡れで拾ってもらったことに興奮しすぎて、車から降りたときにテープレコーダーで旅の記録をメモるのを忘れていた。ただし最初のサイン入り〈乗せてくれてありがとう〉カードを渡すのだけは忘れなかった。危険を顧みず、ぼくを乗せてくれた最初の運転手だ。彼女に敬礼！

＊（二三三頁）『ヘアスプレー』のヒロイン。ジョン・ウォーターズ版ではリッキー・レイクが演じた。

現実の旅・2　牧師の妻

現実を再確認。雨はまだ降っており、ぼくは家から（せいぜい）五分ほどしか離れていない。でも少なくともスタートは切れた。そのまま十五分ほど立っている。あるいは元々のルート・プランはうっちゃって、信号を反対側へわたり、ジョーンズ・フォールズ・エクスプレスウェイまで西に行き、そこからは州間高速七〇号線西行きに入る車にだけ乗ろうか、と考えはじめる。だがちょうどそのとき、チャールズ・ストリートを南に向かう車がUターンし、ヒッチハイク場所のすぐ前にある教会の駐車場に入る。「あなた、ジョン・ウォーターズ?」女性運転手はぼくのそばに車を寄せて止まり、助手席のウィンドウをおろして訊ねる。「はい、そうですよ」ぼくは感謝して答える。「なにか、困ってることある?」たぶんぼくがレッカー車か、精神科医でも求めているとでも思っていたんだろう。「七〇号線の西行きまで乗せていってもらえれば」ぼくは正直に告げる。「乗ってよ」と彼女は言う。

五十九歳のスリムで美しいブロンド女性運転手サラ・フィンレイソンは、毎朝のワークアウトからいつものように帰るところ、恐れていたとおり、最初ぼくのことをホームレスの物乞いだと思ったという。だが車のスピーカーフォンで、ニュージャージーに住んでいる双子の姉妹メアリーと話していたとき、口からふと「あたし、ジョン・ウォーターズを見た気がする」と言葉が飛び出し、確認しようと思いたったのだという。ボルチモア・ベルトウェイと七〇号線西行きの交叉点の先まで行きたいと説明すると、「雨が降っているから」乗せていってくれると言う。ラッシュアワーの渋滞だとそこまで一時間はかかるとわかっていたが、そのことは指摘せずただ感謝の言葉を述べる。

最初のうち、スピーカーフォンでメアリーがつながったままでいる。ほぼまちがいなく、ぼくの素性を怪しんでおり、ジョン・ウォーターズの偽物ではないこと、よりによって切り裂き魔のたぐいでないことを確かめようとしている。「姉に優しくしてちょうだい」とメアリーは心配そうに訴え、ぼくはもちろんと答えるが、あいにく連続殺人鬼でも同じ約束をするだろう。「サラの車は可愛いでしょ?」とメアリーはつづける。最初のうちは緊張しながら会話を前向きな方向に向けようとし、双子の姉妹がボルチモアの悪名高き死体捨場リーキン・パーク送りになるようなことはない、と自分に言い聞かせている。「そうですね」とぼくは同意するが、レクサスが高級車なのかどうかも知らない。「最高」と「最悪」の運転手が乗っている車を想像するのは簡単だったが、現実生活では車種になどまるで無頓着だ。止まって拾ってくれるなら、どんな車だってかまやしないだろ?「これってすごいことじゃない?」サラはメアリーに見えない笑顔をふりまき、「今晩、会議で自慢するわ」「サラはすごく親切でしょ」スピーカーフォンから声がする。「旦那さまは牧師さんなの」

神の使いだ、とぼくは理解する。文字通りの。

「あなた、結婚してるの?」サラは唐突に、気さくに乱暴な質問をする。「いえ」とぼくが素早く答えると、彼女は微笑んでつづける。「じゃあ、あなたゲイなの?」「そうですよ」と応じると、ただちに返事がきた。「あら、よかった!」ぼくはちょっぴり驚く。「よかった」のはぼくがヘテロセクシャルじゃなく、それゆえおそらくは強姦魔ではないからか、それとも「よかった」のは、うーん……彼女がクールなレディだから?

「最初からあたしを呼んでくれたらよかったのに、目的地まで送ってあげたわよ」ベルトウェイのラッシュアワーに突っこむところで、サラは親切にも申し出てくれる。ぼくは寄り道してくれてありがとう、とまたお礼を言う。「お手伝いできて嬉しいのよ」と寛大にも応じてくれる。ぼくらはしばらく無言でいるが、すぐに双子が不安になる。「まだそこにいる?」とメアリーが少し不安げに訊ねる。「もちろんですよ」とぼくは答える。「お姉さんはたいへんいい運転手ですよ!」

七〇号線西行きが近いことを示す交通標識を通過しても、サラは疲れも見せず、ぼくを降ろす場所を探す気配もない。当初、連れていってもらうつもりだった場所を越え、はるか先まで来ているのにもかかわらず。〈デンバー、二七〇〇キロ〉と書かれたハイウェイの標識を通り過ぎたところで、雨がまた降り出してぼくは息をのむ。「ディヴァインとはどんな風に会ったわけ?」とサラから訊ねられ、ぼくは電話をなんとか切らせまいと必死で引き伸ばすテレフォンセックスのオペレーターのように喋りつづける。二人を楽しませれば楽しませただけ、サラは遠くまで連れて行ってくれる。気がつくと、ぼくは自前のトークショー用のセリフを使って、サラとメアリーからの質問に答えている。「あなた、『アイマス・イン・ザ・モーニング』（ドン・アイマスがホストを演じるラジオの長寿番組）より面白いわ」とメアリーは吹き出す。旅芸人稼業、またしても。

「雨が降ってるわよ、ジョン」サラはおずおずと指摘する。申し訳なさそうにしてるので、ぼくは〈乗せてくれてありがとう〉カードを差しだす。彼女も喜んでくれる。今朝の出来事がすべて実際に起こったと証明してくれる記念品なのだ。その間、メアリーのほうは口数が減ってきて、しまいに「娘を起こしてこようかしら」と言いだす。「やめて！」十代の娘さんは夜勤を終えたところだと聞いて、ぼくは頼みこむ。わざわざぼくと話したがるわけないでしょ！　メアリーはそれでも試してみる。スピーカーフォンから、枕元でぶつくさと文句を言う娘の声が聞こえ、そしてようやくメアリーは諦め、ぼくは大いに安堵する。「わかったわ。寝かしとく」有名人紹介ごっこに敗北のため息。「起きたくないみたいだし」

　さしものサラも、そろそろ家から予想以上に遠くまで来てしまったことに気づいて降参する。「お手洗いに行かないと」ぼくは前方に広告が出ているマクドナルドでの休憩を提案する。「おかげで、本当にいいスタートが切れたよ」と言ってサラを安心させる。車が店に近づくとき、ぐるりと見まわし、七〇号線の入口ランプに、ヒッチハイクの車が止まれる十分な余裕があることを確認しておく。車がファストフード店の駐車場に入るところで「着いたわよ」とサラは双子に告げ、ぼくもスピーカーフォンで別れを告げる。安全のため、荷物を持って店に入る。サラがぼくのバッグを積んだまま行きやしないことはわかってる。でも、なんといっても、六〇年代には自分だって車上荒らしをしたもんだし――悪いカルマがめぐってくるかもしれない。どんな可能性だってある。

メリーランド州ウッドバインのマクドナルドに入ると、亡くなった父のことが思い出される――父はずっとマクドナルドのコーヒーが好きで、シニアのみおかわり可サービスのファンだった。とはいえ、ぼくの知るかぎり、それを利用したことはなかったが。サラがトイレに向かうあいだに、ぼくは彼女のためにコーヒーを注文しておく。いつもなら、この時間はドリップを淹れているところだが、ヒッチハイカーが早いうちに学ぶことがある――旅先で決まった日課を守ろうとするのは面倒だ。当然ながらぼくは、ヒッチハイクにともなう必然的偶然に左右される自然の身体排泄過程について気にしている。食事すること自体ためらわれる。

「あら、わざわざご親切に」サラにコーヒーを渡し、二人でボックス席に座る。わざとヒッチハイクのサインボードを出しておけば、誰かが見て、乗せていってくれるのではと期待していたが、そんなことは起きない。サラは店のお客たちに堂々と「ぼくが向かう方角へ」行かないかと訊ねてくれるが、みな礼儀正しく断る。ぼくの顔が知られていないことに、サラはあきらかに失望している。

相変わらず土砂降り。ぼくは屋根のある場所にいるうちに、雨具を身につけておく。傘はハイウェイではまったくの邪魔者だ。サラはマクドナルドを立ち去りがたく、この悪天候の中にぼくを放り出すのをためらっている。だけどもうお別れの時間だ、とぼくにはわかっている。ぼくは大の大人だ、濡れたって溶けやしない。

彼女の車に乗りこみ、降ろしてほしい場所まで連れていってもらう――七〇号線西行き進入ランプの七十三番出口だ。ぼくが車を降りると、サラは名残惜しそうに別れを告げる。しのつく雨の中にぼくを置いていくのがどんなに辛いかはよくわかる。ぼくは心からお礼を言う。出発前、誰もが

「女性一人の車は絶対ヒッチハイカーを拾ってくれないよ」と言っていた。大間違いにもほどがある。普段説教する内容を実践してくれる牧師の妻がいるのだ。活発で賢いのみならず、愛らしくおかしく宗教の名誉を守るレディだ。ありがとう、サラ。

現実の旅・3　農夫グレン

レイン・ジャケットのフードを上げて、進入ランプに立つ。希望を胸に。はじめて、どこだかまったくわからない場所に立ってヒッチハイクをしている。本物、という気がする。本当にやってるんだ！　車の数は少なく、州間高速に入る車はさらに限られる。これまで以上に雨が激しくなってくる。雨をよけるものは何もなく、ぼくはずぶ濡れになりつつある。ワニ柄バッグにも徐々に雨が染みこんできて、数少ない着替えが濡れてそうで怖くて中を見られない。ボール紙のサインボードも重たくなってきて、支えていられない。はじめて絶望を感じる。まだ雨が降りつづく。自分が映画のセットに立っていて、この大雨は特機で降らせているものだと想像してみる。でもそうじゃない。誰も「カット」はかけない。〈中年の危機〉ボードを取り出してみるが、それでも誰も止まらない。信じられない、何もない荒野のど真ん中に突っ立って、濡れ鼠になって、拾ってくれる車もないだなんて。

下を見ると、バッグの染みの水位線が上がってきている。そして上を見ると、やった！ ピックアップ・トラックが止まってくれているではないか。ぼくは飛び乗り、心から幸せを噛みしめる。八十一歳の農夫グレンは六十キロ先のフレデリックまで行くと説明してくれる。百パーセント絶対にぼくのことを知らない。一瞬で悟るが、ぼくを運に見放された老人だと思って止まってくれたのだ。

グレンは今でも仕事が大好きだと話す。農場は長らく家族経営だったが、子供のころから空を飛びたがっていた息子が、大人になってからパイロットの免許を取り、「自分がいちばん好きなことをやりながら」飛行機事故で死んでしまったのだという。残る息子たちは干し草の配達——この親切な農夫が何よりも愛している仕事——をやめたがっているのではないかとグレンは思っている。ぼくはグレン（またしても安全運転の人）に、映画監督だと自己紹介し、自分の仕事を愛するのはとても大事だと同意する。「ぼくらは自分の好きなことをやりながら死ぬんだろうね」と陽気に告げる。彼はたいへん礼儀正しい紳士なのでおくびにも出さないが、ぼくが映画監督だなんて一瞬も信じていない。彼はさらに説明してくれる。干し草が湿ってしまい、きちんと乾かさずに束にまとめると、自然発火して火事になり、納屋まで焼けてしまうことがある。ぼくもさらに映画の話をして、本当に映画監督だと信じてもらおうと思いかけたが、そこで考え直す。そんなことになんの意味がある？ グレンにはグレンのドラマチックな実人生がある。別に映画なんか要るまい？ とりわけぼくの映画なんて。

グレンはぼくを降ろすのにうってつけの場所まで知っている——メリーランド州フレデリックの

ショッピングセンター脇にある七〇号線の進入ランプだ。ドーナツ屋〈フラクチャード・プルーン〉の正面の駐車場に車をつけ、雨に濡れないように降ろしてくれる。ぼくは惜しみない感謝を捧げるが、グレンが財布から十ドル札を差しだすので固まってしまう。お礼の言葉も詰まるが、口ごもりながら説明を試みる。「本当に大丈夫なんです。お金もクレジットカードも持ってます。本を書くためにヒッチハイクしてるだけなんです。でも本当にありがとうございます！」慈悲深く甘い笑顔には、ぼくの言葉など一ミリも信用しないと書いてあるが、それでもしぶしぶ金をポケットに戻す。この老人の寛大さに深く驚かされ、信じられないくらい感動している。まだ雨は激しいが、トラックを降りるぼくは善意に満たされている。ふりかえり、現実世界にたたずむ情け深い干し草農夫を見やると、温かな、祖父のような笑顔で別れの手をふっている。〈マクドナルドじいさんの牧場で、イーアイ、イーアイ、オー。

現実の旅・4　バイカー

雨にうんざりしている。でも永遠に降りつづけるわけじゃない。ぼくは〈フラクチャード・プルーン〉に入り、熱い紅茶を一杯飲む。店にいるのはカウンターの女の子だけ、ぼくのヒッチハイク・ボードを一瞥したようだったが何の反応も見せない。少なくともトイレは使える。なんたってぼくは金を払った客なのだ。男性用トイレは塵ひとつなく清潔だが、ぼくは『ピンク・フラミンゴ』でクラッカーズが最後、ディヴァインに言う場面を思い出さずにいられない。「ママ、次はガソリンスタンドのトイレで寝ようよ。決まった住居なんてクソくらえ。お下劣さをさらに強めてくれるよ」

雨はまだ上がらない。お茶を飲み終え、居座ってると思われるのも嫌なので、外に戻る。ヒッチハイクにはうってつけの入口ランプだ。車もいっぱい。雨もたんまり。誰も止まってくれないが、それでも気分は少し上向きだ。モーニング・ティーのあと、トイレに行きたくなったらいつでもドーナツ屋に戻れる。ヒッチハイク・ボードはかなり湿気ている。レイン・ジャケットのフードから雨が顔に滴る。運転手たちとアイコンタクトを試みるも、たいていが地元の人で、ぼくが掲げている〈サンフランシスコ〉は遠すぎて一考にも値しないのだ、と気づく。

これ以上雨が強まることはあるまい、と思った瞬間にさらに強くなる。信じられない。ヒッチハイク・ボードはすっかり濡れてしまい、役に立たない。神様おねがいです、車を止めてください。知らず識らずのうちにお祈りしている自分がひどい偽善者に思える。でも駄目だ、さらに四十五分が過ぎたが、まだ誰も止まってくれない。ぼくは尻尾を巻いて〈フラクチャード・プルーン〉に戻る。今度は店長が表で女の子と一緒に雑用をこなしている。朝食のシフトが終わり、昼食客に備えている時間帯だ。店長にサインボードに使えそうなボール紙はないかと訊ねる。彼は親切で、何も言わずに段ボール箱をバラしはじめるが、残念そうに教えてくれる。「今日は一日中降りつづけるらしいよ」ぼくはただうなずき、自前の大型フェルト・マーカーを取り出して、もう少し合理的な新しいサインボードを作る。〈七〇号線西の果てまで〉そして裏側に〈S.F.〉。ただし今度は回すだけでも上下が正しく読めるやつ。おずおずと、ぼくはまたトイレに行く。小便はやれるときにやっておくべし。

よおし、臆病者、とぼくは自分を叱責する、外に出ていって、車をつかまえるんだ！　水に濡れたズボンの裾をまくりあげ、ぼくはとぼとぼと元のヒッチハイク場所に戻り、サインボードを掲げる。ひとつだけ言えることがある。ぼくが買った防水ブーツは間違いなく使えている。だがボードのメッセージはそうはいかない。誰も止まってくれない。ぼくは戦術を変更し――まるで広告キャンペーンだ——ユーモア広告の効果の程をたしかめることにする。予備に用意してあった〈キチガイではありません〉ボードなら違う結果が出るだろうか。何人か、ボードを見て笑う男の運転手はいたが、誰もブレーキを踏んでくれない。たぶんヒッチハイク時はふざけるべきではないんだろう、とぼくは突然気づく。もっとまっとうなバージョンに戻すが、結果は同じだ。足元に大きな水たまりができはじめる。通過する車がぼくと哀れなバッグに水をはねかけていく。本物のワニじゃなくてよかった。パトカーがすぐ前を通り過ぎる。少なくとも止まって嫌がらせをしてくることはない。少なくとも。

　誰かが実際に止まってくれるのは毎回驚きだ。理解できるまで数刻かかり、それから大慌てで、荷物をひっつかみ、相手の気が変わって行ってしまいませんようにと祈りながら走り寄る。ヴァンに飛び乗ると、そこにいるのはブルーカラー風、おそらく四十代で親切そうだ。彼は「そこまで遠くには行かない」と断りを入れてくるものの、七〇号線西行きの「休憩所」がある出口で降ろすと約束してくれる。いい奴だ。何十年ものあいだ贔屓《ひいき》にしてきたボルチモアのバー〈ホリデイ・ハウス〉で知り合い、ぼくがこよなく愛している本物のバイカーたちを思い起こさせる。脳震盪《のうしんとう》セックス中毒コメディ『ダーティ・シェイム』で重要な場面を撮らせてもらった店だ。なんと彼は本物のバイカーだと判明する。彼の父親も。祖父も。なんと三代続けてのバイカーだ！　ほとんど「アメリカ革命の娘*」の裏バージョンである。何世代も何世代も。お嬢様とバイカー。それってある意味同じ仲間なのでは？　絶滅危惧種？　特別な存在だけが入会を許されるクラブ？　永遠に変わらぬファッション？　秘密の暗号？　厳しい肉体的制限？

ぼくを拾ってくれたバイカーは前歯が何本か欠けているが、それでもどこかしら愛嬌がある。彼は女性医師と結婚していると明かし、奥さんのことを褒めそやす。奥さんに行儀をたしなめられている。そのことを当人も気に入っている様子だ。ぼくらは昨今バイカーのアイデンティティが驚くほどの早さで失われつつあること、白人の不良少年は犯行の表現として黒人のギャングスタ・スタイルを真似る傾向があることを話しあう。これがよくないところを刺激してしまったらしい。「なんであんなことをするんだろう？」と彼は自問し、そして人種差別主義的な回答を口走る前に、自制して微笑む。これは勝てない議論だとわかっているのだ。賭けてもいいが、彼の立派な奥さんが、人種差別は正しくないだけでなく――彼自身は正しくないことは好きだろう――愚かしいことだと教えたに違いない。彼は馬鹿になるには優しすぎるし、いい人すぎる。ひょっとしたらワルを愛する強い女性に飼いならされ、四六時中騒ぎを起こさなくともいいことに安らぎを覚えているのかもしれない。賭けてもいいが二人は豊かな性生活を送っているし、いい関係だろう。彼は出口でわざわざぼくのために戻り、入口ランプを確認し、大丈夫だと判断してから降ろしてくれる。ぼくはまた幸せを感じる。頬にさよならのキスをしたかったが、まだ第一日なのでぼくも遠慮気味だ。たぶん笑って許してくれたろう。悪意のない感じで。

＊一八九〇年設立。ジョージ・ワシントンら独立戦争参加者の子孫の女性たちによる保守系女性団体。

きっとよくなる、と自分に言い聞かせつづける。ぼくは絶好調だ。自分がどこにいるのかわからないことに、一種の解放感を覚える。まだ雨は降っているが、バイカーは嘘をつかなかった。この出口には「休憩所」がある。丘の上の〈バーガー・キング〉から歩ける距離の場所で、ぼくはまた親指を突き出す。おやおや。この道を下りてくる車はほとんどなく、数少ない車は七〇号線西行き方面には曲がらない。みな近場のドライブだ――ようやくぼくも学びはじめたが、それは成功するヒッチハイクの敵なのである。少し先に、エンジンをかけっぱなしで大型トラックが停まっているが、運転手の姿は見えない。もしかすると後部席で居眠りしているのかもしれず、それとも……ひょっとするとぼくを乗せてくれるかもしれない。

少なくとも四十五分はそこに立っている。水の壁が下り、いつまでも上がってくれない。それから風が強くなってくる。作りたてのサインボードはもうぐしょ濡れだ。泣きたい気分。トラック運転手が起きてきて、無力に立ち尽くしているぼくを見つけてくれないかと祈るが、どうやらまだ高いびきのようだ。このペースだと、ヒッチハイク旅行には十年かかりそう。それも運良くいっての話だ。耐えられない。待つ場所を変えてみよう――いつまでもこんな強い雨が降りつづけるわけはない。

〈バーガー・キング〉まで丘をあがっていく。店には不気味な感じの客が一人いるだけで、こちらと目を合わそうとすらしない。店員の娘にボール紙がないかと聞いてみると、親切にも箱をくれたので、それをバラすことにする。たいていの人にとっては簡単な仕事だが、ぼくにとっては、いつものように大問題だ。間違った角を裂いてしまい、横側を破り、結局はボール紙二枚しか手に入らなかった。再度〈七〇号線西行き〉のメッセージを書くが、文字が小さすぎて遠くからは読めないものができあがり、もう一度作りなおさなければならない。まあ、一枚でも乾いたボードがあれば、ないよりはましだ。

ほぼ無人のファストフード店にいるので、ここらでトイレに行っておくべきだ、と思いつく。あの妙なやつがあとを付いてこなければ。ああ、よかった！　トイレはすべて個室で、ドアには鍵がかかる。それに清潔だ。トイレに座ってはみるが、朝から何も食べてなかった。何を期待してたんだ？　糞するか、便座を離れるか。ぼくは出ていく。ミッション撤回。

店内に戻ると、例の怪しい奴がいなくなっているが、これを喜ぶべきか悲しむか判然としない。彼が乗せてくれたかもしれないのに！　でも一方で、ぼくを殺していたかもしれない。まあいいか。外を見ると、激しい雨が〈バーガー・キング〉のガラス窓に打ちつけている。店内になんの目的もなく突っ立っているとまるで浮浪者だ。ぼくは意を決して表に出る。

だらだらと丘をくだっていく、もはや洪水になっているに違いないヒッチハイク・ポイントに向かって。トラックの姿はない。あの変人は――運転手だったのか！　ひょっとしたらもうひとりの予備トラック運転手が仮眠中で、いびきがひどくて、相方が逃げてきたのかもしれない。はてさてどうだったのか。

さらに三十分、そこに立たされる。終わりなき雨の中、乗せてくれる車を待ちつづける惨めさは想像もつくまい。防水パーカーのせいで周辺視野が狭くなっており、突然起こった奇跡を見損ねてしまう。顔をあげると一九九九年型の赤のコルベットが目の前でUターンを決めたところだ。運転手は可愛らしい、がっしりした体格の金髪の若者で、助手席の窓を下げて訊ねてくる。「どこまで行くんですか？」ぼくは『ポリエステル』でタブ・ハンターのコルベットが目の前に止まり、オドラマ・カード八番の「新車」の香りをこすって嗅ぐようにうながされる場面のフランシーヌ・フィッシュパウになった気分。「サンフランシスコ」とぼくは乗りこみながら言い、そう聞いても〈コルベット・キッド〉とぼくが即座に心の中で名づけた彼はまばたきもしない。「行けるところまで乗せてってあげます」

メリーランド州マイヤーズビル出身、黄土色の髪をした二十歳の共和党町会議員（州で最年少）は、Tシャツとカーゴパンツの短パン、白いレザーのナイキのスニーカーという格好で、近所のサブウェイまでサンドイッチの昼食をテイクアウトしに来たところだ。止まってくれたのは「罪悪感を抱いた」からだという。「二週間前、あなたが立ってたのとちょうど同じところにヒッチハイカーがいたんだけど、無視しちゃったんです」ぼくらはおしゃべりをする。名前を教えても、ぼくが何者かはまったくわからない。ぼくの映画は一本も見たことがないという。ぼくはどこまで行くのか訊かないし、彼も言わない。ぼくはただ話しつづける。ぼくも彼も、たぶん意見が真っ向対立する社会問題がいくつかあるだろうというのはわかっていたから、賢明にも政治の話題は避ける。それに彼の言葉を借りれば「路面の穴とその修繕」こそが彼みたいな町会議員がとりくむ仕事なのであり、「共和党か民主党かという問題」じゃない。ペンシルベニアとの州境を越える。二十歳の若者がヒッチハイクの楽しみのために州を越えて高齢者を運ぶ。「これって連邦法違反かな？」とぼくは大声で言う。二人して笑う。

　彼の母親から頻繁にショートメッセージが入りはじめる。彼の返事は見えなかったが、母親が警戒しているのだと教えてくれる。なんといってもランチを食べに行くという息子に車を貸したら、ヒッチハイクをしていたジョン・ウォーターズとやら（いったいどこの馬の骨だか）と隣の州にいるのだから。家の中でどんな警報が鳴り響いてるか想像してみるといい！　ぼくの名前を検索するところを思い描く。うへえ。何が最初に出てくるだろう？　ぼくがアウトフェスト・ゲイ・アワードを受賞したこと、新作のワンマンショー「このお下劣な世界――さらに陽気にお下劣に」を二ヶ月にわたり公演することだろうか？　それとも元マンソン・ファミリーのレスリー・ヴァン・ホーテンとの友情について？　はたまた『ピンク・フラミンゴ』の犬糞食い場面か？　「しかもだな、そいつが本物だとどうしてわかるんだ？」とお父さんが割って入る姿が目に浮かぶ。「そいつがクロッカフェラー*みたいな騙り屋の連続殺人鬼か、でなくてもお母さんの車を盗んでおまえを殺そうとしてる強盗かもしれないぞ⁉」「きみ行方不明で緊急警報出されたりしてない？」とぼくはコルベット・キッドにちょうど書き終えたばかりの「最悪の旅」のタランチュラの章を思い出しながら訊ねる。彼はまた笑う。たぶんそんなことはないという意味だろう。ぼくらはドライブをつづける。

ぼくらは冒険の旅に出る。いいじゃないか？　二十歳なら、衝動任せのイカれた旅に出たくなるもんだ。こんな嘘みたいな展開に出会うことはもう二度とないだろ？　たとえキッドがゲイのカルト映画監督との逃避行に不安を感じていたとしても、そんなことはおくびにも出さない。ぼくらはスモールタウンと大都市の暮らしの違いを論じる。若者について。デートについて。今月後半、ミズーリ州ジョプリンへ、竜巻の被害者たちが生活を立て直す助けをするために行くときに、彼が仲良くなりたいと思っている女の子について。ドラッグについて。ショービジネスについて。そして人生において賭けてみることについて。

ペンシルベニア西部まで来たところで〈この先一九七キロ、食事・ガソリンスタンドなし〉の標識があり、車を止めてぼくがガソリンを満タンにする。彼は感謝しておごりを受け入れるが、帰りの話はしない。ぼくらはもう何時間もドライブしている。車に戻り、近道してニュー・スタントン・プラザまで行き、サンドイッチの〈クイズノス・サブ〉で昼食を食べたが、悪くない。キッドのことは信用しているけれど、「大事なものがはいってるから」と言い訳して荷物とサインボードは持ちこむ。本当の理由は何があるかわからないから——彼だっていつおじけづいて、ぼくがトイレに行ってるあいだに逃げ出してしまうかしれないからだ。ぼくは二人分の食事をおごる。最初はキッドも辞退しようとするが、「もう『テルマ＆ルイーズ』なんだから」これぐらいはさせてくれ、と押し切る。キッドはくすくす笑い、ママと友達はいつも自分たちをそう呼んでる、と言う。

だが、キッドが携帯電話に投げる不安げな視線から、母親がもう笑っていないのがわかる。なんだって自分の息子は「ゲロの王子様」と一緒に二百五十キロも遠いところにいるのか？　あの男が誘拐したのだろうか？　相手に迫られて困ってる？　彼女は本当に頭にきていたらしく、というのもとうとうキッドが降参して家に電話したとき、息子の声がわからなかったのだ。「どちらさま？」とうさんくさげに訊ねる声が聞こえる。「あんたの息子だよ！」キッドは苛立って声をあげる。ぼくが彼をトランクに放りこみ、彼のふりをして電話してきたとでも思ってるんだろうか？ぼくがお母さんと話そうかと申し出てみるが、彼は聞こえないふりをして電話を切る。

そのまま走りつづける。お母さんは何度もかけ直してくる。しまいにキッドが根負けして言う。「七時には帰るよ」それが不可能なのは明白だが、わざわざ口出しはしない。ウェストバージニア州を抜けるが、それは北端をかすめるだけ。逃亡ついでにもう一州！　やっほー！　この子がこんな怖いもの知らずだったなんて。おやおや、とうとうオハイオ州だ。これまで四時間半も走っている。さすがのぼくでも、このお遊びがもうすぐ終わりになるのはわかっている。キッドに七〇号線西行きの、ガソリンスタンドとモーテルのあるよさげな出口で降ろしてくれるよう頼む。

目星をつけて降りてみるが、すぐにヒッチハイク向きの出口ではないと二人の意見が一致する——大型のショッピングセンター——近場の車ばかりで、長距離旅行者はいない。彼はとってかえ

＊（二五一頁）ロックフェラー家の一員を自称したフランス人詐欺師クリストフ・ロカンクールトのこと。

してひとつ前の、もっと小さな出口に向かう。ガソリンスタンド、コンビニエンス・ストア、それにモーテルがある。ぼくはもう一度ガソリンを満タンにしてあげて、ブラックベリーのカメラで記念撮影し、お別れの握手をする。さらに〈乗せてくれてありがとう〉カードも進呈する。キッドはながあああああい帰り道のあいだも、ぼくを拾ったことを後悔はすまい。だけどいったいあれはなんだったんだ?と考えはするだろう。「戻ってきて、一緒にカリフォルニアに行こうよ」とぼくはジョークを飛ばし、もし連絡する必要があったら、個人住所抜きで郵便物を受け取れる仕組みに使っているボルチモアのアトミック・ブックスに言ってくれと伝える。なぜ自分の名刺を渡さなかったのかわからない。だって、彼はできたてほやほやの親友じゃないか。ぼくが投票できるはじめての共和党員だ。自分の住所を教えるくらいでなんでビクついてるんだ? 二人にとって永遠に忘れられない日になったたっていうのに。

時刻はまだ午後四時、たっぷり日が残っている。ここでやめる必要はないだろう。遠くにデイズ・インの看板が見えるから、たとえ次を拾えなくとも、少なくとも泊まる場所はある。ぼくは自信たっぷり――残りの旅なんて屁みたいなもの。ぼくはオハイオ州セントクレアズヴィルで二つのガソリンスタンドのあいだに立つ(ひとつはフードマートつき、もうひとつは店内にATMありと広告している)。コルベット・キッドに降ろしてもらったその場所だ。通り過ぎる車はほとんどが七〇号線西行きの入口をめざしていくが、すれちがった道路標識によれば、それは丘のすぐ上にあるらしい。入口ランプは見えなかったが、そこで待ち受け、ぼくを西にいざなっているはずだ。たくさんの車がやってくるが、一台も止まらない。気さくなバイカー・タイプの女性が手前のガソリンスタンドから出てきて、助手席のウィンドウをおろし、声をかけてくる。「いいわよ、ハニー、二つ先の出口まで乗せていってあげる」だがぼくは丁重に辞退する。ぼくは「かなり理想的なヒッチハイク場所にいるので、できたら州をまたぐ長距離を狙いたい」と説明する。だが、誰も止まってくれない。ぼくは暇つぶしに、ガソリンスタンドのあいだで行ったり来たりしているピックアップ・トラックのレース狂二人を眺める。なぜ歩かないんだろう？　あらゆる非合法行為のシナリオ――ドラッグ、盗難品のカー・パーツ――を夢想するが、単に毎日やってるだけかもしれない。片割れはなかなか可愛いが、どちらもぼくと目を合わせようとはしない。前後に走りまわるたびにぼくの横を通り過ぎるにもかかわらず。二人と一緒の逃避行を夢見る。

　すっかり夕方のラッシュアワーになっている。これだけの車がみな七〇号線西行きに向かい、なのにこの悪名高き男を乗せて長距離ドライブしようという人間は一人もいないのか？　もう二時間以上突っ立っている。わが路傍の魅力はすでに消え失せてしまったのか？　パトカーがゆっくりと走ってきて、こちらを見るがそのまま行ってしまう。ドリス・デイの素っ頓狂な歌「オハイオ」のことを思い出すが、考えるのは地元愛に満ち満ちた歌詞とは正反対のことだ。「なぜ、おおなぜ、おおなぜ、おお、なぜわたしはオハイオから出られないのか」世界に届けとばかりに歌いたい。終わりなき車の流れ。だが乗せてくれる車なし。目を合わせてくれる運転手もなし。「たった一台止まってくれればいいのに！」ぼくは何度も何度も呪文をくりかえし、すると突然、見よ、車が止まるではないか。ぼくはたいそう興奮し、ふるえる手で荷物をかつぎあげ、ボードをしまいこむ。車に駆け寄ると、運転手は助手席のウィンドウをおろして顔を出している。顔も悪くない。あるいはでかい旅になるかも。だが乗りこもうとした瞬間、男は言う。「やっぱやめとこう、そんなに遠くまでいかないし」そして走り去る。おい！　じゃあ、なんで止まったんだ？　ぼくは後ろ姿に怒鳴りたい。拒絶された！　今日は一日苦労したが、それにしてもそんなに惨めな格好だろうか？　びしょ濡れになった。それから乾かした。老いてる。個人的侮辱だ。

もうどん底だと思ったときに、パトカーが戻ってきて、Ｕターンし、二番目のガソリンスタンドのすぐ脇に車を寄せて、ぼくが立っているすぐ前、駐車場のへりまで進めてくる。「ヒッチハイクは禁止だ」と警官は車を降りて言う。「でも、ぼくはアメリカ横断のヒッチハイク旅行の本を書いてるんです！」と伝える。「それに映画も撮ってます」こいつが効いた、と目に見えてわかる。まちがいなく予想もしてない返事に面食らい、しかも信じてくれたようだ。警官はためらってから最後に、「いいだろう、ただし道路には出ないこと、それに州間高速上では絶対にやらないこと！」ぼくはその条件に同意し、彼の寛大さにちょっと驚きさえする。

日が暮れてきた。まだ暗くなってはいないが、そろそろだ。今日拾ってもらえた理由が、雨が降っていて、みんなに哀れに思われたためだけでないと祈るのみ。急に近所の唯一のホテルの空き室が心配になってくる。今日は切り上げることにしよう。明日早起きすれば晴れて運もまわってくるだろう。

ぼくは七〇号線をまたぐ橋をとぼとぼ歩き、西の方角を楽観的に、だが自信はそれほどなく見やる。荷物はちょっと重かったかもしれない。そう気づくのは、ハイウェイからも見えるように高く掲げられたデイズ・インの看板を見ながら、上へ、上へと急坂を登っていく最中だ。急な坂の両側に大型トラックが何台か駐車している。すっかりくたびれ、疲れ果てて弱ったエルマー・ガントリーみたいな気分で、荒い息をつきながら駐車場へ、そしてようやくデイズ・インのロビーにたどりつく。ありがたや、部屋は空いている。車はないと告げても、フロントの女性は瞬きもしない。ぼくはモーテル・スタイルの部屋まで歩く。途中何台もトラックの前を通り過ぎるが、エンジンをつけっぱなしにしているものもある。疲れすぎていて、エロいことを考える気にもならない。

部屋は思いがけず悪くない。少なくともちゃんとした照明があり、これは多くのホテルが（高級ホテルでさえも）無視している点だ。モーテルの部屋でみんながみんなセックスするわけじゃない――読書する人間だっているんだ！　今日はじめてメールのチェックをする。いやはや。とんでもない量だ。仕事を無視しているとこういうことになる。ざっと見て、個人的な連絡だけ読む。もう勤務時間は終わっているけれど、ぼくはアシスタントの自宅に電話して現在地を知らせる。この旅行のあいだはこうやって連絡することになるが、アシスタントにしてみればいい迷惑だろう。「でも、夜しか連絡できないんだって」とぼくは説明する。「太陽の下で、道路に立ったままメールを読むなんて無理だし、それにサンフランシスコまで乗せていってもらうために車で喋りまくってるときに仕事なんてできるわけがない」スーザンとトリッシュは理解してくれたようで、少なくとも最初の晩はぼくが無事に過ごしているのでほっとしている。

驚いたことにデイズ・インにはルームサービスがない。スノッブを気取るつもりはないが、ハンバーガーか冷凍ピザくらいはあるかと思っていた。だが残念。あるのは唯一「朝食無料サービス6：30－9：00」だけだ。他にディナーの選択肢はないのかとロビーに戻ってみるが、近所のレストランの出前メニューも同じく陰々滅々。つねに霊感の源を探しているので、あちこち嗅ぎまわり、モーテルにバーがあるのを見つける。広くてミラーボールもある！　中にいるのはカップル一組だけだが、驚くべき風景だ。低予算の『コンボイ』と『ステイン・アライブ』の続篇が一緒になったような。普段ならぼくはボルチモア流の即とびこみで、友達をこしらえるところだ。でも、今夜はパスする。二日酔いでヒッチハイクなんて考えられない。

いずれにせよ、もうお腹はすいてない。部屋に戻り、地図を出して、ボルチモアのわが家からまだたった四百八十キロしか離れていないことに気づく。これは長い旅になる。持参の「トレイル・ミックス」をいくらか食べる。まだ湿り気が抜けないバッグの底に中身が少しこぼれている。ホームレスのハムスターみたいだ。これが一日目の終わり。これだけ疲れ果ててたら、どこでだって眠れるだろう。おやすみ。

現実の旅・6　警官

早起きする。二日目。実際にモーテルの部屋から出て親指を突き出すことが、これまで以上に生々しく感じられる。もう戻れないところまで来てしまった。カーテンから外をのぞき、雨が降っていないことを確かめる。でも信じられないほど濃い霧だ。やれやれ！　ハイウェイでの乗用車とトラックの多重衝突事故への恐怖がさらにいや増す。ぼくは一枚目の下着を捨て、メイドに五ドルのチップを置きながら、デイズ・インでもこういう心付けは義務なのだろうかと考える。

サービスの朝食をとりに食堂に行く。長距離運転手と知りあえたら、乗せてもらえるかもしれない。だが駄目だ。テレビがやかましく鳴り響き、醜悪な照明に照らされている。胡麻塩頭の男が六、七人いるが、お互い同士目を合わせようとせず、ましてやこちらなど見もしない。彼らは陰鬱な日々のくりかえしにすっかり麻痺しきっているようだ。ぼくはただちに敵意に満ちた雰囲気を感じ取り、そしてここが提供する惨めな朝食メニューを一瞥しただけで——白パンとパック入りのドーナツ――インスタントのスクランブル・エッグや冷凍の脂ぎったベーコンすらない――食欲が失せてしまう。そのかわりにぼくは紅茶を一気に飲み干し、トイレに直行して排尿を済ませることにする。今後のトイレ不足への懸念からだ。さっさとモーテルをチェックアウトする。誰一人世間話などしていない。

濃い霧の中たった一人、不安をそそる静けさに包まれて、高い丘を下り、昨日と同じヒッチハイク場所に立つ。怖いような霧だ。州間高速道が閉鎖されそうなぐらい。モーテルからトラックが一台、二台と出ていき、ぼくはサインボードを掲げるが、視界がゼロだと轢かれるんじゃないか、と心配になってしまう。七〇号線西行きを見下ろす跨線橋まで戻り、豆スープの先を透かし見て、今日こそ楽に行きますように、と万にひとつの希望をかける。

だがそれはかなわない。同じ場所。同じ結果。たくさんの車。止まらない車。丘を登り、七〇号線への実際の入口ランプまで行ってみようかとも考える。いや、たぶん車を止める場所がないだろう。それに、そのあたりはさらに濃い霧に飲まれている。ここで待つほうがいい。たった一台の車でいい。だけどその一台が止まらない。ぼくは何時間も立っている。

霧がついに晴れて、暑くなってくる。ボードを地面において日焼け止めを塗るのだが、鏡を見てちゃんと擦りこめているか確かめないと、鳥の糞みたいなムラができそうでいつも不安だ。禿を守るために『スカム・オブ・ジ・アース』のベースボール・キャップをかぶる。もはや誰もぼくには気づかないだろうが、熱中症になるよりはましだ。サングラスもかける。見事に狂人に見える。昨日とは違う警官が走りすぎ、こちらをじろりと見るが止まらない。ぼくは驚く。

ピックアップに乗った昨日の可愛いスピード狂の片割れがガソリンスタンドに入ってくる。彼はまだ走りまわり、トラックで隣のガソリンスタンドまでの短い距離を急加速する。いったいぜんたい、こいつは何をしてるんだ？　さすがにもうこっちにも気づいてるはずだ！　まる二日、その目の前でぼくはヒッチハイクしているのに、いまだに会釈のひとつもない。あまりに退屈で不満がたまってきたので、不謹慎にジェーン・ボウルズ*的に相手に気があるふりまでしてみる。

もうお昼時だ。何かやらなければならない。どう考えても今のままでは駄目だ。そのときこちらに向かって路肩を歩いてくる人が見える。やめてくれ！　もうひとりヒッチハイカーが増えるのか、とぼくは怯える。おい、兄さん、オレが先に来たんだからな、と脳内で議論をはじめる。思い出すのは、六〇年代ヒッピーの縄張りで、コネチカット州ニューヘイブンでもカリフォルニア州サンタ・バーバラでも――いずれも州間高速ライドの二大拠点――つねに発生したヒッチハイク戦争だ。近づいてくると、どうやら本物のホームレスらしいとわかる。ぼくの前を通り過ぎるとき、こんちわと声をかけてくる。この神に見捨てられた土地に落とされてから、はじめて口をきいてくれた地元民だ！　ぼくはどうもと挨拶を返す。

ついにこの場所を諦め、丘を登ってみることにする。上まできてようやく問題が判明する。そう、七〇号線西行きの入口ランプはここにある（そしてヒッチハイクが許される場所でもある）。なのに誰も止まってくれなかった本当の理由は、州間高速道路へ向かう車がほとんど存在しなかったか

*作家ポール・ボウルズの妻。レズビアンであり、結婚しながら堂々と女性との恋愛を楽しんだ。

らだった。ここは地元の動脈で、巨大なショッピング・センターと、商業地区や地元の小売店へ向かう道だ。だから誰もぼくの行きたいほうへは行かない。みなモールに行く。くそが！

新しい場所に移り、今度こそ乗れるはずだと思う。なぜそう思ったのはわからない。あいかわらずわずかな車だけが七〇号線西行きへと曲がっていく。さっきの警官がまた回ってきて、ぼくに視線をくれるが、車は止めない。本気で暑くなってくる。水はあまり残ってない。まるでぼくの映画にでも出てきそうな格好をした女性が、こちらに向かって丘を登ってくる。またしても、どうかヒッチハイカー仲間じゃありませんように、と祈る。しかも根性悪そうに見える。ひょっとしたら娼婦かな？　だけど、ここはとうてい客を拾えそうな場所には思えない。女性はぼくの前を通り過ぎる。やっぱりただ出勤するだけだったのか。どうしておまえは誰も彼もお下劣キャラにしたがるんだ！と自分自身を叱りつける。

太陽として知られる地獄の球体はたちまち上昇し、今ではほぼ頭上にある。気絶しそうだ。通りの向かい側、誰かの私有地に小さな日陰がある。ちょっとばかり座りこんでくたびれた骨を休めたって住んでいる人からは見えないんじゃないか？　ぼくは日陰の芝生まで歩いていって腰をおろす。ブラックベリーのショートメッセージは見ない——それは遠くはるかな世界だ。かわりにオフィスに電話して、アシスタントに泣きつく。みな辛抱強い。「だから言っただろ、この阿呆が！」と怒鳴りたいところをぐっとこらえ、「そのうちに誰か来ますよ」と元気づけてくれる。「うん、でももし来なかったら？」とぼくは言い返し、そこで彼らが答えられるわけがないことに気づく。電話を切る。そのまま座っている。肌にブヨがとまるのを感じ、ようやく立ち上がる。

通りをわたってもとの場所に戻るが、あいかわらず誰も止まってくれない。オハイオ州セントクレアズヴィル、おまえなんか大嫌いだ。水を最後の一滴まで飲み干したので、水分補給のためにもう一度丘を下りなければならない。トレイル・ミックスだけでもやっていけるが、水分は必要だ。最初のガソリンスタンドのコンビニエンス・ストアで誰かをつかまえるか、お金を払って長距離の運転手がいそうな場所まで乗せてもらう交渉ができるかもしれない。スピード狂のいる二番目のガソリンスタンドはパスする。彼は顔をあげないが、まだそこにいる。だからぼくらのあいだのロマンスがまったくありえないわけでもなさそうだ。

最初のガソリンスタンドのコンビニエンス・ストアで水を買う。コカ・コーラ社が扱うようになってから、こういうところでエビアンを見つける嬉しい驚きがある。カウンターの男はぼくのヒッチハイク・ボードを見ても――たぶん店の前に立っているのを見ていたかも――目をそむけない。このさきにもっといい休憩所はないかと訊ねると、彼は「ああ、三十分ほど行った先にトラック溜まりがあるよ」と言う。ぼくは哀れっぽくうかがいをたてる。「お金払ったら、そこまで連れてってくれる人いないかな？」一瞬沈黙。「ああ、オレが行くよ」と彼は答える。「二時に仕事がはけたらね」「いくら？」ぼくはたちまち元気を取り戻し、安堵する。一瞬考えたのち、彼は言う、「二十ドル」「決まりだ」たとえ百ドルと言われてもオーケーしてたろう！「じゃあ、もうちょっとヒッチハイクしてみるよ。きみのシフトが終わってもまだ立ってたら、そのときはおねがい」とぼくは交渉する。「わかった」彼が同意してくれたので気が楽になる。これが駄目なら、彼に雇ってくれと頼むはめになっていたかも。もうここに住んでるような気になっている。

ふたつのガソリンスタンドのあいだ、最初のヒッチハイク場所に戻る。まるで『恋はデジャ・ブ』の中に入ったみたい。あのスピード狂にストーカーだと思われてなければいいが。状況は変わらない。たくさんの車。誰も止まらない。そのときさっきと同じ警官が丘から戻ってきて、今度はぼくの前で止まる。意地悪警官なのか、親切なのかわからない。彼は身分証明書を求める。ぼくは免許証を見せ、ヒッチハイク本の取材だと説明する。彼は表情を変えぬまま、車に戻って照会する。ぼくあての逮捕状が出ていないのに満足し、戻ってきて免許証を返してくれる。ぼくは「昨日、別の警官が、この場所なら」「道路に出ないかぎり」「ヒッチハイクしてもいい」と言ってくれたと説明する。「ああ、そう」と彼は答える。「どんな奴だ?」「ブロンドの人」ぼくは理想のトム・オブ・フィンランド*幻想を思い描きながら答える。今こそ「名声セット」の出番だと悟ったので、自分は映画監督なんだと説明し、Hな言葉(『ヘアスプレー』)を使い、顔をうかがう。彼は黙ってぼくの経歴を読み——「映画監督、作家、俳優」云々、それから顔をあげ、真面目くさった顔で言う、「どこにもプロのヒッチハイカーとは書いてないが」ぼくは笑う。彼もだ。「なんだったら乗せてよ」ぼくは大胆にも頼んでみる。「いいよ」と彼は言う。「乗りな」

信じられない。ぼくは後部座席の「檻」に乗りこむが、「最悪」の章で想像したのと見事に正反対の経験だ。今回はせっかくだからサイレンを鳴らしてほしかったのだが、車が出るときには余計なことは言わない。雇ったはずのコンビニ店員のことはただちに忘れる。かまやしない。もし車が見つからなかったら、と言ったんだし。それに、これで二十ドル節約になった。

「郡のはずれまでしか行けないよ」と警官は説明してくれる。「これは保安官のパトカーで、州警の車じゃないんだ。オハイオでは、どの郡にも保安官のパトカーがあって、仕事は全部そっちがやってる。権力を握ってるのは州警のほうだけどな」怠け者の州警につかまらなくて何よりだったと思っているあいだにも、彼は「連絡して、オハイオのさらに先まで連れて行ってくる警官がいないか聞いてみよう」と言ってくれる。「あんたが想定してる出口は悪くない」と助言してくれ、「ガソリンスタンドとレストランがある。だけどその次の出口、そこは自分の管轄外なんだが、ホテルもあるトラック溜まりで、もっと大きいし、たぶん車を見つけるチャンスも多いだろう」他の警官はみな彼が狂ったと思っているのか、それとも本当に忙しいのか、わが保護者にして現実生活を保安してくれる官はぼくの手助けになってくれそうな同僚を見つけられない。

「すまんな。最初のとこで降ろさなきゃならん」彼は七〇号線西行きを下りて、マクドナルドの隣にディーゼル・トラックの駐車場がある巨大なトラベル・プラザに車を入れる。拾ってくれた場所からわずか十一キロしか進んでいないが、ぼくは心から感謝している。このまま残って彼の助手になり、勤務後は警官バーにたむろして酒を飲み交わすのもいいかも、などと夢想する。「こっちならきっとツキが回ってくるよ」彼は陽気に言う。「この出口からは車がたくさん出入りするからね」彼は一人きりのガソリンスタンド係員とファストフード店に入ってくる道路補修工事の作業員に手をふる。地元には馴染んでいる様子だ。「あとで様子を見に来るよ」とぼくを降ろして言う。「次のトラック溜まりまで運ぶ警官が見つかったら、迎えにやるから」わお。これぞ公共奉仕とい

＊フィンランド出身のイラストレーター。レザー・スタイルの筋骨隆々たるゲイのイラストで世界的人気を博す。

うやつ。ぼくは突如としてオハイオへの愛を新たにする。

現実の旅・7　男性看護師

マクドナルドに入る。みな顔をあげてこちらを見る。誰かが気づいてくれまいかと思うが、さだかではない。たぶんぼくが未確認飛行変人に見えるのが問題なんだろう。なんになさいますか？　頭上のメニューの中からいちばんわかりやすいのを選ぶ。クォーターパウンダー。悪くない。少なくともようやく食事らしい食事だ。周囲とアイコンタクトを試みるが、誰もぼくと話したくなさそうだ。ヒッチハイクのボードは堂々と晒しているし、話のきっかけとしては格好だと思うのだが。ここは駄目だ。

外に出て、トラック運転手向けのガソリンスタンドに向かって歩く。ヒッチハイク・ボードに目をとめてくれる人はいないかと思いながら。いたしても、助けにはならない。ぼくは一人ハイウェイを入口ランプまで歩く。鶏小屋のサンプルが並ぶ前に、購入希望者向けの道案内を記した看板が立っている。今晩、ここで寝ることになったりして？

入口ランプはうってつけのヒッチハイク場所で、七〇号線西向きに合流する前に運転手が車を止める余裕も十分にある。ぼくはまた親指を突き出す。すごく暑い。今年はじめての夏らしい気候のせいか、バイカーがたくさん道に出ている。ヒッチハイク姿を見ると、みな必ず親指を立ててくるので、ぼくも指を返す。またしてもドツボだ。誰も止まらない。さらに四時間立ちっぱなし。いったいどうしろってんだ？　もう一生誰にも拾ってもらえないのかも！　スーザンからショートメッセージ、「大丈夫？　まだ同じところにいるみたいだけど」いいや、大丈夫じゃないとも。脱水症状を起こしそうになってるのがわかる。さっき入ったマクドナルドの向かいに、チェーン店ではない地元のダイナーらしき店がある。ちょっと休憩して日陰で休もう。ひょっとしたら親切な運転手がいるかもしれない。

　ますます不気味に存在を誇示する鶏小屋の前を通り過ぎる。どうしても抵抗できない――今夜の宿が必要になったときのために、どの籠で寝るか、ひとつ選んで決めておく。ダイナーに入るが、残念ながら客はほとんどいない。昼食時間は終わってひさしく、ぼくはひとつテーブルに固まって座っている連中に、ぶしつけにも「ぼくと同じ方向」に行かないかと訊ねる。丁寧な「いいえ」の返事。それからコークの大を注文する、普段なら絶対やらないことだ！　コカ・コーラはもう二十年も飲んでいないが、ぼくは気絶しそうだったし、子供のころ母はいつも気分が悪くなったときにコークを飲ませてくれたものだ。ウェイトレスは不審そうな目でこっちを見ている。が、そう思うのはぼくの被害妄想かもしれない。当然トイレを使うが、ふとショウビズ・ニュースのＴＭＺでラリー・デイヴィッドとジェフ・ガーリンがガソリンスタンドまで追いかけられる場面、ジェフ・ガーリンがトイレから出てきたところで、レポーターが小か大かと訊ねた驚くべき無神経さを思い出す。ぼくは小さくなっている。とくにここでは。

席に戻ると、ウェイトレスが飲み物をもってきてくれたので、警官から聞いた「この先にあるもっと大きなトラック溜まり」までお金を払うので連れてってくれる人はいないか訊ねてみる。彼女は知らないという。タメイキ。ばかでかいコカ・コーラを飲む。まさにこれこそ求めていたもの。今日どれだけカロリーをとったとしても、この呪われた日にたまった不安で帳消しだ。ぼくは一ドルの代金に五十セントのチップを置き、馬鹿みたいな気分になる。

焼けつくような日差しの下、ふたたびとぼとぼと入口ランプまで戻る。やっぱり誰も止まってくれない。それからパトカーが近づいてくるのが見える。だが今度は被害妄想は感じず、天に祈る（またしても！）。どうか最初の警官から連絡を受けてようやく手が空いた謎の「隣郡の保安官」でありますように。だが違う、それは最初の警官だ！「まだ車拾えないの?!」と彼は驚く。ぼくは悔しさに身悶えする。「地元の車ばかりなんです」見え透いた言い訳だ。「じゃあボードを振り回すとかしてみれば？」と警官は面倒くさそうに忠告してくれる。完全に負け犬の気分だ。まともに車を拾うことすらできない怠け者ヒッチハイカー。彼は手をふって、ぼくが向かうのと反対の方向に走っていく。「最悪の旅」の章で、これだけ長く待ちつづけることを想像していなかった自分に驚かされる。今日は九時間もヒッチハイクしていて、車内で過ごした時間は十分足らずだ。まだ二日目だというのに！　このペースじゃあ一生サンフランシスコになんてたどりつけまい。

そのときそれが起きる——いつものように、期待が底まで落ちこんだときに。車が来る。ぼくのオフィスでは、ＳＰＯＴの位置検索デバイスを通じて、ぼくがついに車に乗れたのを知って歓声があがっているだろう。ヒッチハイカーを拾う運転手はみな喋りたがりで、今日のぼくはとりわけ喜んで聞きたい気分だ。運転手は三十代の好漢で労働者階級、ガールフレンドが家で待っている。彼はすぐに自分の「人生を変えた」経験を語ってくれる。祖母が長患いのあと足を切除しなければいけなかったこと、そして病院で祖母が受けた看護に深く感動し、自分も生涯を看護の道に捧げると決意したこと。いいね。ぼくも介護してよ。

彼は離婚し、自罰的にたくさんタトゥーを入れたが、今は「だいぶまし」になった。実の子供のほかに、愛情たっぷりに語る新しいガールフレンドの連れ子がいる。あまり遠くまでは行かないのだ、と説明してくれる。ぼくがお昼を食べたマクドナルドの店舗でテイクアウトし、家族に持ち帰るために出てきただけだという。この先にあるらしきトラック溜まりのことを訊ねてみると、そこは最近閉じてしまったと言われた。残っているのはトラック用ガソリンスタンドだけ。わが心は沈む。どうやら警官はそのことを知らなかったらしい。ぼくは親切で男らしい看護師に自己紹介するが、彼は自然な感じで興味ないことを示す。ぼくがこんな遅い時刻にモーテルもないフリーウェイ出口で降ろされる不安をもらす。すると彼は「飯を食い終わったら、この出口まで戻ってきて、あんたが車に乗れたか確かめるよ」と言ってくれる。わお！　最高の申し出じゃないか！　でも正確にどういう申し出ということになるんだろう？　ぼくが立ったままでいたら、家に連れて行ってくれて、ガールフレンドに紹介し、カウチで寝かせてくれる？　マクドナルドのディナーの残り物をつまむ？　男性看護師が州間高速を下りるところで降ろしてもらうときには、ぼくの不安は少しだけ減じている。もちろん、彼にはありがとうカードをわたす。ぼくが動けなくなったときに来てくれるかもしれないし。藁をも摑むのが当たり前に感じはじめる。

現実の旅・8　炭鉱夫

　恐れていたとおり、この出口には宿がない。立っているところから見上げる位置に、なかば木の枝に隠れるようにガソリンスタンドがあり、看板をうかがうかぎりでは、中にはコンビニエンス・ストア的なものがあるらしい。だけど、いったい何時まで開いているかはさっぱりわからない。右手のほう（いざとなったら下で寝てもいい橋の先）に、巨大なトラックが燃料補給を終えて遠ざかっていくのが見える。フリーウェイのもっと先に、今や廃墟となった「トラッカー・プラザ」、もし開いていれば泊まれたかもしれない場所の看板がある。だが開いてないいんだよ、ジョン、そこは開いていないんだ。

　今路上にいるのは帰宅ラッシュの車ばかりで、おなじみになった無関心で通り過ぎてゆく。ぼくは悲しみとともに、ここは、さっき拾ってもらった場所以上に車を捕まえにくい場所だと認めざるを得ない。だけど、たとえさっき以上に悪かろうと、少なくともさっきとは違う場所だ。親指を突き出したまま、そこに永遠に立つ。ぼくはここで死んでゆく。事務所に電話して、ためこんだ不安を吐きだす。スーザンもトリッシュもなす術《すべ》がなく、というのもぼく自身どこにいるのかわかってないからだ！　ブラックベリーとSPOTはごく近い場所を指し示しているが、正確に同じではない。万一暗くなるまでここから動けなかったときのために、地元タクシー会社の電話番号を調べてくれと二人に頼む。勤務時間はそろそろ終わりで、まもなくオフィスは閉まると気づいたときの恐怖は、スーザンとトリッシュにも伝わったはずだ。二人はとりあえず探してみると約束してくれる。

電話を切ると、たちまち陽が沈んでゆくのがわかる。もっと直截《ちよくせつ》なメッセージを伝える新しいボードが必要だと気づく——近距離のドライバーにも効果があって、せめてモーテルの併設された出口まで連れていってくれそうなものを。だけど、ヒッチハイク場所を離れてボール紙を探しに行くのが怖い。だって、あの男性看護師が戻ってきたら？　それにしても、何時から晩御飯を食べてるんだろう？　もうとっくに食べおわってるはずだ！　戻ってくると言ったのは嘘だったのか？　家のパソコンでぼくの名前を調べて、突然怯えたのかもしれない。何を言ってんだ、この誇大妄想狂め！　たぶんカードなんか捨ててしまったろうよ、うぬぼれ屋。ああ、彼にいますぐ戻ってきてほしい！

だけど彼は戻ってこない。今すぐ行動しないと、完全に夜になってしまう。ぼくはガソリンスタンドのコンビニエンス・ストアまで歩いていき、カウンターの中に立つ女性に、ヒッチハイクのサインボードを作りたいのでボール紙をもらえないかと頼む。「あのねえ、フリーウェイでヒッチハイクは法律違反よ」女は鼻を鳴らす。クソ女め。「ええ、わかってます。でもぼくは入口ランプに立ってるし、そこでなら大丈夫ってオハイオ州の警官に確認とってますから」ぼくは刺々しさを抑えこみつつ答える。「店の外の小屋にボール箱は全部しまってある」女は少々恩着せがましさをにじませつつ教えてくれる。「バラさないと使えないけど」ぼくは渋々礼を言い、出ていったらすぐに一一〇番するんじゃないかと疑う。

蒸し暑い小屋から箱をいくつか摑みだし──どれも大きすぎる──いつもの「肉体労働をやらせると不器用すぎる」手つきで引き裂く。イテッ！　ホチキスの針に指をひっかけて血が流れ出す。まったく、どうして誰にでもできる肉体労働がまともにできないんだろう、と天を仰ぐ。ぼくってそんなにホモくさい？　オカマすぎるから段ボール箱を正しく畳むことすらできず、真ん中から引き裂いてボードに使えないものを作ってしまうんだろうか？

ようやく小さめの箱を見つけ、おっとびっくり、折り目をきちんと畳むことにも成功し、完璧なサイズのボール紙を二枚破り取る。頼りになるマーカーを取り出すと、新たな嘆願〈次のモーテルまで〉を書こうとしてためらう。ひょっとして性的なメッセージととられやしまいか。そのかわりに〈次のホテルまで〉と書くが、これは馬鹿馬鹿しい──フリーウェイの出口近くにまっとうなホテルなんかあるはずがない、だからどうした？　安っぽく聞こえるより、もったいぶってるほうがずっといい。

で、どうなったと思う？　ボードが効いたのだ。炭鉱夫が拾ってくれる。正真正銘の本物。三十代半ば。漫画みたいに全身石炭の粉だらけ。仕事から帰るところ。そしてそう、モーテルがあるオハイオ州ケンブリッジの出口まで連れていってくれる。拾われた場所〈オハイオ州オールド・ウィルミントンだ、と教えてくれる）からはわずか十分だが、少なくとも今晩は外で寝なくともすむ。わーい！

わざわざ自分の生業を伝えることはしないし、彼も訊ねてはこない。詮索好きなタイプじゃないようだ。ただただ、ツキに見放された同輩を助けてあげようと考えた善人なのだ。チリの鉱山事故と、あわやの救出劇のニュースを見てどう感じたかを訊ねると、彼は「わざと見ないようにしてたよ。だって、自分にゃ幼い娘が三人もいるし、どうせ翌日も仕事に行かなきゃならないんだってのに、なんでわざわざ不安になるようなもんを見る？」彼には過去がある。これまでぼくを拾ってくれた男たちはたいていそうだった。彼はオハイオのこのあたりから北へ「退屈だったから」流れたが、シャブ中毒になって人生をたてなおすために戻ってきた。先の男性看護師やバイカーと同じく、愛情たっぷりに妻のことを語る。ぼくが近所で会うストレート男たちはたいていパートナーの悪口ばかりを言い、ろくにフェラもしてくれないと不平たらたらだ。でもここにいるのは女たちを愛しており、妻が自分を正しい方向に導いてくれたと感謝するヘテロ男性だ。彼は幸せそうだ。ヘテロセクシャルだって自分を愛することはできるのだ。

オハイオ州ケンブリッジは下りるはずの出口より先にあったが、それでも彼はそこまで連れて行ってくれ、翌朝のヒッチハイクのための場所探しまでつきあってくれる。どうやらよさげだ。見えている中でどのホテルに泊まりたいかと訊ねられる。ぼくはすっかりデイズ・インびいきになっているので、よく知っているところに泊まることにする。〈乗せてくれてありがとう〉カードを渡すと、丁重に受け取ってくれる。彼はにっこり笑って別れを告げ、一日のまっとうな労働を終えて家路につく。

現実の旅・9　ヒア・ウイ・ゴー・マジック

　チェックインすると、これは驚き、フロント係がぼくだとわかるではないか。ぼくは大陸横断のヒッチハイクをして本を書いているところだけど、車を捕まえるのに苦労していると説明する。彼はクレジットカードを読み取りながら、ぼくの名前を検索している。後ろに並んでいた太った客が、会話を漏れ聞いて言う。「自分も以前トラックを運転してたが、この出口に泊まる運転手は多いんだ。だからあんたもきっと運がまわってくるよ」最近ではいろいろ禁止規則があり、トラック運転手はめったにヒッチハイカーを拾わないのだ、と言うが、男は絶妙のタイミングで返してくる。「いや、オレを信じなよ。あんたがマンコ持ってりゃすぐ拾ってもらえるって」

　部屋に行くと、入るか入らないかで電話が鳴る。フロント係からだ。「すみませんが、降りてきて、サインしてもらえませんか?」「いいよ」とぼくは答える。「明日の朝、きみが西に行く車を見つけてくれるならね」フロントでサインをしてあげると、彼は訊ねてくれることを約束し、シフトのあいだにうまく車を見つけられたらメモを入れておくと言う。これは希望がもてる。

部屋に戻り、帰宅したスーザンとトリッシュに「親切な炭鉱夫――作業着姿の」がデイズ・インまで十三キロ乗せてくれた、とショートメッセージを送る。フロント係のこと、車を見つけてくれるかもしれないという旨を説明する。スーザンからの返事は「明日はきっといいことがありますよ」

一日分のメールをおさらいし、オフィスの連中が、ぼくがパニックに陥り泣きわめいていたとき、タクシーか配車サービスを探してくれた努力の（うまくいかなかった）あとをたしかめる。いつものせっかちで斜め読みし、スーザンたちが「復員軍人バーにまで電話」して、「それほど酔ってなさそうな人間に頼んでみた」と書いてきているのを見て、「やらせ」のヒッチハイクを仕立てようとしているのかと思いこんでしまう。ぼくは上から目線のメールで「ぼくを怒らせたいのか？　頼むからこんなことはしてくれるな！」と書く。だがそこで二人はぼくの本を操作しようとしているのではなく、ただぼくの命令に従っただけだと気づく――万が一動けなくなったときのためにホテルまでの車を手配してくれようとした。ぼくはすっかりしゅんとなって、「予防策として考えてくれたんだね。ありがとう」とメールを送りなおす。

携帯の画面をさらにスクロールして、コルベット・キッドがぼくを降ろしたその日、アトミック・ブックスに送っていたメールを読む。ヒッチハイク旅行のことを知らなかった書店オーナーのベン・レイは当惑しつつ、キッドの一日遅れの電子メールをオフィスに転送してくれていた。そこにはメリーランド州フレデリック郡でぼくを拾ったこと、オハイオ州まで乗せていったこと、ぼくらがすばらしい時間を過ごしたこと、そして今度のミズーリ旅行のときにまた乗せてあげたいので、ぼくのメールアドレスを教えてほしい旨が書かれていた。

　ベンはキッドがなんの話をしているかわからなかったので、メールを送ってきたファンへの通常対応をして「申し訳ありません、わたしどもではジョン・ウォーターズ宛のメールを取り次ぐことしかしておりません」と店の住所を教えた。だけどキッドはそれには満足せず、さらに応じて「わかりました、彼からここに電子メールを送ってくれって言われたんですけど……彼が嘘ついたということならそれでもかまいませんが。でも、ぼくは今日彼を四時間オハイオまで乗せていってあげたところなんです。あなたには、ただ彼と連絡が取れるようにこのEメールを転送してほしかっただけです」スーザンは転送されてきたメールを見て返事を書いていた。キッドにアトミック・ブックスの事情を丁寧に説明して、「昨日、ジョンを乗せてくれてありがとうございました。彼も素晴らしく楽しい旅だったと言っており、心から感謝していました。ジョンとこちらとの連絡は不定期ですが、まちがいなくあなたのメールは届けますし、そのような素晴らしい申し出をしていただいたことには感謝します。数日内にミズーリ州は通り越すでしょうが、保険となる計画をご提供いただけて本当にありがたいです」と付け加えた。キッドはただちに返事をよこして、感謝の意と、ぼくがアシスタントの片割れは共和党員《リパブリカン》だと言ったことをジョークにし、「〝R〟仲間に会えて嬉しいです……きみのせいでジョンが嘆いていなければいいですね」それに対するスーザンの木で鼻をくくった返答にも、キッドはめげていないようだ。「本当に大冒険ですね」とキッドは書きおくる。ぼくは即座に携帯の番号をキッドにメールする。備えあれば憂いなし。

ちょっぴり気分が上向きになる。そして旅に出てからはじめて空腹を感じる。外にはいくつかのモーテルとファストフードレストラン、さらには巨大なトラクター用品店まである。周囲はトラック野郎だらけ。そしてそう、確かに信じられないくらい可愛い子もいるのだが、ポルノならざる現実世界で、その大多数は、正直、醜い。映画監督と同様に、だろう。生まれてはじめてみる世界だ。大興奮！ コンビニエンス・ストアの〈スターファイア〉でさらに水のボトルを購入し、それから夕食をとりに〈ルビー・チューズデイ〉に向かう。これまたぼくにとってははじめて。ぼくはカウンターに座り、同じく食事中のトラック野郎どもに愛想よくふるまうが、誰も餌には食いついてこない。ティラピアを注文してみたが本当に美味しい。〈ルビー・チューズデイ〉はいい店だ、ぼくも普通の人間になれた気がする。ひょっとしたら普通の人は見知らぬ相手に話しかけたりしないのかもしれない。だからぼくはここでは誰とも友だちになれないのかもしれない。

モーテルに帰り、わざわざフロント係に顔を見せつける。彼は手をふる。明日の車のことは何も言ってくれないのでがっかりするが、泣き言は言うまい。今も努力中かもしれないし。

部屋に戻り、AAAトリップティクを見て落ちこむ。今日は十時間もヒッチハイクしたが、車の中にいた時間は全部合わせても五十分ほどだ。二日目は最悪だった。この先まだ、まだ長い道のりだ、眠りに逃げよう。

いつものように、朝六時に目覚める。ありがたや、デイズ・インにはバスタブがある。よほど暑いときでもないかぎり、シャワーはぼくには強すぎる。二枚目の下着を捨てるべきかどうか考える。やめとこう。この旅行はまちがいなく五日では終わらない。ぼくは二日目のボクサー・ショーツを再使用する。ヒゲの手入れの主要道具を忘れてきたことに気づく――長かったり胡麻塩だったりするヒゲを切る爪切りバサミだ。まあいい、今の所はそんなにみすぼらしくない。一日くらいは大丈夫だろう。

　ぼくは「仕事」に出かける。入口ランプまではそう遠くなく、いい場所に見える。車はたくさん通る。だけどスーザンは間違っていた。「明日はいいこと」なんかない。ぼくは親指を突き出して立っている。昨日の警官は誇りに思ってくれるだろう――ぼくはボードを振り回し、運転手と視線を合わせ、それでもツキは回ってこない。パトカーは何台か通り過ぎ、まちがいなくぼくの存在に気づいていたはずだが、誰も同情の声はかけてくれない。四時間がすぎる。ぼくは別のボードを試してみる――〈七〇号線西の果てまで〉。スーザンが提案してくれたもの、〈ヒッチハイクの本を書いてます〉。ただ〈サンフランシスコ〉と書いただけのものまで――けれどやはり空振り。オハイオはわが死に場所になるだろう。退屈死の。

　またしても、車が止まったときは非現実的瞬間がある。ぼくを置いて走り去ってしまうかもしれないという恐怖。ヴァンが小型のトレイラーを引いている。ドアがスライドして開き、ヒップスターがずらりと顔を出す。「マンソン・ファミリーみたい！」ぼくはおどけて挨拶する。みなびっくり顔でぼくを見ている。「どちらから来たんですか？」二列目の座席に座るハンサムから訊ねられる。「ボルチモア」とぼくは答える。「どうぞお乗りください」と彼は言い、車内全員がこの上なく人懐っこい笑顔を向けてくる。彼らはヒア・ウイ・ゴー・マジックというインディー・バンドだが、ぼくは情けなくもダサいことに名前を聞いたことがない。新しい音楽を追いかけてると思っていても所詮この程度。運転しているのはミキサーのマット・リトルジョン。隣に座るのはドラマーのピーター・ヘイル。二列目は最初に声をかけてくれたギターのマイク・ブロック、それにツアー・マネージャーのアヴター・カルサ。その次の列でぼくと並んで座るのがセクシーでクールなベーシスト、ジェン・ターナー。そして最後の列にリードシンガーでギタリストのルーク・テンプルが座る。楽器はすべて引っ張っているトレイラーに積んでいる。彼らはインディアナ州ブルーミントンでのギグに向かうところで、インディアナポリスまで連れて行ってくれるという。やった！　長距離だ！

こんなヒップなバンドと同じヴァンに乗れてぼくはゾクゾク、いや天にも昇る心地だ。「一度乗れさえすれば」が日毎に真実となりつつある。彼らの説明によれば、フリーウェイに入るときにぼくを見かけたけど、最初は通り過ぎてしまったらしい。「本当にジョン・ウォーターズだったか」と延々と議論がつづき、まちがいないという者と、違うという者とに分かれたので、戻って確認してみたというわけだ。「あんな帽子かぶるはずがない！」とピーターは断言したのだという。映画『スカム・オブ・ジ・アース』を見たことないんだろう。

ぼくは苦労してシートベルトをしめ、ジェンとひとつながりになる。バッド・ガール的な美しさとスタイルが全開だ。前の席に座っているマイクとアヴターもすぐに加わり、セックス・スラング自慢大会がはじまる。ブラウス（女っぽいのに攻め好きなゲイ男性）、トレンドセクシャル（政治的理由でゲイになること）、ヘテロフレクシブル（たいていは異性愛者だがときどきふみはずす人）。ルークは最後列で黙って聞きながらそっとギターを鳴らし、ピーターとマットはヴァンの前席から下品な言葉を叫んでいる。ぼくらは終わりなきツアー（彼らはほぼまる二年ぶっつづけでツアー中なのだという）について、ドラッグ、パティ・ハースト、ディヴァイン、それに過去の彼ら自身のヒッチハイクについて話す。ぼくにとっては完璧な天国だ――安全運転を心がける新たな最高のショウビズ界の同志と長距離を稼いでる！

オハイオ州ゼインズヴィルの〈ジャコモズ〉で昼食休憩となり、ぼくがランチをおごる。せめてそれくらいは――マッドマックス・パトロンおじさんにおまかせ！　はっは！　若者集団の中に加わる喜びよ。時間を無駄にしたくないので――なんといっても、彼らは今晩ライヴを控えているのだ――七〇号線に戻って、車の中で食事を食べる。ぼくが「最高の旅」と「最悪の旅」を書くときのために用意したヒッチハイク音楽コンピレーションCDを取り出したので、連中もびっくりしたはず。だって、自前のサントラを携えてヒッチハイクしてる人間なんている？　みんな大笑いし、路上に立つ孤独を訴えるヴィンテージの珍盤カントリーソングを気に入ってくれたようで、お返しに新譜CD、まったくの偶然で今週発売になったばかりの『ディファレント・シップ』をプレゼントしてくれる。CDをじっくり聴くのが待ちきれない。ぼくを拾ったことをツイートしてもいいかとマイクに訊ねられ、ぼくは「もちろん」と答える。自分では旅行を終えるまで、ヒッチハイクのことは広めず認めずのルールを貫くつもりだが、拾ってくれた人のほうはなんだって自由にやってもらってかまわない。マイクはヒア・ウイ・ゴー・マジックの公式アカウントに書きこむ、「たった今オハイオのど真ん中でヒッチハイクしてるジョン・ウォーターズを拾った。本当だよ。ウォーターズは今乗ってる」。ジェンもその後につづけて、「本当にヒッチハイクしてるジョン・ウォーターズを拾ったよ」。どちらにもぼくとジェンが楽しそうにヴァンに乗り、くつろいだルークが後ろに座っている写真がついている。証拠として。

この話はあっという間に広まる。ツイッター。フェイスブック。「本当にホント?」というのがマイクへの最初の反応だ。「百パーセント誓って本当にホント」とマイクは楽しそうに答える。〈SPIN〉誌がすぐにバンドのマネージャーに連絡し、他の音楽マスコミも後に続く。パソコンでメールを確認したらマイクもびっくりだろう。まったく想定外の、悪くないけど、おかしな広報活動が大爆発だ。

ヒア・ウイ・ゴー・マジックの車に乗って六時間、インディアナポリス郊外にさしかかり、バンドが南に向かうところで、ぼくを降ろすのにいい場所を探す——ホテルとレストランのあるところ。彼らが完璧なヒッチハイク場所を探そうと頑張ってくれるのはわかっていたけれど、あまり時間をかけるとライブに遅刻するかもしれない。七〇号線西行きを離れるところで、ぼくは「この出口でいいよ」と、実際にはよくないのはわかっていたけれど、言葉をかける。高速の、交通量の多いメインのハイウェイから七〇号線西行きの入口ランプには車を寄せる場所がない。でもバンドの面々は本当によくしてくれたので、これ以上迷惑をかけたくはなかった。もうお別れの時間だ。コンビニエンス・ストアの駐車場に停めてみんなして降りる。通りがかった人に頼んで全員の写真、ぼくが〈七〇号線西の果てまで〉のボードを持って中央に立っているところを撮ってもらう。ヒア・ウイ・ゴー・マジックはショービズ生活へと旅立ち、ぼくは浮浪者暮らしに戻る。

ラ・キンタ・インには空室がある。早くも翌朝直面するであろうヒッチハイクの困難さを気に病んでいるぼくは、チェックイン手続きをしてくれた女性に相談してみる。ぼくがここまで親指一本で旅してきたことを告げ、ホテルの裏、建物のすぐ近くを走っている七〇号線を指差しても、彼女は眉ひとつあげない。「フェンスを乗り越えればいいんじゃないですか？」とぼくに提案する。

部屋は悪くない——デイズ・インほどではないし、照明は読書には物足りないが。突然、ぼくは老眼鏡をなくしたことに気づく。やっちまった、ヒア・ウイ・ゴー・マジックのヴァンに忘れてきたに違いない。ぼくはすかさずジェンにメールする。運よく、まさにこういうときのための予備がある。これがなかったら、活字が一切読めないという死より辛い拷問に遭うところだ。メールを確認し、ヒア・ウイ・ゴー・マジックのニュースがさらに広がっているのを知る。最初は〈ＤＣｉｓｔ〉というサイト、それから〈ガウカー〉へ、そしてすぐに〈ボルチモア・サン〉のジル・ローゼンに後追いされる。ゴクリ。事務所のほうはすべての問い合わせに対して「我々はその話を否定も肯定もしません」と答えているが、少々大げさすぎたかもしれない。ジェンはその後のツイートでもたいそう親切で、ぼくを降ろした場所を明かさず「大海原の彼方かしらね」と返している。お別れのショートメッセージまで送ってくれた――「JW、どうか無事なご旅行を」。バンドからも問い合わせの返事がある。イエス、たしかにメガネを預かっており、ライブに来てくれた友人、インディアナポリス在住のジョイフル・ノイズ・レコーディングスの友達が今晩ライブのあとホテルに届けてフロントに預けておいてくれるという。もらうばかりのヒッチハイクとは！

窓から外を見ると、なるほど眼下に七〇号線西行きの夕刻の渋滞が地獄のようにはるか遠くまで伸びている。乗用車とトラックの疾走音は、わが新たな人生のサウンドトラックとなりつつある。フェンスを乗り越えるのは到底不可能な軽業だし、おまけにそこは七〇号線のど真ん中で、誰も止まるわけがない。表に出て、商業地区らしき地域を歩きまわって、どうやら市内に近すぎるとわかる。いちばん近い出口まで行ってみたが、ここは最悪のスポットだ――立つ場所もなく、途切れぬ車はすべて近場にしかいかない。ぼくはパニクる。これからどうしよう？

昨日、スーザンからシャウタ・マーシュに連絡してはどうかと提案された。インディアナポリス現代美術館でぼくのトークライヴ「この下劣なる世界」を手配してくれたことがある。彼女なら、もう少しましなヒッチハイク場所まで運んでくれるかもしれない。最初、ぼくは憤然とそのアイデアを却下した。「だめだ！　そんなことをしたらズルになる」ぼくはなおも偽ヒッチハイクに反応して怒り狂っていた。だけど部屋に帰ってみると、ぼくは突然「ズル」に幾分寛容になっている自分に気づく。結局のところ、オハイオではましな場所に連れてってもらうために見知らぬ相手に金を払おうとしたのでは？　友達に電話するのとそんなに差があるだろうか？　実際にはイエス。これは一種のズルになるだろう。だけどかまうもんか。プロローグでも、どうしようもなくなったら「リムジンだって呼んでやる」って書いたはず。そこまでのズルじゃないでしょ？

シャウタはいきなりの電話に驚いており、そしておそらくぼくが彼女の地元にいて、ヒッチハイク中で、翌朝に車が必要なんだと聞いてさらに驚いたことだろう。ぼくが「朝早く出発したいんだけど」と言っても動じない。いつもは六時半に出かける、と言う勇気はなかったので、おとなしく七時と言っておく。彼女は大丈夫だと答える。ただし子供二人を学校に連れて行かなければならないので、車に同乗させてもいいだろうか。「もちろんだよ！」とぼく、「子供にもヒッチハイクのことを教えなくちゃ！」ぼくは待ちきれないからモーテルの前に立って待っている、とシャウタに言う。なんていい人なんだろう！

ぼくはオフィスにシャウタが乗せてくれることになったとメールし、オフィスの面々も安堵する。トリッシュは残業をいとわず、翌朝に降ろしてもらうのによさそうな場所をいくつか提案してくれる。ぼくとシャウタに場所と地域の説明をメールで送ってくれた。マクドナルドがある「トラック溜まり」は二十四キロ西、もうひとつはさらに十五キロ先で、レストランはないが自動販売機とトイレと自動車とトラック別々の駐車場がある。ずっと気が軽くなった。ヒッチハイクのニュースがおおやけになったので、もし母さんの耳に届いたら説明してあげてくれと妹たちにメールを送る。今インディアナポリスにおり、順調だと告げる。

お腹が空いているような気がする。無事排泄行為も済ませて、自分の家を離れるとできないんじゃないかという不安もおさまる。さてと――今晩はどこで食べようか？　月並みなチェーン店は避ける。ふむふむ……〈アウトバック・ステーキハウス〉？　他よりは企業臭が薄いし、そもそも名前を知らないチェーンだ。ぼくは毎日新しいことを経験してる！　店に入り、カウンターに座ると、親切なウェイターが注文を取ってくれる。ぼくはステーキを注文する。フィレはちょっぴり筋っぽく、特筆すべきものは何もない。誰もぼくのことを見ないし、話しかけてもこない。ぼくの両側には、どちらも一人飯の男が座っているのだが。みな頭上のテレビを見つめている。まるでテレビを見ながら食事をするのは生まれてはじめてだと言わんばかりの熱心さで。ぼくは二割以上の額をチップに乗せる。ノラ・エフロンの名言、「チップの払いすぎなんて、たかが数ドルのことでしょ」。ここでは一ドル未満だ。

ホテルの部屋へ戻り、ネットにつながる。ヒア・ウイ・ゴー・マジックのニュースは驚くほどの速さで広がっていく。ひそかに喜んではいるのだが、これのおかげで車を見つけやすくなるとはどうしても思えないでいる。ヒア・ウイ・ゴー・マジックがぼくを拾った話を伝える〈スピン〉の記事をコルベット・キッドに送り、現在地を知らせる。メールの返事がくる。「了解。調子良さそうですね。二、三日中に西に行くつもりだけど、あんまり遠くまで行かないでくれるといいな」これは本当に戻ってきてくれる可能性があるってことだろうか？　ベッドに潜りこみ、三日目のはじまりは最悪だったが、上向きに終わったと考える。明日もこのヒッチハイク運は続いてくれるかな？ヒア・ウイ・ゴー・マジックよりもクールな旅の相手なんてありうるのか？

目覚めて、自分が本当に旅していることにあらためてショックを受ける。留守番電話に、ぼくがヒッチハイクしているというニュースをネットで読んだ旧友からのメッセージが入っており、胸を打たれるものの、本気でぼくが痴呆を発症し、正気をなくしてハイウェイをさまよっているかもしれないと心配する様子にはさすがに舌打ちする。ロサンジェルス在住であるにもかかわらず、どこまででも迎えに行くと申し出てくれる。ぼくは心配無用と書き送る。メールを確認し、ボルチモアの地方局やラジオまでがヒッチハイクのニュースを流していることを知る。ぼくは妹たちにそろそろ母さんに教えたほうがいいとメールする――まちがいなく今日中には耳に届くだろう。まだこの先の旅の長さが不安で下着を捨てるのはためらわれるが、少なくとも新しいものには替える。それに新しいGAPのTシャツ。ピンク色。何を考えて荷造りしたんだろう？　毎日同じイッセイ・ミヤケのスポーツコートを着るのにうんざりしつつある。いつもなら『フィーメール・トラブル』のドナ・ダッシャーが鼻を鳴らして言う「どっちみちそろそろ着替えたいわ。もうこの服五時間も着てるもの」みたいな感じなんだが、彼女みたいにふるまいたい気持ちは抑え、習慣で、無料の朝食をとるべくダイニング・ルームに降りる。

食事の選択肢は当然ながら最悪だ。白パン、餓死寸前のニューヨーカーでも残すような冷凍ベーグル、砂糖がけの高カロリーシリアル。いつものトラック運転手風。いつもの無愛想。いつもの社交生活の陰鬱な欠如。うーん、新聞が恋しい！　昨日、オハイオの昼食を食べた場所で〈ウォール・ストリート・ジャーナル〉を拾ってきているので、少なくともシャウタが来ないかもという不安と戦うあいだ読むものはある。いや、彼女が来るというのはわかってる。でもぼくは心配性で、どうしても予備計画がほしいのだ。たとえば泣くとか。

　フロントに訊ねてみると、ヒア・ウイ・ゴー・マジックの友達は本当に老眼鏡を届けてくれていた！　ここにも親切な魂が！　シャウタは予定より早く来るが、こっちの用意もできている。後部座席に座る二人の子供、ヴィヴィアンとマックスは愛らしく、助手席に乗りこむぼくのことを人懐こい、だが不思議そうな目で見つめている。シャウタが登校前の冒険をどう準備させたのかはわからないが、二人ともちゃんとやってくれている。シャウタはトリッシュお勧めのヒッチハイク場所はどちらでも連れて行けるが、二番目のほうがいいのではないか、と言う。つねに地元民の言葉を信じることにしているので、たぶんそのとおりだろうし、そこまでもう何キロか連れていってくれる時間があるというのがありがたい。ぼくはガソリン代を出すと言ってみたが、彼女は笑って断る。最初の出口、サウス・ホルト・ロードは、あまりに不吉そうな見かけで、わざわざ降りて確かめるまでもない。まだ市内の商業地区——長距離旅行者が止まって休む場所からはかけはなれている。

　さらに遠い休憩エリアを目指し、ついにインディアナポリスから出る。出口から下り、最初交通量の少なさから疑念を持つが、ここはいい場所だとわかる。森。清潔なトイレ。遠くに見えるトラック専用の駐車場。入口から来る車は少ないが、ここで休憩する人はみな長距離旅行者だろう。ぼくは休憩エリアの反対側、自動車とトラックが七〇号線西行きに再合流する場所まで行ってみる。とても美しいところ、朝は少々肌寒いが。ヒッチハイクのサインボードを手に、シャウタの二人の子供たちと、そろって親指を立てて写真を撮る。彼女をハグし、予告なしに彼女の生活に乱入したことを詫びる。彼女こそ、感謝をこめて手渡す〈乗せてくれてありがとう〉カードにふさわしい。

三人が飛び乗って、路傍に立つぼくの前を車で通り過ぎる瞬間、シャウタは、助手席のウィンドウごしに、ヒッチハイクするぼくの姿を最後に撮っていく。さよなら、シャウタ！　さよなら、子供たち！　今再び、ぼくは一人路上に立つ。

現実の旅・11　ベトナム帰り

　そのまま立っている。最初のうちは静かだ。やっぱり寒い。はじめてウールのスカーフを首に巻く。昇ってきた太陽の光は強烈で、駐車場から出てくる最初の一、二台の車は前を見るために目を細めてバイザーを下ろす。ヒッチハイクしている姿すら見えないかもしれない、と心配になって、もう少し休憩エリアの内に入った影の下に戻る。車がひどくゆっくりと通り過ぎていくので不思議な感じがする。数は少ない。この休憩エリアは、夜は相当不気味だろうと気づく。警備もない。運転手向けのサービスもない。あったとして、せいぜい「最悪の旅」の章で妄想したフェラチオぐらいだ。ただし今回、元気な変態たちを締め上げるのは警官ではなく強盗たちだろう。

　とはいえ、昼間なら安全だ。犬を散歩させにきたカップルがいる。トラック運転手の中にも、お手上げのポーズをして、できれば拾ってあげたいんだけど、と示してくる者もいる。ぼくは自分が馬鹿だと感じ、同時に勇敢だと感じる。静寂。ただ鳥の声。ぼくは生きている。そうじゃない友達もたくさんいるのに。こんなことをするのは馬鹿かもしれないが、ぼくは誇らしく思っている。ぼくは冒険している。ぼくは自分の人生が好きだ。たとえ残る人生、ここにこのまま突っ立っていることになろうとも。

　でもそうはならない。次の車はまたしてもナイスガイだ。特徴のない車。年は六十六歳でぼくと同じだが、ヘテロセクシャル。まちがいない。共和党員だが、オバマがゲイ結婚を認めたのはいいことだ、と彼は語る、なぜって「以前、奴が『その問題に取り組んでる』って言った時は何もしなかったしな」。ベトナム帰還兵で、ケンタッキー風の訛りがあり、隣に座っていても気詰まりに感じるようなことはない。

　またしても妻を褒めたたえつづけるヘテロ男性である。彼女がどれだけ本が好きか、どれだけ賢いかと吹聴してやまない。こちらが何を生業にしているかを教えても、表立っては驚いたりせず、ただぼくを拾ったと言ったら娘が心から喜んでくれるだろう、だって『ヘアスプレー』の大ファンだからね、と言う。彼は自分の仕事について語りはじめる――農場の家畜飼料業で、長い過程を経て牛豚用の安全な栄養源を供給するようになった。豚の赤ちゃんはＭ＆Ｍのチョコが大好物で、残飯に一粒でも入ってると、行くたびにつきまとわれるそうだ。だがニワトリとなると話はまったく変わる。「あいつらは最悪なんだ――ニワトリの餌にはみんな成長ホルモンがまぶされてる。だから八歳の子に生理が来るようなことが起きる」と説明し、「動物というより化学製品みたいな鶏肉を食ってるからさ」ちょっと笑ってられない話である。ぼくも鶏肉はよく食べる。〝雄《お》っぱい〟ができないといいんだが！

安全に、なんの不安もなく、インディアナ州奥深くへ連れていかれる。二時間ほどたったところで、彼が七〇号線西行きからはずれるのを思い出し、今朝拾ってくれた場所のような、いい休憩エリアを知らないかと訊ねる。二人で偵察をはじめると、すぐに、この先の休憩所の表示が出る。彼がここよりさらに西まで旅するのはわかっていたけれど、南向きに折れる入口ランプがどんなところかまったくの未知数だ。ぼくはヒッチハイクに適した場所かどうか様子をみるために路肩へ停まってくれるよう頼む。

休憩所はよさそうだ。きれいな公園。車は十分に停まっている。トラックも数台混ざっており、運転手はどうやら昼寝しているようだ。大当たり！　ここにしよう。〈乗せてくれてありがとう〉カードを手渡すと、彼はにっこり笑って手をふる。ノッてきた。次行くぞ！

現実の旅・12　トラック野郎

しばらく立っている。さらにグーグル・アラートをチェックして、ヒア・ウィ・ゴー・マジックのニュースが決定的に大拡散していることを知る。にもかかわらず、ぼくは今、この上なく無名な存在だ。休憩エリアを出ていく運転手たちは、丁寧に会釈し、あるいは手振りで遠くまでは行かないんだと知らせてくる。ぼくは楽観的な気分を保とうとつとめる。子供をたくさん連れたヒスパニック女性が、運転の合間の休憩で公園にいるのが見える。やたらこちらを気にしているので、わくわくしながら、乗せてくれるぞ！と思う。だけど、出口ランプのいちばん手前に立つぼくに近づいてくる彼女は手に何かを握っている。「受け取ってちょうだい」と訛りのある英語で十ドル札を差しだされ、ぼくはたじろぐ。「いや、お気持ちはありがたいんですけど、でも」ぼくは弁解し、「本当に要らないんです。本の取材中なんで」はいはい、そうね、と考えてるのが見えるようだ。頭のおかしいホームレスだわ。ぼくは信頼の名声キットまで取り出して、自分の身分を証明しようとするが、女性は見ようとしない……し、去ろうともしない。「おねがいよ、受け取って！」喧嘩腰の親切で再度命令され、ぼくの心は沈む。ぼくが受け取るまで、家族の元に戻ろうとしないのはまちがいない。諦めてお金を受け取り、それが十ドルではなく二十ドル札だと気づく。気前の良さにびっくりだ。そしてぼくはなんとめぐまれており、ラッキーであることか。罪悪感をおぼえる。自分にこんな価値はない。万一おまえが薬もないホームレスだったら？と声がする。悪魔の声だ。現金もクレジットカードもない身の上だったら？　ぼくは子供たちのところへ歩いていく彼女を見ながら誓う。必ずやこの二十ドル札は幸運のお守りにして、次に出会ったお金を必要としている旅人に渡そう。ぼくはまだ頭の中でこの気前の良い行為の価値を計算しようとしている。このしみったれ、と自分を叱りつける。なぜ今すぐ彼女のところへ走っていって、五百ドル渡さないんだ！

　だけど、それ以上考えている時間はない。というのも彼女の行為は早くもぼくに信じられない強運をもたらしてくれたからだ。ぼくが来たときからずっと休憩スペースに停まっていたトラックの運転手が、車を出してきて運転席から怒鳴る。「来いよ、乗せてってやる！」人生でこんなに舞い上がったことはない。三段登ってケンワースの四十トントラックの助手席へ飛びこむ！　エウレカ！　トラック野郎が本当にヒッチハイクでぼくを拾ってくれた！　「これがなくっちゃ、本は完成しない！」ぼくはただちにハンサムな五十歳の運転手に事情を説明し、彼はすべて平然と受け入れる。ただし誓ってもいいが、自己紹介したとき、ぼくの名前は知らなかったろう。ぼくは深く感謝してること、自分が映画を作っていること、そして「あなたの名前も、トラック会社の名前も決して活字にはしないと約束します。だって、会社がヒッチハイカーを拾うのを禁止してるでしょうから」と思わず口走る。彼はそのとおりだと言い、いろいろ教えてくれる。会社は運転手二人体制は求めないが、トラックにはチップが埋めこまれてつねに現在位置を把握されており、スケジュールは厳しく管理されている——週に合計七十時間までしか働いてはならず、一日に十二時間を越えてはならない。

トラックの運転席はピカピカに新しい！　ハイテク。コンピュータ。重量感ある車体。すごく高いところから見下す。リムジンよりも、乗用車よりもはるかにグラマラス。すっごく楽しい！　運転もとてもうまい。あまり彼をジロジロ見ていると、ナンパだと思われるんじゃないか、と心配になる。けどみんながみんなゲイみたいに考えるわけじゃないだろう。彼はたんなるナイスガイだ。

にもかかわらず、ぼくはこのトラック野郎こそゲイの〝熊〟たちのモデルなのではないか、と考えずにいられない。タフだけど優しい？　腹こそ出てるが、それでもスタイルを保ってる？　人を批判せず元気つけてくれる？　頭がいいが地に足がついてもいる？　いわゆる「本物の」男？　トラック野郎の怖い話を訊ねてみると、彼のスイッチが入る——以前に事故でトラックがひっくり返り、エアバッグもなかったので助手席のウィンドウから抜け出したこと。あるいは最近目撃した事故で、スクールバスがトラックと衝突したのだが、なぜか子供は無事だったこと。いつまでも聞いていられる。

泣き虫には容赦ない。なるほどオハイオとテキサスの市近郊の交通渋滞は最悪だ、でも「下劣な」ＣＢ無線はもう一切聞くのをやめたそうだ。「下劣?・」わが暮らしにあまりに密接で大事な言葉に反応してしまう。「だからさ」と彼は説明してくれる。「トラック輸送の規則に文句言ったり、愚痴るやつだよ。あの手のやつには堪えられない」路上を走る生活には何ひとつ不満はない。とりわけ〈ペトロ〉のトラック溜まりは最高だ。「何もかも揃ってる」と彼は熱を入れて語る。「ラウンジで、テレビも見られる。飯もうまい」「つまり、トラック溜まり界のティファニーってこと？」とぼくは訊ね、テレビCMで利用者の意見を語るようにうながす。「そりゃもう」彼はにっこり笑って同意する。

そして、そう、またしても妻を愛するヘテロセクシャル男性だ。これはもう絶対に流行だ！　ちゃんとしたストレートの男との出会いがないといつもこぼしている女たち――ひょっとしたら住む場所が間違ってるのかも。ひょっとしたらヒッチハイクしてみたほうがいいのかも。七〇号線西行きは素晴らしい結婚への通り道なのかも。いざゆけ、親指を立ててロマンスを求めよ。

わかってる。トラック野郎天国も永遠には続かない。彼は家に帰るためにまもなく南に折れなくちゃならない。というわけで再びどこで降ろしてもらうべきかと気をもむことになる。「いい休憩エリア」の呪いについて説明し、二人で探しはじめる。ほどなくよさげな場所が見つかり、車は州間高速をはずれる。サインしてない〈乗せてくれてありがとう〉カードを渡しながら、彼は家族にこの話をするだろうかと考える。たぶんするだろう。でも、特段騒ぎたてたりはしなかろう。彼は充実した人生を送ってる――他人にとっての有名人にかまってる暇はあるまい。

現実の旅・13　反逆の土建屋

休憩エリアを見渡す。さっきの場所によく似ている。ただし屋内の自動販売機のメンテナンスをする作業員がいるようだ。ふうむ。まあいい、ここまでなんのトラブルもなしに来てるんだから、ここで余計なことはするまい。エビアンじゃない水を買い、表に出て、休憩エリア端の出口ランプの手前というういつもの場所に陣取る。まだいい天気だ。たくさんの運転手が行き来する。公園のような広場で散歩し、手足を伸ばしてごくわずかな時間でも狭い車から解放された喜びを噛みしめている者もいる。大きな犬を連れて歩いている麻薬常用者っぽいカップルがいる。ぼくは女の子に向けてヒッチハイク・ボードをかざすが、彼女は無理と言うように肩をすくめる――運転は自分ではないので、決定権はないの。

そのとき休憩エリアのスタッフが一人、建物から出てこっちに向かって歩いてくる。「ヒッチハイク禁止よ」と女性は感情のこもっていない声で言う。「警官からもかまわないって言われてるし、この州の休憩エリアでヒッチハイクして、一度も問題が起きたことはない」ぼくは対決姿勢むきだしに言い返す。この女性は歯が少ないようだ――ひょっとしたら刑務所からの外部通勤制労働なのかもしれない、と即座に歯科プロファイリングする。突然、女の顔つきが驚きで一変する。「あなた、ジョン・ウォーターズ?!」と急に親しげな声を出す。「ええ」ぼくの顔を知っていたことに衝撃を受ける。「わかった、ここにいてもいいわよ」彼女は法と秩序を完璧に逆転させて言う。誰だか知らなかったときの態度と、知ったあとのケツを嘗める姿勢の差に憤慨してしかるべきなのだが、ヒッチハイクしていると通常の価値観は崩壊する。

女はヴァンに乗りこもうとしているヤク中カップルに近寄り、話しかけている。詮索好きのおせっかいめ、と親指を突き出しながら思う。ヴァンは駐車スペースから出てくると、バックドアがスライドして開く。中はぎゅうぎゅう詰め――まるでゴミ屋敷だ。ヤク中風の二人は足下にマットレスを敷き、大型犬と一緒に座っている。鳥籠まである。「ここに座るんでもいいんだったらカンザスシティまで連れてってあげるけど」と、助手席で一座を仕切っているらしき四十がらみの白人男が申し出てくれる。彼は運転席の妻とのあいだの空間を指差す。座席なんかじゃなく、単なる中央台だが、それがどうした!? ぼくは車に乗りこみ、リッチーとアイヤナ、紹介された二人のあいだに座る。カンザスシティだって? こいつは長距離だ! 嬉しいなんてもんじゃない。

でも不安になるべきか? ヴァンが走りだすや全員マリファナを吸いはじめる。リッチーによれば、歯無しの休憩エリア職員からは「ジョン・ウォーターズをここから連れ出してもらえる?」と言われたのだという。ぼくの人となりも説明されたはずだが、どうやらカップルはぼくの名前は知らなかったようだ。後ろを振り向き、ヴァンに詰めこまれた所有物の量に驚く。二人は控えめにシャーリーとジャスパーと名乗り、犬のビリーバーを紹介してくれる。二人を見ているとカレンとジョン、一九六五年に〈ライフ〉が取り上げて、当時強烈な印象を与えられた有名な「針公園*」のジャンキー・カップルを思い出す。ジャスパーも同じく四十代、前科者っぽいハンサムで、シャーリーはそれよりは若く、美人だが、まちがいなく辛い経験をしている。覚醒剤をやってるのかもしれない。

リッチーの説明によれば、一行はノース・ダコタ州での水圧破砕ブームに乗じ、労働者仮設住宅を建てに行くところだ。ぼくは水圧破砕のことはほとんど何も知らないが、それがよくないものらしく、リベラルな友人たちがみな反対していることくらいは知っている。だけどぼくには偏見はない。それにリッチー本人が水圧破砕のシェールオイル採掘をやってるわけじゃない。突然人口過剰になった地域に仮設住宅を建てる専門家なのだ。たとえば戦地だ。彼はアフガニスタン、レバノン、イラクでも同じ仕事をしている。一緒に働いたイラク人にはいい思い出しかないという。「最高の連中だ。宗教とセックスの話さえしなけりゃいい。アメリカ人を嫌ってるわけじゃない。おれたちの政府とマスコミが嫌いなだけなんだ。アメリカのニュースは嘘ばっかりだって知ってるんだよ！」直近ではペンシルベニア州北部で仕事をしており、どうやら、それとなく口にする不法移民使用問題から逃げてきたようだ。リッチー曰く「メキシコ人労働者のことは好きだ」なぜなら「こ

＊ジャンキーが集まっていたニューヨーク西七〇丁目のシャーマン・スクエア公園。

の国で雇える合法の連中と違ってズル休みしないし真面目に働くから」。ここまでぼくを乗せてくれた人はみなそうだが、彼もたかり屋が嫌いだ。長く没交渉だった旧友ジャスパーが仕事を探しに西に行くというので乗せてやることにしたら、シャーリーも連れていきたいと頼んできた。シャーリーとジャスパーは恋に落ちたてホヤホヤらしい。

ぼくはすぐにリッチーが好きになる。彼は反逆者だ。ハッパ好きのやり手で、賭けてもいいが、アルコールも大好きだろう。海賊だ。必要なときには詐欺師にもなるし、たぶんちょっぴり逃亡者でもある。リッチーは、このあいだの不景気のとき、銀行に家を取られた。破産はしたが心は折れず、なおも金鉱を諦めていない。

アイヤナは熟練の運転手で、運転席と助手席のあいだにシートベルトもしないで浅く腰掛けていても不安は感じない。たとえ〈シートベルト違反は反則金〉の警告標識が出ていたとしても。彼女によると、一行はツキがないらしい——しょっちゅう警官に止められている。リッチーは疑心暗鬼になっており、アイヤナが制限速度を十キロほどオーバーするだけで不安になる。周囲にたなびくマリファナの煙にはあっという間に慣れてしまうが、ぼくは勧められても断り、「ラリって親指を突き出してる状態ってちょっと想像できないんだよね」と説明する。ひょっとしたら酔った気分が伝染してるかも。そうだといいな。郷に入らば……

ぼくが何をやって有名なのか、と連中は頭の中をかき回していたに違いない。とりわけぼくが〈乗せてくれてありがとう〉カードを渡したあとで。だけど、監督作を順に挙げていっても、全員ほとんどポカンとしている。アイヤナはかろうじて『ヘアスプレー』のタイトルは聞いたことがあるが、そこまで。「セレブのことはあまりよく知らないんだ」とリッチーは力なく言うものの、友人あてにはぼくを乗せているとツイートしまくっている。友人たちもぼくが誰かは知らないようだ。リッチーは前の結婚でできた二人の娘をたいそう自慢して写真を見せてくれるが、彼女たちに電話して誰を拾ったのか伝えるか、娘もやっぱり口ごもってしまう。誰もぼくの仕事を知らない……のはチャッキー映画の話をするまでだ。こいつは効いた！「なんでチャッキーの映画に出てたって*言ってくれないんだよ！」全員の頭の中の声が聞こえてくるようだ。みんなチャッキーは知っている。

セントルイスのゲイトウェイ・アーチをくぐるとき、その美しさにみな感嘆する。ぼくがこの国でいちばん愛している公共モニュメントだ。リッチーは嬉しそうにアイヤナと二十周年の結婚記念日を祝ったところだと告げ、二人が若かったころ、小さなメンテナンス用エレベーターでアーチの上まであがり、そこでセックスしたと教えてくれる。この連中のことはきっと好きになるとわかってた。六〇年代なかば、ビートニクの友達トニーと、ブリーカー・ストリート・シネマでマレーネ・ディートリッヒの『嘆きの天使』を見ながらセックスしたことを思い出すが、数時間前に知り合ったばかりの人に話すのは躊躇《ためら》われる。

みんなでたくさんジョークを飛ばす。ぼくは延々とリッチーに、建設業というのは隠れ蓑で、本

＊〈チャイルド・プレイ〉シリーズの第五作『チャイルド・プレイ／チャッキーの種』（二〇〇四年）に、ジョン・ウォーターズはチャッキーの犠牲者役で出演している。

当は武器商人なんだろう、と言いつづける。後部座席の大型犬はびっくりするくらい行儀がいい。じっと座っているだけで、一度も吠えず、窓から首を出そうともしない。小鳥は青と金のコンゴウインコで名前はビスケット。そいつもやっぱり静かだったが、本当はしゃべるし鳴くんだとみなが太鼓判を押す。親切なメキシコ人女性がくれた二十ドル札をアイヤナに手渡す。彼女はすぐに、ネイティヴ・アメリカンのまじないよろしく、人から人へ回していってほしいというぼくの願いを理解してくれる。

〈ピック・ア・ディリー〉のガソリンスタンドで停まったとき、ガソリン代を出すと申し出る。リッチーとアイヤナはそんなつもりはなかったという体《てい》だが、リッチーがありがたいと言ってくれるので、喜んでおごる。九十七・八六ドルの請求額を見て、ヴァンの燃料タンクの大きさにびっくりする。だがもっとショックなことがある。財布から事務所用のクレジットカードを取り出そうとして、ないことに気づいたのだ。パニックに陥る。オフィスに電話すると、最後に使ったのはどこか、とスーザンが厳しく詰問してくる。混乱しながらも必死で頭をしぼり、「インディアナポリスのステーキハウス」と告げる。おぼつかない手でレストランのレシートを探し、電話番号を伝える。スーザンは電話を切ったらすぐかけてみる、もしそこになかったらカードを止めるので今後は個人用カードを使ってくれと言う。そのときふと、給油ポンプの前で、個人用クレジットカードもなくしたことに気づく。ぼくは狂ったように服を上から下までくりかえし探る。リッチーが「落ち着いて。きっと出てくるから」となだめようとする。ぼくはさらに慌て、給油ポンプ近くに停まっている車の下まで覗きこむ。冷や汗を流して狂乱するぼくを横目にし、ヴァンに乗っている全員が、まちがいなく、「自分はやってないぞ」と思っている。まだ電話がつながっているスーザンは「銀行カードを使いなさい。それはデビットカードにもなってるからそのまま払えばいいの！」と言う。「あった！」とぼくは世界に向かって叫ぶ。二番目の「なくした」クレジットカードはどういうわけか財布の中で入っているはずのない場所に押しこまれていたのだ。やっと落ち着く。完璧な阿呆になった気分。できたばかりの友人たちに騒ぎを詫び、支払いを済ませ、出発する。七〇号線西行き再び。フーッ。

ブラックベリーを確認すると、オフィスから連絡がある。なんと〈ニューヨーク・タイムズ〉がヒッチハイク旅行のことを知りたいと言ってきた。びっくりだ。オフィスに「ノーコメント」と言うようにメールして、ヘンリー・キッシンジャーになった気分になる。〈ニューヨーク・タイムズ〉の取材と聞いて、同行者たちすら感心している。でも、ぼくが拒否したのでほっとしている印象もうっすらと受ける。なんと言っても、この手の後ろ暗いかも、後ろ暗くないかもしれない妖しげな資本家たちは、あまり目立ちすぎたくないと願っているだろう。

誰もぼくの性的な好みには触れない。ふーん、ぼくがゲイかどうか考えてるでしょ、と訊ねてみたらなんと答えるだろうと想像する。ハイウェイ沿いの何もないところに突然巨大な「ポルノ・アウトレット」があらわれる。UFOセックスの章に書いたとおりのものだ。ぼくは大声で訊ねてみる。「州間高速を使う旅行者が寄る店？　それとも地元民が使うのかな？」リッチーが真顔で答えるのにはびっくりする。「ああ、あそこはゲイのトラック野郎が駐車場でフェラする場所だよ」ぼくは大声で笑って言い返す、「それは違うと思うよ！」リッチーは肩をすくめるが、意見は変えない。

泊まる家があるというミズーリ州カンザスシティに近づいたところで、彼らはどこで「本物の食事」をするか議論しはじめる。リッチーは一緒にダウンタウンでスペアリブを食べようと誘ってくれる。ぼくは七〇号線からはずれたり、市の中心部に行くのは、次の車が永遠に見つけられなくなるかもしれないから怖いんだと説明する。すると食事のあと、ねぐらに向かう前、カンザスシティの先のよさげな出口まで連れていってくれると言う。遠回りになるから断ろうとしたのだが、リッチーは断固として譲らない――ガソリン代を出してもらったのだから、せめてそれくらいはさせてくれ、という。シャーリーがベジタリアンなので栄養食品しか食べられないと言いだしたのには驚く。自炊しないで低カロリーの太らない食事をするのは大変だ、と彼女と話しあう。シャーリーは大量のヘルス・フードを持参している――もしや彼女のことを見誤っていたんだろうか？　だがそうじゃない、車を止めたとき、彼女からボルチモア・ロケのジャンキーを描いたテレビドラマ『ザ・コーナー』を見たことがあるかと訊ねられる。「もちろん」とぼくは答え、「すごいドラマだよね」「あたしは『ザ・コーナー』の中に生きてたの」シャーリーは感情のこもらぬ声で言う。やっぱり。

ぼくらは〈ローズデール・バーベQ〉の駐車場でぞろぞろとヴァンから這いだし、地面に座りこんで手足を伸ばす。犬もインコも引っ張り出されて新鮮な空気を吸う。ぼくはアウトサイダー連中との旅に大いに興奮している。昨今、誰もが自分をアウトサイダーだと思いたがる。でも、この連中は本物だ。たぶんぼくが出会う最初で最後の水圧破砕コミュニティのメンバーだろう。この旅が終わるころには、ぼくも水圧破砕おこげになってるかも。

　写真を撮ってもかまわないかと訊ねる。リッチーとアイヤナが犬と一緒にポーズをとってくれる。シャーリーとジャスパーは撮られたくない旨を丁寧に伝えてくる。だけど、ジャスパーはあくまでも紳士だ。彼は言う、「シャーリーとヴァンの後ろに座っていたから、前にいたリッチーやアイヤナほどあなたと親しくなれなかったですけど、よく笑ってましたね！」ビリーバーは水皿で威勢よく乾きを潤し、ビスケットは本当に鳴いてくれた。とはいえあまり大声ではない。鳥だって注目を集めすぎると面倒なことになるのは知っているのだ。

　リブロースとベイクトビーンズ、チリ、ローヤル・クラウン・コーラの脂っこい食事を美味しくいただく。連中はビールを飲んでいたが、ぼくは禁酒を貫く。みな疲れ切っている。一緒に七百四十キロ走ってきたが、ぼくを拾う前にすでに徹夜でドライブしてきたのだという。ぼくらはまたヴァンに戻り、リッチーがアイヤナに七〇号線西行きに戻って市を通り抜ける道を教える。車は走りつづける。いちばんいいかと思ったカンザス・スピードウェイの出口は駄目だ。まだ市内。いい場所じゃない。ジャスパーとシャーリーはさっさとぼくを降ろす場所を見つけ、すぐにでもいちゃつきたいところだろう。カンザス・ターンパイクがはじまる手前の最後の出口、ボナー・スプリングズまで来る。どうだろうか。ここもあまり良さげには見えない。入口ランプは寂しいモーテル群のある場所から相当歩かなければならない。でもどうしたらいい？　これ以上行くと、一行はフリーウェイに戻るために料金を払う羽目になる。いずれにせよここで降り、明日のことは明日考えるしかあるまい。デイズ・インがなかったので、ぼくはホリデイ・インを選ぶ。思慮深いリッチーは、ぼくがモーテルの空き部屋を調べるあいだ外で待っていてくれる。一部屋空きがある。ぼくは表に戻り、出来立ての仲間たちに別れを告げる。金鉱が見つかりますように。彼らにはその資格がある。

現実の旅・14　市長

ホリデイ・インは大嫌いだ。フロントの女性は冷たく、ボール紙のサインボードを持ってチェックインするぼくに疑いの目を向ける。ホテルの部屋の照明は過去最悪。荷物をほどくにすら暗すぎ、ましてや読書など。ぼくは疲れ切っている。オフィスはとっくに閉まっている時間なので、スーザンの自宅にメールし、ホテルの電話番号を伝えて電話をくれるよう頼む。疲労を通り越して頭が朦《もう》朧《ろう》としてきた。メールを確認すると、クレジットカードはインディアナポリスのステーキハウスで見つかっており、すでにボルチモアのオフィスにフェデックスで送られていると判明する。どうやらカードを止めて再発行する手間は逃れられたようだ。

　スーザンがメールをよこして、ホテルに電話したが「誰も出ない」という。番号を確認するためにこちらからかけなおしたが、彼女は出ない。さらに電話をかけ続けるが、スーザンはひたすら「ホテルは誰も出ない」か「呼び出し音が延々鳴ってるだけ」とメールを返してくるばかりだ。ぼくはかっとなり、迎えにきてくれと懇願するみっともない伝言を残す。とうとう携帯電話が鳴る。スーザンだ。疲れ切っていたぼくは彼女の自宅ではなくオフィスの番号にかけており、だから伝言はまったく届いていなかったのだ。だが現実に起きているのは、腐りきったホリデイ・インの交換手が代表番号に出ようとしないということである。今すぐロビーに駆けおりていって、フロントに誰か立ってたら「釣りにでも行ってたの⁉」と怒鳴ってやりたいが、ここでホテルを敵にまわすわけにはいかない。助けが必要になるかもしれないし。

スーザンと今日一日のおさらいをし、ヴァンの中にいたあいだSPOTがほとんど役立たずだったことについて話しあう。誇大広告だとぼくが文句を言うと、スーザンから機械をポケットに突っこみっぱなしにして、マニュアルに明記されていたように「三百六十度さえぎるものなく空を見渡せる」状態にしていなかったからだと説教される。「ぼくが冒険家のスキーヤーで、雪崩《なだれ》に巻き込まれたとしたら？」と怒鳴りちらす。最初からこの追跡ツールのことは信用していなかった。気が済む。電話を切る。気分もよくなった気がする。もう半分まで来たんじゃないか？

ぼくはロビー階に降りて表に出て、七〇号線西行きへの入口ランプまでの距離を見積もる。かなり遠い。今フロントに立っている女性はいくらか親切そうなので、電話に出なかったことを責めるのはやめておく。ぼくは彼女に、お金を払うので、明日の朝ターンパイクのもう少し車を拾いやすそうな出口まで連れて行ってくれそうな人はいないかと訊ねてみる。フロント係は「夜番のフロイドに聞いてみたら？　七時の仕事上がりに連れてってくれるかもしれない」と言う。フロイドはまだ来ていないが、ぼくは礼を言い、十一時に彼の勤務が始まったらもう一度降りてきて訊ねることにする。

モーテルの暗い部屋に戻る。新しいメールによれば、妹たちは、ぼくがヒッチハイクでアメリカ横断していることを母に伝えたようだ。母は「知らせてくれてありがとう」と言い、「ショックを受けた様子はない」と妹のキャシーは言う。あるいは母さんはぼくの公的生活に「敗北し服従することになってしまった」のかもしれない。この企画を持ち出したときにスーザンが言ったように。もう何をやろうと母にショックを与えることはできないのかも。

コルベット・キッドが恋しくなったので、彼にメールする。「今日は三度拾ってもらったよ――一度なんか大型トラックだ」返事が来る。「わーお！　その調子で！　あんまり遠くまで行きすぎないようにね。ハハハ」むむむ。どういうつもりなんだろうか。家に帰って、退屈し、旅に出たくてうずうずしてるんだろうか？　いやいや。ただのメール上での焦らしプレイだろう。曖昧すぎて予備の備えにすらならない。ふたたび一階に降りると、今度こそフロイドがフロントにいる。明日の朝、お金を払うので（通行料も）、カンザス州内で最初のサービスエリアのあるターンパイク出口まで連れて行ってくれないかと頼んでみたが、まるっきり困惑の表情。ネット上のヒア・ウイ・ゴー・マジックのニュースを見せる。ぼくの映画の題名を挙げてみる。無反応だが「どうですかね、奥さんに聞いてみないといけないんで」「わかった」とぼくは言い、「明日起きたらとりあえず状況をたしかめるね」あまり期待できそうもない。毒づきながら部屋へ戻る。薄暗い明かりを消し、穏やかならぬ心で眠ろうとつとめる。フロイドが連絡してくるかもしれない。

だが連絡はこない。七時直前、彼の勤務が終わるまで下には降りないで待つ。おぞましい食堂には行く手間もかけない。照明が駄目な宿が用意しているのは、それ以上に最悪な朝食に違いない。フロイドはカンザス・ターンパイクに連れて行くのは無理だ、と言ってくる。なぜなら奥さんが「家に帰ったらすぐ、仕事の面接に行くために」車を使うから。「じゃあ、二十ドルあげるから、とりあえず入口ランプまで連れてってくれない？」とせがむ。彼はあーとかうーとか言っていたが、結局言い訳を思いつかずに同意する。ぼくは表で待つと告げる。ヒッチハイクのボードを持って玄関の外に座り、こちらに興味を持ってくれるが車に乗せてくれるほどではない親切な女性と話をする。ロビーを覗くとフロントには新しい女性がいる。でもフロイドはどこだ？　もう七時十分なのに彼の姿はない。まさかぼくを乗せたくなくて裏口からずらかったのか？　ぼくはパニックに陥る。モーテルの駐車場から車で出てきた男性に向けてボードを振るが、無視される。いきなりフロントの新顔女が出てきて言う、「失礼、これ以上わたしどものお客様に迷惑をかけるようでしたら、警察を呼ばせていただきますが」「すいません」ぼくはフロイドが助けに来てくれるまで時間を稼ごうと口からでまかせを言う、「今の人、拾ってくれそうに見えたもんで、つい」「ええ、今のはわたしの主人です！」彼女は嘲笑まじりに答える。「二度とやりません」とぼくは言い、女はホテルに戻る。ボナー・スプリングズのクソ女め。「フロイドの野郎はどこへ行った？」ぼくはやきもきする。もう七時十五分――やっぱり約束を破りそうな奴だと思ってた！　いや待て、彼がやってくるじゃないか。ぼくはほっとする。さっきのゴタゴタのことは口にせず、車に乗りこみ、お金をわたし、世間話をして、フリーウェイの入口に降ろしてもらう。

晴れて暑い朝、まわりに木は一本もない。太陽がぐいぐい昇ってゆく。さらに日焼け止めを塗る。

まあ、場所は悪くない、たぶん。左からはたくさんの車が、右からはトラックが来る。問題なのはトラックが入口ランプに向かってくるとき、大きくカーブを切らねばならず、ぼくのかばんを轢きそうになることだ。かばんを道から遠ざけるが、次のトラックに足を轢かれそうになって慌てて飛びのく。

そのまま永遠とも思えるあいだ立っている。まずは補給物資、エビアンから消費する。長いあいだ立ちっぱなしだと背が痛くなってくるので、出口のほうに少し歩いて〈この先、歩行者立入禁止云々〉の看板にもたれる。ただし看板はぐらついており、ぼくが体重をかけると、地面がさらに柔らかくなる。フェデックスの運送トラックが轟音をあげて走り去ってゆく。あそこに積まれている荷物だったらいいのに。警官が左右に走りすぎるが、ぼくには目もくれない。汗をかきはじめる。もう五時間も突っ立っている。脱水症状を起こしそうだ。オフィスに電話してスーザンに泣きつき、「もうすぐ自分の小便を飲まなきゃならなくなる」スーザンは笑い声らしきものをあげるが、声の中に絶望が感じとれる。彼女に説明する――もしSPOTが逆行してたら、それはぼくが暑さに耐えられなくなっただけで、逆方向の車に乗ってるわけじゃない。ホームレスが補給のためにモーテル近辺まで歩いてるだけなんだ。

さあ、みんな！　ぼくを拾ってくれよ！　水の最後の一滴を飲み干し、本気で不安になってくる。朝からまだ何も食べてない。よし、とうとうその時が来た。恥を忍んで、かばんとヒッチハイク・ボードをかかえて建設現場を突っ切り、野原を渡って、大通りを横断しサービスエリアへ。まさしくバーバラ・ローデン監督の『ワンダ』で、長い、とても長い素晴らしい移動ショットでとらえられたペンシルベニアの炭鉱をとぼとぼ歩く同名の主人公の気分だ。可哀想なワンダ。可哀想なぼく。

忌まわしきホリデイ・インが見えるが、近くには寄らない。おぼつかない足取りでコンビニエンス・ストアに入り、ゲータレードの巨大ボトルを二本とエビアン一本を買う。出がけに〈タコベル〉を見つける。これまで贔屓にしようと思いかけたことがある唯一のファストフード・チェーンだ。店に入り、水を買ったのでさらに重たくなった荷物をどさりと落とし、注文の列に並ぶ。脳裏にラナ・ターナーの顔が浮かぶ。娘のシェリル・クレーンから聞いたのだが、彼女は〈タコベル〉の最初期の投資者でもあるのだという。ハリウッドの栄華からこれほど遠ざかったことはあるまい。お昼休みの普通の人々はみな異星人に見える。彼らの人生が羨ましいくらいだ。ぼくはタコスふたつを注文し、番号が呼ばれるのを座って待ちながら、誰かぼくの顔に気づいてくれないかと願うのだが、客たちは無表情にこちらを見返すばかり。ぼくはゲータレードをごくごくと飲み干し、さらにもう一本飲む。注文品を受け取りにいくときは泣きそうな気分だが、自分をおさえ、ボックス席に座り、タコスを食べる。激辛ソースをたっぷりかけるととても美味しい。ラナ・ターナーの遺産にいくらかでも足しになってくれるといい。

男性用トイレに入る。とうとうぼくは現実に『ピンク・フラミンゴ』のクラッカーズ、公衆トイレで生活する人になってしまった！　ただしぼくは「さらに下劣になった」とは思わない。さらに年寄りになったと感じる。鏡を覗きこむ。ぼくの机に置いてあるジョーク商品のハンドミラーみたいに、自分の顔を見ようと持ち上げたら悲鳴をあげるんじゃないかと思いながら。いやはや醜い。尾羽打ち枯らして、ウォーカー・エヴァンズの写真みたいだ。

ぼくはとぼとぼと戻る。ハイウェイを渡り、野原を横切って、建設現場に向かう。番犬がいないのだけはよかった。あのアルマンド・ポー監督のセックス映画に主演していたイザベル・サルリになった気分だ。はるか昔、フィクションの「最高の旅」での映画出資者ハリスとの会話で言及し忘れた一本。その映画『カルネ』では、サルリは獣畜工場で働いており、森から工場まで歩く道のりで毎朝レイプされるのだが、絶対に道を変えようとしないのだ。

ぼくは正確に同じヒッチハイク場所に戻る。ふたたびハイウェイの標識に体重をかけようとするがすぐにやめる。標識がさらにゆるくなって、もたれて寝ているように見えてみっともないからだ。また警官が通り過ぎる。ぼくを無視して。みんなが無視していく。絶望し、またコルベット・キッドのことを思い出す。突如、彼こそがわが白馬の王子様になる。「ミズーリ州ボナー・スプリングズでつかまってる――カンザス有料道路手前最後の出口」とメールを送る。「まだきみの車パート2を待ってるよ」希望を持つのは自由だろ？「明日出発！」とキッドの返事。「がんばって！あんまり遠くに行かないように（笑）」うん、そうするよ。心配要らないよ、コルベット・キッド。ぼくは笑っちゃいない！ドツボにはまってるんだ！

でも。まだ。もう一度。唱える。「たった一台止まってくれさえすれば」と自分に言い聞かす。その一台がついにあらわれたときには幻覚のような気がする。ぼくはどんな車にだって乗ったろう。たとえ腕にギプスをはめたテッド・バンディがフォルクスワーゲンでやってきたとしても。さよならボナー・スプリングズ！こんなところはおさらばだ。

待ちつづけた苦痛は純粋な喜びに一変する。新しく、見知らぬ車に乗りこんだとたん。今度乗せてくれたのは中年男性で、ひと目見てゲイに違いないと思う。でもそれは間違いだ、たぶん。またもや政治家である——南西部の小さな町の市長で、結婚している。共和党員かどうかは聞かなかった。一風変わった人物だ。どこまで行くのかと聞けば「ウィチタ」と答える。どこで七〇号線をはずれるのかと訊ねると、カーナビを指して「こいつが曲がれって言ったときさ」と言う。ぼくにはあまり役立たない情報だが、今はそんなことすら気にならない。ぼくはボナー・スプリングズから逃げ出すのだ。もう二度と戻りませんようにと祈る。

カンザス・ターンパイクに入り、世間話をする。彼はスモールタウンの市長業について、ぼくは……そう、ぼくは映画監督をしていると話そうとしたが、すべて完全に妄想だと思われているのがわかる。ぼくの人生に触れようとしても、彼は会話の糸口をすべて無視し、自分の話に持っていってしまう。自作の題名を挙げると、まるでぼくがナポレオンだと名乗りでもしたかのような反応を見せる。十分ばかり、わが仕事の細部にいちいち不信の目を向けられたあげく、とうとう諦める。ホームレスの狂人だと思われていたって、別にかまわないじゃないか。それでも車に乗せてくれたんだし、これ以上ありがたいことはない。

突然カーナビの声が七〇号線を降りてウィチタに向かえと命じ、ぼくはうろたえる。南にあるウィチタと、西にある目的地トピーカとを混同していたのだ。ぼくは車を拾う場所に立つ余裕がある、ヒッチハイク向きの入口ランプを求めており、彼が下りようとしていた三三五号線南行きへの出口ランプは高速すぎて無理なのだと説明する。彼は親切にも下りる予定より先の出口まで行ってくれると言う。そしてどうやら三十キロ先によさげなサービス・エリアがあると判明すると、はるかに義務の範囲を越えて、そこまで運ぶ、と言ってくれる。だが走るうちに彼は見るからに苛ついてきて、そのひとつ前の出口でも「同じだろう」と言う。違うと言う根拠もなかったので、ぼくは言う。「たぶんね、見てみましょう」彼は次の出口で高速を下り、そこには確かにガソリンスタンドと道沿いに小さなショッピング・モールもある。だがほどなく、トピーカはカンザス州にそれほど入りこんでおらず、さらに悪いことに、そこはまだ市の手前のさびれた郊外地域で——長距離ドライバーを捕まえるには最悪の場所だとわかり、心が沈む。でも、少なくともここはボナー・スプリングズじゃない！　ぼくは彼に礼を言い、ポケットから〈乗せてくれてありがとう〉ヒッチハイク・カードを探し出して手渡す。彼は受け取る。じきにゴミ箱行きだろうか。約束したほど遠くまで連れて行ってくれなかったことは責められまい。たぶん。

現実の旅・15　キティとジュピター

長いこと指を出して立っている。自分がどこにいるのかわからないが、市長はそれほど長い距離は運んではくれなかった——たぶん百キロくらいか。すでに午後三時だが、今朝は七時半ごろからヒッチハイクしている。丸一日でトータル一時間くらいしか車の中にいない。風が強い。相当強い。ヒッチハイクのサインボードも両手で持っていないと引き裂かれてしまいそうだ。そのときこぶしの日焼けに気づく。唯一、ここだけは日焼け止めを塗りそびれていた。間抜けな帽子が吹き飛ばされ、ぼくは慌てて追いかける。

ここにきてはじめて、フリーウェイに入ってくる運転手がほとんど黒人なのに気づく。彼らもやっぱり止まってくれない。ぼくは急ぎ〈ぼくは安全です〉とボードに書き加えるが、それも助けにはならない。ぼくはオフィスにメールして、市長に短距離乗せてもらったことを教えるが、向こうはSPOTの移動で先刻承知しており、たいして進んでいないことまで教えてくれる。トリッシュはメールを返してきて、「これまで、いいヒッチハイクはいつも午後よ」と指摘する。たしかにそのとおりだ。午前中にはまったく拾ってもらえない。時間を大事にする早起き鳥運転手はリスクを取りたがらないのか？　イカれた初対面の人間と友情を結びたくないのか？

ひたすら指を突き出している。風が顔をなでてゆく。生まれてはじめて、サンフランシスコに着いたら美顔エステとマッサージを受けようかと夢想する――実生活では決してやらないことだ。ぼくはまたも絶望に陥り、オフィスに電話してスーザンとトリッシュにタクシーを手配してくれと頼みこむ。でもぼく自身どこにいるのかわからないのに、外から車を手配できるわけがない。ぼくは毒づいて電話を切る。そこに立ちつづける。ひたすら拷問だ！　そろそろ夕方のラッシュアワーだ。運転手はみな地元民に見える。仕事から帰宅する車ばかりだ。ここで野宿しなきゃならないのか！あたりを見まわし、そこの茂みで体を丸くして寝るさまを想像する。エビアンの最後の一滴を飲み干す。落胆のあまり、ポイ捨てまでしてしまう。エビアンの空きボトルを地面に投げたのだ。これでも喰らえ、自然め。

自己中心的行動から顔をそむけると、目の前にヴァンが止まっている。助手席のウィンドウが降りて、二十ウン歳というところのチャーリー・マンソンのそっくりさんがこっちを見てニヤニヤしている。隣でハンドルを握っているのは彼と同年輩のセクシーな女性で、ぼくに向かって十ドル札を差しだしている。乗せてくれるのではなく、単に運に見放された哀れな老人に恵んでくれるだけだった。「これ、受け取ってください」そう言って慈善の押し売りをする。

その時突然、彼女はこちらの正体に気づき、肺の空気をすべて吐きだす勢いで叫ぶ。「うっそお、ジョン・ウォーターズじゃない！」乗せてくれないかと頼むと、彼女は手をひらひらさせ、ほとんど過呼吸になっている。「ええ！　どうぞ！」ぼくは後部座席に乗りこむ。走り出すが運転は迷走気味、驚きと興奮でバックミラーのぼくのことばかり見ている。加えて友達にぼくを拾ったことをメールしようとするものだから事態はさらに悪化する。〝チャーリー二世〟はただ笑っている。二人とも嘘みたいに可愛い。ようやく彼女を落ち着かせると、実は二つ先の出口までしかいかないのだと白状する。二人は近所に住んでいる。ぼくは金を出すのでトピーカの先の休憩エリアまで連れて行ってくれないかと提案してみる。彼女は承知し、だが金はいらないという。ぼくはオフィスのトリッシュに電話し、最高の車に拾ってもらったと伝える。わが旅行プランナーであるトリッシュにオンライン検索で、サービスエリアのあるよい出口を見つけてくれるよう頼むと、彼女もその挑戦を受ける。運転手は運転しながら同時にぼくの写真を撮ろうと悪戦苦闘している。ぼくは安全運転に専念させようと、写真なら止まってからいくらでも撮れるから、と説き伏せる。

彼女の名前はキティ、彼のほうはジュピター（なんて完璧なマンソン・ネーム）で、二人はウィチタまで買い物に行った帰り。キティは片手で運転し、空いた手でショッピング・バッグを引っ掻き回して買った物を漁りはじめる。写真を撮るなら女の子は着替えなきゃね、わかるよ！　ジュピターは膝下で切ったデニムのショーツ（ほとんど潮干狩りズボン）に黒Tシャツ姿。彼は着替える必要はなく、バッチリ準備万端ととのってる。二人とも死ぬほどかっこいい。

キティは傷病退役軍人で、多くの海兵隊員たち共々「不良品の炭疽菌ワクチン」を投与されて死にかけた。キティは説明する——血清は「温度コントロールされた環境に保存されていなかった。

あたしだけじゃなかったんだ」「みんな昏睡状態になって……トイレにもいけなくて……ステロイド剤を投与……足も立たなくなって……周辺視野が狭くなる。クリントン大統領に手紙を書いて、ベセスダ医療センターの人から手紙が来て薬は『絶対に安全だ』と」。薬品会社は「軍隊と大規模契約を結んでたから、どうせ金に関係したことでしょ。ぜんぶ戯言よ！　あたしは集団訴訟に参加した」「で、どうなったの？」とぼくは前のめりに話を聞いている。「負けたわ」キティは呻きながら言う。「政府相手の裁判は大変なことなの」

　ジュピターは屋根葺き職人だ。そう来なくちゃ！　なんで屋根葺き職人はみんな魅力的なんだろう？　若き日のマンソンに生き写しだと言うと、「娯楽用大麻」は好きかと訊ねられる。二人はマリファナをまわし、どちらの家にでも泊まっていってくれてかまわないと言う。ぼくは丁重に辞退し、二人一緒に並ぶと素敵だと言う。「あたしたち、本当は一緒じゃないんだよね」とぼくの見るかぎりかすかな悲しみをにじませてキティは認める。ぼくはジュピターにヒッチハイクをやるべきだと説得しようとする。「いいけどさ」――彼は笑う――「誰が〝チャーリー・マンソン二世〟なんか拾うんだよ。あんたがそう言ったんじゃないか。カンザスがなんて言われてるか知らないの？」「なになに？」ぼくは食いつく。「来るときは休息、出るときは保釈！」惚れちゃいそうだ。

　トピーカをすぎると、突然何もなくなる――これが本物のカンザスだ！　トリッシュは良さげな出口をメールしてきてくれたが、そこは拾ってくれた場所から九十キロも離れている。キティとジュピターがなんと言おうとガソリン代はこちらが出すと主張し、走ってもらう。二人の家はとっくに通り過ぎた。ようやくトリッシュが探してくれたサービスエリアに着くが、ぼくは軽くショックを受ける。荒野の真ん中にぽつんとある休憩エリアには自動販売機すらなく、ただトイレと駐車場があるだけだ。何やら軍事博物館の記念碑がある。トリッシュが誤解したに違いない。もう遅い時間だったからモーテルのある出口のほうがよかった。だがトリッシュは、これまでファストフード店より駐車施設のある休憩スペースのほうが車を拾いやすかったから、そういう場所に行きたがっていると考えたのだ。ゴクリ。今からではもう遅い。休憩エリアの駐車場にはトラック一台と普通車二台が止まっているだけだ。七〇号線の奥、終わりなき平原を背景に、長い、長い貨物列車が見える。ぼくはウィリアム・インジの戯曲を映画化した、空想のカンザスの町に向かう『ピクニック』のウィリアム・ホールデンになった気がしたが、ただしぼくのバージョンだと決して町にたどりつかないのだ。

ぼくらは車を降り、キティは手早く衣装を替え、そこにいた唯一のカップルにぼくらの写真を撮ってくれるよう頼む。二十歳越えの人間の例にもれず、その親切な女性は携帯電話で写真を撮るのに苦労しているが、ほどなく、キティからの指示を受け、やりかたを覚える。新人写真家はぼくのブラックベリーでも同じことをする。ぼくはキティに名刺を渡し、連絡先を訊ねる。もし今晩ここにつかまってしまって、宿泊のお誘いを受けなければならなくなったときのために。彼女は名前を書き、〝米国海兵隊軍曹（退役）〟と付け加える。ジュピターにも電話番号を聞きたかったが、あきらかにこの場の主導権を握っているのはキティのほうだ。彼女に〈乗せてくれてありがとう〉カードをあげると感動している様子。さらにお金も受け取ってもらう。せめてもの感謝だ。このまま二人と逐電できちゃえばいいのに。二人が人生を救ってくれたような気がする。

だけど二人が去るとすぐに不安になる。写真を撮ってくれたカップルもいなくなる。もはや休憩エリアには一台も車が残っていない。遅くなってくる。日が落ちていくのが感じられる。ぼくは立ち尽くし、黙って周りを見まわす。どうしようもなくなった場合に横になれそうな場所の物色だ。〈次のホテルまで〉のボードがこれまで以上に切迫して見える。時間がどんどん過ぎてゆく。車が入ってくる。引退したらしき年長のカップルがトイレを使用し、出てきて、ぼくを置いていく。ぼくも積極的にならなくては。若めの子が入ってきて、トイレのほうに行く。ぼくは荷物とサインボードを抱えて建物に走り、中に入る。特に何があるわけでもないが、男性用便所の前で待つ。トイレから出てきたとき、ぼくの必死の訴えに反応してくれることを願いつつ。

ぼくは待つ。さらに待つ。あの男はきっと下痢だ——ぼくを拾わない理由がまたひとつ。ムスリム女性が家族を連れてやってきて、ぼくに疑いの目を向け、不安げに反対側の女性用トイレに入っていく。彼はまだ出てこない！　まちがいなく大量排便中の相手を待っているだなんて、どれだけ変態なのか。ムスリム女性一家が出てきて、ぼくはボードをかざす――なぜかは知らず、絶対に拾ってはくれないだろうという気がする！　彼らはぼくと目を合わせないようにして、急ぎ出てゆく。糞野郎がようやく出てくるが、待っているぼくを見て震え上がる様子。ぼくが誰だかわかったわけではなく、確実に知らないものの、迫ってくる物乞いにおぞけをふるったのだ。立ち止まりもせず、首を振って急ぎ足でぼくの脇を通り過ぎてゆく。

一人ぼっちのヒッチハイク場所に戻る。まちがいなく、今頃は誰かが警察の風紀課に休憩エリアにいる変態を通報しているだろう。ぼくのことだ。車は来ない。とうとうトラック野郎が顔を見せる。おそらく車内で寝ていたのが起きてきたらしく、伸びをし、金玉を掻いている。痩せており、三十代後半、アパラチアの山男風で、バミューダ・パンツにTシャツ、サンダルという姿だ。サインボードを持って突っ立ってるぼくの姿を見て手をふる。ふり返すべきかな？

今夜こそ本当に野宿しなければならないかもしれない。いつものパニックでオフィスに電話し、ここから出られずに動けなくなってしまった場合、ホテルまで連れて行ってくれるタクシーを探してくれ、と頼む。返事のメールによれば、ここの「近く」でタクシー会社があるのは唯一ジャンクション・シティだけで、そこからぼくを拾いに来るのに一時間半、戻るのに同じだけの時間がかかる。クソッ。これは本気で茂みで丸まって寝ることを考えないと。ポイズンベリーの実でもしゃぶればいいのかも。

スーザンとトリッシュがほどなくオフィス業務を切り上げることに気づく。今日は金曜日だ！

二人にも週末の予定があるだろうし、もちろん、仕事はしない。ぼくは一人きりだ！　大慌てでスーザンに電話を返し、ネット上でジャンクション・シティのゲイバーを探してくれと頼む——そもそも存在すればの話だが、お店にいるファンに頼むかお金を渡すかすれば、迎えに来てもらえるかもしれない。ぼくはほとんどゲイバーには行かないので、なぜこんな計画が通用すると考えたのか、もとより相手がぼくのことを信じてくれるか、自分でもわからない。スーザンは文句も言わずにショートメッセージで、〈エクスカリバー〉という店の住所と電話番号を送ってくれる。「助けてくれ、ゲイの兄弟よ」ぼくの懇願に電話を受けたバーテンが驚く顔を想像したが、運良く、まだ実際に電話するところまで追いこまれてはいない。ボヘミアン風の若者が駐車して、トイレに入っていく。今度は建物の外で待って、ジャンクション・シティまで乗せてくれないか頼んでみよう。さっきのトラック野郎も駐車場でぶらぶらしている——二人に同時に売り込んでもいいかもしれない。

運良く、若者は小便をするだけで、すぐに出てくる。ぼくはサインボードを持って近づき、自己紹介し、ヒッチハイクでアメリカを横断する本を書いているのだが、ここから動けなくなっており、モーテルがある出口まで連れて行ってくれる車を探してるんだと説明する。彼は疑わしげにぼくの顔をうかがう。「そんなに遠くまで」は行かず、「カンザス州マンハッタンまで」だ、と彼は説明する。ぼくはネットにつなぎ、ブラックベリーでぼくのヒッチハイク旅行について書かれたブログを見せる。ぼくの映画は一本も知らない彼だが、この状況のおかしみは伝わりつつある。トラック野郎も寄ってきて会話に加わるので、彼にも同じ話をする。トラック野郎は大笑いし、乗せてもよかったんだが、会社から出発してもいいという許可が出るまでここで休まなければならず、今では予定変更になり、このままもう十二時間待って、それからUターンして来た道を戻って別の都市に行くことになってしまった、と話してくれる。ぼくはすかさずカンザスのヒップスターのほうに、ぼくの話だけでは信じられないなら、オフィスにいるアシスタントと話してみてくれないかと言う。彼に言い訳を考える隙を与えず、スーザンを電話に出して手渡す。スーザンはぼくが言ったことはすべて事実だと説明する。彼は見るからに揺らいでいる。「きみに乗せてもらえないと、今夜野宿する羽目になるんだ」痩せっぽちのトラック野郎が割って入る。「そうなったら、オレのトラックの後ろに寝床をしつらえてやるぜ」ふううむ。これはひょっとして現実の旅で初のセックス・チャンスだろうか？　ぼくにはできるのか？　本のために？　つまり、どう見ても彼はトム・オブ・フィンランドには程遠いが、ぼくもこの年ではとうてい股間もっこり割れアゴ筋肉種馬ヒッチハイカーではないわけで。それともまったく無害な寝台の提供なのだろうか？　何も考えてなさそうな罪のない笑顔からはどちらとも読み取れない。ぼくが初老の魅惑をわかってないだけなのか？　答えはわからぬまま、というのはついに名乗ってくれた若者、クリスが乗せてくれることになったからだ。

ただ乗せてくれるだけでなく、はるばるジャンクション・シティまで行ってくれるという。兄弟の結婚式に出席するために行く予定だったマンハッタンよりも三十キロも先だが、そっちのほうがヒッチハイクで拾ってもらえるチャンスが多いだろうと考えて。クリスは親切だ。カンザス州ローレンス出身の大学生で、近所のウォルマートの店長もやっている。ぼくはウォルマートには生まれてから一度も入ったことがないと言ったが、そう聞いても彼はあまり驚かない。突然口を開いて、

「うわっ、あなた『ザ・クリープ』に出てたよね！」「うん、そうだよ」とぼくは胸を張る。ニッキー・ミナージュと共演してユーチューブで七千二百万回（！）再生された、コミック・グループ、ザ・ロンリー・アイランドのビデオのことだ。おお、インターネットの影響力よ。映画なんか知ったことか。あんなものを見るのは老人だけだ。

ジャンクション・シティは巨大な軍事基地だとクリスは教えてくれて、近づくにつれ、フォート・ライリー基地の巨体が見えてくる。すごい。まちがいなくこれこそボビー・ガルシア、ぼくがエッセイ集『ロール・モデルズ』で書いた海兵隊ポルノ監督が隠れているところに違いない！　クリスはさばけているが、さすがにこのネタは話そうと思わない。彼が言うには「ここは荒くれ者の街」で、しょっちゅう騒ぎがあるそうだ。

ジャンクション・シティ・トラベル・プラザに入るが、七〇号線西行きに戻る入口ランプにいちばん近いモーテルは忌々しいホリデイ・インだと判明する。ぼくは部屋をとる。今日の苦労のあとなら、どこにだってチェックインする！　ナイスガイの例にもれず、クリスは最初遠慮しているが、ぼくはガソリンを満タンにする。今日、ぼくを救ってくれた二人目の運転手なのだから、それだけは譲れない。ここにもまた親切な男。ここにもまたハッピーな奴。そしてぼくは愚かしくも〈乗せてくれてありがとう〉カードを彼にあげるのを忘れてしまう。ここまでの旅ではじめてのことだ。なんて馬鹿なんだ！　永遠に罪悪感を抱きつづけるだろう。クリス、もしこの文章を読むことがあったら、ボルチモアのアトミック・ブックスを介して連絡してくれ、かならずきみの分を送るから！

現実の旅・17　カンザスのカップル

ホリデイ・インの暗い部屋でへたりこむ。今日がこれまでで最悪の日だったろうか？　金曜日の夜――いつもの暴飲もなし、いつもの仕事の楽しみもなし。コルベット・キッドから電話があり、ぼくを乗せに行きたいと言う。どう考えるべきなんだろうか。彼が地元新聞にインタビューされて、ぼくとのヒッチハイクについて話している記事をネットで読んだ。ぼくをオハイオ州まで連れていったとき、ミズーリ州ジョプリンに竜巻被害のボランティアに行くところだったと説明しているが、これは厳密には真実じゃない。キッドは翌週そうするつもりだと言っていた。キッドはこの記事の話をしないし、ぼくも持ち出さない。彼は母親から「二度とヒッチハイカーを拾わないように」と叱られたと語っているのに、電話ではぼくをもう一度乗せに行きたいと言う。路傍に突っ立って誰からも乗せてもらえないでいるときは彼に来てほしいと思うけれど、拾われて車に乗せてもらうと自信がなくなる――やっぱりズルになるんじゃないかな？　それで本はおもしろくなるのか、それとも駄目になるのか？　キッドはメリーランド州の家でベッドルームに寝転がり、本気で出かける予定もないまま、ただからかってるだけなのかもしれない。両親から外出禁止を申し渡されていてもおかしくない。ぼくの知る限りでは。

　メールを流し見して、スーザンからの連絡を見つける。「お母様とお話しして、『カンザスでは万事順調』と伝えておきました。彼女のところにも電話が殺到していて、『ノーコメント』ばかり言いつづけてるそうです」母はさらに、ぼくらの従兄弟がメリーランド州チェビー・チェイスからアメリカ横断自転車旅行をはじめたという話もしてきたという。ほらね？　母さんはヒッチハイク程度じゃ驚かないってわかってたんだ。

　この仕事が終わったあと、もとの生活に戻ったら、どんな風に感じるだろう？　朝、正面玄関から歩みでて、入口ランプを見積もらなくてもよくなったら？　ここカンザス州ジャンクション・シティでは想像もできない。スーザンとトリッシュが自宅からメールしてくる。ぼくが無事にモーテルに泊まれたと聞いて安心している。「あと五百キロでカンザス州を出てコロラド州に入れるから」と知らせてくれる。ぼくは「一歩もうクソ一歩」と、オリヴァー・ストーンの映画作りがどんなものかを語る名言の引用で答える。

　表に出かける――ウォルマートへ行くぞ！　広いトラベル・プラザを抜ける長い徒歩旅行だが、軽食と飲用水以外に、絶対にキューティクル・シザー（爪の手入れ用小型ハサミ）が要る――ヒゲはボルチモアの最長寿お天気マンであるボブ・タークみたいにもじゃもじゃになりつつある。なんとまあ、この町にいるのは兵隊ばかりだ！　ボビー・ガルシア天国だ！　制服を着た可愛い軍人が一万人！　ぼくは突然エキストラとして放りこまれたポルノ映画の題名を考えている――『オレの股間《ジャンクション》が働く《ファンクション》ぜ』？　ここでマーティニ二杯で酩酊したぼくがどうなることか！　本物の面倒に巻き込まれそうだ。

　ウォルマートでは自分が完全なよそ者だと感じる。普通の人はこういうところで買い物するの？　あまりに広すぎる。店員はどこにいるんだろう？　いやはや、中にスーパーマーケットも併設なの？　ぼくは軍人たち（全員男前に見える）に見とれないよう気をつけながらさまよう。誰一人ぼくのことを知らない。特別セールの説明を読んでいるふりをしてしばらく一箇所に立ち止まり、気づかれるかどうか試してみたが、無駄だ。

　やった！　キューティクル・シザーがある。キャンディと新聞もだ！　おや、これは？　うへえ、ジョン・トラボルタのマッサージ師スキャンダルが〈ピープル〉の表紙になってる?!　定期購読分の一冊はボルチモアで待っているが、罪の意識を感じつつも買ってしまう。兵隊の奥さんたちも、少なくともトラボルタが出演しているハリウッド・リメイク版『ヘアスプレー』は見ているかもしれない。この雑誌を持ってレジに並んでいるぼくの姿を見て、一足す一して答えを出してくれるかもしれない。でもそんなことは起こらない。

　薄暗いホリデイ・インに戻り、ピーナッツを食べ、ジュージイフルーツをかきこみ、エビアンを飲んでニュースを追いかけ、自己流のイカれたフライデー・ナイトを満喫する。ぼくは表を歩き回っている兵士たちのことを考える。スーザンが見つけてくれたゲイバー〈エクスカリバー〉の様子を思い描こうとする。ぼくはボビー二世になれるだろうか？　それとも店はマッチョでなくオカマに占拠されてるのか？　トラックの後ろに寝床を用意してくれると言った山男トラック野郎のことを夢想しようとする。二段ベッドの上を使うのか、下を使うのか？　ぼくの年でゆきずりのセックスなんて、わずかでも可能性はあるんだろうか？　ぼくは眠りにつく。一人で。たぶん夢よりずっと安全な眠りに。

ぼくにとっては遅い時間、午前七時に目覚め、シャワーを浴び、勇敢にも下着を捨てる。蛮行か、愚行か？　今日という日がその問いに答えてくれるだろう。ぼくは〈ヒッチハイクの本書いてます〉ボードの裏に新しいフレーズを書く。控えめな目標を掲げる——〈七〇号線西行きカンザスを抜けて〉。そしてさらにつけ加えて〈ぼくは安全です〉。たぶん性的なことも意味してる。あらたに切って整えたヒゲを鏡で確認し、今日の仕事をちゃんと果たしてくれるように願う——車をつかまえることだ！　いつものように、メイドにチップを置いてゆく。

もう少し分別を持つべきだったが、ぼくは一階に降り、無料朝食の食堂に行ってしまう。例によって誰一人目を合わせようとしない。可能性がありそうな男に近づいてボードを見せるが、ぼくに訊ねられたこと自体に憤慨しているようだ。食事はこの前のホテルよりさらに酷い。まさかそんなことがありうるとは。薄切り燻製肉は水っぽい鼻汁をディンティ・ムーアの缶詰スープと混ぜたみたい。テーブルに座り、お茶を飲んで、コルベット・キッドにカンザス州ジャンクション・シティまで来たとメッセージをおくる。

ホテルを出て、七〇号線西行きの入口ランプまで短い距離を歩く。この入口は旅行者向け施設の中心に位置するように思われる。車が停まるスペースもたっぷりある。今日はいい日だ。スタートはちょっぴり遅いが、それでも早すぎる時間なのだ。まだ乗れない。まあいいさ、はじまったばかりだ。たった一台止まってくれさえ（以下略）。くっそ、風が強い！　ボードが破れてしまう。どこからともなく忌々しい回転草がやってきてタックルを食らう！

何度経験してもまだ驚きだ。一台の車が止まり、ぼくはかばんをひっつかむ。中には若い息子を連れた肉体労働者風の父親が乗っており、父親の表情から、ぼくをホームレスだと思っていることが読み取れる。子供は怖がってはいないようだ。以前にもヒッチハイカーを乗せたことがあるような、ひょっとすると浮浪者を家に連れ帰って温かい食事をふるまってやったことさえあるような。「次の出口までしかいかないけど」父親は申し訳無さそうに肩をすくめて言う。ぼくは丁重に礼を言い、「ここはヒッチハイクにはいい場所なんで、もう少し我慢してみます」と答える。運転手は理解してくれる。息子の目には心からの優しさが湛えられている。本当にまっとうな人たちだ。車は出ていくが、ぼくら三人とも、すでによりよき人間になっている。

でもぼくはそのまま居残りだ。パトカーが通り過ぎる。こっちに嫌がらせをするためにわざわざ止まったりしない。結構。軍用車両も通り過ぎていく。あれに乗れたらいいけれど、ぼくが乗ったら誰が見てもゲイの脱走兵が発狂して逃走し、無許可離隊したシャブ中ボーイフレンドに会いにいくところにしか見えまい。それでもぼくは軍用車両が来るたびに親指を突き出して、車の流れが途切れたらブラックベリーを見る。ショックを受けたのはコルベット・キッドからまたメッセージが来ていること。「もうほとんどミズーリ州。あなたを乗せにいくべきかな、それともジョプリンに向かう？」

返事をする前に車が止まる。後部ドアが開くと、美しい中年女性が床に座って、三本足の白いプードルを膝に抱いている。ハンサムな夫は前でハンドルを握っている。二人はデンバーまで行くところで、ぼくを乗せていってくれるという！　ありがたや！　夫はマイク、イリノイ州南部の「まるっきり田舎」な町で巡回判事を務めており、バーブラ・ストライサンドとライザ・ミネリのファンだ（そんな趣味のストレート男性は世界でたった一人かな？）。妻のほうはローラ、民主党員でペット救援活動家（！）。ぼくの友人、レスリー・ヴァン・ホーテン（終身刑を受けたマンソン・ファミリーの一員）の釈放を求める仲間のリンダ・グリッピに似ている。ぼくは「最悪の旅」の章で想像したすさまじく最悪なペット救援活動家のことを思い出して、申し訳なくなる。ここ、自分の隣に（ぼくの知る限りでは）稀少人種がいる——戦闘的に動物を愛するが、同時に人間も愛している女性だ。三本足のプードルさえも、最初、ぼくが乗りこんだとき、膝の上に飛び乗ってきて口を舐め、ぼくをたじろがせたあとはおとなしくしている。たぶん一緒に冒険に出るのを喜んでるんだろう！

二人は休暇旅行のためにコロラドの州立公園に向かうところで、カンザス州ジャンクション・シティ（ぼくと同じホテルに泊まったが、起きたのはぼくより遅かった）の入口ランプに立っていたぼくをやりすごし、あれが本当にぼくだったか議論しながら十三キロ走ったのち、確めようと戻ってきてくれた。そう、たしかにぼくである。ぼくはよき乗客らしくエリザベス・テイラーやキャスリーン・ターナーに会ったときの話をし、二人はお返しに彼ら自身の人生と、ペット救援活動の仕組みを教えてくれる。判事とぼくは未成年には仮釈放なしの必要的終身刑が科されるべきではない、という点で意見が一致する。

ぼくはコルベット・キッドにメッセージをおくる、「びっくりだ、たった今コロラドまで乗せてってもらえることになった」彼の返事は「デンバーに向かってる?」ぼくは「うん。着いたら知らせるね」何時間も走る。カンザスは驚くべき州だ——ミニマリズム的地形が美しく、同時に極端な暴力的天候が恐ろしくもある。ハイウェイの左右両側に、小さな塵旋風《じんせんぷう》がいくつも見える。カンザスはほおおおおおおんとうに長い。退屈過ぎる。でも平面的、催眠的な退屈さと脅威的に低い人口密度には畏怖さえ覚える。

さらに数時間のドライブを共にして絆が深まったのち、ローラは、はるか昔からぼくの熱狂的なファンであるゲイの息子がいなかったら、ぼくが誰かも知らなかったし顔を見てもわからなかったろう、と白状する。「じゃあ息子さんに電話しよう」とぼくは申し出て、ローラは電話をかける。彼女は何も明かさないまま、彼にぼくのことを訊ねる。息子は、ぼくが大陸横断ヒッチハイク中だとネットで読んだと話しはじめる。信じられない! もう知ってるなんて! 「で、お母さんたちが誰を拾ったと思う?」とローラは言う、そう、にっこり笑って。「ジョン・ウォーターズさんよ」ローラから携帯を渡されてぼくが電話を代わるが、息子は最初口もきけない。無理もない。こんなことが起こる可能性ってどのくらい? 息子さんは素晴らしい子で、『フィーメール・トラブル』のセリフの引用まではじめる。ただしあくまでもクールに、ぼくがこの本の前のほうで想像した恐ろしいファンみたいにはならない。

車はカンザス州バンカーヒルで止まる。ガソリン代を持つと申し出たが二人は聞いてくれない。かわりに軽食をおごるが、二人が払うより先に勘定書をひったくらなければならなかった。マイクが男性用トイレに入っているあいだ、ぼくはローラを連れて巨大休憩エリアのコンビニエンス・ストアの裏へ、ダンボールを探しに行く。なんといっても、〈七〇号線西行きカンザスを抜けて〉のボードは、デンバーで降ろしてもらったあとはもう使えないわけで。ぼくらは一緒にゴミ箱漁りをし、適当な大きさの箱を見つけて正面へ持ってくる。車へ持ち帰れば、マイクのポケットナイフで切り裂けるという。だが、巨大なガソリンスタンドの駐車場を横断しているとき、決して吹きやまない強風で箱が吹きとばされ、幾万の発泡スチロールの〝豆〟がうっかりこぼれてサービスエリア全体に、そしてカンザスの平原へと吹き散っていく。ええい、ままよ。われらゴミ撒き散らし人にできることは何もない。踏み潰すくらいしか！　マイクはそうした。あばよバンカーヒル。

コルベット・キッドがショートメッセージを返してくる。「良さげだね。ぼくはカンザスに入ったとこ」冗談だろ！　ということは、両親にはミズーリ州ジョプリンの竜巻被害者救援に立ち寄ってると思わせておいて、時速百三十キロで四十八時間ぶっつづけに飛ばしてきたということになる。本当にぼくを乗せに来てるのか?!　「スピード違反で逮捕されないように！」とショートメッセージを送る。「やぁ」と返事、「『ミッション・インポッシブル』遂行中だからね（笑）。誰にもコルベット・キッドは止められないのさ、わが友よ」「命知らずのイーブル・クニーブル！」とぼくは返す。「もしデンバーから逃げたら、おしおきするよ（笑）」ぼくはいささか感心しつつある。もしも彼の言葉がすべて本当なら。それともまだメリーランドのベッドルームでゲームしてるだけかも？まあ、もうじきわかるだろう。

信じられないほど猛烈な嵐が近づいてくる中、カンザスを這い進んでゆくと、〈ガラガラヘビ、プレイリー・ドッグ、六本足の猫〉という楽しそうな看板を通り過ぎる。たぶんこれがカンザスのショービジネスなのだろう。ぼくは後ろの床に犬と一緒に移ろうと申し出たのだが、ローラは自分は快適だからこのまま後ろでいい、と請け合う。黒雲が不気味に近づいてくる。当然ながらドロシーの話題となり、それから旋風退避壕について論じる。もし本当に竜巻に襲われたらどこにも逃げるところがないことには言及しない。壮絶な雨が降ってくる。かなり恐ろしいが、マイクは頼れる運転手で、ぼくらはいかれた地元のオズの国に吹き飛ばされることなく切り抜ける。ぼくは「最高の旅」のクロウフォード篇で想像したとおりのゴミ捨て場に遭遇する。あまりに完璧。あまりに孤独。なにもない荒野の真ん中、敷地の端っこにトレイラーがあり、おそらくはオーナーが住んでるんだろう。彼は魅力的だろうか。

不意に太陽が出るが、まだ雨は降っている。こんな天気だったら虹が出るはずだ、と全員意見が一致し、高速道路左右の地平線を探したが、何も得るものなし。たぶんカンザスは『オズの魔法使』がらみのごたくには飽き飽きなんだろう。それともカンザスの政治家たちが虹を非合法化しちゃったのかも。ぼくはコルベット・キッドにメールし、デンバーで待っており、「ホテルから連絡する」と伝える。「もし眠ってないんだったら、休憩しなさい」コルベットは母親の車だったのだから同じ車で来るはずがないので付け加える。「どんな車で来てもコルベット・キッドを待ってるよ」「まかせて」と返事があり、「カンザスは怖いほど長いね」いやはや。こちらに追いつきつつある！　ぼくはマイクとローラにコルベット・キッドのことを説明する。ぼくを拾ってくれたいきさつと、今追いかけてきていることを。「いったいどういう関係だ？」と訊ねるには二人は礼儀正しすぎる。ぼく自身、訊ねられても答えられない。わかっているのは彼が戻ってきてくれて嬉しいってことだけだ。これはズルじゃない——彼は今でもたまたま乗せてくれただけの人で、これからもう一度拾ってくれるだけだ。

ぼくはすっかりローラとマイク相手にくつろぎ、犬とすら仲良くなっている。カンザス州コルビーで車を止め、〈モンタナ・マイク〉で昼食をとる。わあお、たいへんな街だ。風は相変わらず吠えたける。真冬にここで暮らすのはどんな感じだろう？　ぼくらはボックス席に座り、マイクとぼくはたっぷり脂っこい食事を、ローラはより健康に気を遣ったものを選ぶ。トイレに入り（落書きはない、ちぇっ）、誰もいないビデオゲーム・コーナーを通り過ぎる。見事なナン・ゴールディン的「アート」な図だ。あまりに悲しく、あまりに寂しく、あまりに喜びを欠いている。ぼくはこの町の退屈した怒れるティーンがこの惨めな空間にいるところを想像し、この地獄のクラブハウスで引き起こされるかもしれないホルモン過多の暴力沙汰に身震いする。昼食代は自分がもつと言い張る。

さらに進みつづける。いや、なんとも最高の旅だ！　ぼくの新たな家族、ローラとマイク。二人もデンバーのモーテルに泊まることにする。そのまま州立公園まで行っても、どこにキャンプするかはまだ決めていなかったからだ。コルベット・キッドが迎えに来てくれるので、ぼくも出口や入口ランプのことを考える必要なくみんなで同じところに泊まれる。

ついにコロラドに入る。やっほー！　山地標準時！　ついに西部にたどりついた。とはいえ、しばらくはカンザスとほとんど変わらず、あいかわらずなにもない。この車に乗せてもらっていなかったら足止めを喰らってたかもしれない恐ろしげな田舎町。ぼくらはコロラド州リモン郊外でわざわざ高速を下り、モーテルを探してみるが、どこも不気味で客を拒絶している。泊まるのはやめる。

デンバーに近づくにつれ、どこの街とも変わらぬ光景がひろがりはじめる――同じチェーン店とモーテル――でもかまわない、ただ宿に部屋を取りたいだけなので。ぼくらは高速を下り、ホテルを選ぶ。ラ・キンタ・イン、ペオリア・ストリート四四六〇番地。市境の中だが、空港に近い。荷物をおろし、ローラは犬をかばんに隠してこっそり運びこむ。これがマイクとローラの休暇だというのはわかっているので、ぼくは二人に告げる。「さようなら、わが新しき友たちよ。二人きりでロマンチックなディナーを過ごしてくれたまえ」ぼくらは通行人をつかまえて自分たちの携帯電話で写真を撮ってくれるよう頼み、相手は喜んでやってくれる。ぼくの覆面旅行大冒険はまだ続いている。というのはこの通行人はローラに「この人ホームレスなの？」と囁いたからである。ローラは大笑いし、それから、宿に入ってからぼくに訊ねる。「あたしたち、あなたを乗せた中でいちばん退屈な人間だったでしょ？」ぼくは正直に答える、「なに冗談言ってんの？　きみたちは最高だよ！」そしてそのとおりだった。絶対的に、議論の余地なく素晴らしいこのカップルは、ぼくに見知らぬ相手の厚意を信じる心と、そしてキーホルダーに新しい聖クリストファーのメダルをプレゼントしてくれた。二人は犬だけでなく、ぼくも救ってくれたのだ。

現実の旅・18　コルベット・キッドふたたび

部屋にチェックインしてコルベット・キッドにホテルの正確な住所をおくる。彼もショートメッセージを返してくる。自分の車にはGPSがついているので場所はすぐにわかるし、たぶんこのまま運転を続けないでどこかで寝る。ぼくは厳しい父よろしく返事をする、「そうしなさい」時間は腐るほどある。洗濯でもして、道中捨てなかった不潔な下着を洗おう。フロントまで降りていって、ホテルにランドリー室があるか訊ねてみる。「あります」とフロントの女の子は言い、ぼくは驚く。この手の場所に洗濯機と乾燥機が据えつけられているとは。教えられた場所に行ってみると、単に洗濯機と乾燥機が置いてあるだけの部屋だった。両替機もない。洗剤もない。ぼくはもう一度下に降り、フロントで両替して洗剤を買い、下着とTシャツを数枚洗濯機に放りこみ、二十五セント玉を入れる。そこでお金が詰まってしまう。さてどうしよう?　ぼくのみすぼらしいホームレス・シャツは洗剤まみれだ。また延々一階まで戻ってきてフロント係に言うと、彼女はクリップを手に一緒に来てくれた。詰まった二十五セント玉を引っかけようとするがうまくいかず、ぼくが待っているあいだまた下に行き、今度はクレジットカード持参で戻ってきて、プロの錠前破りそこのけの手際で使い、するとじゃじゃーん！　コインは見事に落ちて洗濯機は動きはじめる。ぼくは彼女に礼を言い、このまま機械の前にいなくても問題なかろうと見積もる。「最高の旅」の中ですでに他人の洗濯物を盗むところを夢想していたのだが。現実は決してフィクションほどおもしろくはならない。

部屋に戻る。照明はまずまず。ホリデイ・インよりはちゃんとしているがデイズ・インほどではない。時間をつぶそうと思ったが退屈し、ランドリー室までとぼとぼ戻る。華やかさのまさに正反対だ。当然ながら服はまだぐるぐる回っているので、洗濯が終わるまでただ待っている。一人ぼっちで。Tシャツが縮むので普段は乾燥機は使わないのだが、一晩風呂場に干してるだけではとうてい乾くまい。そこできれいになったパンツと一緒に放りこみ、運を天に任す。

コルベット・キッドは車の中で寝ているのだろうか。彼のために別に部屋を取ってあげるべきか、それとも部屋の使っていないほうのベッドで寝てもらえばいいか？　彼が何を期待しているのかさっぱりわからない。ぼくが部屋を借りてあげようと言いださなかったら、誘いをかけてるように見えるかな？　それともごく無害なお泊り会？　さっぱりだ。ぼくはまだ少し湿り気の残るTシャツとボクサー・ショーツを抱えて部屋に戻る。

土曜の夜のデンバーだ！　ぼくは出かけることにする。ネットで『ディクテーター　身元不明でニューヨーク』を上映している劇場を探す。今日全米で一斉公開になるこの映画、ぼくはあえて批評を読まずにいた。サシャ・バロン・コーエン主演作は何も情報を入れずに見て、自分で判断したいのだ。フロントの女の子からいちばん近い劇場を聞く。最初、なんならそこもヒッチハイクで行こうかと考えるが、心の中の声が叫ぶ、おい！　今夜は休みだろ！　これは旅とは別なんだ、タクシーを使え！　そうしよう。場所はそう遠くない。タクシーに乗るのがひどく落ち着かない。もはや無賃乗車さえできない間抜け、中流階級出身のブルジョアな乗客になってしまったのだろうか？

映画館は若者でいっぱいの巨大な屋外ショッピング・モールの中にある。太ったティーンの多さにショックを受ける。本当にデブだ！　二百キロ級のデブだ。屋外のカフェテリアで、誰もが見るからに不健康そうな食事を積み上げた巨大な皿の前に座っている。ぼくは例によって早く着きすぎたので、モデル好みのレストランがないかと探す。〈ユーロ・カフェ〉で手を打つことにして、地中海風野菜ロールとミネラルウォーターを注文する。悲鳴をあげたいほど平凡で、客もそう多くないのに、サービスは最悪。ひょっとしたら痩せた人間が嫌いなのかもしれない。

映画館に入り、満員の客を見て満足する。通路沿いの席に座ると、おそらくはゲイだろう紳士が三人ほど、席まで歩くときにぼくに気づき、ぼくも挨拶を返す。映画はおもしろい。ただ、ハイウェイの脇に立っている以外のことをするのがひどく奇妙に感じ、だから見ている最中ちょっぴり落ち着かない。終わって出てきたところでゲイの連中と再会し、中のひとりになんでデンバーにいるのか聞かれるので、アメリカ横断のヒッチハイク旅行中だと答える。彼は「じゃあ、ホテルまで帰る足が要る？」ぼくは大いに熱をこめて「うん」と答える。厳密にはこれもヒッチハイクだよね？

近くのラ・キンタ・インに泊まっていると言うと、運転手は場所を知ってるという。行く道すがら、連中のひとりがカンザスでドライブ・イン・シアターを所有していることが判明する。ぼくらは孤立したスモール・タウンでの暮らしについて話し、彼から竜巻のひどい被害について、今日まさに通ってきた場所も食らったばかりだと教えられる。

ラ・キンタ・インに車を寄せて降ろしてもらうが、ぼくはしばし混乱する。見覚えのない場所のような気がするが、自信がない。毎晩違うモーテルに泊まっているせいで、印象がごちゃまぜになっている。「ここで合ってるといいんだけど」ぼくは降りながら、自信なく冗談を言う。「まあ、違ってたらヒッチハイクすればいいじゃん」とドライブ・イン・シアターのオーナーが無邪気に軽口を叩く。ぼくは降りる。くそっ！　やっぱり違うホテルだ！　ホテルのキーに書かれた住所をチェックしたが、まちがいない、別のラ・キンタ・インに来ている。ぼくは完全なパニック状態でホテルに飛びこみ、フロント係になだめられる。ぼくのホテルは遠くないので、空港までの送迎ヴァンの運転手を呼んで、ホテルまで送ってくれるという。ぼくは深く安堵し、そしてもちろん、親切な運転手にたっぷりチップをはずむ。

ホテルで留守電を再生し、コルベット・キッドがすでに着いていると知ったときの驚きたるや！一睡もしてないはずだ！　こんなに早く追いつかれるとは。「部屋においでよ」とショートメッセージを送る。「しまった！　もう部屋とっちゃった」と返事がくる。ふむ、あっちの問題は解決。彼は「先にシャワー浴びるよ」と返してくる。

ぼくはスーザンにコルベット・キッドが「来た！」とメールする。「第二章か——奇々怪々ね」と返事がきて、「その子のアメリカ横断レースってまちがいなく妙なところがあるわね。例のログキャビン共和党員（同性愛者の権利擁護を求める共和党員の集まり）かも。冒険はこれからだ」以上。
「よーし、だいぶすっきりした」シャワーを浴びたばかりのコルベット・キッドからショートメッセージ、「あと三千キロでも運転できるよ」「おお若さよ」と返す。「晩ごはん食べた？」と彼は訊ねてくる。「食べたけど、もし空腹なら付き合うよ」と返事する。「すぐそっちに行く」と返事。ぼくは唐突に思う。もしかして、本当は来てなかったら？　ショートメッセージが全部嘘だったら？　誰も来なかったら？　誰もノックしないかも？　はるかメリーランドでぼくのことを嘲り笑ってるかも！

でもそんなことはなく、コルベット・キッドがあらわれる。相変わらず健全に、カーキのパンツ、Tシャツ、スニーカーという格好だが、自分の「見た目」がイケてないかも、と不安を感じているのがうかがえる。もちろん最高だ、たとえ今の車が真っ赤なキア・ソレントだったとしても。彼に会えて嬉しい。なにか食べられる店を探すべく出かけるが、この時間だとどこも閉まっている。ファストフード強盗かその下見みたいに走りまわったあげく、諦めて開いていたセブンイレブンに入り、キッドは世にも不味そうなサンドイッチを購入する。キッドはぼくらのクレージー・ジャーニー第二章のはじまりに興奮しているし、ぼくも同様だ。でも疲れているはず、と彼に伝える。彼もそれを認めるので、今晩は寝たいだけ寝ると約束させる。ホテルに戻り、それぞれの部屋に別れるところで声をかける。「部屋をキャンセルして、ぼくの部屋のもうひとつのベッドで寝てもいいよ。襲ったりはしないから——疲れてそんな元気はないからね」キッドは大笑いし、自分の部屋へと向かう。

実のところ、別の部屋に泊まるのでほっとしている。セックスしない相手とモーテルの同じ部屋に泊まったことはある？　ほぼない。ぼくは最大でリノまでキッドと一緒に行き、そこで降ろしてもらって別の車をつかまえ、彼にはサンフランシスコのアパートのキーを渡してそこで待っていてくれるよう頼もう、と考える。それならキッドは安全だ。まちがいない。

朝寝を決め込むはずだったが、五時半には目が覚めてしまう。表に出かけて車を拾わなくてもいいだけでどれだけ気楽か。ネットにつなぐと〈デッドライン・ハリウッド〉から告知が来てドナ・サマーの死を知らされる。〈USAトゥデイ〉すら置いていないモーテルに泊まっていると、セレブのニュースはどんどん遠い世界になっていく。ぼくはモーテルの部屋でだらだらと時間をつぶし、コルベット・キッドが起きるのを待つ。シャワーを浴びるが、ドゥ・ラ・メールのクリームを使い切ってしまったことに気づく！　今こそまさにこのお高い保湿クリームが役立つときだというのに。鏡を見ると、そこに映ってるのは「ヒッチハイカー顔」だ。この手のモーテルには無料のボディ・ローションがないことが多い。だがここには備えてあり、ぼくはありがたくポケットに入れる。安物衛生用品をかすめとるところまで落ちぶれた――すべては文学の名のもとに。

午前十時、コルベット・キッドも旅立つ準備ができる。ヒゲは剃りたて、休息充分で、わが旅路の相棒という新たな役回りにやる気満々だ。ぼくがガソリンを満タンにして出発する。デンバー市外に出るや、風景は一変する。ロッキー山脈が突如として畏怖を与える荘厳な美をはなつ。コルベット・キッドは笑い、ロッキー山脈というのはさっき越えてきた山のことだと思っていたと告白する。絶景のスキー・リゾートを通過し、ぼくは四十年ぶりに見る風景に興奮していたが、それ以上にコルベット・キッドの目を通して見るものにウキウキしている——とりわけ彼が両親の家を抜け出してきている今。

休憩エリアで、出会った旅行者に写真を撮ってもらう。ぼくの正体がばれてサインをすることになる。もしヒッチハイクしてたなら、コロラド州はまちがいなく他のどこよりはるかに拾ってもらいやすい土地だったろう。この州のことは好きだ。ぼくらは進んでいく、笑いながら、彼のスモール・タウン暮らしの話と、ぼくの下劣な年寄りの話とを比べながら。ぼくはすぐにコルベット・キッドについて少しでもゲイ的な想像をめぐらしたことを後悔する。この子は単に好奇心旺盛なだけで、なぜか偶然ぼくと同行することになったのだ。人生、こんな素晴らしいめぐり合わせがあるだろうか？

コロラド州グランド・ジャンクションで高速を下り、〈アップルビー〉で昼食をとるという失敗をおかす。日曜日の午後一時半、レストランは教会帰りの家族と年長者でいっぱいだ。料理は最低で、ぼくはキッドにこの旅でここまで入った中で最悪のチェーン・レストラン賞をさしあげると言う。トイレに行くが、汚さにびっくりする。中西部がこれほど醜く思えたことはない。ぼくらは出発し、中年男性のヒッチハイカー、この旅に出てはじめて出会う同業者の脇を走り過ぎる。ぼくらは拾わない。わかってる、わかってるよ言いたいことは。

ユタ州の州境を越えたとたん、何もなくなる。麗しき虚無。唐突に「エンジン点検」の警告表記が点灯する。こんなところで故障なんて、考えられないほど最悪だ。地獄のように暑い。近くには誰もいない。警官の姿すら見えない。ぼくらは警告を見ないふりをする。ガソリンスタンドもほとんどなく、ひどくまばらだ。選ぶ余地はないので、どこでも入るしかない。車のタンクは空になりかけている。その警告ランプも点いている。エンジン故障とガス欠。頭上でハゲタカが円を描くのが見える。キッドがふと嬉しそうに〈この先ガソリンスタンド有り〉の標識を指差す。ぼくらは大いに安堵して、ユタ州トンプソン・スプリングズのシェルのガソリンスタンドに入る。ガソリンは一ガロン四・一四ドル！　カンザス州では三・一九ドルだったが、ここではがっちり金玉を握られてる。数百キロ内にあるスタンドはここだけで、どうする？　払わない？　キッドは車に命じられたとおりにボンネットを開けてエンジンを覗くが、メカに強いタイプでないのは見ればわかる。「オイルは大丈夫そうだけど」と困惑顔で言う。ぼくに聞かないでくれ！　自分の車のボンネットの開け方だってわからないんだから！　出発したが、「エンジン点検」警告は点いたままだ。ぼくらはそのことは話さないようにつとめる。

もう一時間ほど走ると七〇号線西行きが終わるが、トリッシュとぼくはAAAの地図と首っ引きで、手前で一九一号線を北に行って六号線に入るほうが八〇号線西行きに直行だと判断していた。右折ポイントは十分ほど先に迫ってきていたが、窓の外とAAAトリップティクとランド・マクナリーの道路地図を見るうちに、この道がほぼ砂漠の中を突っ切ることに気づく。かまうもんか、伸《の》るか反《そ》るかだ。

一九一号線に入ると、片側一車線の対面通行になる。つまり追い越しをするときは正面衝突の危険がある。忌々しい「エンジン点検」警告灯はまだ点いたままだ。あまりに荒涼とした風景に逆に力づけられる気がする。ちっちゃな赤ん坊旋風《つむじかぜ》を見かけ、そのまま殺人竜巻に成長してくれることを願う。ここらではこの土壌を「砂漠」と呼ぶのかもしれないが、ぼくは砂漠というのは砂なんだと思っていた。これは土だ。

六号線を西へ舵を取ると、そこはガラガラヘビ天国だ！　炭鉱町ユタ州ウェリントンを通り過ぎるが、ぼくはすっかり気に入ってしまう。なんとも不思議な小さなコミュニティ。ちっちゃな家々。実のところ、掘っ建て小屋だ。でもゲイっぽいパステル・カラーに塗られている。小さな青い家はとても哀れだが誇り高く、崩れかけながらも印象的で、今すぐ引っ越したいと思ったくらいだ。恐ろしげな小教会もたくさんある。ぼくは映画『マージョー』*式説教師がハンセン病患者を癒やすところを思い浮かべる。ここはアメリカでいちばんのはぐれ者町かもしれない。いつか戻ってきて、一日だけの休暇を過ごしたい。コンビニエンス・ストアに入ってみたが、『トワイライト・ゾーン』に迷いこんでしまったような気がする。コルベット・キッドが軽食代を出す。彼がここから出て行きたがってるのが伝わる。今すぐ。

北へ、ソルトレークシティに向けて走る。ゆっくりと、郊外の生活が視野に入りはじめる。ぼくらは大いに楽しむ。あきらかに「エンジン点検」の警告は深刻なものではなかったようだ――丸一日高速で突っ走っても何も起こってない！

ソルトレークシティに入ってゆくが、ここには自分の映画のプロモーションで来たくらいだ。

*伝道師マージョー・ゴートナーを追いかけた一九七二年製作の映画。アカデミー賞長篇ドキュメンタリー映画賞受賞作。

『シリアル・ママ』のときは劇伴の録音をここでやった。モーテルを探しまわる。運良く日曜日なので、モルモン教のアート・フェスティバルとやら以外、町はほぼ沈黙している。コンフォート・インにチェックインし、ぼくは有無を言わせず二部屋分の料金を支払う。キッドには荷物を全部持ってくるように言う。ここは都会だし、いつも車上荒らしが不安だからだ。彼は本物の共和党員式プレッピー・スーツとストライプ・ネクタイを持参している。彼がもうひとつの人生のために装う姿を思い描くのは難しい。

ぼくらはそれぞれの部屋に別れて、後ほどロビーで合流して食事をとる場所を探すことにする――「本物の食べ物」のある場所だ。ぼくはオフィスにソルトレークシティに着いたことを知らせ、「コルベット・キッドはまったく純粋だ――アメリカをはじめて見る純真な子供だよ」と書き添える。妹たちにもメールし、「今ソルトレークシティにいる。母さんにアメリカじゅうの入口ランプから愛を送るって伝えて」

コルベット・キッドと一緒に、あてもなくソルトレークシティの巨大街区をさまよい、そこそこ高級そうな中華料理店を見つける。店に入り、ぼくの正体がばれ、外の気持ちのいいテーブルに案内される。キッド曰く、ぼくと再合流すると言うと母親は震えあがったらしい。「ヒスを起こした」そうだ。もう一度、母親と話してみようと申し出るが、キッドは嫌がり、母親からの必死のショートメッセージが見えないように携帯の電源を切る。ぼくはリノでキッドの車から降り、そのあとはサンフランシスコまで自力でヒッチハイクをつづけるという計画を伝える。アパートのキーは預けるから、そのまま走って、ぼくが着くまでサンフランシスコでのんびり過ごしてればいい。彼は同意の笑みを浮かべるが、当座はその計画は両親に内緒にしておく。地元紙でのインタビューで、最初ぼくを拾ったとき、ジョプリンのトルネード被害者の救援に行くところだった、と嘘を言っていたことを問い詰める。彼は悪びれずそれを認め、新聞が取り違えたのだと説明する。彼は一週間後にジョプリンに行くと伝えたのだという。ぼくはその言葉を信じる。

　ぼくらはそれぞれの「タイプ」について話す。キッドは光り物つきのタイトなパンツをはいていた〈アップルビー〉のウェイトレスが「セクシー」だったと言う。そこでぼくは休憩スペースで会ったトラック運転手が良さげに見えたと白状する。さらに、ソルトレークシティのモーテルの駐車場に入るまえ、キッドは「エンジン点検」の警告を気にしてもう一度オイルをチェックしていたのだが、ボンネットの中を覗きこんでいる姿が「ひどく〝タチ〟っぽかった」と明かした。彼も爆笑する——ぼくのユーモアのセンスに慣れつつあるようだ。コルベット・キッドが夕食のレシートを持っていく。育ちのいい子だろうと思ってた。

　コンフォート・インまで歩いて戻る道すがら、学生風がたむろしている前を通り過ぎ、ぼくはキッドに言う。「なんなら一人で遊びに行ってくれれば？　楽しんできなよ！」キッドはまちがいなく脳内で可能性を検討していたはずだが、実行に移すかどうかはよくわからない。それぞれの部屋に別れ、ロビーで朝早く会おうと約束する——明日は長い一日になる。ネバダ州よ、待ってろよ！

　ぼくは早すぎる時間に起きだし、おぞましき食堂に降りて、コルベット・キッドの部屋のドアにかかっている〈起こさないでください〉札を見る。うへえ。女の子をナンパしてなければいいんだけど。そう考える自分に突っこむ。別にいいじゃないか？　どうせ引っ掛けるなら、賢く可愛い娘だといい。少なくとも、今日の朝食には悪くないシリアルがある。ぼくは食べ、不安になる。チェックアウト前にまずここに降りてきて、何か食べようとするもんじゃなかろうか？　いや大丈夫。若者はよく寝るもんだから。

　ぼくはエレベーターでロビーへ降り、イライラと歩きまわる。キッドが一分遅れただけで、ぼくは彼の死体を、売春婦だかに切り刻まれた姿を思い描く。が数秒後、キッドは荷物をすべて引っ張ってあらわれる。元気で、満面の笑みを浮かべ、アメリカ探求をつづける気満々だ。そう、彼は確かに出かけたのだが何も起こらなかった。単に「道端でスケーターとかちんぴら連中とつるんでた」だけ。みな学生だったそうだ。地元の連中と交流できてよかった。彼はとっくに朝食を済ませて部屋でコーヒーを飲んでいた。

　ガソリンスタンドに寄り、満タンにする。二人とも元気いっぱい。ぼくは八日目だが気分は上々だ。キッドは出発したくてウズウズしている。ネバダ――覚悟はいいか！　今からきみらの町内に突撃するのは――この世でいちばん下劣な人間だ！　いやいやそこまでは。ちょっと落ち着こう。

　町から出るとただちに地形が変わる。ユタ州ボンネヴィル・ソルトフラッツ。果てしない。美しい。「政府訓練センター」の看板がある。何を訓練するんだ？　二人とも疑問を抱く。それから最初の蜃気楼を見る――安っぽい映画的幻影で、長く平らな道の先に水が見え、だが近づくと消える奴だ。ネバダ州はまもなく。州境越えの最初のギャンブル・タウン、ウェスト・ウェンドーバーが近づきつつあるのを知らせる大看板が見えてくる。〈ラップダンス十ドル〉いやはや、どんな女の子が出てくるのやら。もしかしてこの街もぼく向けにあつらえられた未来のリゾート地なのかも？

州境を越えて太平洋時間帯に入ったとたん、ネバダ州で最初の、そしていちばん安っぽいかもしれないカジノがあらわれる。看板には〈ナゲット――トラック野郎無料――毎日〉とある。キッドと二人、口をあんぐり開けて見つめる。つまりギャンブルしつづけるかぎり、トラック運転手は永遠に無料で泊まれるということなんだろうか？　なんてドラマチックで恐ろしい場所なんだろう。ダイアン・アーバスが墓から飛び出してきそうな撮影現場だ。

この先の町を知らせる看板が見えるが、なんとネバダ州オアシスという名前だ。その前を通り過ぎながら、ぼくは想像する。かつて大いなる期待がかけられたこともあったこの町、今残るのはフリーウェイのはずれにある五つばかりの廃ビルだけ。打ち捨てられ、放置され、閉鎖された。何が起こった？　最後に立ち去ったのは誰だろう？　中には不法占拠者がいるんだろうか？　なんて完璧な村なんだ――名前そのものが嘘だなんて！

ネバダ州ヴァルミーでガソリンスタンドに寄る。これぞ地元色。カウンターに立っているのは絵に描いたようなタフな〝荒野の鉄火女〟そのもので、朝飯代わりに釘を一ポンド飲んできたように見える。内装はぼくの映画の美術をすべて手掛けてくれたヴィンセント・ペラーニョが担当したみたいだ。店内にはみすぼらしいスロットマシーンが二台ある。キッドと二人でプレイして、そろって金を失う。ここで勝ったことのある人はいるんだろうか？

わずかばかりの駄菓子を手に車まで戻るとき、車から降りてくる野郎と淑女二人、まるでぼくの書いた脚本から出てきたような三人に遭遇する。中年に差し掛かっているがまちがいなく落ち着いてはいない三人は、見るからに、何やらワイルドなお楽しみに出かけようとするところ。とりわけ極端な染めブロンドにピンヒール姿の女性！　自由恋愛派《スインガー》だろうか？　三人はぼくらとすれ違いざまに満面の笑みを浮かべるが、ぼくに気づいたからなのか、単に愛想が良かっただけだったのかはわからない。コルベット・キッドと二人して微笑み返し、それから顔を見合わせてタンクを満たす。ガソリンは一ガロン四・六九ドル――最高記録更新だ。

道路地図帳で現在地を調べても、ヴァルミーは載っていない。カーラジオをつけるが、AMもFMもはいらない。「エンジン点検」灯が不安をそそるが、ぼくらはそんなことは乗り越えた――車がまだ動いているのが大丈夫な証拠だ。いっそハイウェイに〈サービスなし。名前なし。なんもなし〉という看板が出てればいいのに。だって、ぼくらがいるのはまさにそういうところだから。

空腹を感じはじめたが、このハイウェイには不味いチェーン・レストランすら存在しない。ほどなくネバダ州ラブロックなる町の存在を知らせる看板が見えてくる。名前は悪くない。「ラブリップス」（口紅のブランド）とか「リップロック」（キス）とかいう感じ。刑務所もあり、その存在にはいつもぼくは勇気づけられる。ハイウェイから降りるや、カウボーイ映画に迷いこんだような気分になる。ラヴロックはまるで西部劇のセットのようだが、ただしここは本物なのだ。町を走り回り、〈カウポーク・カフェ〉に出くわす。ここに寄らずにはいられない。完璧な場所にある完璧な名前だ。

店内は輪をかけてすばらしい！『ガンスモーク』の〈ロング・ブランチ・サルーン〉みたいに設えられている。家庭料理も最高だ。でっぷり太った大女からサインを求められてびっくりする。ぼくは彼女と並んで、キッドが写真を撮る。テーブルについて食べはじめると、とっても美味い！

チキンスープはこの旅でいちばんの味――少なくともここまででは。さらにキッドと驚愕したのは、ヴァルミーで目撃した三人組も入ってきたことだ！　わお！　ぼくらをつけてきてるのか？と一瞬考えるが、こんなすばらしい場所なのだから、このハイウェイを旅する人はぼくら以外誰でも知ってる穴場なんだろう、と思いなおす。

オフィスからの電話を受けるために表に出て、居場所などを伝える。ぼくがキッドと一緒だと聞いて安心し、カンザスのカップルもぼくとの写真をフェイスブックに投稿し、今は大いに広まっていると教えてくれる。ぼくはただちにグーグル・アラートを確認し、どこぞの会社がそのフェイスブック写真からいただいたぼくの〈七〇号線西の果てまで〉のサインボードをプリントした「ヒッチハイク用ブルデニム・トートバッグ」を一九・九九ドルで売り出しているのを見つけ、おののきながらもちょっぴりいい気分になる。

〈カウポーク・カフェ〉に戻ると、コルベット・キッドからスインガーたちと話したと報告される。彼らはぼくのことに気づいており、リノで合流したがっていたので、キッドが自分の電話番号を教えたという。キッドが関心を寄せられて浮かれているのはまちがいない。メリーランドのスモールタウンではナンパされる経験もなかったのかも。キッドは内気で、自分の性的魅力に自信がないんだ、とぼくは気づく。この旅で彼が自信をつけつつあるのは嬉しいとはいえ、突然ぼくは古風な親戚みたいになる。スインガーども、何を企んでるかわかったもんじゃない。爺ちゃんと孫息子の5Pか？　ぼくは目をまわし、勘定書きをひっつかむ。「さあ、キッド、もう行くぞ」

ぼくらは先へ進む。砂漠では野火があちこちであがっているが、誰も消す手間さえかけない。かなり大きな火もある。いやはや……ぼくは熊のスモーキー*ではないが、あきらかに誰も熊の言葉を聞かなかったわけだ。ぼくらはリノ、「世界最大のリトル・シティ」に近づきつつある。ぼくにはあまり期待できない街である。ネバダ州スパークスで高速を下りる。リノの手前だが、なぜかコニー・フランシスと一緒に来るところを想像したよりもみすぼらしく見える。スインガーの一人がコルベット・キッドにショートメッセージを送ってくる――ここで合流してパッとやろう。ぼくは軽くショックを受ける。キッドはご満悦でにっこり笑う。

　ぼくらはハイウェイに戻り、リノへと進みつつ、明日朝ぼくを降ろしてもらうのによさげな入口ランプを探す。よさそうなところがない――どこも完全に市街地だ。きっと警官もうるさいだろう。ぼくらはホテルを探して走りまわる。見るからに気が滅入る。歩いているのは疲れ果てた老人ばかり。有名カジノ・ホテルの駐車場に車を停め、値段はいくらか、空き室があるかを確かめようと入る。

　圧倒的な紫煙の悪臭。文字通り匂いで息がつまる。ぼくは煙嫌いの元愛煙家でもなんでもないのに。大きなあごひげをぶらさげた中年ドアマン、ロロは、顔を見ただけでぼくが誰だかわかり、チェックインの列へ案内してくれる。彼はれっきとしたゲイで、なんでも言いつけてくれという。宿泊は一泊わずか二十九ドル。うへえ……いったいどんな部屋なんだ？

　表に出てコルベット・キッドをつかまえるといつもの警告、駐車場が屋外なので荷物は全部持って入るように言う。わが同伴者の大荷物を見て、ロロが目を輝かす。ぼくは突然ショタ爺になった気分になる。チェックインするけれど、フロント係はコルベット・キッドの名前すら訊ねようとしない！　宿泊者名簿に「お相手」とだけ書くんだろうか？　当然ぼくはシングルルームふたつの料金を払う。『アニー』のウォーバックス父さんと思われているわけだし。

　ロロの後について、終わりなきカジノを抜け、部屋にたどり着く正しいエレベーターに向かう。たくさんの老人。たくさんの肺気腫。たくさんの煙草。残り少ない時間。うーん、これは気が滅入る。引退した老人たちが無表情で、勝とうが負けようがほとんどなんの感情も預けず、ただスロットマシーンのハンドルを引き下ろしつづけている。

　廊下を挟んで向かい合わせになっている部屋自体は悪くない。禁煙ルームを頼んだのだが、煙草の有毒煙はホテルに充満し染みこんでいるので、各部屋を密封してまる一年燻蒸消毒でもしないかぎりは、そんなものを提供できると言うことすら不可能だ。今夜は現代風にデザインされた灰皿で寝ることになる。キッドは町を探検し夕食を食べに行く前に「市会議員の仕事」があると言う。また別の地元新聞からもインタビューを受けるのだそうだ。ぼくを乗せるために戻ってきたなんて言うと眉をひそめる人もいると忠告するが、彼はただ笑うだけだ。

　だが部屋に入るやいなや、携帯にキッドからＳＯＳコールがある。部屋から締め出されてしまったのだ。どうやら、かのロロがＶＩＰ向けチーズとフルーツのプレートを持ってきたのだが、ぼくの部屋ではなく、なぜかキッドの部屋をノックして入ってきたらしい。妙だ。ロロはどっちがぼく

＊米国農務省森林局の山火事防止キャンペーン広告のキャラクターに登場する熊。こちらを指差すポーズに「きみだけが山火事を食い止められる」のキャッチコピーがつく。

の部屋で、どっちがキッドの部屋かわかっているはずだ。ぼくはキッドを廊下から助けだす。彼は動揺している。そもそも、キッドはホテルが有名人に食事などのサービスをするという習慣を知らなかった。おまけに、さらに不安になるのは部屋に来たロロが少々「親密すぎる」調子で、「非有名人」の部屋への不思議な届け物についても何も言わなかったことである。

キッドは免許をいれた財布も部屋に置いたままだったので、フロントに電話して、ロロに新しいキーを持ってこさせる。ロロは戻ってくると、VIP向けプレートを持った我々の写真を撮らせてくれと言ってくる。コルベット・キッドはニヤニヤ笑っている。脅迫写真のできあがりだ。ぼくら二人がホテルのハネムーン・スイートにいるところ。ぼくは痒いところに手が届くお世話に丁重に礼を言い、さっさとロロを追いはらう。キッドはなおも笑っているが、ぼくとリノにいることを教えたらお母さんが唖然としていたと明かす。たしかに外聞は悪いかも。ホテルにはどこぞの小僧と泊まってると思われてるし、キッドの両親は息子がポルノ屋と駆け落ちしたと思いこんでる。おまけにぼくは民主党員だ。キッドの友人たちさえも、この冒険旅行についておそるおそる訊ねてくる。「やるじゃん」とショートメッセージを送ってくる者も。「リノのホテルにゲイのおっさんと泊まってるんだって?」ぼくらは大笑いする。何も悪いことはしてないのに、ぼくら以外の誰にとっても大事《おおごと》になってしまった。ブロマンスというのは説明しにくいものだ。

ホテルから出るときは、別の出口を使ってロロを避ける。たしかにおもしろい男だが、うーむ……ちょっぴり仕事に熱心すぎる。通りには人影がなく、ときおりホームレスの姿がちらほら。街区は広く、並んでいるのは安ホテルと人手不足で今にも店じまいしそうな毒々しいネオンのカジノ。

そこで角を曲がると回転灯をつけたパトカーと、野次馬の群れに出くわす。通りにはシートをかけられた死体。どうやら銃撃戦らしい。そのまま横を歩き過ぎる。

別のカジノに入り、スロットマシーンをやろうと両替の列に並ぶ。すぐ前に立っている女と女友達の会話に驚かされる。「うん、あたしここ好きだわ」アイロニーのかけらもない言葉には唖然とする。いったいここのどこに好きになる要素があるのだろう？　煙草？　負ける屈辱？　アルコール薄めの無料ドリンク？　彼女でさえ明らかに信じていない偽の高級感の病んだ魅惑？

ぼくらはスロットマシーンで遊びはじめる。キッドは数ドルを失うが、ぼくのほうはときどき勝つ。実に屈辱的だ。コインが落ちる退屈な効果音、光の点滅、そしてこれっぽっちの小銭を勝っただけで大げさにお祝いされること。ぼくは自分で設けた二十ドルの上限を行きつ戻りつし、ほとんどゼロになりかけ、そこでまた勝って突然二十・二五ドルになる。そこで現金化。ミスター・ラッキーだ！　この町に勝った！　コルベット・キッドにとってさえ、ぼくのギャンブルでの自己管理っぷりは衝撃的だったようだ。

ぼくらは希望なきリノの街角に戻る。死体はまだ路上にあった。レストランを探すが、選択肢は少ない。チェーン店ばかり。ようやくオーガニックを喧伝するレストランにたどりつく。〈カンポ・レストラン〉。屑の中の一粒の宝石だ。中に入ると素敵な人ばかり。煙草の煙も漂ってない。ウェイトレスはこっちの顔を知っており、ぼくがさまよいこんできたので言葉を失う。いいテーブルに案内され、ぼくはスカートステーキを、コルベット・キッドはオーガニックのチキン・サラダを注文する。オーナーが挨拶にやってきたので、ヒッチハイクでアメリカ横断中なのだと説明する。

ウェイトレスも感じがいい。愛すべきファンだ。「お食事のあとはどうなさるんですか？」と訊ねられ、ぼくは丁寧に答える。「明日、ぼくらは早起きしなきゃならないから、地元のいいバーを探求できなくて」すっかり「ぼくら」に慣れてしまっているので、彼女がたぶん「あらまあ、ジョンったら、この子いくつなのよ⁉」と考えているというのを忘れていた。キッドと二人、無事サンフランシスコに着いたらお祝いのマティーニを飲もうと約束している。この町ではまだ祝えない。まだまだ。

ぶらぶらとホテルに戻る。もう日も暮れてきた。死体はまだ置きっぱなし――当地の警察死体安置所はストでもしてるのか？　正直、危険を感じるほどではない――なんたって、こちとらボルチモアから来てるのだ――けれど、ぼくもキッドもこれ以上街を探索する気にはなれない。ホテルには、ロロのさらなるサービスを避けるため、また別のドアから入る。

部屋で一人、いっさい危険な目に遭わなかったここまでの道中を反芻する。一度も恐ろしいドライブはなく、危険運転をする運転手に一人も会わず、一度の自動車事故もなく、一度も警察から嫌がらせされなかった。AAAトリップティクはたいへん役立ったし、ランド・マクナリー社の道路地図帳はヒッチハイク成功のマニュアルだ。それにわがブラックベリー。わが愛！　わが生命！

「結婚してくれる？」と画面に訊ねる。イエス？　ありがとう、おやすみなさい！

ホテルにしみついた煙草の悪臭とともに目覚める。今日九日目がヒッチハイク最終日になるかもしれない。運良く、キッドに新たなヒッチハイク場所で降ろされたのち、すぐに車を拾えたなら。地図を検討した結果、リノで車を拾うのは無理筋だと確信している。トラッキーという町がほぼ五十キロ先、カリフォルニアとの州境を越えたすぐにあり、期待できそうだ。何より名前がいい。トラッキー。ぼく好み？　楽観的になりすぎて、穿いたボクサー・ショーツ二枚と汚いソックス一足をゴミ箱に放りこむ。

泊まったホテルにルームサービスがあるのははじめてなので興奮気味。館内電話でキッドと話し、彼にも好きなものを注文するように言う。キッドが笑いながらする話を聞いて仰天する。昨晩遅くにロロから電話があり、「何か要るものはないか」と訊ねてきたのだという。いったい何を⁉　尺八か⁈　「あいつはそんな時間まで働いてたわけ？」ぼくは驚いて訊ねる。「いや、ぼくの携帯にかけてきたんだ」とキッド。「あいつに携帯番号教えたの？」とぼくは吠えたてる。「あー、うん」と、さすがにキッドも自分の無邪気さに気づいて口ごもる。「さっさとここを出よう」とキッドに言い、彼も同意する。朝食をとり（不味い！）チェックアウトする。

トラッキーへ行く車中、キッドは今朝母親に電話したと話す。サンフランシスコのぼくのアパートに向かっており、ぼくは時間差で合流するが、それでもそこに泊めてもらうつもりだ、と告げたのだ。母の側は、衝撃そして沈黙。「スピーカーフォンをつけるから、お父さんに聞こえるようにもう一度おっしゃい」とかろうじて口にしたそうだ。家族の困惑ぶりに、キッドはユーモアを忘れずにいながらも戸惑っている様子。ぼくもだ。ぼくらはカメラのいないリアリティ・ショーに出演してしまったようだ。みなさんチャンネルを合わせましょう！

トラッキーで八〇号線を降りると、素敵な風景が広がっている。ここはスキーの国だ。美しい。常緑の山々。カラッと晴れ渡る空。おまけにすぐ近くに橋があり、雨が降り出したら雨宿りもできる。コルベット・キッドにわが家のキーを渡す。オフィスからはすでにドアマンに連絡済みで、彼を部屋に入れてやること、駐車場のスペースを貸しだすことをお願いしてある。こんなにも快適な旅の道連れと別れて、新たなヒッチハイクをはじめるのは妙な気分だ。ぼくらはさよならを言い合う。旅の果て、サンフランシスコでの再会が待ち遠しい。キッドが出発する。どうにかして先に着けたらいいのに！　しばらく立っているが、毎朝ヒッチハイクのはじめにとらわれる思いは襲ってこない。ここはカリフォルニアだ。見渡すかぎり、高収入のリベラルかヒッピー好きしかいない。十分も経ってないのに、早くも車が止まる。希望を抱いてかばんをひっつかむが、即座にコルベット・キッドが戻ってきたと気づく！　「ごめん！」と彼は叫ぶ。「新しい車が止まったんだと思ったよね。ヒッチハイクしてるところの写真を撮り忘れてたって思い出して」一瞬殺してやろうかと思ったが、笑い飛ばしてぼくは最高のヒッチハイク・ポーズをキメる。キッドは撮影し、愛情たっぷりにクラクションを鳴らして走り去る。われらが旅の第三段階へと恐れず向かう。ホテルにいたとき、コルベット・キッドに訊ねた。「この本を映画化するとしたら、誰にきみの役をやってほしい？」「ジャスティン・ビーバー」キッドは間髪入れずに答えた。

現実の旅・19　レストランのオーナーとその妻

長くは立っていない。すぐに乗せてもらえる！　ハンドルを握っている男性はサングラスをかけてお洒落に決め、隣には同じくらいセクシーで自信たっぷりの妊婦が座っている。ぼくが「こんにちは、ぼくはジョン・ウォーターズです」と言うと、彼は答えて、「やぁ、ぼくはマークで隣は妻のアリ。あなたは昨日の晩、リノのぼくのレストランで食事しましたよ」と言う。信じられない！ぼくが注文したメニューまで覚えている！　そう、昨晩彼はぼくのテーブルに挨拶に来てくれ、ぼくはヒッチハイクをしていることを話した。でも、リノから五十キロも離れたカリフォルニア州トラッキーでぼくが車を拾っていようとは、この時間も場所も予想できなかったはずだ。何たる僥倖。

マークとアリはナパへ一週間の休暇旅行の予定で、はるばるそこまで乗せていってくれるという。やりぃ！　二百五十キロかそこらだ。ぼくにとって、リノのいい思い出はマークのレストラン〈カンポ〉だけだった。なのでマークが「リノは上向きなんですよ」と説明してくれるのを聞いていると、否定的にばかりとらえていることに罪悪感を覚える。彼のレストランはすべてオーガニック食品で、地元の肉屋以外の食材は使わないという。野菜も地場のものだけだ。彼はまちがいなくグルメだが、西部風に男らしい。あきらかにここでは有名シェフで農業経営がらみでは地域社会のリーダーでもある。アリはサンフランシスコのパシフィック・ハイツ近辺の出らしく、もちろんサラブレッドだ。

ぼくらはカリフォルニア州グラナイト・ベイでガソリン補給に停まり、ぼくはガソリンかあるいは昼食をおごると申し出る。だが二人は固辞して、「普通のヒッチハイカーからは何ももらわないんだから、あなたからもいただけませんよ」山道についておしゃべりするうちに、ぼくはトラックの緊急用「退避出口」が気になって仕方ないと話す。これは通常、山岳地帯で長い急勾配の下り坂に設けられている。高速からはずれて丘を登るように作られており、トラックのブレーキが効かなくなったときに、トラック運転手が最後の手段として、脱出車線の坂道で車のスピードが落ち、事故の衝撃がいくらかでも弱まることを祈ってハンドルを切る場所なのである。マークは友人の話を教えてくれたが、その人はネバダ州インクライン・ヴィレッジで、まさにそういう山の緊急避難場所のすぐ隣の土地に家を建てたのだという。生まれてからずっとロッキー山脈で暮らしてきたが、実際にトラックがその車線を使うのを見たことは一度もなかったので、かまうもんか、と思ったのだとか。彼はマウント・ローズに家を建てた。土地が格安だったのはそのせいだったのかもしれない。だがありえないことが実際に起こった。暴走トラックのブレーキが効かなくなり、運転手は脱出車線に希望を託してカーブを切る。だが希望はかなわなかった。トラックは衝突し、ひっくり返り、マークの友人の家に突っこんで、爆発炎上し、ペットを皆殺しにしたのだ！　友人の娘さんはトラックが飛びこんでくるのを見て――その恐怖たるや！――かろうじて逃げ出し、生き延びた。友人はそこから立ち直れなかったとか。無理もない！　ぼくは興奮のあまりレッド・シンプソンの「暴走トラック」、「あらゆるところに危険なカーブ！」のコーラスがあるカントリー・ソングの名品のすばらしく具体的な歌詞を叫びそうになったが、ホストにわが不協和音を聞かせるのは申し訳ないと思いとどまる。

　ヒッチハイクに適した休憩エリアを探して、降りるはずだった出口を過ぎてもマークは八〇号線を走りつづける。さらに先へ進み、あまりに寄り道をさせているので罪悪感をいだきはじめる。だがぼくらはついに完璧な場所を見つける――ハンターヒル・セイフティー・ロードサイド・レスト・エリア。見晴らしも最高だ。そして遠くにゴールデン・ゲート・ブリッジの姿まで見える。もうサンフランシスコに手が届きそうだ。

　マークとアリは駐車場の出口のヒッチハイク場所で降ろしてくれ、アリがマークとぼくの写真を撮る。当然、ぼくは小道具を持っている――昨晩ホテルで作った新品の〈八〇号西行き　サンフランシスコ〉のサインボードだ。手をふって別れを告げるが、ぼくにはもうイケるとわかっている。もう着いたも同然だ。

現実の旅・20　不承不承の跡継ぎ

忙しい休憩エリアで、この旅ではじめて不安を感じない。ここなら簡単に車がつかまるだろう――手にとるようにわかる。ぼくの立っている場所からは、車を降りてトイレに行く人々がみな見える。顔に浮かぶ表情から小か大かもわかるので、それぞれのトイレ活動を予想し、滞在時間から正解か否かもわかる。

だが、そのちょっとしたトイレ・ゲームをやっている時間は長くない。ぼくはすぐに車に乗せてもらう。ヴァンにはキャンプ用品、カヌー、おそらくは犬小屋と犬まで積みこまれてる――ぼくはあまりじろじろ見ないようにする。ぼくを拾ってくれた不承不承の跡継ぎタイプは典型的なベイ・エリア人種だ。かつてはヒッピーだったらしきハンサム。五十六歳で「ほとんどずっとキャンプで」「ワシントン州とベイエリアのあいだで」暮らしており（このヴァンで、だろうか？）「オークランド空港に母さんを迎えに行くところ」だという。世慣れているが、いい育ちだったのは誰が見たってわかる。きれいな頬骨。正しい文法で喋る。おそらく彼はストレートだろうが（賭けてもいいが、女性関係と精神科両方で波乱万丈の過去があるだろう）、わが最初のボーイフレンド、トム・ハウスマンを思い出させる。彼はそのとき同時にぼくのいちばんのガールフレンド、パット・モーランのボーイフレンドでもあった。悲しいかな、トムは七〇年代にドラッグの服用過多で亡くなったが、パットとぼくは親友同士のままだ。わが運転手は明かす、「わたしは過去に飲酒運転で捕まったことがある」「エクスタシーが大好きだ」そして「今でもLSDをやってる」。おお、とぼくは思う、またLSDやってみるべきかな？　それで次の本が書けるかも？　過去にやったすべてのドラッグをやりなおしてみるとか。順番に（ハシッシ、マリファナ、LSD、シャブ、チョウセンアサガオの種、シンナー、ヘロイン、MDA、アヘン、マジック・マッシュルーム、コカイン）そしてそれからバス・ソルトをやる？　やめといたほうがいいか。

財産＋ドラッグ＋礼儀作法、答えは〝同情心ある人間〟だ。彼はぼくを拾う前に休憩スペースで言葉を交わしたホームレス一家のことを語る。黒人と白人の男女カップルと二人の子供は、シャブ中のルームメイトに家から追い出されて、どこにも行き場がないのだが、高速脇の休憩スペースでピクニックしていたのだという。なんという楽天家！　突然の不幸に見舞われたとき、どうしてみなこれくらいハッピーでいられないんだろう？　この運転手はそんなメッセージを伝えようとしてるのか、それともぼくがハンドルを握る彼を自由にプロファイリングしているだけなのか？　彼についで推測したことの、どこまでが真実だとわかる？　ひょっとしたら空港で母親を迎えたら、その足で彼女を殺す計画をたててるかもしれない。でも、どっちだってかまわない。というのは彼はサンフランシスコまでは行かないから、どの出口で降ろしてほしいかとぼくに訊ねるからだ。「バークレーのユニバーシティ・アヴェニュー出口!」とぼくは幸せな叫び声をあげる。ここでヒッチハイクできないようなら、首をくくったほうがましだ。

現実の旅・21　クレイグリストのポール

おお、素晴らしきかなベイ・エリアの天候！　入口ランプまで歩く間にも身が引き締まる。ぼくは有頂天だ。これが最後のヒッチハイクになるのか、それともサンフランシスコ市内に入ってからもう一度地元のヒッチハイクをするはめになるか？　ぼくは全身から能う限りのヒッピー・バイブスを発散し、それは見事に成功する。またもヴァンに乗ったナイスガイがぼくを拾ってくれる。乗りこんではじめて、彼はぼくが誰だか気づく。最後にヒッチハイカーを拾ったのはもう十年も前のことだという。最初は、みなと同じように、ぼくのことをホームレスの物乞いだと思った。ただ普通と違って交叉点に立っていないので奇妙に思う。「なんでこんな遠い入口で物乞いしてるんだろう？」と自問自答し、「最後の瞬間の決断」で車を寄せて止まってくれたのだ。

名前はポール、またもやクールで親切な中年既婚男性だ。サンフランシスコ市内にクレイグリスト（ネットの売買掲示板）で買ったテーブルを取りに行くところだ。相手の住所を聞くと、ぼくのマンションから二ブロックの場所だった。「やった！　きみが最後の車だ！」ぼくは興奮して告げる。彼は「あなたが殺人鬼じゃなかったらね」とちょっぴり本気をにじませつつ言う。「心配ないよ、違うから！」ぼくはベイブリッジの料金所で止まったときに保証する。浮かれてお金を払っていたら、領収書をもらうのを忘れている。

ポールは英国人だが、この国にもう二十年も住んでいる。「以前は自分でもロンドンでヒッチハイクしていたが、誰も拾ってくれなくなったのでやめた」という。サンフランシスコのスカイラインが目に入ってきて、ぼくはとてつもない安心感を覚える。この息をのむような光景を見飽きる人はいないだろう。即座に一九六三年のテレビ・ショーでジュディ・ガーランドが歌った「サンフランシスコ」のユーチューブ映像が脳裏に再生され、一度でもあの映像を見たことがあれば、ぼくが人生のこの瞬間にあって、どれだけ狂ったように集中し、正気じゃないくらい浮かれ気分で、霊的恩寵の恵みを感じたか、きっとわかってもらえるだろう。ぼくは友人のヴィンセント・フェクトーに電話する。何ヶ月も前に、最後に乗せてくれた人と一緒にアパートの前で写真を撮ってもらうよう約束をしてあるのだ。ヴィンセントはすぐ向かうと言うが、電話を切ったあと、彼が先に着けるかどうかが心配になる。彼は自転車移動だが、こちらは超快適——道はガラガラだ。

ポールとぼくは市内に入り、毎日使っているバス停の前を通る——今こそ完結せんとしているヒッチハイク旅行の練習場だ。めまいを起こしそう。本当にやりとげたことにドキドキしてる。「ボルチモアの家からサンフランシスコのマンションの玄関まで」——本書の売り込み文句がとうとう実現しようとしている。

車は到着したが、ヴィンセントはまだ来ていない。大丈夫――ドアマンに写真を撮ってもらおう。乗り気に見えるポールだが、写真撮影のためだけにいつまでも待ってはくれまい。ボードを持ったままロビーに突入すると、それほど親しいほうではないドアマンがいる。ぼくはきっと異常に興奮し、ほとんど頭がおかしく見えたはずだ。疑問符の浮かぶ目をボードに向けられながら早口で説明する。「たった今、大陸横断ヒッチハイクをしてきたところなんだ」そしてお願いする、「最後に乗せてくれた人と一緒に写真を撮ってくれる？　頼んでた人が間に合わなかったらさ」ドアマンは何も訊ねずに同意する。からかわれてると思ってるのかもしれない。ぼくはオフィスに電話し、スーザンとトリッシュに告げる。「着いたぞ！」二人は心からほっとした様子で、友人連中に片っ端からメールを送る。「たった今、ジョンがサンフランシスコのマンションのロビーから電話してきた。やったわよ！」

ぼくは外に戻るがヴィンセントは来ていない。ポールにこれ以上迷惑をかけずテーブルを引き取りに行かせてあげよう。短いドライブだが、ぼくにとっては重要な旅だった。この親切で快活な男性にこれ以上無理強いしてはならない。ぼくはドアマンを呼び、ポールと並んでヴァンの前に立って、〈八〇号西行き　サンフランシスコ〉のボードを最後に掲げる。ドアマンが数枚写真を撮り、これで終了だ。ポールはこの状況すべてに笑顔を絶やさない。お別れの握手をし、車は走り去る。まだ舞い上がったまま、ぼくはビルに入ってエレベータに乗る。

コルベット・キッドは無事マンションに着いている。物に触るのが怖かったみたいで、明かりもつけず暗闇の中で座っている。ヴィンセントがようやくあらわれ、写真を撮りそこねた件で大笑いする。ぼくは彼をコルベット・キッドに紹介する。現実生活に戻ったが、どう振る舞えばいいのか、何を喋ればいいのか、わからなくなってる気がする。スーザンからメールが来る。「あたしみたいな無名のケツだったら、まだウェストバージニア［でヒッチハイク中］でしょうね」サンフランシスコの留守電を聞くと、ミンク・ストールが安堵のあまりすすり泣きながらお祝いを吹きこんでいる。彼女がそこまで気にかけてくれていたことに感動し、驚いている。体重をはかる。ちょうど五百グラム減っている。

プレイリスト（さあ！　ネットで探して聞こう）

1　マーヴィン・ゲイ　Hitch Hike
2　ナーヴァス・ノルヴェス　Transfusion
3　デル・リーブス　Looking at the World Through a Windshield
4　パット・アンド・ザ・ワイルドキャッツ　The Giggler
5　コーンブレッド&ジェリー　Loco Moto
6　アルビンとチップマンクス　Witch Doctor
7　ボビー・スコット　Chain Gang
8　ゼブ・ターナー　Travelin' Boogie
9　ジェリー・ウォーレス　Swingin' Down the Lane
10　スタン・ファーロウ　Hot Wheels
11　ビリー・リー・ライリー　Flyin' Sausers Rock & Roll
12　コニー・フランシス　V-A-C-A-T-I-O-N
13　ボビー・カートラ　Hitchhiker

14 ジミー・ディーン　Bumming Around
15 ウェッブ・ピアース　There Stands the Glass
16 ジョニー・シー　Hitchin' and Hikin'
17 ジ・アディクツ　You Are the Finger of God
18 エヴァリー・ブラザーズ　Torture
19 ジョアニー・リーズ　Tofurky Song
20 レオン・ペイン　I'm a Lone Wolf
21 ザ・ロビンズ　Riot in Cell Block #9
22 ザ・ソニックス　Strychnine
23 ジェリコ・ブラウン　Lonesome Drifter
24 シンギング・ドッグズ　Jingle Bells
25 デイル・ホーキンズ　Cross-Ties
26 バズ・クリフォード　Baby Sittin' Boogie
27 ジョージー・コットン　Who Killed Teddy Bear
28 ドリス・デイ　Ohio
29 レッド・シンプソン　Runaway Truck
30 ジュディ・ガーランド　San Francisco

謝辞

まず最初にわが二人のアシスタント、スーザン・アレンバックとトリッシュ・シュイアーズの二人に感謝したい。本書の登場人物となってくれたのみならず、この冒険を書いて過ごす二年半のあいだ、わがオフィスのヒッチハイカー司令室を運営してくれた。二人は果てしない調査を、ときには楽しい事項についてのときもあるが、たいていはおぞましいことに関して、まばたきひとつせず実行してくれた（少なくともぼくの見ているときには）。トリッシュはＡＡＡよりもはるかに巧みにフィクションの行程表を構築してくれたし、スーザンは安全にぼくを監視する機器を探しだし、実際に旅をはじめる前に、適当なヒッチハイク用品を買い揃える必要がある、とぼくに理解させてくれた。路上に出たあとは、二人はぼくの現実とつながるライフラインであり、絶望の瞬間の命綱だった。何よりも重要なこととして、ヒッチハイクの旅について、終えるまで秘密を保ってくれたのである。

二人は、ぼくのサイ・トゥオンブリー調の手書き初稿をタイプし、ぼくにとっていちばん恥ずかしかったことだが、上司にまつわるセックス・パートを読まなければならなかった。スーザンはフィクション部分の「起こり得る最高」の章と「最悪」の章の区別が難しかったそうだ。二人は編集においても嘘みたいに有能で、原稿を出版社にまわすまで終わりなき改定作業につきあってくれた。『地獄のアメリカ横断ヒッチハイク』は二人の本でもある。

音楽のプレイリストも集団作業だ。ラリー・ベニスビッチはこれまでぼくの映画の全音楽、それに『ジョン・ウォーターズ・クリスマス』と『デート・ウィズ・ジョン・ウォーターズ』の二枚のコンピレーションCDのために曲を探す手助けをしてくれているが、今回も、存在すら知らなかったヒッチハイク・ソングを教えてくれた。ポーリーン・フィッシャーとマイク・ペイジも最終版に残ったいくつかの曲を教えてくれた。ジル・ファノンはすべての曲をオンラインで探し出し、おかげでぼくは『地獄のアメリカ横断ヒッチハイク』のサウンドトラックを延々とバージョン違いで聴き比べ、曲を選びだすことができた。

エージェントのビル・クレッグこそぼくが最初にヒッチハイク旅行のアイデアを話した相手である。だけどぼくはファラー・ストラウス＆ジロー社には言わないでくれと頼んだ。何より、まず自分にも旅に乗り出す勇気があると確信したかったからである。彼は延々と「ネタをチラ見」させてくれとせがみつづけ、ぼくが曖昧にイエスと言ったら、翌日先方がやりたがっていると電話してきたのだ。ゴクリ。

本書はファラー・ストラウス＆ジロー社から出るぼくの二冊目の本だが、ぼくは大いに甘やかされている。すばらしいチームだ！　担当編集者のジョナサン・ガラッシはぼくがこの旅をやりとげることを一度たりとも疑わず、旅の半ば、ぼくがどこかの神に見捨てられた入口ランプで立ち往生していたときに、くじけなかったのは彼から届きつづける力強いメッセージのおかげである。スーザン・ゴールドファーブは熟練の忍耐強い編集者で（前著『ロール・モデルズ』に一文字でも誤植を見つけられたらたいしたものである）、彼女とまた働けるのは光栄である。エリス・レヴィンは明解な法的アドバイスをしてくれた。彼と本を作るといつだって多くを学ぶことができる。法的あるいは非法的な議論の中で、わが歌う肛門の話を持ち出さないでくれてありがとう。

だが何よりも、ぼくを拾ってくれた運転手たちを称賛したい。今度エリート気取りのクソ野郎が「フライオーバー・ピープル」（中西部の「飛行機で通過してしまう」地域の人々を軽侮する言葉）とかいう言葉を使ったら、口にパンチをくれてやる。ぼくの運転手たちはみな勇敢で心が広く、地に足のついた親切心の持ち主で、ぼくはアメリカ人がちゃんと品位ある存在になりうるのだとあらためて教えられた気がした。彼らだけが、本書の本当のヒーローたちである。

本書におけるジョニー・ダヴェンポート、コニー・フランシス、ポーラ・バニゼウスキーの描写はフィクションである。

END
of
70 WEST

訳者あとがき

二〇一二年五月十七日、アメリカのインディーズ・バンド、ヒア・ウイ・ゴー・マジックが、ツイッターで、「たった今、オハイオのど真ん中でヒッチハイクしてるジョン・ウォーターズを拾ったよ」とツイートした。ニュースはたちまち全米をかけめぐった。ジョン・ウォーターズが⁉　ヒッチハイク⁉　オハイオで⁉　いったいなんで⁉

その答えが本書である。

二〇一二年五月、ジョン・ウォーターズはボルチモアの自宅からサンフランシスコの別宅まで、四千五百キロメートルのヒッチハイク旅行に出かけた。親指一本でアメリカ横断。六〇年代のフーテン時代からヒッチハイクの経験豊富なジョン・ウォーターズではあるが、もちろん金がなくてこんなことをしたわけではない。功成り名遂げた今となって、あえて若き日の冒険を再現しようとしたのである。それはアメリカを発見する旅だった。

映画監督のジョン・ウォーターズはもちろん、今やアメリカでは知らぬ人なき有名人、セレブリティの一人である。一九七二年、世界一お下劣な一家の座をめぐるディヴァイン一家とマーブル夫妻の抗争を描いた『ピンク・フラミンゴ』は（伝説のラストシーンとともに）ミッドナイト・ムービーの大ヒットとなり、ウォーターズは「悪趣味の王子」と呼ばれるようになった。アンダーグラウンドでの名声（悪名）がまさかのオーバーグラウンドに転じるのは一九八八年、『ヘアスプレー』によってである。ボルチモアで放映されていた子供向けTVダンスショーを題材にした反人種差別ミュージカルは大ヒットし、ブロードウェイでのミュージカル化を経てジョン・トラヴォルタ主演のハリウッド映画としてリメイクされた。リッキー・レイクからジョニー・デップまで、「ジョン・ウォーターズ組」のスターたちはお茶の間でも愛されるスターとなり、それと手を携えるように、ウォーターズもいわば「アメリカの変わり者おじさん」的ポジションで知られるようになったのである。

だが、いわば名声が高まるのと反比例するように、ウォーターズの監督作品は減ってゆく。二〇〇四年の『ダーティ・シェイム』を最後にウォーターズは監督作品を発表していない。ウォーターズはリーマン・ショック後のインディーズ映画界の変化により、得意とする中規模サイズの映画が作りにくくなったことをひとつの原因にあげる。だが、映画が撮れないなら、本で映画を書けばいい！　かくして本書が誕生した。本書はいわばジョン・ウォーターズ的ロードムービー、活字になったウォーターズ世界の大冒険なのである。

本書は三部構成になっている。ヒッチハイク旅行を思いついたとき、ジョン・ウォーターズは当然それがどんな旅行になるかを夢想した。最高にラッキーで楽しい旅になる可能性もあれば、最悪にアンラッキーで不幸また不幸にみまわれる可能性もある。それぞれを夢想し、それぞれ中篇小説にまとめた。まるでジョン・ウォーターズ映画そのものに愉快な最高の旅と、それよりもさらに楽しい最悪の旅である。どれもバカバカしく面白く、（とりわけ最悪の旅篇は）まるっきりウォーターズ映画そのものである。訳しながら爆笑してしまったくらいだ。もちろんジョン・ウォーターズお得意のマニアックな知識も満載で、たとえば「最高の旅」の第九章（バーンズ篇）に登場する本はすべて実在する。ふたつの旅で脳内予行演習を済ませたあと、現実の旅がはじまる。

自然が大嫌いで徹底したインドア派のジョン・ウォーターズは、現実のヒッチハイク旅行で何と出会ったのか？　それはもちろん読んでもらわなければならない。だが、そこには「最悪の旅」で想像したよりもはるかに最悪な出来事があり、そして「最高の旅」で考えもつかなかった最高の出会いがあった、とは言っておくべきだろう。ジョン・ウォーターズは中西部の「地の塩」たち、アート界にもゲイ・ワールドにもいないブルーカラーの労働者たちを「発見する」。インテリにややもすれば「フライオーバー・ピープル」と軽侮されてしまうような彼らこそが「本当のヒーロー」なのだ。いわば、これはウォーターズのアメリカ発見の旅なのである。

まえがきで、ウォーターズは自分は何を証明したくてこの旅に挑戦するのだろう？と自問する。最後まで読めば、彼が何を示したかったのかは明らかだ。ウォーターズは偉大なるアメリカ文学を書きたかった。そして偉大なアメリカ文学はつねにアメリカを探し求めるものだ。それがウォルト・ホイットマンやマーク・トウェイン、（まえがきにも登場する）ジョン・スタインベックからジャック・ケルアックにいたる偉大なるアメリカの放浪者文学の伝統だった。ウォーターズもまたアメリカを発見しようとした。思えば『ピンク・フラミンゴ』もまた誰もが見ないふりをしているアメリカの汚物の中にこそ「アメリカ」はあるのだ、と主張する映画であった。ジョン・ウォーターズこそ、真のアメリカ映画作家だとさえ言えるのかもしれない。

本書は「活字のジョン・ウォーターズ映画」である。監督作品を発表しなくなってしまったジョン・ウォーターズは作家として枯れてしまったのではないか、と思う向きもあるかもしれない。心配ご無用。ある意味では、ウォーターズはこれまで以上にその創造性を活発に発揮している。ウォーターズは映画監督から、作家、アーティスト、映画俳優、スタンダップ・コメディアン、キャンプ主催者その他もろもろに転身したのだ（もちろん監督業を諦めたわけではない）。

溢れんばかりのムダ知識と切れ味鋭い皮肉に満ちたジョン・ウォーターズのエッセイは、「日本には表立って紹介されることのなかった古くて新しい〝アメリカ風物詩〟」（伊藤典夫）として、ある意味では映画以上に幅広く愛されてきた。ジョン・ウォーターズはこれまでに九冊の著書を発表している。中身については末尾のリストを参照されたいが、いずれも表立って扱われることないアメリカの裏文化への偏愛に満ち満ちたいわばアメリカ裏街道日誌となっている。一方、ファイン・アートの作者としては、一九九〇年代から映画の画面をカメラで撮影したプリント写真の展覧会をおこない、これまでに二冊の写真集を出版している。二〇二〇年十一月にはこれまでに集めた現代アート作品のコレクション（アンディ・ウォーホル、ロイ・リキテンスタイン、サイ・トゥオンブリーなど三百七十二点）をボルチモア・ミュージアム・オブ・アートに寄贈し、その返礼として美術館のトイレに彼の名前が冠されることになった。

『シンプソンズ』から『ロウ&オーダー』まで達者にこなす俳優業も、毎年恒例のクリスマス・ショーをはじめとするスタンダップ・コメディも人気だが、今いちばん盛り上がっていることと言えばキャンプ・ジョン・ウォーターズである。これは毎年九月、コネティカット州のキャンプ場でおこなわれるジョン・ウォーターズ主催のサマー・キャンプだ。全米からジョン・ウォーターズファンの善男善女が集まり、ダンスやゲームに興じるのだ（もちろんウォーターズ本人も参加する）。驚くべきは、参加者の仲間意識の強さである。わずか四回しかおこなわれていないイベントであるにもかかわらず、参加者はみな強固なコミュニティ意識を抱き、ジョン・ウォーターズ・トライブを作りあげている。考えてみれば当たり前かもしれない。ジョン・ウォーターズのファンなのだから、みないい年をして、他人の逸脱に寛容で、そして変態なのだ。ドリームランドの子供たちはみな平等だ。訳者も第二回から参加し、すっかり部族民の一員となってしまった。願わくは、このイベントがさらに拡大し、誰もがジョン・ウォーターズ族としてわかりあえる世界が来ますように。

本書の表紙は「現実の旅」の第十章ラストでシャウタが別れ際に撮ったヒッチハイク中のジョン・ウォーターズの写真だが、サインボードの中の文字はANYWHERE（どこでも）と書き換えられている。これは日本版のためのウォーターズによるアイデアで、アメリカの地名では日本の読者はピンとこないだろうし、この言葉はヒッチハイク中にいつも脳裏にあったので、とのこと。また、原題CARSICKは車酔いの意味である。数十年ぶりの大陸横断ヒッチハイク旅行で酔っぱらったウォーターズの見た夢が本書なのである。

本書の編集は、国書刊行会の樽本周馬氏が担当された。

＊

＊フィルモグラフィ

1.Hag in a Black Leather Jacket（1964）
2.Roman Candles（1966）
3.Eat Your Makeup（1968）
4.Mondo Trasho（1969）『モンド・トラッショ』
5.The Diane Linkletter Story（1970）
6.Multiple Maniacs（1970）『マルチプル・マニアックス』
7.Pink Flamingos（1972）『ピンク・フラミンゴ』
8.Female Trouble（1974）『フィメール・トラブル』
9.Desperate Living（1977）『デスペレート・リビング』
10.Polyester（1981）『ポリエステル』
11.Hairsplay（1988）『ヘアスプレー』

12.Cry-Baby（1990）『クライ・ベイビー』
13.Serial Mom（1994）『シリアル・ママ』
14.Pecker（1998）『I Love ペッカー』
15.Cecil B. Demented（2000）『セシルB／ザ・シネマ・ウォーズ』
16.A Dirty Shame（2004）『ダーティ・シェイム』

＊ビブリオグラフィ

1.*Shock Value: A Tasteful Book About Bad Taste*（1981）『悪趣味映画作法』（柳下毅一郎訳、青土社、一九九七年）
2.*Crackpot: The Obsessions of John Waters*（1986）『クラックポット』（伊藤典夫訳、徳間書店、一九九一年）
3.*Pink Flamingoes and Other Filth: Three Screenplays*（1988）（シナリオ集）『ピンク・フラミンゴ』、『デスペレート・リビング』にくわえ、映画化されなかった『ピンク・フラミンゴ』の続篇 Flamingos Forever を収録。
5.*Art: A Sex Book*（2003）（Bruce Hainley との共著）美術評論家ブルース・ヘインリーとの対談形式で、現代アートはセックス渇望にほかならないと喝破する。
4.*Hairspray, Female Trouble, and Multiple Maniacs: Three More Screenplays*（シナリオ集）（2005）
6.*Role Models*（2010）人生において出会い、見習うべきロール・モデルとしてきたさまざまな人たちについてのエッセイ集。マンソン・ガールズの一人で友人になったレスリー・ヴァン・ホーテンとの交友や川久保玲への思いなど。

7.*Carsick: John Waters Hitchhikes Across America*（2014）**本書**

8.*Make Trouble*（2017）ロードアイランド・スクール・オブ・デザイン（ＲＩＳＤ）の二〇一五年の卒業式に招かれたジョン・ウォーターズが卒業生におくったスピーチが評判になり、書籍化されたもの。

9.*Mr. Know-It-All, The Tarnished Wisdom of a Filth Elder*（2019）『悪趣味映画作法』の続篇として『ポリエステル』以降のハリウッド映画の制作過程と、「新たなドリームランダー」たちについて。さらに数十年ぶりにＬＳＤを試した体験記も。

＊写真集

1.*Director's Cut*（1997）

2.*Unwatchable*（2006）

PS:
Thanks
FOR THE LIFT.

著者　ジョン・ウォーターズ　John Waters
1946年アメリカ・メリーランド州ボルチモアの中流家庭に生まれる。65年ニューヨーク大学映画科に入学、しかしドラッグ所持で退学となり、ボルチモアに戻って自主映画制作を開始。69年に初の16ミリ映画『モンド・トラッショ』を監督、それがプロの批評家の目にとまり映画マニアのあいだで話題となる。72年にはカルト映画史上の古典として不滅の輝きをもつ『ピンク・フラミンゴ』を発表、全世界にショックを与えて〈バッドテイストの王様〉として名を馳せる。以後、メジャー映画シーンで『ヘアスプレー』（88年）『クライ・ベイビー』（90年）『シリアル・ママ』（94年）などヒット作を監督。現在はショーのホストやエッセイストとしても活躍している。ボルチモア在住。

訳者　柳下毅一郎（やなした きいちろう）
1963年大阪府生まれ。東京大学工学部卒。特殊翻訳家・映画評論家。著書『興行師たちの映画史 エクスプロイテーション・フィルム全史』（青土社）、『新世紀読書大全 書評1990-2010』（洋泉社）など多数。訳書にR・A・ラファティ『第四の館』（国書刊行会）、キャサリン・ダン『異形の愛』（河出書房新社）、アラン・ムーア／J・H・ウィリアムズⅢ『プロメテア１～３』（小学館集英社プロダクション）、監訳書に〈J・G・バラード短編全集〉（東京創元社）など。

編集協力　猪熊良子　根岸邦明

CARSICK
by
John Waters

ジョン・ウォーターズの
地獄《じごく》のアメリカ横断《おうだん》ヒッチハイク

2022年1月1日初版第1刷発行

著者　ジョン・ウォーターズ
訳者　柳下毅一郎
発行者　佐藤今朝夫
発行所　株式会社国書刊行会
〒174-0056　東京都板橋区志村1-13-15
電話03-5970-7421　ファックス03-5970-7427
https://www.kokusho.co.jp
装幀　山田英春
印刷製本所　三松堂株式会社

ISBN 978-4-336-07320-4

ケルベロス第五の首　未来の文学

ジーン・ウルフ／柳下毅一郎訳
四六変型判／三三四頁／二六四〇円

〈新しい太陽の書〉の名匠ジーン・ウルフによる伝説的最高傑作がついに登場！　三つの中篇が複雑に交錯し織りなされる謎と真実のタペストリー――魔術的技巧で綴られた連作ゴシックミステリSF。

宇宙舟歌　未来の文学

R・A・ラファティ／柳下毅一郎訳
四六変型判／二四六頁／二三一〇円

偉大なる〈ほら話〉の語り手ラファティ最初期の長篇作。異星をめぐって奇怪な冒険をくりひろげる底抜けに楽しい宇宙版『オデュッセイア』！　奇想天外・痛快無比・天衣無縫のラファティ・ワールドへようこそ。

第四の館　未来の文学

R・A・ラファティ／柳下毅一郎訳
四六変型判／三二四頁／二五三〇円

世界最高のSF作家ラファティによる『地球礁』『宇宙舟歌』に並ぶ初期傑作長篇。さえない新聞記者フォーリーが出会う奇妙な陰謀の数々。人はいかにして神になるのか？　世界に牙を剝く衝撃のラファティ文学。

ネオノミコン

アラン・ムーア作　ジェイセン・バロウズ画／柳下毅一郎訳
B5変型判／一八四頁／三〇八〇円

言葉が世界を書き換える――物語の魔術師にしてアメコミ界の帝王アラン・ムーア版クトゥルー神話全四部作ついに刊行。ラヴクラフトの内なる深淵に迫り、時空を覆す宇宙最凶の暗黒神話、ここに始まる！

10％税込価格・なお価格は改定することがあります